长三角城市乡土语文丛书

U0890869

衢州乡土语文读本

柯城 衢江

龙游 江山

常山 开化

Quzhou Xiangtu Yuwen Duben

上海社会科学院长三角城市历史文化研究中心 编

丛书编委会主任◎熊月之

本书主编◎童志斌

江苏大学出版社
JIANGSU UNIVERSITY PRESS

镇 江

长三角城市乡土语文丛书

衢州乡土语文读本

本 书 主 编 童志斌

参 编 人 员 陈文玲 姜 越 戴泳洪 黄雪纯 廖玺玺
孙凯灵 王萌萌 王维丽 谢佳维

（陈晓光　中国文联副主席、全国政协教科文卫体委员会副主任、文化部原副部长）

序

童志斌

吾衢当浙上游，号多佳山水，与闽、婺、栝苍相望。山水之间，龟峰特起，而郡治据其冈，儒学依焉。

——明·王玑《开复杨公河记》

衢州，坐落于浙江西部，地处钱江之源，南接福建，西连江西，北邻安徽，下辖柯城区、衢江区、江山市、龙游县、常山县和开化县。地理坐标：118° 01′ E–119° 20′ E，28° 14′ N–29° 30′ N，位于神奇的北纬 30° 南侧。这里有蔚为壮观的“节理石柱”、鬼斧神工的丹霞地貌、神秘瑰丽的龙游石窟，还有巍巍壮观的水亭门、传承千年的“两子文化”……让人叹为观止的自然风貌、源远流长的人文底蕴，构成了衢州的两张“金名片”，素来被称之为“神奇山水，名城衢州”。

衢州，山川灵秀，风光绮丽。这里有“巨石何崔嵬，横桥架山顶”的烂柯山，“三峰一一青如削，卓立千寻不可干”的江郎山，“怪石拿云，飞霞削翠”的浮盖山；也有“夹岸梅花映水滨，白茫茫间碧粼粼”的樟树潭，“潆洄曲水环三面，突兀空江涌一拳”的浮石潭，“水色铙湘浦，滩声怯建溪”的瀫水。山为骨，惊艳了衢城千年岁月；水为脉，滋养了衢城漫长时光。衢州的山水，给这一座城市烙上了独特的印记。衢州多山，大山、小山、深山、老山，这里的山少了凌厉的轮廓，多了优柔的曲线；淡了尘世的喧嚣，添了“桃源”的悠然。雨中的山、雾中的山、霞光中的山、星空下的山，各具姿态，各有神韵，静驻而望，心间蓦然生出一片宁静与温柔。衢州的水，清冽而苍茫。衢江，古称“瀫水”，《水经注》言“水悬百余丈，濑势飞注，状如瀑布”，浩浩荡荡，泽被深远，滋养了一代又一代衢城人，孕育了丰富的物产——航埠柑桔、江山猕猴桃、常山胡柚、龙游方山茶、开化龙顶茶。水，是万物之源。衢城的水，涵养着这一方土地，在这里春有“龟峰眺望趁新晴，野菜花黄绕锦城”，夏有“杨柳阴中新酒店，葡萄架底小渔船”，秋有“黄柑绿橘深红柿，树树无风缒脱枝”，冬有“十里重林云漠漠，半楼疏影竹潇潇”。衢城的山水，绘就了一幅幅美妙绝伦的画卷，或清新淡雅，或生意盎然，或硕果累累，或苍茫潇潇。

衢州，南孔圣地，千年名城。衢州作为国家级历史文化名城，有着深厚的文化底蕴。屹立于钟楼底的孔氏南宗家庙，以静默的姿态讲述着孔子第48代裔孙南迁至衢衍圣弘道的历史，这也筑成了衢州重学崇师的文化传统。千年的岁月，在这一方土地上，次第涌现了无数书院、讲舍，有克斋讲舍、清献书院、鹿鸣书院、正谊书院、柯山书院等，孕育并传承了独属于这座城市的历史文化情结。衢州，同样孕育了无数的伟人，有清正官员赵抃，有教育名人潘礼文，有文学大家方光焘，有儿科名医龚香圃，有指画大师郑仁山……衢州，也是新中国领路人毛泽东的祖居地，翻开那泛黄的清漾村族谱，那已褪色的笔墨记述着毛氏家族走过的漫漫时光。衢州，更是中国围棋文化的发源地。无数文人墨客用手中的笔书写了这一段传奇：“仙界一日内，人间千载穷。双棋未遍局，万物皆为空。樵客返归路，斧柯烂从风。唯余石桥在，犹自凌丹虹。”绚丽夺目的民俗文化，至今仍活跃在衢州人民的生活中：衢江区全旺板龙、车马灯，龙游脱节龙、滚花龙，江山廿八都山歌、手狮舞，常山胡家神龙、跳竹马，开化根雕、草龙。这些在时间长河中蔓延、渗透到我们灵魂深处的文化因子，承载着衢州的历史，涵养了衢州的品格，也成为衢州发展的不竭精神动力。

一方水土孕育一方文化，文化是一个地方最本质、最独特的标识。乡土文化是民族历史发展过程中衍生的物质财富和精神财富，乡土语文则是这种财富的具体体现，承载着一方土地的文化精粹，成为传承民族本土文化的重要途径。《衢州乡土语文读本》，一方面作为认知媒介，有助于加深学生对地域文化的了解；另一方面，亦可被视作课程资源，用于拓展学生语文阅读的深度和广度，丰富语文教育。《衢州乡土语文读本》精选并整编了古往今来衢州优秀诗文名篇，以县市区域为界，各有损益地从“地方史话”“地方物语”“名胜故迹”“秀色山水”“人物春秋”“流风遗俗”六个维度将镌刻着衢州人文历史、自然山水的文字加以汇编，并随诗文编写助读系统，对诗文关键信息进行注解，帮助读者全面而深入地了解本土文化。本书有三个特点：一是地域性，所选诗文皆涉衢州风土民情、好山好水；二是趣味性，“名胜故迹”“流风遗俗”多以活泼文字讲述地域人文历史，并夹杂着无数个生动有趣的小故事；三是可读性，所选诗文遣词用语灵动晓畅，并附有助读资料，便于阅读。

在文化多元的时代，对民族文化的认知、认同，成为我们寻找自我的文化起点和立身之本。中国，是一个乡土社会。从某个层面上来讲，中国优秀的民族传统文化，很大一部分是乡土文化，守卫乡土文化，即是守卫民族文化。一个民族，失了本民族的文化精髓，最终走向的将会是人性的迷失、文化的消亡，这正是乡土语文教育在今天仍然重要和必要的原因所在。以乡土语文读本开启的乡土语文教育，将成为现代人的一次自我认知、精神还乡之旅。领略“乡土语文”，我们开启文化之旅；打开《衢州乡土语文读本》，让我们一起进入“有礼衢州”的多彩世界吧！

（附注：衢江，史书作穀水、榖水、或瀫水。今作谷水者，盖从穀水简化出焉。据学者余绍宋考证：“案班固《汉书·地理志》载：‘太末穀水，东北至钱唐入江。’是穀为正字也。至郦道元《水经注》始作榖水，《元和郡县志》始作瀫，自是沿讹，以迄于今。王先谦《汉书补注》谓榖、瀫皆穀之变字，说者遂以为水纹为榖，谬也。说至精审，今依《汉书》悉正作穀。”《康熙龙游县志》作“瀫水”，余氏编纂《民国龙游县志》径改为“穀水”，欲息纷纭之聚讼；然王先谦乃《汉书》研究大家，未必为误。因此本书从《康熙龙游县志》所载，以其地名承袭既久，亦为众所传云尔。）

目　录

第一单元　衢城篇

第二单元　龙游篇

二、龙游物语

三、名胜故迹

四、秀色山水

五、人物春秋

六、流风遗俗

文章

一、龙游史话

二、龙游物语

三、名胜故迹

四、人物春秋

五、流风遗俗

第三单元　江山篇

诗词

一、江山物语

第四单元　常山篇

文章

第五单元 开化篇

诗词

文章

一、开化物语

二、名胜故迹

三、秀色山水

四、人物春秋

五、流风遗俗

第一单元 衢城篇

诗 词

一、衢城史话

轻 肥[1]

[唐] 白居易

意气骄满路[2]，鞍马光照尘。
借问何为者，人称是内臣[3]。
朱绂皆大夫[4]，紫绶或将军。
夸赴军中宴，走马去如云。
樽罍溢九酝[5]，水陆罗八珍[6]。
果擘洞庭桔[7]，脍切天池鳞[8]。
食饱心自若，酒酣气益振。
是岁江南旱[9]，衢州人食人。

【作者简介】

白居易（772—846），字乐天，号香山居士，又号醉吟先生，祖籍太原。唐代伟大的现实主义诗人，唐代三大诗人之一。与元稹共同倡导新乐府运动，世称“元白”，与刘禹锡并称“刘白”。白居易的诗歌题材广泛，形式多样，语言平易通俗，有“诗魔”和“诗王”之称。官至翰林学士、左赞善大夫。公元846年，白居易在洛阳逝世，葬于香山。著有《白氏长庆集》，代表诗作有《长恨歌》《卖炭翁》《琵琶行》等。

【注释】

① 本诗见《白氏长庆集》。诗题一作“江南旱”。轻肥：“轻裘肥马”的省语。这里用来揭露宦官骄奢淫逸的生活。本诗作于唐宪宗元和四、五年（809—810）间。

② 意气：指宦官骄横跋扈的神态。

③ 内臣：指内廷宦官。

④ 朱绂：唐人诗文中多称“朱衣”为“朱绂”，“紫衣”为“紫绶”。唐

制赐穿朱衣、紫衣皆为高官显爵。大夫：唐中期以前常称将帅为大夫。

⑤樽罍（léi）：酒器。九酝：酒名，产于襄阳府宜城。李肇《国史补》“酒之美者，宜城之九酝。”

⑥水陆：水产、陆产的食品。八珍：泛指各种山珍海味。

⑦擘：同“掰”。洞庭桔：江苏太湖洞庭山出产的桔子，在当时很名贵。

⑧天池鳞：产于昆仑天池的鲜鱼，极言其珍贵。

⑨江南旱：《旧唐书·宪宗本纪》：“是岁（元和三年），淮南、江南、江西、湖南、山南东道旱。”

【导读】

太监专权是唐代政治腐败的根源之一，这首诗就是讽刺宦官的。诗题“轻肥”，取自《论语》，用以概括豪奢生活。这首诗运用了对比的方法，把两种截然相反的社会现象并列在一起，诗人不进行任何说明，不发一句议论，而让读者通过鲜明的对比，得出应有的结论。这比直接发议论更能使人接受诗人所要阐明的思想，因而更有说服力。末二句直赋其事，写出了江南大地上的一幕人间惨剧，使全诗顿起波澜，具有震撼人心的力量。此诗采用了写书的风格，白描的写法，真切地展示了社会的不公。文学作品应反映生活的真实，这首诗是当之无愧的现实之作。

喜闻天兵已临衢寇①

[宋]曾幾

野宿溪行各晏然②，吴头楚尾接风烟③。
岂知泽苻深为祟④，不道柯山最近天。
境上音邮多浪语⑤，殿前兵马是真传。
未能日报书三捷，竹簟纱幮到晓眠⑥。

【作者简介】

曾幾（1084—1166），字吉甫，自号茶山居士，南宋诗人，其先赣州（今属江西赣县）人，徙居河南府（府治所在今河南洛阳）。历任江西、浙西提刑、秘书少监、礼部侍郎。他的学生陆游在他的《墓志铭》中，称他“治经学道之余，发于文章，雅正纯粹，而诗尤工。”后人将其列入江西诗派。其诗多属抒情遣兴、唱酬题赠之作，清闲淡雅。五、七言律诗讲究对仗自然，气韵疏畅。著有《易释象》《茶山集》。

【注释】

①本诗见《茶山集》。天兵：王师，国家的军队。衢寇：宋高宗建炎三年（1129）四五月间，御营正都统苗傅、副都统刘正彦率部队叛乱，从杭州退至衢州、信州（今江西上饶）一带，故衢寇即指苗、刘等。

②晏然：安然平静。

③吴头楚尾：指浙江，江西交界一带。

④苻泽：《左传·昭公十二年》：“郑国多盗，取人于萑苻之泽。”后称盗贼出没之处。

⑤音邮：消息。浪语：缺乏根据的话。

⑥竹簟纱幮：竹席和纱帐。这两句意谓即使未听到捷报传来，也放心安眠直到天亮。

【导读】

这首诗是作者游浙江衢州三衢山时所作。宋高宗建炎三年（1129）四五月间，御营正都统苗傅、副都统刘正彦率部队叛乱，从杭州退至衢州、信州一带，被韩世忠讨平斩杀。此诗描绘了王家军队来剿匪时，当地人民的欢欣及放心，正所谓“未能日报书三捷，竹簟纱幮到晓眠”。

二、衢城物语

衢州近城果园

［宋］杨万里

未到衢州五里时，果林一望蔽江湄[①]。
黄柑绿橘深红柿，树树无风缒脱枝[②]。

【作者简介】

杨万里（1127—1206），字廷秀，号诚斋，吉州吉水（今江西吉水）人，南宋文学家、诗人。高宗绍兴二十四年（1154），进士及第，曾任太常博士、广东提点刑狱、尚书左司郎中兼太子侍读、秘书监等。主张抗金，正直敢言。后因奸相专权而辞官归家，闲居乡里。其诗构思精巧，语言通俗明畅，自成一家，时称“诚斋体”。与陆游、范成大、尤袤齐名，后人称“南宋四大家”，又称“中兴四大诗人”。著有《诚斋集》。

【注释】

① 江湄：江边。此或指江山港与常山港汇流处的双港口地区，包括汪村一带。
② 缒（zhuì）脱枝：指枝头果实成熟，自行脱落。

【导读】

这首诗以“衢州近城果园”为题目，采用了白描的手法，将果园的景色细细描出。“未到衢州五里时”，交代了地点是距离衢州五里的地方。接下来的三句，形象地写出了果林占地面积之广，果实的丰收，体现了诗人喜悦的心情。

过杨村[①]

［宋］杨万里

石桥两畔好人烟，匹似诸村别一川[②]。
杨柳阴中新酒店，蒲萄架底小渔船。

红红白白花临水，碧碧黄黄麦际天[3]。
政尔清和还在道[4]，为谁辛苦不归田。

【注释】

①杨村：地名，在今衢州境内。

②匹似：譬如。一川：谓一片平地，一带地方。

③麦际天：指一眼望不到头，天和地遥遥相接。

④政：正。尔：近。清和：常指初夏的气候。在道：在旅途中。

【导读】

杨万里之诗，拥有丰富奇特的艺术想象，善于打破思维定式，或具体而微，或高屋建瓴，重新定义物我关系，其精巧的艺术构思、新颖活泼的意象，使其自成一家，流传千载。

杨万里一生力主抗战，反对屈膝投降，在给皇帝的许多“书”“策”“札子”中都一再痛陈国家利病，力诋投降之误，爱国之情，溢于言表。他为官清正廉洁，尽力不扰百姓，当时的诗人徐玑称赞他“清得门如水，贫惟带有金”。江东转运副使任满之后，应有余钱万缗，但他均弃于官库，一钱不取而归。他立朝刚正，遇事敢言，指摘时弊，无所顾忌，因此始终不得大用。《过杨村》一诗以自然美表现了杨万里对理想生活的追求，以田园乐趣来衬托了辞官归隐的愿望。

【资料卡片】

诚斋体

杨万里写诗，起初模仿以黄庭坚为首的江西诗派，后来认识到江西诗派追求形式、艰深晦涩的弊病，又转而向王安石等人学习，还曾模仿过晚唐人的绝句。在经过了一段亦步亦趋的学习与模仿之后，他忽然有所领悟，于是将千余首诗篇付之一炬，决心不再随人脚跟，不再傍人篱下，转而向自然学习，从大自然中撷取无穷无尽的诗材，捕捉稍纵即逝的情趣，用幽默诙谐、平易浅近的语言表达出来。因为他敢于别转一路，推陈出新，终于自成一家，所以在中国诗歌史上，就有了以杨万里的名字命名的“诚斋体”。

杨万里秉承“矫天下之具”的诗教观，一方面强调诗歌作为现实批判工具的教育意义，另一方面又肯定了诗歌的抒情特征与审美价值，认为诗歌能“钩天下之至情”，让人产生“愧”的情感体验，从而达到“矫”不善者的目的。杨万里认为，诗之本体就存在于这种“去词去意”、委婉而讽的深味之中。诚斋体以构思新巧、语言平易、风格清新、情趣盎然为主要特征，对当时诗坛风气的转变起了一定的促进作用，体现了一代宋儒对于诗学真谛不懈探求及务实通变的理学精神。

橘林

[清] 钱载

嘉实三衢种①，秋江百里阴。
倚梯人正采，压岸雨初淋。
香落篷船细，寒遮碓屋深。
谁言千户等②，不觉暮愁侵。

【作者简介】

钱载（1708—1793），字坤一，号萚石，又号匏尊，晚号万松居士、百幅老人。秀水（今浙江嘉兴）人。乾隆十七年（1752）进士，改庶吉士，散馆授编修，后授内阁学士兼礼部侍郎，上书房行走，山东学政。官至二品，而家道清贫，晚年卖画为生。钱载为乾嘉年间秀水诗派的代表诗人。工诗文精画，善水墨，尤工兰竹。著有《萚石斋诗集》。

【注释】

① 嘉实：指佳美的果实。南朝梁丘迟《芳树诗》：“芳叶已漠漠，嘉实复离离。”唐谢偃《高松赋》：“流膏可咀，嘉实可荐。”

② 千户等：此处用典。司马迁《史记·货殖列传》：“江陵千树橘……此其人与千户等。”指江陵人拥有千株橘树，其经济收入状况与千户侯相当。

【导读】

这首诗采用了白描的手法，将农夫采果的场面描绘得栩栩如生，正如“倚梯人正采，压岸雨初淋”。在一系列的场景描写之后，用典引出“千户等”描绘人民的生活状况。最后，诗人发出了感叹“不觉暮愁侵”。

城东即目

[清] 吴士晋

东郊一溪水，三港互相隔。
居民在洲渚①，自谓得安宅。
巨浸忽稽天②，惊波卷沙碛③。
登城试一望，仅见几屋脊。
桑田变沧海，此语传自昔。
何日浚城濠④，溪深患方息？

【作者简介】

吴士晋（生卒年不详），浙江常山人，清康熙年间（1662—1722）贡士，曾任新城（今浙江富阳新登）训导。

【注释】

①洲渚：水中陆地。本诗见清光绪《常山县志》。

②稽：至，及。《庄子·逍遥游》：“大浸稽天而不溺。”

③沙碛：水中沙堆。

④浚城濠：疏挖护城河。濠，通“壕”。

【导读】

诗人于城东登城即目一望，见到昔日安宅被大水冲毁，仅剩几片屋脊时，一时有感而发遂有此诗。此诗表达了诗人忧民的胸怀及对水患带来的灾难的痛心。“安宅”与“屋脊”对比之下，更显现“巨浸”“惊波”之汹涌残酷。桑田变沧海，何日才能够疏挖护城河，使水患得以解决呢？

【资料卡片】

出来远门有感

[清] 吴士晋

西高峰下路，来往人千亿。
熙熙复攘攘，彼各食其力。
黑夜尚奔驰，雨途行弗辍。
显者乘肩舆，跨马前驱喝。
贫者肩舆人，负担气抑郁。
苦乐太不均，登峰三太息。

衢州杂感[1]（十首其三）

［清］洪昇

一

巑岏岭势矗仙霞[1]，阻遏妖氛建虎牙[2]。
障日丛篁宁容骑[3]，连云列戟不通鸦[4]。
居人乱后惟荒垒[5]，巢燕归来止数家。
一片夕阳横白骨，江枫红作战场花。

二

荒村野老暮相逢，为说今年浲水冲[6]。
一夜波涛如溃海，万山风雨出飞龙。
支崖不见孤撑石，卧壑曾闻倒拔松。
听罢踟蹰坠双泪，可能入告免租庸[7]？

三

城荒孤树立云根，水退清溪露石痕。
鼓角秋风寒似塞，牛羊落日废如村。
漂零自分儒生贱[8]，干谒方知长吏尊[9]。
那得为农成独往，瓦盆盛酒对儿孙[10]？

【作者简介】

洪昇（1645—1704），字昉思，号稗畦，钱塘（今浙江杭州）人。清代戏曲家，与《桃花扇》作者孔尚任并称“南洪北孔”。出身名门世家，做过二十年国子监生，在政治上郁郁不得意。作有传奇《长生殿》，于康熙二十七年（1688）脱稿，轰动一时。次年八月因在佟皇后丧期内演出此剧，受到弹劾，被革去国子监生籍。后漫游江南，在吴兴（今浙江湖州）醉后落水而死。后人有“可怜一曲《长生殿》，断送功名到白头”之叹。著有诗集《稗畦集》《稗畦续集》《啸月楼集》，杂剧《四婵娟》，传奇《长生殿》等。今人辑有《洪昇集》。

【注释】

①巑岏（cuán wán）：山势高大险峻的样子。

②妖氛：这里指康熙十三年（1674）耿精忠在福建起兵响应吴三桂叛乱。虎牙：本为东汉将军名号，后泛指将军。此指将帅之旗。

③丛篁：竹林。宁容骑：岂能容许战马通过。

④ 连云列戟：形容兵马众多。戟，古代的一种兵器。

⑤荒垒：荒废的军垒。

⑥洚水：大水。

⑦入告：臣下向朝廷报告。租庸：唐初曾实行租庸调的税法。此指赋税。

⑧自分：自己估量。

⑨干谒：请求帮助。干，求。谒，拜见。

⑩瓦盆盛酒：杜甫《少年行》："莫笑田家老瓦盆，自从盛酒长儿孙。"

【导读】

康熙二十五年（1686）秋，诗人客游衢州。当时，"三藩之乱"平定不久，又遇到洪水泛滥，衢州一带饿殍遍野，民不聊生，诗人目睹这一惨状，不由得感慨万分，挥笔写下了《衢州杂感》十首，这里选入的是其中三首。诗的基调悲凉，在这个背景下，诗人将百姓穷苦困难的生活现象刻画得入木三分，让人感慨万千。

三衢夜雨[1]

[清] 陈韶

孤城细雨夜停车，山势峥嵘石径斜。
草色已荒殷浩宅[2]，诗书犹识圣人家[3]。
空岩人去柯偏烂，古洞龙归桔自花。
姑蔑从来形胜地，重关南去是仙霞。

【作者简介】

陈韶（生卒年不详），字九仪，号花南，青浦（今上海青浦）人。历任台州、乌镇、绍兴同知。工诗，善画山水，著有《花南诗集》《梅庄小志》。

【注释】

①三衢：即衢州，因境内有三衢山而得名。

②殷浩宅：东晋将军殷浩北伐失败，曾被贬住在信安（今衢州市）。

③圣人家：衢州城东街有孔庙，为孔子南宗家庙所在。

【导读】

本诗写的是诗人在雨夜停车三衢的所见所思。以“殷浩宅”“圣人家”为例，阐发作者在雨夜三衢中的感受，时间飞逝，万物皆变化，然而有些东西却在历史的长河中被留下。衢州的“山势峥嵘”“形胜地”亦给了诗人鲜明的感受。

【资料卡片】

衢州夜雨

[清]郭嵩焘

西北浮云东去长，孤城四月雨浪浪。
高穹黯淡平陂白，夏麦漂流春草黄。
半夜风涛沉鼓角，扁舟江浦梦潇湘。
干戈愁疾俱难遣，酒醒三更泪数行。

三衢道中[1]

[宋]曾幾

梅子黄时日日晴[2]，小溪泛尽却山行[3]。
绿阴不减来时路，添得黄鹂四五声。

【注释】

①本诗见《茶山集》。

②梅子黄时：指农历五月间梅子变黄时节。

③小溪泛尽：在小溪上泛舟到了尽头。却山行：又改走山路。

【导读】

这是一首纪行诗，全诗明快自然，极富有生活韵味。写诗人行于三衢山道中的见闻感受，不仅写出了初夏的宜人风光，而且诗人的愉悦情状也栩栩如生，让人领略到平常景色的意趣。诗还有个特点，就是通过对比融入感情。诗将往年阴雨连绵的黄梅天与眼下的晴朗对比；将初来时的山林的幽静与眼前的黄莺的鸣叫声对比，产生了起伏，引出了新意。全诗又全用景语，浑然天成，描绘了浙西山区初夏的秀丽景色；虽然没有铺写自己的感情，却在景物的描绘中契入了自己愉快欢悦的心情。

【资料卡片】

三衢道中马上口占

［宋］胡宿

短亭疏柳映秋千，马上人家谷雨前。
几树旗枪茶霍靡，一溪鳞甲水潺湲。
莺期别后闻馀哢，蚕候归来见小眠。
可惜西湖湖上月，夜来虚过十分圆。

三衢道中（三首其二）

［元］张雨

一

大溪中道放船流，船压山光泻碧油①。
三百里滩攲枕过，买鱼酾酒下严州②。

二

东风恶剧雨飞花，被底春寒水涨沙。
兰茝溪香小回首③，一峰晴雪是金华④。

【作者简介】

张雨（1277—约 1348），一名天雨，字伯雨，号贞居子，钱塘（今浙江杭州）人。年二十余弃家为道士，往来华阳、云石间，自称句曲外史。能诗词，工书翰，与赵孟頫等往来。著有《句曲外史集》《玄品录》。

【注释】

①碧油：形容碧绿的溪水。

②严州：北宋宣和三年（1121）改睦州为严州，元属江浙行省建德路，治所在今浙江建德市。

③兰茝：茝，chǎi 皆为香草。《楚辞》：“兰茝幽而独芳。”

④金华：元属江浙行省婺州路，今浙江金华市。

【导读】

本诗是诗人在三衢道中的所见所感，这里选了三首中的两首。第一首，诗中采用了比喻的手法，如以碧油来形容水绿。“三百里滩攲枕过，买鱼酾酒下严州”，虽无直接阐述作者情感的诗句，但在写景写事中表露出作者愉悦闲适的心情。第二首形象生动地描写了环境，“东风恶剧雨飞花”，读者身临其境，仿佛感受到了雨在风中飞舞的情形。

明发三衢[1]三首

[宋] 杨万里

一

拔尽新秧插尽田，出城一眼翠无边。
不关雨水愁行客，政是年年雨水天[2]。

二

冲风破雨正愁人，愁得心情没半分。
风处吹来好消息，诸峰放散夜来云。

三

云欲开时又不开，问天觅阵好风催。
雨无多落泥偏滑，溪不胜深岸故颓[3]。

【注释】

①本诗见于《诚斋集》。诗人简介见前。宋淳熙六年（1179），作者离开常州，南归故乡吉水，经过衢州乡村时根据见闻写下此诗。同时还有《四月一日三衢阻雨》《插秧歌》等诗作。

②政是：正是。政，通“正”。

③颓：倒塌。

【导读】

三首诗都以“雨”为意象，无论是“不关雨水愁行客”“冲风破雨正愁人”还是“雨无多落泥偏滑”，都以雨为“愁”。转而诗人又以“风”为意象，风吹云雨，诗的境界豁然开朗。

过衢州

[清]钱维城

落日碧溪净，开帆暮雨晴[①]。
西风如有意，送我衢州城。
橘实霜后熟，枫林霞外明。
两涯纷过锦[②]，岂直画中行。

【作者简介】

钱维城（1720—1772），字幼安，一字宗磐，号纫庵，一号稼轩。江苏武进人，清乾隆十年（1745）状元。授修撰，迁右中允，授翰林院侍读学士。转侍讲学士，擢内阁学士、兼礼部侍郎，进刑部左侍郎。因按律执行，量刑恰当，故深得皇帝宠信。迁浙江学政，因冤案降职。平苗乱有功。父死服丧，后病卒，谥“文敏”。书画皆能，著有《茶山集》。

【注释】

①帆：船桅上的布篷，船帆。

②涯：水边。锦：色彩鲜明华丽。此处代指缤纷美景。

【导读】

钱维城首先是著名画家，其次才是优秀诗人。徐世昌《晚晴簃诗话》说钱维城“诗为画名所掩，然吐属清隽，皆非凡响”。其诗才子气、政客气与画家气兼具，尤以画家气最为浓厚。此诗中绘事描写甚多，诗画相通，画中有诗，诗中有画。

【资料卡片】

雨后过平阳县

[清]钱维城

雨过空翠滴，风转弱云低。
一路杏花发，满山春鸟啼。
人家斜崦口，城郭夕阳西。
不信尘中得，行行惜马蹄。

晚过安仁渡①

[清]徐之凯

暝入平沙鸦满林，悬崖鸣濑气萧森。
江宽易变风云色，夜冷常怀冰雪心②。
旧历青山随眼识，惭来明月带愁深。
酒樽莫为更筹误③，相伴渔舟有笛声。

【作者简介】

徐之凯（生卒年不详），字正强，号若谷，西安（今浙江衢州）人。顺治进士，康熙七年曾任桂阳（今湖南汝城）知县。著有《初学》《北思》《汶山》《流憩》等集。

【注释】

①本诗见民国《衢县志》。安仁渡：衢州与龙游之间的镇，傍衢江有渡口。

②冰雪：比喻晶莹洁白。

③更筹：古代夜间报更的牌。泛指时间。

【导读】

《衢县文史资料》登载的《樟潭镇经济发展史略》一文中提到："在樟潭镇还未形成繁华的港镇之前，东乡的热闹之所在安仁铺。"樟潭最早的渡口就在今安仁铺。直到现在，安仁铺及附近村庄的村民中还流行着一句口头禅：难过安仁渡，难走锦桥路。为此，自古就有不少文人骚客留下过许多吟诵安仁渡的诗篇，如杨万里的《过安仁市得风挂帆》《游衢州仙岩安仁渡》，陆游的《衢州道中》，刘基的《登安仁驿》等。徐之凯的《晚过安仁渡》是其中之一。

【资料卡片】

过安仁市得风挂帆二首

[宋] 杨万里

一

明发山溪一雨余，昨来暑气半分无。
何人道是三衢远，挂起东风十幅蒲。

二

西望柯山正蔚蓝，衢州只在此山南。
却愁路尽风犹剩，回纳清风与破帆。

安仁道中（其一）

[宋] 陆游

千古临邛路，飘然偶独游。
病身那迫老，远客更禁秋。
水退桥未葺，渡闲船自流。
飞腾付年少，回首思悠悠。

步云楼即事两首[1]

[清]舒庆云

一

城里青山屋外田[2]，茅檐麦浪起炊烟。
小楼昨夜笙歌散[3]，应有插秧人未眠。

二

小有山头太守衙，尚留余地种桑麻。
何当陌上春归后，香遍衢州桔柚花。

【作者简介】

舒庆云（生卒年不详），字兴虞，南昌府靖安县（今属江西省宜春市）人。

【注释】

①本诗见民国《衢县志》。步云楼：原在衢州府山旧府治内。已毁。

②城里青山：指衢州城内的府山。屋外田：衢城东门内有大片水田。

③笙歌：泛指奏乐唱歌。清蒲松龄《聊斋志异·西湖主》：“归过洞庭，见一画舫，雕槛朱窗，笙歌幽细，缓荡烟波。”

【导读】

本诗写于乾隆四十九年（1784）春夏，舒庆云遵皇命来到衢州任知府之职。他到任之初，就按照惯例前往孔氏南宗家庙拜谒孔子圣像，在孔子灵前上香叩头。作陪的就是孔子第六十八代嫡长孙、翰林院五经博士孔传锦。一来一往，舒庆云和孔传锦就成了朋友。这四首诗，就是孔传锦前往步云楼拜会舒庆云时，舒庆云书写成四条幅赠给孔传锦的。

自衢州至兰溪[①]

[明] 刘基

秋郊敛微雨，霁色澄人心。
振策率广路[②]，逍遥散烦襟[③]。
疏烟带平原，薄云去高岑。
湛湛水凝碧，离离稻垂金[④]。
荞麦霜始秀，玄蝉寒更吟[⑤]。
幽怀耿虚寂，好景自相寻。
心契清川流[⑥]，目玩嘉树林。
歌传沧浪调[⑦]，曲继白雪音[⑧]。
仙山在咫尺，早晚期登临。

【作者简介】

刘基（1311—1375），字伯温，谥曰文成，丽水青田县南田乡（今浙江省文成县）人，元末明初军事家、政治家及诗人。好学敏求，聪慧过人。通经史、晓天文、精兵法。元至顺年间进士，后为明朝开国功臣。其诗沉郁顿挫，多忧时悯世之作。诗文与宋濂、高启并称“明初三大家”。著有《诚意伯集》。

【注释】

① 兰溪：县名，今属金华市兰溪市。

② 振策：举起马鞭，指骑马。率：遵循，沿着。

③ 烦襟：胸怀愁闷。

④ 离离：繁茂的样子。

⑤ 玄蝉：黑蝉。

⑥ 契：投合。

⑦ 沧浪调：《楚辞·渔父》：“渔父莞尔而笑，鼓枻而去，歌曰：‘沧浪之水清兮，可以濯吾缨；沧浪之水浊兮，可以濯吾足。’”

⑧ 白雪：古楚国的一首艺术性较高的歌曲。今有“阳春白雪”之谓，泛指高雅不通俗的音乐。

【导读】

此诗是元朝末年，刘伯温不满官场污浊，与宋濂相约后辞官回乡，一路从江西经衢州到兰溪，到长乐（今福州）时，兴感而发所写。刘伯温心存忧患，诗学杜甫，兼之元季锋镝鸿洞，神州板荡，故其诗有议政之倾向，体现了强烈的批判精神。

【资料卡片】

望云

[明]刘基

忆昔西湖睹庆云，玉毫贯顶动星文。
烛微早已征休瑞，革命方知佐圣君。
香火重参龙象窟，烟霞久负鹿麋群。
赤松黄石今安在，徙倚莲台怅夕曛。

三、名胜故迹

三衢胡定愍祠诗[①]

[宋]朱翌

把酒论诗建业城[②]，三年金石见交情[③]。
罗池忽待中流泊[④]，姑蔑应无剧雨倾[⑤]。
直道岂知人负我[⑥]，英姿如在死犹生[⑦]。
炉香销尽丛祠晚[⑧]，独对西风泪臆横[⑨]。

【作者简介】

朱翌（1098—1167），字新仲，号潜山居士，舒州怀宁（今属安徽潜山）人。徽宗政和进士，南渡后为中书舍人。因不阿附秦桧，谪居韶州（今广东韶关）十九年，一生广游名山胜景。著有《湘江集》《潜山集》。

【注释】

①本诗见民国《衢县志》。胡定愍：胡唐老，字俊民，晋陵（今属江苏常州）人。徽宗崇宁年间进士，历仕南京国子监博士、知江陵县、秘书省校书郎殿中侍御史、衢州知府，镇江知府兼浙西安抚使等职，卒谥定愍。胡唐老曾于南宋高宗建炎三年（1129）任衢州知府，挫败叛军苗傅攻城之举。故在其死后衢人感念之为建胡定愍祠。

②建业：古县城，治所在今南京市。胡唐老任南京国子监博士时，朱翌也在南京任职，二人有三年交谊。

③金石：比喻坚固、坚贞的友情。

④罗池：池名，在广西柳州市东，为当地名胜。

⑤姑蔑：姑蔑即衢州古称。剧雨：胡唐老知衢州时，苗傅率叛军攻城，适逢大雨雹，城上矢石齐发，叛军败走。

⑥直道：正直之道。人负我：胡唐老任殿中侍御史时，金兵破汴京，立刘豫为楚帝。胡唐老身陷城中，因被金人杖责几死，以疾得免称臣于伪楚。后南宋朝廷误以为他受伪职，予以降官二级处分，他不予申辩。

⑦英姿：指寺庙中胡唐老之塑像栩栩如生。按胡唐老在镇江知府任上时，败兵戚方等欲裹胁胡唐老率部南犯临安，被胡唐老怒斥，遂不屈被害，故云虽死犹生。

⑧丛祠：指祠庙周围荒凉，树木丛生。

⑨泪臆横：眼泪横流满胸。

【导读】

本诗是作者对着三衢胡定愍祠，怀念友人胡唐老所写，抒发了作者对老友的怀念之情，更是通过短短几句诗叙述了胡定愍的一生大事记。“英姿如在死犹生”，是作者对友人高洁不屈品质的肯定，“独对西风泪臆横”形象生动地写出了作者对时光流逝、物是人非的感慨。

谒徐忠壮公祠①

[明]方应祥

夜落星芒风怒号，晋宁城上拥弓刀②。
浑脱乱济云冲阵③，娄宿惊看血溅袍④。
岚石军民图像古，柯山阀阅对门高。
紫阳纲目称良史⑤，特笔先书四字褒⑥。

【作者简介】

方应祥（1561—1628），字孟旋，号青峒，西安（今衢州）人。万历四十四年（1616）进士。历任南京兵部职方司主事、山东布政司参政兼按察司佥事，提督学政。清代康熙《衢州府志》称应祥“为文自辟阡陌，非六经语不道”。晚年与徐日新、叶秉敬等于大考山青峒书院创倚云社，于烂柯山举办青霞社，编《青霞社草》，著有《四书讲义》《青来阁文集》等。

【注释】

①本诗见民国《衢县志》。徐忠壮，即徐徽言宋代抗金英雄。作者原跋：《宋史》称公忠过于颜真卿、段秀实。宋书《公传》，范浚叙公特详，丰功奇节，闻者兴起。吾乡先哲，心向往之久矣。柯山下石室里，公祠在焉。堂悬榜刻“忠贯日月”朱文公书。万历丁已春余得谒祠见之，敬纪以诗，为之低回不能去云。

②晋宁城：徐徽言靖康元年升经武郎，知晋宁（今陕西佳县）兼岚（岚州，今山西岚县）石（石州，今山西离石区）路边安抚使。不久，宋钦宗割让河东、

河西两路等黄河以北府，徽言毅然挥师收复河西路等府州。

③浑脱：羊皮筏子。

④娄宿：娄，二十八星宿西方七宿之一，娄宿代指西夏。

⑤紫阳：朱熹的别号。纲目：指朱熹编的史书《通鉴纲目》。

⑥此句指徐氏堂内悬有朱熹所书“忠贯日月”之匾额。

【导读】

这首诗的诗题为“谒徐忠壮公祠”，实是由祠怀人，表达了诗人对徐忠壮的丰功伟绩的向往崇拜之情。前两联通过对徐忠壮生前作战场面的描写，展现了一个忠肝义胆、英勇无前的英雄形象。后两联对徐忠壮公祠的现状景况描写，形成了一个生前死后的景象对比。通过朱熹的题字，从侧面反映徐忠壮的高洁品质。

烂柯山石桥

[唐]孟郊

仙界一日内，人间千载穷[①]。
双棋未遍局[②]，万物皆为空。
樵客返归路，斧柯烂从风，
唯余石桥在，犹自凌丹虹。

【作者简介】

孟郊（751—814），字东野，湖州武康（今浙江德清）人。早年困顿。屡试不第。四十六岁才中进士，五十岁任溧阳尉，因吟诗荒废政务，被罚半年俸禄。元和初，任水路转运判官，定居洛阳。属于苦吟诗派，作诗苦心孤诣，其诗作多写世态炎凉，民间苦难，有“诗囚”之称，与贾岛并称“郊寒岛瘦”。孟诗现存500多首，以短篇五古最多。著有《孟东野诗集》。

【注释】

①穷：尽，完了。

② 遍局：下完一局棋。

【导读】

这首诗是诗人见烂柯山石桥所作，诗中描写了烂柯山的棋局，“仙界一日内，人间千载穷”表达了对世事变迁的感慨：时间流逝，世间万物皆为空。而在这些不断变迁的事物之外，石桥却仿佛是见证者，“唯余石桥在，犹自凌丹虹。”

【资料卡片】

三衢马太守昂夫索题烂柯山石桥

[元] 萨都剌

洞口龙眠紫气多，登临聊和《采芝歌》。
烂柯仙子何年去，鞭石神人此地过。
乌鹊横空秋有影，银河垂地水无波。
遥知题柱凌云客，天近应闻织女梭。

石桥山留题[①]

[元] 鲜于枢

旁通日月上星辰，有路遥应接玉京[②]。
仙弈未终人物换，秦鞭不到海波平[③]。
当时混沌知谁凿[④]，他日崆峒强自名[⑤]。
枯树重荣事尤异[⑥]，欲从樵者问长生。

【作者简介】

鲜于枢（1256—1301），字伯机，自号困学山民，又号寄直老人。汉族，生于汴梁（今河南开封）大都（今北京）一说渔阳（今天津蓟州）人，元代著名书法家、诗人。大德六年（1302）任太常典薄。元世祖至元年间以才选为浙东宣慰司经历，后改浙东省都事，晚年任太常典簿。好诗歌与古董，文名显于当时，书法成就最著。明朱权《太和正音谱》将其列于“词林英杰”一百五十人之中。鲜于枢与赵孟頫齐名，同被誉为元代书“巨擘”，并称“二杰”“二妙”。

著有《困学斋集》等。

【注释】

①本诗见民国《衢县志》。石桥山：即烂柯山。《太平御览》卷四十七引《郡国志》曰："石室山，一名石桥山，一名空石山。"

②玉京：《魏书》："道教源出于老子，自言先天地生，以资万类。上处玉京，为神王之宗。"此指神仙境界，亦喻皇都。

③秦鞭：《艺文类聚》卷七九引《三齐略记》：（秦）始皇作石桥，欲达海观日出处，于时有神人，能驱石下海。阳城一山石，尽起立，嶷嶷东倾，状似相随而去。（帝）云石去不速，神人辄鞭之，尽流血。石莫不悉赤，至今犹尔。

④混沌：传说盘古氏开天辟地之前，天地未分，混沌一片。

⑤崆峒：《茶庵寺重修碑记》：我国崆峒有五，一甘肃平凉，二河南临汝，三甘肃岷县，四江西赣县，五山东牟平北海中岛，而以平凉崆峒有玄鹤者为是为真。此处或即"空洞"之意，与之前混沌相对。

⑥枯树：《易经·大过》有"枯杨生稊"语，《庄子》有"文离叔滑介叔观于冥伯之丘，昆仑之墟，黄帝之所休，俄而，柳生其左肘"的典故，此句疑化用 此典故。

【导读】

鲜于枢曾任浙东宣慰司经历、浙江行省都事，足迹遍钱塘江上下。他到衢州烂柯山，见石桥气势磅礴，凌云横绝，颇发感慨。当即染翰挥毫写下此诗。诗人由山形似石桥入题，想象飞腾，驰骋于日月星辰之上，神仙境界之中，混沌未开之前。如神龙翔游于天际，见其首不见其尾，偶露一爪一鳞，使人只能望而兴叹。诗中的"崆峒"是个多义词，或即"空洞"之意，借指烂柯石室。

游烂柯山题青霞洞天石室中

[明] 胡应麟

布袜芒鞋兴未阑①，天风吹客上层峦②。
仙山七日柯初朽，人世千秋局未残。
塔影半摇苍霭暮，钟声微度白云寒。

龙肝食罢知难老③，笑揖群真跨紫鸾④。

【作者简介】

胡应麟（1551—1602），字元瑞，号石羊生，又号少室山人。浙江兰溪人。明朝著名学者、诗人、文艺批评家。一身布衣，却广交天下，无论贵贱。筑室山中，购书四万余卷，藏之于二酉山房。勤事著述，征引广博。著有诗论专著《诗薮》、诗文集《少室山房集》、论学专著《少室山房笔丛》等。

【注释】

①芒鞋：用芒茎外皮编织成的鞋。亦泛指草鞋。苏轼《宿石田驿南野人舍》诗："芒鞋竹杖自轻软，蒲荐松床亦香滑。"

②天风：风行天空，故称。蔡邕《饮马长城窟行》："枯桑知天风，海水知天寒。"韩愈《辛卯年雪》诗："波涛何飘扬，天风吹幡旂。"

③龙肝：喻指珍美稀有的佳肴。难老：犹长寿。多用作祝寿之辞。《诗·鲁颂·泮水》："既饮旨酒，永锡难老。"郑玄笺："已饮美酒，而长赐其难使老；难使老者，最寿考也。"苏轼《赐正议大夫守门下侍郎孙固生日诏》："难老之祥，神人攸相。"

④紫鸾：传说中的神鸟。杜甫《秋日夔府咏怀奉寄郑监李宾客一百韵》："紫鸾无近远，黄雀任翩翾。"

【导读】

这首诗语言通俗质朴，"布袜芒鞋兴未阑"，写出了诗人对于登山的兴趣盎然，"天风吹客上层峦"，语言风趣生动，运用了拟人的手法。通过对烂柯山棋局传说的描写以及对山间风景的描绘之后，抒发了"龙肝食罢知难老，笑揖群真跨紫鸾"的感叹，展现了诗人旷达的胸襟。

【资料卡片】

宴烂柯山

［明］胡宗宪

十里云山一径通，天门高敞五云中。

披云把酒兴不尽，直上峰头踏玉虹。

四、秀色山水

峥嵘岭①

[唐]孟郊

疏凿顺高下②，结构横烟霞③。
坐啸郡斋肃④，玩奇石路斜。
古树浮绿气，高门结朱华⑤。
始见峥嵘状，仰止逾可嘉⑥。

【注释】

① 峥嵘岭：山名。在今浙江衢州西北隅。

② 疏凿：开凿。

③ 结构：指建筑物。

④ 坐啸：闲坐吟啸。指为政清闲。东汉清流成瑨为南阳太守，委政务于功曹岑晊。当时民谣云："南阳太守岑公孝（岑晊字），弘农成瑨但坐啸。"见《后汉书》卷六七《党锢传》。啸，撮口吹出声音。郡斋：郡守（唐代为州刺史）的起居处。

⑤ 朱华：红花。

⑥ 仰止：仰望。可嘉：值得称赞与嘉许。

【导读】

峥嵘山和龟峰山合称府山。唐初，府山是信安王府所在地。民国《衢县志》载："王既两为衢州刺史，则峥嵘岭之郡治，当时实为信安王府也。"唐时期，衢州称信安郡。开元十二年（724），太宗李世民曾孙李祎封信安郡王，其郡王府就建在府山之上。自此之后，府山为历代郡、州、路、道、府的治所所在地。孟郊所作《峥嵘岭》一诗，正是专门描写当时峥嵘山的繁华景象的。其诗风奇险，语言务去陈言，创新求异。

【资料卡片】

峥嵘怀古

[清]汪致高

骤雨初晴爽气清，扶筇独自上峥嵘。
人家五色藏姑蔑，战马千年说郑平。

莲沼香消红粉坠，药炉丹冷白云生。
低回背手斜阳路，一树寒蝉断续鸣。

游烂柯山

[宋]赵湘

仙人与王质，相会偶多时①。
落日千年事，空山一局棋。
树高明月在，风动白云移。
未得酬身计②，闲来学采芝③。

【作者简介】

赵湘（959—993），字叔灵，衢州西安（今浙江衢州）人，祖籍邓州南阳（今属河南），北宋初期诗人。名臣赵抃祖父。太宗淳化三年（992）进士，官终庐江尉。其诗善绘物象而不雕琢怪涩，清新平易而不粗俗疏野，在宋初诗坛上独辟蹊径、自成一家。著有《南阳集》。

【注释】

①本诗见康熙《古今图书集成》，乾隆四库全书本与《方广寺石桥》合题《游山》。偶：副词。相对。

②酬：实现（心愿、愿望）。身计：生计。唐代方干《客行》诗：“乡心日落后，身计酒醒时。”

③采芝：即《采芝操》，琴曲名，相传为汉初四隐士“商山四皓”所作。词句意指学“商山四皓”隐居不仕。

【导读】

赵湘是宋初“晚唐体”的代表诗人，宋祁评价其诗，云：“若叔灵不傍古，不缘今，独行太虚，探出新意，其无谢一家者欤？”其诗工于五律而幽峭清丽，体物入微且淡雅蠲洁，思力清整而隽永精美。由于宋初隐逸之风兴盛，加之其一生所交游之士多为僧人、处士，深受佛教的影响，因而在其诗中，隐逸的情怀都占其思想的主流。

【资料卡片】

游烂柯山

[唐] 李幼卿

一

拂雾理孤策，薄霄眺层岭。
迥升烟雾外，豁见天地心。
物象不可及，迟回空咏吟。

二

巨石何崔嵬，横桥架山顶。
傍通日月过，仰望虹霓迥。
圣者开津梁，谁能度兹岭。

三

二仙自围棋，偶与樵夫会。
仙家异人代，俄顷千年外。
笙鹤何时还，仪形尚相对。

四

石室过云外，二僧俨禅寂。
不语对空山，无心向来客。
作礼未及终，忘循旧形迹。

烂柯山

[宋] 朱熹

局上闲争战①，人间任是非。
空教采樵客，柯烂不知归。

【作者简介】

朱熹（1130—1200），字元晦，号晦庵。祖籍徽州婺源（今江西婺源），生于南剑州尤溪县（今福建尤溪）。南宋著名的理学家、教育家、诗人，闽学派的代表人物，儒学集大成者。谥文，称朱文公。朱熹 19 岁参加乡试、贡试，荣登进士榜。历仕高宗、孝宗、光宗、宁宗四朝，曾任江西南康知县、福建漳州知府、浙东巡抚等职。创建“朱程学派”。著有《四书章句集注》《太极图说解》《通书解说》《周易读本》《楚辞集注》等，后人辑有《朱子大全》。

【注释】

①局：棋盘。

【导读】

南朝梁任昉《述异记》载：“晋王质入山采樵，见二童子对弈。童子与质一物，如枣核，食之不饥。局终，童子指示曰：汝柯烂矣。质归乡里，已及百岁。”烂柯山因此得名，其不但是道家七十二福地之一，佛家与儒家亦在此安营扎寨。石桥寺建于南朝梁大同七年，是一座江南名刹，香火鼎盛。理学大师朱熹曾在烂柯山上的梅岩书院聚徒讲学。其与吕祖谦在著名的“鹅湖之会”辩论之后，在衢州再次围绕《春秋》《礼》学、儒佛之辨等问题展开了激烈的争辩。史称“三衢之会”。这正是朱熹与烂柯山的渊源所在。《烂柯山》一诗表达了一生忧时伤世、纠结于人欲天理的朱老夫子对浮生偷得一梦的半日逍遥的向往与歆羡。

【资料卡片】

游烂柯山

[唐] 李深

一

寻源路不迷，绝顶与云齐。
坐引群峰小，平看万木低。
双林春色上，正有子规啼。

二

嵌空横洞天，磅礴倚崖巘，
宛如虹势出，可赏不可转。
真兴得津梁，抽簪永游衍。

三

羽客无姓名，仙棋但闻见。
行看负薪客，坐使桑田变。
怀古正怡然，前山早莺啭。

四

稽首期发蒙，吾师岂无说。

安禅即方丈，演法皆寂灭。
鸣磬雨花香，斋堂饭松屑。

烂柯山

[明] 陆应阳

残星半落松坪老，绝壁孤悬鸟道寒。
天外送青来片石①，雨余飞翠入层栏②。

【作者简介】

陆应阳（1542—1627），字伯生，号古塘居士、片玉山人，江苏松江（今上海青浦）人，书斋名曰“白雪斋”“九英斋”。以诗文自励，喜游历名山大川，与一时名士交往，所到之处辄留诗篇。著有《广舆记》《樵史》《太平山房诗选》《笏溪草堂集》等。

【注释】

①片石：孤石，一块石头。唐代李颀《题璇公山池》诗：“片石孤峰窥色相，清池皓月照禅心。”

②层栏：即层峦。

【导读】

陆应阳善诗不为虚言。屠长卿令青浦，最爱伯生，尝招与冯开之、吴叔嘉夜集，又作诗赠之。其被斥而往秣陵，又以诗送之。至去官，留别诗云：“如云相送木兰风，银汉苍苍烛影红。何处销魂何处笛，月高霜落水烟空”“翰君湖上领烟霞，马首荒凉一片沙。且醉宜城三百石，放舟醉去泊芦花。”其诗较不易见，有大历诗人清空幽远、闲淡深情之风，又兼诗中自有其自身的潇洒磊落之气，更见独特风貌。

【资料卡片】

题烂柯山

[明] 王瓒

不逢仙子敲棋局，犹见樵木上翠微。
曲径巉岩龙骨转，寥天空阔鹤群飞。

庚申九日同人鹿鸣山登高[1]

[清] 沈致坚

浙东风景极清幽，况是云山据上游。
佳节逢君频进酒，他乡作客几经秋。
茱萸遍插群贤集[2]，金瀫平分二水流[3]。
珍重题糕传轶事[4]，好留诗句厌归舟。

【作者简介】

沈致坚（1864—1925），字卓如、立先、卓吾，清末湖北黄冈（今新洲）县人，曾任金华道道尹。为问津书院问津堂会课生，清光绪二十年（1894）中举。后考取宗室官汉学教习，官至刑部，曾受委为广西兼贵州清吏司。著有《黄州府志拾遗》《经纬堂诗集》等。

【注释】

①本诗见民国《衢县志》。庚申九日：即1920年重阳节。同人：亦作“同仁”，旧时称志趣相同或共事的人。

②茱萸：植物名，有浓香。古人重阳日登高佩戴茱萸以去邪辟恶。王维《九月九日忆山东兄弟》：“遥知兄弟登高处，遍插茱萸少一人。”

③金瀫：金水和瀫水。

④题糕：《邵氏闻见后录》：“刘梦得（禹锡）作九日诗，欲用糕字，以五经中无之，辍不复为。宋子京（祁）以为不然，故子京《九日食糕》有咏曰：

‘飙馆轻霜拂曙袍，糗糍花饮斗分曹。刘郎不敢题糕字，虚负诗中一世豪。’遂为古本绝唱。”按重阳节民俗食糕，谓“重阳糕”。

【导读】

此诗是民国九年（1920）重阳节，郑永禧与金衢严道道尹沈致坚九月九日到鹿鸣山登高互作和诗所作。“佳节”“茱萸”等词皆表达了诗人与友人重逢的喜悦之情和思亲思乡的愁绪。

【资料卡片】

郑永禧与沈致坚的唱和诗。

沈致坚诗云：

鹿鸣山势亦峥嵘，秋日登临百感生。
岚气欲浮疏树影，溪流不断捣衣声。
鹰摩苍盖千重迥，雁带斜阳一阵横。
极目楚天何处是，西风惆怅满江城。

郑永禧和诗为：

郑平当日镇峥嵘，乱后闾阎得再生。
谬说项王遗战垒，温随樵子觅棋声。
篱边疏落黄花缀，江上依稀白露横。
怅念鹤楼游迹在，何时重晤武昌城。

和庚申九日同人鹿鸣山登高原韵[1]

[清]郑永禧

禅房花木径通幽，作客频年此息游。
苹野呦鸣还忆昔[2]，桑田变换又惊秋。
天高气爽行逾健，江静风平浪不流。
乘兴登亭时闲览，倚楼闲数往来舟。

【注释】

① 本诗见民国《衢县志》。鹿鸣山：在衢州城区西部。

② 苹野呦鸣：《诗·小雅·鹿鸣》："呦呦鹿鸣，食野之苹。"呦呦：鹿鸣声。

【导读】

此诗是选自民国九年（1920）重阳节，郑永禧与金衢严道道尹沈致坚同登鹿鸣山互作和诗之一。首联和颔联表达了诗人对世事变换、沧海桑田的感慨；颈联和尾联陡然一转，表现出了一种豁达释然的情怀。天高气爽，江静风平，诗人于是"乘兴登亭""倚楼闲数"，享受眼前风景。

衢江

[明] 金实

鲛人宵织灵虚宫[①]，双垂练带光涌空。
玉梭飞残半钩日[②]，千尺平铺白如雪。
经烟纬雾回暖纹[③]，东风剪断春无痕。
远山飞岚蘸新绿，潜蛟吹涛钿花簇[④]。
越罗蜀锦不胜裁[⑤]，夜夜蓝江展银曲[⑥]。

【作者简介】

金实（？—1439），字用诚，浙江衢州开化人，明朝官吏。明成祖时曾除翰林典籍，参修《高皇帝实录》《永乐大典》。后又选为东宫讲官，升左春坊司直。一生好学不倦，博究经史，旁及诸家。卒于明英宗正统初年。著有《先正格言》《绝非斋文集》。

【注释】

①鲛人：亦作"蛟人"，是传说中的美人鱼。任昉《述异记》："南海出鲛绡纱，泉室（指鲛人）潜织，一名龙纱。其价百余金。以为服，入水不濡。"灵虚宫：神话传说中的龙宫。

② 玉梭：织梭之美称。此句意谓鲛人夜以继日地织造。

③ 经烟纬雾：以烟为经线，以雾为纬线。回：指纹路首尾相同。暖纹：指可以御寒的纹锦。

④ 潜蛟吹涛钿花簇：水中蛟龙鼓起的浪花团簇成堆，如同妇女的首饰相聚。

⑤ 越罗蜀锦：古代以越地之罗和蜀地之锦为上品。

⑥ 蓝江：蔚蓝的衢江。

【导读】

诗人将衢江喻作鲛人日夜织造的练带，“千尺平铺白如雪”；又将衢江水波喻为“回暖纹”“东风剪断春无痕”，多处比喻兼之用典，使衢江之水、衢江之貌恍然如在眼前。

宿樟树潭二首①

［清］赵文楷

一

白板门前泊钓船，碧没滑笏着轻烟②。

沙堤十里濛濛雨，恰似江南二月天。

二

夹岸梅花映水滨，白茫茫间碧粼粼。

分明一夜漫天雪，化作江南万树春。

【作者简介】

赵文楷（1760—1808），字逸书，号介山，安徽太湖人。清嘉庆元年（1796）丙辰科状元，授翰林院修撰。嘉庆五年（1800）出使琉球。九年，出任山西雁平道，署山西按察使。嘉庆十三年（1808）卒于任上，终年四十八。著有《石柏山房诗存》《独秀草堂古今文》。

【注释】

①樟树潭：位于衢州市东城区。当地人习惯将上埠头、中埠头、下埠头统称为樟树潭。

②碧没：形容绿水。滑笏：水波动荡不定貌。

【导读】

此诗为诗人于嘉庆五年（1800）出使琉球。途中路过衢州时所作。甫入衢境，赵文楷先作《衢州府》诗。因母潘老夫人病重，心中牵挂，因而此诗充满羁旅愁思。好在衢州景色不错，多少冲淡了些乡思亲情，于是写下了《宿樟树潭二首》。赵文楷一生著作甚丰，诗文皆美。其学生、清嘉庆年间礼部尚书浙江萧山人汤金钊曾评价他说："美哉，先生之为诗也！其情豪，其气逸，其性直，其识超，其魄力，无猥琐龌龊之思，无雕琢锤炼之迹。浏璃浑脱，纯任自然，旷迈遒上，不落尘滓，往往有太白神致焉。"

【资料卡片】

送客至樟树潭

[清]郑永禧

一水纹如縠，孤帆客路寻。
塔尖截云表，树影入潭心。
鸟语春风早，渔歌夕照沉。
桃花新涨发，应感我情深。

浮石潭

[清]郑永禧

乍向潭边小泊船，忽见片石独巍然。
潆洄曲水环三面[①]，突兀空江涌一拳[②]。
精卫难填尘里海[③]，娲皇欲补水中天[④]。
此心不肯随波转，砥柱中流若许年。

【作者简介】

郑永禧（1866—1931），字纬臣，号渭川。浙江衢州府西安县（今柯城）人。

祖籍福建，清初先祖为避耿精忠之乱，迁至衢州。光绪十九年（1893）登上浙江乡试副榜，二十三年（1897）参加乡试，名中解元。后衢州发生了震惊中外的教案，被革功名。民国六年任湖北恩施县知事。著有《衢县志》《施州考古录》《竹隐庐随笔》等。

【注释】

①潆洄：水流回旋。

②涌一拳：指浮石像一只拳头突兀于水面。

③精卫：神话中鸟名。相传炎帝女，名女娃，因游东海淹死，遂化为精卫，经常衔西山木石去填东海。

④娲皇：即女娲氏，神话中人类的始祖。传说她曾用黄土造人，并炼五色石补天。

【导读】

水流洄旋，环绕片石，这浮石正如一只拳头突兀于水面。该诗开门见山，以比喻手法，短短几句，便使浮石潭模样跃然眼前；紧接着又连用“精卫”“娲皇”两个典故，为尾联情感的爆发做了铺垫。全诗衔接自然灵动，寓情于景，表达了诗人纵使宦海沉浮，依然不改初心的坚定信念。

五、人物春秋

送信安刘少府①

[唐] 权德舆

相看结离念，尽此林中醁②。
夷代轻远游③，上才随薄禄④。
参卿滞孙楚⑤，隐市同梅福⑥。
吏散时泛弦⑦，宾至闲复局⑧。
襟情无俗虑，谈笑成逸躅⑨。
此路足滩声，羡君多水宿。

【作者简介】

权德舆（759—818），字载之，天水略阳（今陕西略阳）人。家于润州丹阳（今江苏丹阳）。以文章进身，由谏官累升至礼部尚书同平章事，参与朝政。著有《权文公集》。

【注释】

①诗题一作《自常州参军选授》。信安：春秋古蔑之地，汉太末县，东汉献帝初平三年（192）立新安县，晋太康元年（280）改名信安，属衢州。唐咸通中改西安县，地在今衢州境内。少府：唐代称县令为明府，县尉为县令之佐，故称为少府。

②醁：美酒。

③夷代：国家平安无事之年代。

④上才：具有上等才能的人。

⑤参卿：参谋、参军的代称。指代刘少府。孙楚：西晋末年人，曾为大司马石苞参军，后又任司马炎之弟扶风王司马骏之参军，惠帝初为冯翊太守。孙楚才藻卓绝，少年时有隐居之志，但未果。此句意谓刘少府才高而沉滞下僚，如同孙楚。

⑥梅福：人名，汉朝人，曾任南昌尉，后弃官归隐。后世江南各地，尤以闽粤，关于梅福成仙的传说甚多。

⑦泛弦：弹琴。

⑧复局：下棋。

⑨逸躅：安逸闲适的足迹。

【导读】

此诗为权德舆赠刘少府之诗。首句直抒胸臆，"结离念"直接写出了离别之意，但全诗的氛围并不悲伤。全诗表达了诗人对刘少府隐居之志的赞扬，也表达了诗人对隐逸生活的无限向往。诗人善于引用前人的例子，来表达自我的内在情感。

赠信安太守[1]

[唐]张玭

三衢正对福星时，喜得君侯妙抚绥[2]。
甲士散教耕垅亩[3]，书生闲许从旌旗[4]。
条章最是贫家喜[5]，禾黍仍防别郡饥[6]。
昨日中官说天意[7]，即飞丹诏立新碑[8]。

【作者简介】

张玭（生卒年不详），字象文，清河（今河北省邢台市清河县）人，诗人、才子。与张乔、许棠等称为"咸通十哲"。唐乾宁二年（895）进士，后入蜀仕王建为膳部员外郎，终金堂令。性喜为诗，童年有"白日地中出，黄河天上来"之句，为后世所称。有《张玭诗集》。

【注释】

①信安：地在今衢州。
②抚绥：安抚、治理。
③甲士：战士。
④旌旗：旗帜的通称，此指军旅生活。
⑤条章：法令制度。
⑥禾黍：粮食。
⑦中官：宦官。
⑧立新碑：公布诏令。古时常在石碑上刻文告之类的文字。

【导读】

本诗写的是信安太守任职衢州的丰功伟绩：战士教耕种，书生闲来从军，法令制度顺民意，粮食丰收无饿殍，种种现象说明信安太守的贡献之大，衢州人民生活之幸福，社会之和谐友善。实为淳朴的褒扬之诗。

送袁太祝衢婺巡覆[1]

［唐］权德舆

校缗税亩不妨闲[2]，清兴自随鱼鸟间。
知君此去足佳句，路出桐溪千万山[3]。

【注释】

①太祝：官名，执掌祭祀祈祷。

②校缗：查对、点校成串的铜钱。税亩：履田而税的简称，是中国古代征收田赋的税制。

③桐溪：桐江，富春江流经桐庐一段为桐江。

【导读】

这是一首赠别之诗，字句间寄托了诗人对袁太祝美好的祝福。通过想象，诗人仿佛看见享受鱼鸟之乐，没有税收烦恼的友人。诗人表达了真挚的期盼之情，期盼着友人能在衢州拥有怡然自得的生活。

岁暮枉衢州张使君书并诗因以长句报之[1]

［唐］白居易

西州彼此意何如[2]，官职蹉跎岁欲除[3]。
浮石潭边停五马[4]，望涛楼上得双鱼[5]。
万言旧手才难敌，五字新题思有余。
贫薄诗家无好物，反投桃李报琼琚[6]。

【注释】

①张使君：张聿，唐穆宗长庆初年自工部员外郎出为衢州刺史，敬宗宝历年间任严州刺史。

②西州：衢州。

③蹉跎：虚度光阴，此处指失意。

④浮石潭：原称苏布姥，在今衢州市城区北门外四里处，为衢江的一深潭。潭中有两块巨石突兀而起，即为浮石。五马：太守的代称。古代一乘四马，按《汉官仪》，太守出行增加一马，为五马。

⑤双鱼：书信。

⑥琼琚：佩玉。《诗经》："投我以木瓜，报之以琼琚。"

【导读】

此诗是白居易赠予张聿的一首诗。二、三句对仗工整，写出白张二人惺惺相惜之情谊。诗人引用《诗经》中的"琼琚"点明此诗歌的主旨。诗歌语言朴实无华，却能感受到诗人的真挚情感。

送祝秀才归衢州

[唐]朱庆馀

旧隐瀔溪上[①]，忆归年已深。
学徒花下别，乡路雪边寻。
骑吏陪春赏，江僧伴晚吟。
高科如在意[②]，当自惜光阴。

【作者简介】

朱庆馀（生卒年不详），名可久，越州（今浙江绍兴）人。唐宝历进士，官秘书省校书郎。其诗辞意清新，描写细致，为张籍所赏识。有《朱庆馀集》传世。

【注释】

①瀔溪：即瀔水，一称信安江，今称衢江。为钱塘江自衢州至兰溪一段的别称。

②高科：高第。

【导读】

此诗写的是诗人赠祝秀才归乡一事。当年隐居于瀫溪之上，如今却已飞黄腾达。通过对往昔的怀念，抒发了诗人对祝秀才珍惜光阴的美好祝愿。第三句中“骑吏”与“江僧”形成鲜明的对比，一种出仕与隐逸的对比。

送衢州崔员外[①]

[唐]薛逢

笑分铜虎别京师[②]，岭下山川想到时。
红树暗藏殷浩宅[③]，绿萝深覆偃王祠[④]。
风茅向暖抽书带，露竹迎风舞钓丝。
休指岩西数归日，知君已负白云期[⑤]。

【作者简介】

薛逢（生卒年不详），字陶臣，蒲州河东（今山西永济）人。会昌元年（841）进士，历侍御史、尚书郎。持论鲠切，文辞峻拔，以谋略高自标显，累迁秘书监卒。《全唐诗》仅存《薛逢诗》一卷。

【注释】

①本诗见《全唐诗》。崔员外：即崔耿，唐会昌二年（842）任衙州刺史。

②铜虎：铜形虎符。分铜虎指朝廷任命崔耿为衢州刺史。

③殷浩：陈郡长平（今河南西华县）人，晋康帝时征为建武将军，后为都督扬、豫、徐、兖、青五州军事，领兵北伐，败绩，废为庶人，贬居东阳信安（今衢州）卒。

④偃王祠：在今龙游县南灵山乡境内。偃王：即徐偃王。相传周穆王时，徐国是个很小的子爵国。徐子治国，仁义著闻。后来得了把红色的弓箭，以为得了天瑞，于是自称徐偃王。

⑤白云期：指归隐。

【导读】

此诗为崔员外任衢州刺史时所写。引殷浩与徐偃王两人的典故反衬崔员外之入仕。“知君已负白云期”并不是对崔耿放弃归隐之志的批判，“笑”字点明了诗人薛逢对其担任衢州刺史这一官职的祝福。

答衢州徐使君①

[唐]刘禹锡

烂柯山下旧仙郎，列宿来添婺女光②。
远放歌声分白纻③，知传家学与青箱④。
水朝沧海何时去，兰在幽林亦自芳。
闻说天台有遗爱⑤，人将琪树比甘棠⑥。

【作者简介】

刘禹锡（722—842），字梦得，洛阳人。唐朝中期著名的思想家和文学家。贞元九年（793）进士。他和柳宗元都是王叔文集团的重要骨干。历时八个月的永贞革新失败后，他被贬到边远地区做官二十多年。晚年做过太子宾客。他的诗文在当时很负盛名，在文学上产生过广泛的影响。有《刘宾客集》。

【注释】

①诗题一作《衢州徐员外使君遗以缟纻兼竹书箱因成一篇用答佳贶》。徐使君：指徐放，曾任台州刺使，迁为衢州刺史。使君，汉代称刺史为使君，后用以对州郡长官的尊称。

②列宿：谓二十八宿。婺女：即“女宿”，古星名。唐垂拱二年（686），分婺州（今金华地区）之信安、龙丘置衢州。

③纻：同“苎”，苎麻织成的布。《新唐书·地理志》：婺州土贡绵葛芝布等。可见紵布与下文竹书箱同为衢州土产。

④青箱：指竹书箱。

⑤天台：天台山，在浙江省东部，属台州，徐放系从台州刺史迁为衢州刺史。遗爱：谓“仁爱”遗留于后世。

⑥琪树：古人想象中仙境里的树。东汉刘晨、阮肇入天台山遇二仙女，留住半年，其地四季长春，遍生琪树瑶草。甘棠：即棠梨树。《诗经·召南·甘棠》朱熹注云，召伯行南国布文王之教化，曾息甘棠树下。后人怀念其德政，不忍伤其树而护之。后世因用“甘棠”称颂地方官吏之有惠政于民而使民众怀念者。

【导读】

此诗为徐放出任衢州刺史时所写。此诗通过比喻的手法，用“琪树比甘棠”赞扬了其德政，称颂他在担任台州刺史时的仁德，受到人民的爱戴，表达了诗人对其出任衢州刺史后的仕途的无限期望。

赠柯山老人

[宋] 陆游

柯山老人九十余，乱发不栉疲如枯。
百穿千结一布袴①，得酒一吸辄倒壶。
自言少年不蓄拏②，有钱径付酒家垆③。
人生办此真良图④，弃官从翁许我无？

【作者简介】

陆游（1125—1210），字务观，号放翁。汉族，越州山阴（今浙江绍兴）人。南宋文学家、史学家、爱国诗人。少有大志，二十九岁应进士试，名列第一，因“喜论恢复”，被秦桧除名。孝宗时赐进士出身，任历官枢密院编修兼类圣政所检讨、夔州通判。中年入蜀，投身军旅生活，官至宝章阁待制。晚年退居家乡。其词风格变化多样，多圆润清逸，不乏忧国伤时、慷慨悲壮之作。与王安石、苏轼、黄庭坚并称“宋代四大诗人”，又与杨万里、范成大、尤袤合称“南宋四大家”。著有《剑南诗稿》《渭南文集》《南唐书》《老学庵笔记》等。

【注释】

①结：以碎布结成之衣。袴：同“裤”。

②蓄孥：娶妻。
③垆：酒台。
④良图：好主意，善安排。

【导读】

此诗为柯山老人而作。陆游笔下不羁的老人形象生动具体，乱发布衣，一壶酒便能自得许久。年少不娶妻，醉心酒家垆。如此自由又如此惬意。陆游不仅用简洁的语言刻画出了老人生动的外貌，还道出了隐者的心态。赠老人之诗，更是陆游表达归隐之乐的发泄口。

赵清献公像赞①

[宋] 苏轼

志在伯夷②，其清维圣③。顽懦闻风④，百世增敬。
若清献公，实嗣其正⑤。处乎乡闾，力学笃行。
立乎朝端⑥，面折廷诤⑦。玉比其洁，冰拟其莹。
饫乎圣经⑧，本乎天性⑨。自初登第⑩，讫乎还政⑪。
毅然一节⑫，始终惟令。我辱公爱，日相亲迩⑬。
世有公像，如月在水。表而出之，后学仰止。

【作者简介】

苏轼（1037—1101），字子瞻，又字和仲，号东坡居士，唐宋八大家之一。眉州眉山（今四川眉山）人，祖籍河北栾城。北宋著名散文家、书画家、词人、诗人，与父苏洵、弟苏辙并称“三苏”，父子同列唐宋八大家。嘉祐二年（1057）时二十一岁，与弟苏辙同登进士，神宗时期曾在凤翔、杭州、密州、徐州、湖州等地任职。哲宗即位后，曾任翰林学士、侍读学士、礼部尚书等职，并出知杭州、颍州、扬州、定州等地，晚年被贬惠州、儋州，死后追谥文忠公。

【注释】

①赵清献公：即赵抃（1008—1084），字阅道，号知非子，衢州西安（今

衢州柯城）人，北宋名臣。景祐元年（1034），登进士第，除武安军节度推官。历知崇安、海陵、江原三县，通判泗州。元丰七年（1084），赵抃逝世，年七十七。追赠太子少师，谥号“清献”。赵抃在朝时不避权势，时称“铁面御史”。平时以一琴一鹤自随，为政简易，长厚清修，日所为事，夜必衣冠露香以告于天。著有《赵清献公集》。

②伯夷：相传为颛顼之师。《吕氏春秋·尊师》：“帝颛顼师伯夷父。”

③清：清廉、高洁。

④顽懦：贪婪懦弱。顽，通“忨”。

⑤嗣：继承、接续。

⑥朝端：位居首席的朝臣；朝廷。

⑦面折廷诤：亦作“面折廷争”，谓在朝廷上犯颜直谏，据理力争。

⑧饫：饱食。经：此处指儒家典籍。

⑨天性：先天具有的品质或性情。

⑩登第：即登科。第，指科举考试录取列榜的甲乙次第。

⑪讫：止也。还政：辞官。

⑫节：气节、操守。

⑬迩：近也。

【导读】

本文为四言诗，苏轼以四言短句写成，四字一顿，简单明快而又古朴庄重，语言极精简有力，仅用短短的96字就把“铁面御史”赵抃旷世贤臣的形象刻画出来，钦佩之情溢于言表。文章言简而意赅，读后让人对赵抃心生敬佩之情。

六、流风遗俗

衢州舟次除夕[①]

[清] 黄爵滋

鼓棹下太末[②]，明流动春暄[③]。
汀绿苏草意，岸青濛柳痕[④]。
兹游爱烟景，矧值朋好敦[⑤]。
共酣风波梦，复饱烟霞餐。
奇气逼金剑，壮思翻银澜。
入暮四天合[⑥]，犹挂临水轩。
江船绚明烛，不知烟树昏。
高谈无俗侣，环坐如诸昆[⑦]。
且结忘形契，一醉迎年尊[⑧]。

【作者简介】

黄爵滋（1793—1853），字德成，号树斋，晚号一峰居士，江西宜黄人。道光三年（1823）进士，选庶吉士，授翰林院编修。历官陕西道监察御史、工科给事中、鸿胪寺卿、大理寺少卿、礼部侍郎、刑部侍郎等职。晚年在南昌担任豫章书院、经训书院山长。曾于道光十八年（1838），上疏痛陈鸦片祸害，首倡严禁鸦片，在当时产生极大影响。著有《黄少司寇奏议》《仙屏书屋诗集》《仙屏书屋文集》等。

【注释】

①次：留宿；停留。

②太末：太末县治在今浙江省龙游县。秦王政二十五年（前222），秦灭楚，于姑蔑之地设太末县，隶会稽郡。

③春暄：春暖。亦指春暖之时。

④濛：弥漫笼罩。

⑤矧：况且；而况。敦：亲密；和睦。

⑥四天：四方的天空。

⑦诸昆：兄弟。

⑧年尊：年高；年长。

【导读】

此诗写的是除夕之夜在江上泛舟迎新的所见。与友人相伴江上，望着水汀绿意，感受着微风吹拂，烟霞、江流、岸树包围着诗人。让人忘却形骸，只想饮酒作乐，在湖光山色的陪伴下迎接新年的第一缕阳光。

西安竹枝词二首

[清] 郑桂东

一

元夜花灯百戏陈[1]，就中扇戏最宜人。
翻云覆雨由他手，一阵风吹一曲新。

演扇戏时，人人登台持两折扇，上下其手，以上扇引起下扇之人物皆以䌷制成，约长六七寸，中有黑丝钩绾，手法灵敏，则活动如生，佐以纮歌，洵雅剧也。

二

农忙时节入城来，歌舞沿街挤不开。
三月三连四月八，大周王庙看开台[2]。

【作者简介】

郑桂东（生卒年不详），字芗林，衢州人，生活于清道光年间。

【注释】

①元夜：农历正月十五晚上，即元宵。

②大周王庙：即周宣灵王庙。开台：即开台戏。

【导读】

此三首诗均写衢州之风俗。送乌米饭、演戏；元宵赏花灯、看扇戏；农忙时节歌舞演出，大周王庙看开台等。可见衢州民俗活动之丰富多彩，衢州人民之欢乐祥和。令人不得不心生羡慕之感。

【资料卡片】

西安竹枝词（其五）

［清］郑桂东

一

龟峰眺望趁新晴，野菜花黄绕锦城。
五色人家何处是，纷纷丝管乐升平。

二

清明时节赛城隍，队队儿童斗巧妆。
惹得游人浑似醉，立竿马导闹康庄。

三

白云深处旧僧家，一路锣声小九华。
不是红旗来报捷，喇叭竹上挂麻查。

四

盈川如縠映虚空，秋夜携樽放短篷。
残月晚风郎酒醒，隔船高唱满红江。

五

鹿鸣山上夕阳曛，鸦舅经霜似火云。
九日登高词客集，赋诗同吊赵姬坟。

文章

一、衢城史话

重修水亭门城楼碑记

[清]徐懋简

辛卯[①]暮春[②]之月，懋简来宰是邦[③]。入境之始，弦歌[④]四起，绣壤交错[⑤]，行旅[⑥]出于途，商贾[⑦]集于市，百工技艺各守其业，心窃喜之，惧益增焉，以为知斯土者必如何而后可告无忝[⑧]也。越一月[⑨]，案之积盈尺者清[⑩]，弊之结如痼[⑪]者除，然犹问心多歉，惭悚滋深。适绅民[⑫]以重建西水亭门之城楼请。原夫西水亭门之建也，创于宋宣和年间，肩摩毂击[⑬]不绝于道，为衢郡六门之冠。元明之朝，每遭水圮[⑭]，屡有废兴。至我朝，则往往不戒于火。同治十一年冬，又以民房失慎[⑮]，城亭被毁。至今十有九年，无有记及此者。懋简当捧檄[⑯]之初，禀商署观察邹、太守保[⑰]，并遴委职员程炳耀经理其事。择吉兴工，经始于十七年五月某日，落成于冬月某日，费钱贰千肆百余缗[⑱]。气象崇闳[⑲]，尤胜于昔。是日也，城乡士民相与扶老携幼，观瞻叹赏，俯仰低回，咸乞[⑳]文以记之。懋简起而谢[㉑]曰："是役也，何足记也。虽然吾因若[㉒]之请而情有感矣。夫世之矜创造快登临者，规模则知其闳大，墙宇则知其崇峻，雕镂则知其玲珑，丹漆则知其华丽。远吞山光，青也知其排闼；平挹江濑[㉓]，绿也知其回环。四时风景，未可具[㉔]述。岂非一时之杰构，称阖郡[㉕]之伟观乎？而今日斯楼之成，所知者不在，是见夫负笈[㉖]而至者，当知所以培植之；荷锄而过者，当知所以慰劳之。帆樯[㉗]之相接也，知何以保护之；衡宇[㉘]之相望也，知何以辑绥之。酣舞而来者，吾知其乐也；疾蹙[㉙]而告者，吾知其忧也。知其所当知，即所谓知西安县事者也。不知所当知，是别有所知者在也。后之登斯楼者，其知之否耶？"于是，士民争揖而前曰："是可以记矣。"爰[㉚]允其请而为之记。

光绪十有八年，岁在玄黓执徐[㉛]病月[㉜]。知西安县事、昆山徐懋简撰，仁和周麟章书。

【作者简介】

徐懋简（生卒年不详），昆山人，清光绪十七年（1892）任衢州西安知县，修筑城墙、建水亭门城楼，并为西安县柘溪放生池立禁碑。

【注释】

①辛卯：辛卯为干支之一，顺序为第 28 个。

②暮春：阴历三月。暮，晚。

③来宰是邦：到此地（衢州西安县）来当最高行政长官（知县）。

④弦歌：古代传授《诗》学，均配以弦乐歌咏，故称“弦歌”。后指礼乐教化、学习诵读为“弦歌”。

⑤绣壤交错：指田间的土埂和水沟交错。绣壤，田间的土埂和水沟，因其交错如文绣，故称。

⑥行旅：旅客。《孟子·梁惠王上》：“商贾皆欲藏于王之市，行旅皆欲出于王之涂。”

⑦商贾：指商人。“行商坐贾”之说：行走贩卖货物为商，在相对固的摊位或门面商铺出售货物为贾，二字连用，泛指做买卖的人。

⑧无忝：无愧于。忝，羞辱，有愧于。

⑨越一月：一个月之后。

⑩案之积盈尺者清：堆积了一尺多高的案子被清理完了。盈尺，足足一尺。

⑪痼：经久难治愈的病。这里形容问题的复杂。

⑫绅民：绅士与民众。

⑬肩摩毂击：肩膀和肩膀相摩，车轮和车轮相撞。形容行人车辆往来拥挤。摩，摩擦。毂，车轮中心的圆木。

⑭水圮：因水灾塌坏。圮：倒塌、塌坏。

⑮失慎：指疏忽大意；掉以轻心。语本《周礼·天官·宫正》：“春秋以木铎修火禁。”

⑯捧檄：东汉人毛义有孝名，“张奉去拜访毛义，刚好府檄至，要毛义去任守令，毛义拿到檄，表现出高兴的样子，张奉因此看不起他。后来毛义母死，毛义终于不再出去做官，张奉才知道他不过是为自己母亲而去做官，感叹自己知他不深。见《后汉书·刘平等传序》。后以“捧檄”代指为母出仕。

⑰观察邹、太守保：《民国衢县志》载光绪十七年官，邹指邹仁溥，字渭清。保指保顺，字雨亭，汉军任姓，光绪十六年简放，十九年歿于任。

⑱缗（mín）：古代穿铜钱用的绳子，进而引申为成串的铜钱，一千文为一缗。

⑲崇闳：高大宏伟之意。

⑳乞：请求。

㉑谢：推辞，谢绝。
㉒若：你们。
㉓平挹江濑：平视将江流急湍尽收眼底。
㉔具：尽，完全。
㉕阖郡：整个郡。
㉖负笈：背着书箱，形容所读书之多。
㉗帆樯：船上挂帆的杆子，借指船只。
㉘衡宇：意为门上横木和房檐，代指房屋。
㉙疾蹙：紧迫、着急。
㉚爰：于是。
㉛玄黓：指壬年。执徐：古时以干支纪年，岁在辰为执徐
㉜寎（bǐng）月：农历三月的别称。

【导读】

清光绪十六年（1890）暮春的一天，时任西安（即今衢州）知县的徐懋简经过朝京门进入衢城任职，他第一眼看到水亭门街区时的感受是："弦歌四起，绣壤交错，行旅出于途，商贾集于市，百工技艺各守其业，心窃喜之。"然而，窃喜之余，他立即感受到百姓要求重建水亭门城楼的强烈呼声。为顺应民意，在他主持下，碧春楼在光绪十七年（1891）又一次矗立在城头。《衢县志》这样记载了落成当日的盛况："是日也，城乡士民相与扶老携幼，观瞻叹赏。"后来，徐懋简在一篇文章中抒发了自己登上城楼时的胸怀，这些文字被刻在了碑上，碑文记载在《衢县志》里面，这就是《重修水亭门城楼碑记》。

【资料卡片】

水亭门

水亭门古街区位于衢州城内西隅，北界新河沿、南至皂木巷、西临衢江，东至县西街，现存三街七巷。区内散布着庙宇、宗祠、会馆、城楼、古迹及成片的传统民居，是衢州保留最完整、最能体现古城风貌的街区。衢州先贤、清代鸿儒徐之凯曾经写下："夫天下未有不折中于古昔，而可以行之久远者也！"

重修东门利济桥碑记[①]

［清］欧阳烜

环衢城之池，贯衢城之河，水皆从石室堰蓄入，甃石[②]缜密，巨浸折流[③]，故每遇盛涨，濠水之奔恣与大河等。东门外利济桥，郡守杨公廷望建。傍[④]城驾[⑤]濠，为东下孔道。戊寅夏五月，身波溃决，墩磌[⑥]荡析。余以七月抵西安任，郡尊靳公顾而谓曰："东门外桥圮，苦行者，子亟筹所以修之。"承命仄悚[⑦]，集都人士于庭，谋既成，制引集赀[⑧]，选时兴举。佥以东墩削方，水与石斗，石不胜则反手磔裂[⑨]，宜易博为锐，逆水入之，以杀其悍。诸擎木之弱且挠者，石砖之破且泐[⑩]者，咸除撤缮[⑪]理，择于坚密墩中实以土，益以石灰，使融结。顾去年兴举晚，今春积雨多，工未竣而洪水屡至，幸墩本坚实得无恙。兹于己卯夏四月告成。嗣是堰水畅注，濠河顺轨，斯桥临其上，庶无虞厉揭也乎！是为记。

【作者简介】

欧阳烜（生卒年不详），曾任衢州西安县刑曹。清光绪四年（1878）升任西安知县。五年修建衢州城墙、鹿鸣书院，建造县社仓，推广发展桑蚕业。不久离任。光绪八年（1882）再次出任西安知县，革除地方弊政。

【注释】

①利济桥：东门濠下大桥，与钓桥相连。杨廷望建。光绪初，重修。

②甃石：指用以垒砌的圆形石头。甃（zhòu）：圆的。

③巨浸折流：指大水流向被阻断。巨浸，指大水。

④傍：靠。

⑤驾：在……上面，超出。

⑥墩磌：指由石头筑成的桥墩。

⑦仄悚：指内心惶恐不安。

⑧集赀：即筹备资金。赀（zī），同"资"。

⑨磔（zhé）裂：这里指石不堪水击而碎裂。磔，原指古代一种酷刑。

⑩泐（lè）：石头依其纹理而裂开。

⑪缮：修补。

【导读】

利济桥在衢州城迎和门，即东门之月城。清光绪年间西安知县欧阳烜，临危受命，修缮此桥以利民生。《重修东门利济桥碑记》一文详细记录了此桥的维修缘由、经过和方法。读之，对于了解光绪年间衢州桥梁的建筑历史有积极的作用。同时，也从另一个层面道出了光绪年间我国的桥梁建造水平。

方友升重浚衢城内河并得西水门故道碑记

[清]郑永禧

水利者，生民之命脉也。河渠有书，沟洫有志[①]。历史家言，往往归功神禹。吾衢故扬州域，实禹迹所未至。浙江之水，略见于《水经》，郦氏所谓定阳溪，上承信安之苏姥布，分纳众流，混波东逝者，今别为东西溪。东溪源出栝苍，迤八百里，俗名周公源，东北入石鼓潭，抵鸡鸣山，与西溪水合。西溪，即信安溪。马氏《通考》云，西安以此得名也。住郡城之西，其环东、南、北三面而为壕[②]者，特东溪一小支流耳。自石室分道溯洪桥，出清坪闸，径趋魁星闸，一支入通仙门，一支稍西入通广门，折[③]为中河，过乌桥汇于峥嵘山麓，复东而北折入菱湖，出北门，与外壕合菱湖之水，又分为新河。相传，昔人欲引水西流，凿地里许[④]，导之西出，然地势处高，水不能外泄，仅蓄行潦而已。岁[⑤]久，遂失水门之所在，居人亦听[⑥]其荒废不治焉。乃有方军门[⑦]友升者，庚子之变，扈跸[⑧]西巡，目睹黄河泛滥、沧海横流，慨然有澄清天下之志。岁壬寅，奉命来镇斯邦，日以巡城逻守[⑨]为事，缮完墙垣，训练士卒。时值匪躏后，风鹤之警尚在，人心得此稍稍安堵。且复仰体[⑩]朝廷求变法、讲维新，默揣内地风气难开，皆由水利之失，欲兴水利必治河始，欲治外河必治内河始。爰稽陈牍[⑪]，衢城近自光绪乙酉前守刘公倡浚河议，第取资于民，力终易竭，不数年，旋[⑫]见淤塞，军门愁然[⑬]忧之。适长白世公善任衢守，其人固热心爱民者，前岁改筑石室堰，民食[⑭]其福，口碑具在。军门亟与商之，转禀郭观察[⑮]式昌。观察久蓄是志，谓事关水利，乐赞成之，重以斯任畀[⑯]之胡邑尊[⑰]寿海，筹垫二千余金，军门遂得展所志，亲督兵丁，疏之瀹[⑱]之，排之决[⑲]之，堙[⑳]者沟而通之，圮者葺[㉑]而治之，不惮寒暑，六阅月[㉒]而蒇事[㉓]，复得西水门于文昌阁右旧铁塔址之下。噫！斯一举也，恍于千百世后发见古代金石器，喜可知已。昔有明郡守杨公治河，掘地得旧闸古木并石墈[㉔]，士民神之，名曰杨公河。今世郡宪之所为，殆有合乎意者。城池关于地运，比来[㉕]地方凶灾迭见，物极必反，此其转机乎？郡人窃于此觇文明焉。古人有言，海润千里，河润百里，可为军门颂，尤为观察及郡邑二尊祷之。他日航路交道，万商辐凑，益信水利之利人溥矣。群将以军门为发起人，有志竟成，勿谓苏彝士、巴拿马[㉖]，惟彼中人为能举是功也。

光绪三十年岁次申辰仲冬月，衢郡士民敬立。

郑永禧撰文。

【作者简介】

略，见前文介绍。

【注释】

①河渠有书，沟洫有志：指《史记·河渠书》《汉书·沟洫志》，皆为河渠水利史，以“利害”两字为主线，记述河道和水利设施的利与害。两传叙事皆起于大禹治水，《河渠书》迄于西汉武帝时，《沟洫志》终于王莽新朝，同为通史。

②壕：此处指护城河。

③折：弯曲。

④里许：里，中国市制长度单位，一里等于五百米；许，表示约数。

⑤岁：时间，光阴。

⑥听：任凭，随。

⑦军门：清代一种官职。作为对一省最高绿营长官——提督的尊称。

⑧扈跸（bì）：扈，随从。跸，泛指帝王出行的车驾。

⑨巡城逻守：巡视城防，安排守卫。

⑩仰体：体察上情。

⑪爰稽陈牍：爰，于是。稽，考核。陈牍，指古籍。

⑫旋：随即。

⑬惄（nì）然：忧郁、伤痛的样子。

⑭食（shí）：接受、享用。

⑮观察：唐、宋诸道设观察使，明清称各道道员为观察。

⑯畀（bì）：给予。

⑰邑尊：清代一种官职，即知县。

⑱瀹（yuè）：疏导（河道）。

⑲决：排除阻塞物，疏通水道。

⑳堙：堵塞。

㉑葺（qì）：原指用茅草覆盖房子，后泛指修理房屋。

㉒六阅月：阅，经过。六阅月，即经过六个月。

㉓蒇（chǎn）事：即事情已办完。蒇，完成，解决。

㉔石墈（kàn）：陡险的石堤。

㉕比来：近来。

㉖苏彝士：今译作苏伊士（suez），苏伊士运河，提供欧洲、印度洋，西太平洋的最近航线。

【导读】

此文言衢城内河修缮史，同时追溯了内河的源与流。全文用笔简练、言辞恳切。作者以第三者视角，讲述了军门方友升，组织开展内河重浚的经过、结果，展现了官民齐心，共谋福祉的场景，更表达了对我国劳动人民的真诚赞颂。文末“有志竟成”“惟彼中人为能举是功也”更直接点出了我国人民的勤劳智慧。

【资料卡片】

洪桥闸

濠水惟恃石室堰，溉田之末流为潴蓄之姿。其自南而北，必取道洪桥以入。旧于洪桥之东别浚一渠，引水由萧王庙东出，以溉东北郊之田。其余者乃折北为濠水，而地势东稍洼，下水之东出常驶，北来常微，故濠易涸而内河不通。因浚河工毕，而为此闸，以资蓄泄云。

开复杨公河记

[明]王玑

吾衢当浙上游，号多佳山水，与闽、婺、栝苍相望。山水之间，龟峰特起，而郡治据其冈，儒学依焉。南迎石室之水，其水发源栝苍，经流至烂柯山下。昔贤堰其水入沟，曰石室堰，分道灌注民田，至城南逾魁星闸入濠，回绕城东南北为池，与西溪之水四面交抱，共成城郭沟池之固。溪纳江、常、开诸邑之水，北汇于浮石为潭，此衢水道之在郊外者然也。濠水南来，由水门入城，凡二道：一自西南入，折而东过华丰、仙履诸桥；一入通仙门右，绕郡学与乌桥之水合，而东入治垣北，绕龟峰之麓折而东南出，经宝坊刹北折，过菱湖北，由水门出亦二道：一由云山阁北，一绕县学西北出，与北濠之水汇溢而逾定水闸，以灌注北郊民田，末流入石鼓潭，抵鸡鸣山与石室堰水合而东下，以入于海，此衢郡内外之水合流之故道也。于时民物阜安，贤才辈出，岂非山水降神，钟美不偶。

然与历岁既久，东北之水道，日就[①]淤塞，四面虽存，仅足潴水[②]，而民物贤才，亦不复往时之盛。弘治间，尝有疏浚者，罔[③]知寻东北故道，乃凿新桥渠，直达于定水，至今识者为憾。

嘉靖己未六月，安吾杨公以司徒郎中出守于兹，兴治补弊，百废俱修。明年庚申而政成，当道交疏其最[④]于朝，欲大用公。公厉精治理愈笃，不以宦成少怠，尝于郡治前建上游名郡坊，以壮一府之具瞻[⑤]矣。兹达观郡中，乃曰："古司空[⑥]辨土之物生[⑦]，其在山林、川泽、丘陵、坟衍、原隰之民各以地异，则山水之关于民物、贤才信有所自。东北无河流以为之津润[⑧]，而西渠之水复直达以去，岂度地居民阴阳交会之意耶？"于是，以己之精意独见，肇[⑨]举疏凿，始自新桥渠浚入龟峰之麓，自北徂[⑩]东，复折而北，举数百年之淤塞，一旦开通，而与衢之故道，不谋暗合。向之権木坝桩种种露见，其经费取诸轻罪之赎，无所敛于民财；其工役倚于雇募之佣，无所烦于民力；其甃砌拾之琢凿之余，无所藉于民物。其旦夕襄公于相视之行，则少府文台薛公、别驾云田张公、节推钟山任公。其奉行于下，乐赞厥成，则西安尹俞君大有也。自八月经始，至十月竣事，为渠者数百丈，为桥者若干所。父老子弟莫不扶携往观，自幸复睹数百年之故迹，而民物阜安、贤才挺出之望且断断焉。郡学之多师多士，则以学之，西向，既从新改。外溪水碓之当其前者，甫白于公，为之罢去，而新渠之水复自前而绕出于后。则是举也，利于民者固博，其益于学也尤切。公之功不少也，相率请予言以贻不朽。夫公躬节俭，无所纷华，而舍人皆布衣蔬食。常禄之外，一介无有所取。冰蘖[11]之操，固已浚其源矣。诸有益于民，不惮勤劳，务为兴□[12]，且剖析如流，五邑之赴愬者，皆相让而返，是又导其流也。其盛德大业，固不止于浚渠一节。然蜀之凿离堆[13]，魏之引漳水溉邺，惟供常职，以灌田利农，犹得志于河渠，至今称之不已。公之浚疏博之有利于民，切之有益于学，其过冰、豹之功远矣。《河渠书》将不有公之名也哉？

公讳准，字汝度，别号安吾，常之阳羡人也，癸丑进士。

【作者简介】

王玑（1487—1563），衢州西安人，字在叔，号在庵。师从王阳明，曾捐地创建衢麓讲舍。明嘉靖七年（1528）中举人，后中进士。历任兵科给事中、山东按察司副使、福建布政司左参政等职。晚年返衢家居，葬于浮石。衢州城区曾为其建司谏访、都御史访。著有《在庵文集》。

【注释】

①就：接近，靠近，趋向。

②潴（zhū）水：水积聚。

③罔：表否定。无，没有。

④最：极也。此处指功劳最高，政绩最佳。

⑤具瞻：为民众所瞻仰。

⑥司空：官职名。周时有冬官大司空，为六卿之一，掌水土营建之事。

⑦辨土之物生：指五种地形上的物产。《周礼·地官·大司徒》："以土会之法，辨五地之物生。一曰山林，其动物宜毛物，其植物宜皂鳞，其民毛而方。二曰川泽，其动物宜鳞物，其植物宜膏物，其民黑而津。三曰丘陵，其动物宜羽物，其植物覈物，其民专而长。四曰坟衍，其动物宜介物，其植物宜荚物，其民晳而瘠。五曰原隰，其动物宜蠃物，其植物宜丛物，其民丰肉而庳。"

⑧津润：浸润，滋润。

⑨肇（zhào）：开始，初始

⑩徂：往。

⑪冰蘖（niè）：亦作冰蘗，喻寒苦而有操守。

⑫本文选自《民国衢县志》卷十六，转引自《嘉靖衢州府志》。本处原缺字，从之。

⑬离堆：古地名。在四川省都江堰市境内。《史记·河渠书》："蜀守李冰凿离碓，辟沫水之害，穿二江成都之中。"

【导读】

《开复杨公河记》，记载了衢州知府杨准修浚衢城护城河和内河水系的经过，赞扬了古代劳动人民的辛勤与智慧。读此文，我们对衢州的城市布局有了进一步的认识，对衢城的人物风情也有进一步的了解。

【资料卡片】

杨公河记

濠水入魁星闸，过朝真桥而北，由西桥出浮石闸，入外濠灌民田。又自长桥头西入乌桥，至石狮桥南，转沿尼姑桥，汇为大池。北流至白莲池，今填为灵顺别庙，其存无几。又自芙蓉台下东流，出彭家桥，稍南而东，过宝坊寺。又北入于菱塘，出普圆寺东门。乾道初，何俌尝浚内外濠，自为记，岁久亦湮塞。其通仙门外魁星闸，旧名清辉，俗名前湖。开禧乙丑，毛自知进士第一，故郡守孙昭先易名“魁星”，后为有力者据为水碓。内河因而淤积，城中多火灾。皇明弘治己未，郡守姑苏沈公杰以水能制火，因大加疏浚，复置闸立表。又于拱辰门内置闸一所，旱则蓄水，涨则洩之，水道流通，颇利舟楫，而故道犹未尽复。嘉靖十八年，郡守丰城李公遂以河水通塞系气运盛衰，浚复沿尼姑桥一带，节推巴蜀李公文进董其事。未竣，二公相继升迁。嘉靖三十九年，郡守宜兴杨公准莅政甫期，百废修举，爰考旧志，毅然开复城内古小河，以息火灾。时虽相度便宜，恐伤居民，然动合数百年河水故道，辄有旧闸古木并河涯砌石。人曰：“公聪明，天授也。”士民乐之，咸曰“杨公河”云。

乞将衢州义仓米粜济状

[宋]朱熹

照对衢州管下属县去岁[1]旱伤，细民阙食，本州申朝廷，乞[2]从条于有管常平义仓米取拨五万石出粜[3]。去年十二月十六日札下本司，照条施行。今据本州申，淳熙[4]七年旱伤，检放苗米四千余石[5]，遂[6]取拨义仓米及劝谕上户[7]出助，并措置和籴[8]，计五十余万石赈济赈粜[9]，幸无流徙[10]。后为去年秋旱，放苗米九千余石，比之七年一倍以上，兼以邻郡严、婺、徽、饶类皆旱歉[11]，本州地居其中，大略相似，以此愈见艰得米谷，细民[12]阙[13]食。虽已劝谕及[14]申[15]尚书省[16]，乞先拨义仓米五万石，仍一面开场[17]，每升量减作二十文足赈粜。去后但[18]缘[19]连遭荒旱，民情嗷嗷，艰得钱物，深山穷谷、僻远小民委是[20]无钱籴米，乞行下[21]，于所申取拨[22]义仓米五万石内，支拨二万石应副[23]赈济，免有流移饿殍之患。熹寻躬[24]亲巡历，到衢州点检，见得本州逐[25]县委是灾伤，多有饥民饿损，羸困[26]阙食，合行[27]救助赈济。及检准条令，义仓米专充赈给，不得它用，自合[28]拨充赈济。熹除已逐急一面下本州，于申请取拨出粜常平义仓米五万石数内，取拨一万石，委[29]官措置[30]，收拾赈济，其余四万石仍旧出粜外，欲望朝廷特赐札[31]下衡州施行。已具[32]申尚书省，乞指挥施行。

【作者简介】

略，见前文。

【注释】

①去岁：过去的一年。

②乞：动词，请求，要求。

③粜（tiào）：卖，出售。

④淳熙：1174—1189年，是南宋孝宗的第三个和最后一个年号，共计16年。

⑤石：中国市制容量单位，十斗为一石。

⑥遂：于是，就。

⑦上户：有钱的人家。

⑧籴（dí）：买进粮食，与“粜”相对。

⑨赈粜：售米赈救。

⑩流徙：流离失所的人。

⑪旱歉：旱荒。

⑫细民：小民，百姓。

⑬阙：通假字，通“缺”，缺少，空缺。
⑭及：动词，达到。
⑮申：陈述，说明。
⑯尚书省：官署名，一种官僚机构。
⑰开场：活动开始，这里指另一面也开始着手开仓赈灾。
⑱但：徒然，白白地。
⑲缘：因由，表原因。
⑳委是：确实。
㉑行下：行文下达。
㉒拨：调拨。
㉓副：符合，相称。
㉔躬：亲自，亲身。
㉕逐：依次，挨着，按顺序。
㉖羸困：疲惫，瘦弱困乏。
㉗合行：应当，应该施行。
㉘自合：自应，本该。
㉙委：任，派。
㉚措置：处置，安排。
㉛赐札：值得是国君给臣下书函。
㉜具：副词，完备，详尽。

【导读】

南宋淳熙年间（1174—1189），衢州所属各县灾荒频繁。淳熙七年（1180）大水，次年又大旱，据《康熙衢州府志》记载，“常山、开化水旱最甚，江山次之，龙游又次之”，灾民“采取蕨根以充饥肠，羸瘦萎黄非复人貌”。时任提举浙东平茶盐公事的朱熹，奉皇命多次到衢州视察，发放钱粮救灾。朱熹上奏折《乞将衢州义仓米粜济状》请求救灾，不但采取了一些力所能及的救济措施，还弹劾了三名玩忽职守、不留意荒政的地方官员。

【思考探究】

作为东方的智者和贤圣，朱熹在衢州留有许多诗文，有兴趣的读者可以进行收集阅览一下，跟随一代圣贤的脚步走近衢州。

【资料卡片】

宋淳熙八年（1181），朱熹任提举浙东常平茶盐公事，负责浙东地区的赈灾事宜。其时衢州连年旱涝，民不聊生。朱熹见衢州满目荒凉，灾民遍野，而守官无视灾情，甚至克扣朝廷下拨之救济粮，他即上奏朝廷，写了《乞将衢州义仓米粜济状》《奏衢州守臣李峄不留意荒政状》等文，为百姓请命。朱熹的一生，从政致仕只有七年，但他为衢州百姓做过很多好事。

越州赵公救灾记

[宋]曾巩

熙宁[1]八年夏，吴越大旱。九月，资政殿大学士右谏议大夫知[2]越州赵公[3]，前[4]民之未饥，为书[5]问属县："灾所被[6]者几乡，民能自食者有几，当廪[7]于官者几人，沟防构筑可僦[8]民使治之者几所，库钱仓廪可发者几何，富人可募[9]出粟者几家，僧道士食之羡[10]粟书于籍者其几具存？"使各书以对[11]，而谨[12]其备。以上豫事。

州县吏录[13]民之孤老疾弱不能自食者二万一千九百余人以告。故事[14]：岁廪穷人，当给粟三千石而止；公敛[15]富人所输[16]及僧道士食之羡者，得粟四万八千余石佐[17]其费。使自十月朔[18]，人受粟日一升，幼小半之。忧其众相蹂[19]也，使受粟者男女异日，而人受二日之食。忧其且[20]流亡也，于城市郊野为[21]给粟之所，凡[22]五十有七，使各以便[23]受之，而告以去[24]其家者勿给。计[25]官为不足用也，取吏之不在职而寓[26]于境者，给其食而任以事。以上给粟不能自食者。

不能自食者，有是具[27]也。能自食者，为之告[28]富人，"无得闭粜[29]！"又为之出[30]官粟，得五万二千余石，平其价予民。为粜粟之所，凡十有八，使籴者自便，如受粟。以上平粜。

又僦民完城[31]四千一百丈，为工[32]三万八千，计其佣与[33]钱，又与粟再倍[34]之。民取息钱者，告富人纵予之，而待熟，官为责其偿。弃[35]男女者，使人得收养之。以上以工代赈。

明年春，大疫。为病坊，处[36]疾病之无归者，募僧二人属[37]以视[38]医药饮食，令无失所时[39]。凡死者，使在处随收瘗[40]之。以上医病瘗死。

法[41]廪穷人，尽三月当止，是岁尽五月而止。事有非便文者，公一以自任[42]，不以累其属。有上请者，或便宜[43]多辄行。公于此时，蚤[44]夜惫心力不少懈，事细巨必躬亲。给病者药食，多出私钱。民不幸罹[45]旱疫，得免于转死，虽[46]死，得无失敛埋，皆公力也。

是时旱疫被[47]吴越，民饥馑疾疠，死者殆半，灾未有巨于此也。天子东向忧劳，州县推布上恩，人人尽其力。公所拊循[48]，民尤以为得其依归。所以经营绥辑[49]先后始终之际，委曲纤悉，无不备者。其施虽在越，其仁足以示天下；其事虽行于一时，其法足以传后。

盖[50]灾沴之行，治世[51]不能使之无，而能为之备。民病[52]而后图之，与夫先事而为计者，则有间[53]矣；不习而有为，与夫素得之者，则有间矣。予故采于越，得公所推行，乐为之识[54]其详，岂独以慰越人之思？将使吏之有志于民者，不幸而遇岁之灾，推公之所已试，其科条可不待顷而具，则公之泽，岂小且近乎！

公元丰二年以大学士加太子少保致仕[55]，家于衢。其直道正行在于朝廷、岂弟之实在于身者，此不著。著其荒政可师[56]者，以为《越州赵公救灾记》云。

【作者简介】

曾巩（1019—1083），字子固，世称“南丰先生”。汉族，建昌南丰（今属江西）人，后居临川（今江西抚州市西）。曾致尧之孙，曾易占之子。嘉祐二年（1057）进士。北宋政治家、散文家，“唐宋八大家”之一，为“南丰七曾”（曾巩、曾肇、曾布、曾纡、曾纮、曾协、曾敦）之一。在学术思想和文学事业上贡献卓越，曾巩自称“家世为儒”。

【注释】

①熙宁：1068—1077 年，北宋时宋神宗赵顼的一个年号，共 10 年。

②知：名词作动词，主持，掌管。

③赵公：赵抃（1008—1084），字阅道，号知非子，谥清献，衢州西宁（今浙江衢江区）人。曾任殿中侍御使，为官正直无私，弹劾不避权贵，京师有“铁面御史”之称。

④前：在……之前。

⑤为书：下发文书。

⑥被：覆盖。

⑦廪：名词作动词，救济，指官府供给粮食。

⑧僦：雇佣。

⑨募：征募。

⑩羡：余下，剩下。

⑪对：上报。

⑫谨：细心，郑重。

⑬录：登记。

⑭故事：按照旧例来。

⑮敛：征收。

⑯输：形容词作动词，上缴。

⑰佐：帮助、补助。

⑱朔：指每月农历初一

⑲蹂：践踏。

⑳且：将；将要。

㉑为：设置。
㉒凡：总共。
㉓以便：在方便的时候。
㉔去：离开。
㉕计：考虑。
㉖寓：住所。
㉗具：供应。
㉘告：告诫，
㉙闭粜：停止卖粮。
㉚出：调出。
㉛完城：修补城墙。
㉜为工：花费工时。
㉝与：给予，发给。
㉞再倍：双倍。
㉟弃：被动使用，被抛弃。
㊱处：安置。
㊲属：通“嘱”，委托。
㊳视：照料。
㊴时：就医的最佳时机。
㊵收瘗：收敛埋葬。
㊶法：按规定。
㊷任：担负责任。
㊸便宜：对，有好处。
㊹蚤：同“早”。
㊺罹：遭遇。
㊻虽：即使。
㊼被：遍及。
㊽拊循：抚慰，安抚
㊾绥辑：安抚。
㊿盖：大约。
51治世：太平时代。
52病：形容词作动词，遭受灾难。
53间：差距。
54识：记载。
55致仕：退休。

㊻师：效法。

【导读】

越州，州治在今浙江绍兴市。赵公即赵抃，居官正直无私，弹劾不避权贵。由于他曾任殿中侍御史，故素有“铁面御史”之誉。后任右谏议大夫、资政殿大学士，晚年执越州政务，在越州治绩卓著。特别是在熙宁八年、九年吴越饥疫兼作之际，赵抃在救灾中表现出了卓越的见识和吏治才能，使他在朝野中颇负盛名。《宋史·赵抃传》载：“吴越大饥疫，死者过半。抃尽救荒之术，疗病埋死，而生者以全。下令修城，使得食其力。”曾巩曾出任越州通判，也出色地完成了救灾工作。他详录赵抃救灾业绩，以期总结救灾经验，并盛赞赵抃的吏才与吏德，以为后人之鉴。

【思考探究】

通过对这篇文章的阅览，我们可以从赵公身上看到哪些优秀的品质？他在文中有哪些事迹值得我们思考借鉴？

徐徽言孤军抗金

宋瑞楠

衢州城南二十五里的石室街，以前有一座徐忠壮公祠。祠的正殿悬挂着一方朱漆金字的大匾，上书“忠贯日月”四字，是朱熹的手笔。徐公祠奉祀的是北宋末年的抗金名将、衢州人徐徽言（字彦猷）。在金兵南侵，汴京[①]陷落，徽、钦二帝被俘，河山变色的艰难时刻，徐徽言率领一支孤军，坚守河西晋宁军（在今陕西，濒临黄河、东与山西交界），不幸城破被执，慷慨就义。

徐徽言青少年时代，发愤向学，博览群书，兼习武艺，有奇志大略，为人慷慨豪侠，见义勇为，立志要干一番事业。宋徽宗大观二年（1108），朝廷下诏征召人才，地方官保举了能文善武的徐徽言。经过考核，钦赐“武举绝伦”及第，任保德军（今山西保德县）监押。

北宋王朝到了宋徽宗时，军政大权落入蔡京、童贯、高俅等一伙佞臣[②]手中，他们贪赃枉法，横征暴敛[③]，而对待当时的强邻辽和西夏，却畏之如虎，事事屈从。在这国弱民穷，内外交困的时候，东北地区的女真人已日渐强大。北宋统治者企图联金灭辽。宣和七年（1125），金军俘获辽帝，辽国灭亡。金国贵族看到北宋政权的腐朽，边防空虚，就接着大举南下。宋徽宗惊慌失措，忙把帝位传给儿子赵桓。当时金国兵分两路，完颜粘罕西攻太原，斡离不[④]南攻燕山。西路金兵连破朔州（今山西省朔县）、武州（今山西省左云县），进围太原府，并分兵西向，以断绝宋军的援兵和饷道。徐徽言奉令率所部兵三千，打开通道，因功迁知晋宁军（今陕西佳县），兼理岚石路（今山西岚县与离石区）安抚使。

金兵西路虽被阻于太原，东路已兵临汴京。宋钦宗起用抗战派大臣李纲，军民协力，固守京城。河北、山东人民也纷纷组织义军，抗击金兵。金兵在大肆掳掠之后北撤。

靖康元年秋，金兵再次大举南下，攻陷汴京，宋钦宗为了延缓灭亡之祸，允许割让河北、河东两镇盼金国。与此同时，西夏统治者也趁火打劫，侵占河西三州。河西三州之地与晋宁军毗连，因此人心浮动。徐徽言对他们说：“你们不要怕，我是军人，保守疆土，乃是天职，河西三州怎能任人侵占？”便率部夺回了三州。北宋灭亡后，河东各州县先后沦陷，地方官吏或逃或降，而广大人民则希望王师早日北定中原，收复故土。徐徽言见民心可用，就暗地派人到汾晋各地联络义军首领，并对他们说：“谁收复失土，我就奏请朝廷任命他为地方官。”当时各地义军愿听他指挥的约有十多万人。朝廷如果能批准他的建议，他便亲率所部协同义军直捣太原，北取雁门关，收复整个河东，然后留兵驻守。他在奏疏中还着重地指出："定全晋则形胜为我有，中原指日可平，机会决不可失。"但是以宋高宗为首的南宋朝廷，却命徐徽言听从鄜延[5]总制王庶的节制，不得擅自行动。徐徽言的计划因而落空了。

但是，徐徽言的抗金之志并未动摇，他决心以一旅孤军，抗击十万金兵，不让敌人渡河西侵，他团结晋宁军民，储积粮秣[6]，兴修城垣[7]，加强战备。密令士卒潜渡黄河，打击金兵，使敌人惶惶不可终日。每一次战斗，徐徽言都身先士卒，英勇杀敌。

徐徽言坚守晋宁，使金兵不能越过雷池一步。金兵决心拔掉这个钉子，建炎二年（1128），从蒲津涉河而西，入夏阳、澄城，折北而趋延安，绥德，迂回包抄晋宁。徐徽言挥兵反击，大小数十战，歼灭了许多敌人。晋宁保卫战持续了四、五个月，徐徽言部粮尽援绝。徐徽言自知无法再守，就决心与城共存亡，加紧准备巷战。他的妻儿不愿在城破之日被俘受辱，自焚而死。不久城破，徐徽言被俘，金兵头目娄宿派人劝他"投降金国，以保富贵"，遭到徐徽言的拒绝。建炎二年十二月二十三日，徐徽言壮烈殉国。

徐徽言被害后，河西的地方官将他的事迹上奏宋高宗，宋高宗赞叹说："徐徽言临难不屈，忠贯日月，比起唐朝骂贼而死的颜真卿、段秀实，真是有过而无不及！"除了辍朝[8]一日以示悼念外，还下诏追赠徐徽言为晋州观察使。第二年（1129），徐徽言兄徐昌年又把徽言杀身成仁、舍生取义的英勇事迹，详细上奏，宋高宗又加恩赐谥[9]"忠壮"，追赠彰化节度使，并在衢州城北四十五里的清平乡建立了一座衣冠墓，以表示对孤军抗金、宁死不屈的民族英雄徐徽言的怀念。后人经过徐徽言的衣冠冢，往往都要题诗赞颂。叶其蕃[10]有一首《题徐忠壮公墓》的诗写道：

羊皮浑脱济奇功，苦战河西气若虹。
孤垒伤心烧积甲，全家溅血洒弯弓。
中原马革归魂远，绝塞龙髯坠地空。
朽骨灯檠悲更露，白杨高冢啸哀风。

南宋宁宗庆元年间（1195—1200），徐徽言的裔孙徐叔昭由城内迁居烂柯山石室街，宁宗乃敕建徐忠壮公祠于此，并拨给官田，作为四时祭祀之用。河西人民也在晋宁建庙祭祀。人民对于历史上的民族英雄是敬仰和怀念的。

【作者简介】

宋瑞楠（生卒年不详），从事文史类的研究与教学，曾经在 1983 年时在金华民革支部担任编辑与召集人，他著作颇丰，其中多为人物传记，成绩斐然，为历史文化传承做出了重要贡献。

【注释】

①汴京：简称汴，古称“汴州”“东京”“大梁”，在今河南开封，是中国多个重要王朝的首都。

②佞臣：意思是指奸邪谄媚的臣子。

③横征暴敛：意思是指强征捐税，搜刮民脂民膏。

④斡离不：完颜宗望，金太祖之子。早年随父征战，机智武勇，用兵能见机乘势。天辅五年（1121）任副都统。

⑤鄜延：路名，宋康定二年（1041 年）分陕西路地置鄜延路经略安抚使。

⑥粮秣：意思是军队中人吃的粮食和马吃的草料。

⑦城垣：是指中国古代围绕城市的城墙。

⑧辍朝：意思是停止朝议。

⑨赐谥：大臣死后，天子依其生前事迹评定褒贬给予称号。

⑩叶其蕃：字世载，号毓华，衢州人，万历年间进士。

【导读】

徐徽言，字彦猷，衢州十大历史名人，宋代抗金名将。少怀壮志，刻苦学文练武。15 岁时“武举绝伦及第”，成为衢州第一位武状元，从此走上了保疆卫国之路。北宋覆灭，徽言与汾、晋（均属山西省）一带民间勇士数十万相约收复失地。徽言与太原路兵马都监孙昂誓死抗击，杀敌无数，不幸被俘。金人知其不可屈，于是射杀之。微言忠贞壮烈，今衢江区石室徐忠壮公祠，有朱熹题词“忠贯日月”。徐徽言墓原址位于衢州市衢江区全旺镇黄毛畈，出于文物保护工作的需要，于 20 世纪 90 年代移墓于烂柯山。

【思考探究】

1. 通过对本文章的阅读，你认为宋徽言虽极力抗敌，可最后为什么没有取得成功，有哪些方面的因素？

2. 我们可以从宋微言将军身上看到怎样的精神光辉，有哪些对现世仍有借鉴意义？

千古沧桑铁衢门

陈峻

衢州起源很早。考古资料表明，远在五六万年以前，衢州境内已有先民繁衍生息，公元前482年就有了确切的纪年，春秋时属越国，堪称春秋古地，现为国家历史文化名城。

清顾祖禹在《读史方舆纪要》[①]中称："衢州居浙右之上游，控鄱阳之肘腋[②]，制闽越之喉吭[③]，通宣歙[④]之声势。"因此，衢州历来为川陆所会，四省通衢，浙西门户，自古是兵家必争之地。独特的地理位置决定了她自古的兴盛与辉煌，决定了她的荣耀与耻辱。而无论是从三衢大地走出去的衢州人，还是有幸走进衢州的外乡人，印象最深的首先是这里的古城门。

假如你随意在街上漫步，你会在不经意间穿过一座座古老的城门。那一块块厚厚的重达二十多斤的城墙砖所砌成的古城门，像一个个时间的驿站，穿行其间，有如穿行在时间隧道，让你穿越岁月的长河，去追寻衢州古城漫漫的文明之路。

衢州于东汉初平三年（192）就因战事所需开始建城，距今已有一千八百多年的历史。最早的城墙用泥土筑成，史称筑土为城。何时开始用砖石砌筑城墙，确切的年代已不可考。其后，因战乱及各种自然灾害，衢州城屡毁屡建，至宋宣和二年（1120），才成了一座真正完整的古城。从那时起它有了东门、大南门（即礼贤门）、小南门（通仙门）、水亭门、小西门和北门。这六座城门经元代大修后，整座衢州城就更为完整，明代，六座城门再度修复，至今保存完好。城南、城西等好几处的古城墙仍逶迤[⑤]可见，清亮亮的古代护城河，今天仍水波潋滟[⑥]潺潺[⑦]东去，这在现代的城市里实不多见。

衢州自古多战事，衢州城几乎是三面沿衢江，有着天然的护城河，唯正南面是一片开阔地，要攻入衢州城，又称礼贤门的大南门自然首当其冲。一门系衢州之生死，可谓命脉所在，古人说它是衢州城的死穴，因而历来派重兵驻守。硝烟一起，城头便将旗飘飘，鼓号齐鸣，守城兵士就放下城门吊桥，集结的队伍便奋勇争先，冲出城门，越过护城河，杀向敌阵，一时城外杀声震天，你死我活，自然是尸横遍野。待鸣金收兵，胜利者便浩浩荡荡从这里入城。

古人说：衢州城是铁打的，衢州的古城门也号称铁衢门，这说法是有来历的。一是它的建筑结构。衢州的城门，除了本身的高大、厚实、坚固，城墙下还挖丈余深的壕沟[⑧]，有数十米宽的护城河，还在各城门外修有月城[9]，也叫瓮城，真是城中有城，墙外有墙，层层设防。二是守军将士的英勇顽强。据史载：清康熙十三年（1674）起，衢州曾遭遇“三藩之乱”，乱臣耿精忠骚扰衢州整整三年，城郊是空前浩劫，几乎是十室九空，人人遭难，独衢州城乱军奈何它不得。耿精忠从此一蹶不振[10]，威风不再，终成憾事。当年太平天国翼王石达开攻打衢州，久攻不下，只得将衢州城团团围住，以期城内弹尽粮绝，发生内讧[11]，不攻自溃。谁知到了夏天，城墙上竟晒满了新的稻草，大批的新谷已经成熟，城中不愁无粮，原来当时的菱湖一带全是良田。城外的将士一见，顿时军心大乱，终于在攻城91天后，偃旗息鼓[12]，黯然败退。

古城难忘20世纪40年代初，日寇围攻衢州，当时的守军于衢州城下与敌人激战四昼夜。据老人们回忆，当时枪炮之声彻夜不绝，日军多次发起冲锋，守军奋不顾身，拼死还击，战斗十分惨烈，血把礼贤门外的护城河都染红了。守军在完成吸引敌人主力的任务后，成功突围。

如今，只有那些古老厚重的城墙砖头，还记得昨天的那些裹着刀光剑影、腥风血雨的遥遥往事。今天礼贤门一带已开辟为遗址公园。前两年在这里发掘出来的古代瓮城遗址，经考古专家考证，如此完整、如此典型的古代瓮城遗址，这在全国都是少见的。与大南门正对的坊门街，是重新修建的清一色的仿古建筑，恢复了坊门街的旧时模样：青砖黛瓦马头墙，朱红色的门楼店铺，石砌的街巷路面，古色古香，再现了当年衢城的繁华。

【作者简介】

陈峻（1949— ），原名陈才，笔名陈峻。浙江衢州人，现为中国作家协会会员，原为浙江省文联委员、浙江省作家协会委员、衢州市文联主席。1978年开始发表作品。2003年加入中国作家协会。已发表短篇小说35篇，中篇小说16部，电视剧两部。著有《陈峻短篇小说选》《算了是什么意思》，还有散文、报告文学作品多篇，共约200万字。短篇小说《洪峰到达之前》获《小说林》优秀小说奖，中篇小说《算了是什么意思》获《东海》30万元文学巨奖佳作奖，电视剧《柯山棋魂》（编剧）获浙江省“五个一”工程奖。

【注释】

①《读史方舆纪要》：原名《二十一史方舆纪要》，共一百三十卷，古代中国历史地理、兵要地志专著。常简称《方舆纪要》。顾祖禹于明亡后隐居不仕，历时三十年，约在康熙三十一年（1692）成书。着重考订古今郡县变迁，详列山川险要战守利害。

②肘腋：手肘和腋窝。比喻切近的地方，多用于祸害的发生。

③喉吭：犹咽喉。喻指交通要道。明沈周《题长江万里图》诗："真州阔州列两厢，金焦嶪巀（yè jié，高峻貌。）当喉吭。直吞天脉纳海口，有若万邦来会王。"

④宣歙：宣：地名，古州名，治所在今安徽省宣城市。歙：地名，古州名，治所在中国安徽省歙县。

⑤逶迤：蜿蜒曲折、弯曲回旋的样子。

⑥潋滟：形容水波荡漾。

⑦潺潺：水缓缓流动的样子。

⑧壕沟：用于军事防御，并且通常将挖掘出来的泥土堆在它前面作为土方（工事）的狭长沟。

⑨月城：围绕在城门外的半圆形小城。也叫瓮城。

⑩一蹶不振：一遭到失败或挫折就再也振作不起来。

⑪内讧：集团内部互相倾轧。

⑫偃旗息鼓：放倒军旗，停止击鼓。指秘密行军，不暴露目标；也指停止战斗。比喻停止做某事。

【导读】

如同人名一样，中国的城门都有各自的名称，而且既有官方命名的"正名"，又有民间俗称的"外号"，或以方位、地名、形胜命名，或寓意教化、祈福，或指代某人、某书甚至是某种现象。类型之多，不一而足。在每一个城门名称的背后，都承载着悠久的历史和厚重的文化，深深融入中国人的血脉之中。衢州的城门也是如此。

【思考探究】

1. 为什么衢州的古城门号称"铁衢门"？作者运用了什么样的说明手法？
2. "铁衢门"下都发生过哪些事？请用自己的语言进行简要的概括。
3. 试收集资料，结合文本，更为完整地了解衢州城门的演变历史。

【资料卡片】

衢州城门命名风格

命名的风格经历了一个从大雅到入俗的升华。北宋新建衢州城墙后，官方为六座城门定下了"迎和""礼贤""清辉""航远""和丰""永清"等名称，大多寓意吉祥，用词文雅，也体现了当时衢州人文鼎盛的风采。其后，"光远""通仙""朝京""通广""拱辰"和民国时期的"东平""南屏""柯山""中山""瀔水""北固”“中正”“西安”等官方命名，虽不失文采，却流于世俗，多为当时各地城门普遍使用的名称或命名格式。近代以来，“东门”“大西门”“小西门”“大南门”“小南门”“北门”等成为官民共用的名称，城门命名采用了最简单、普遍的方法——以方位定名。一方面，是因为其他城门名称背后缺少深厚文化内涵、带有过强的时代痕迹而难以流传；另一方面，也是衢州百姓淳朴、尚简、务实的民风的体现。大俗即大雅——有时，百姓的选择才是历史的选择。

二、衢城物语

风流泉铭并叙

[宋]周紫芝

石室酒[①]出三衢，名倾浙右[②]。辛未之秋，余得其法[③]于衢人，后两月赴官江西，以授富水兵厨，使酿之。既成，取以酌客，无不喜者，以为深醇雅健[④]，自是一种风流。永兴宰郭君元寿欲余命名，为此邦故事。余笑曰："当用坐客语，名以风流泉。"已而为之铭曰：

德恶刚暴，酒欲媚妩。伊何人斯，酿此秫黍。观其清醇而近道温厚而不武则含浊醪之妙。而嗣元，酒之古也。至于风流酝藉，盖张曲江[⑤]之为人；而若饮醇酎，则与周公瑾[⑥]而语也。小人蕴凶，喜饮酷烈。太白在手，吻渴耳热。谓此君子，非我俦列[⑦]。嗟嗟我友，妙韵胜绝，不险以巇，不隙其末，誓当忘言，以对玉雪[⑧]。

【作者简介】

周紫芝（1082—1155），字少隐，号竹坡居士，宣城（今安徽宣州市）人。宋绍兴间进士，文学家。。宋高宗绍兴十五年（1145），为礼、兵部架阁文字。宋高宗绍兴十七年（1147）为右迪功郎敕令所删定官。历任枢密院编修官、右司员外郎。宋绍兴二十一年（1151）出知兴国军（治今湖北阳新），后退隐庐山。著有《太仓稊米集》《竹坡诗话》《竹坡词》。

【注释】

①石室酒：一种酒的名称，陆游称之曰名酒，其《偶得石室酒独饮醉卧觉而有作》诗曰："初寒思小饮，名酒忽堕前。素罂手自倾，色若秋涧泉。"

②浙右：浙江西部，大致为浙江衢州地区。

③其法：这里指的是酿造石室酒的方法。

④深醇雅健：淳厚雅正，指酒香，口味正。

⑤张曲江：即张九龄（678—740），字子寿，一名博物，谥文献。汉族，唐朝韶州曲江（今广东省韶关市）人，世称"张曲江"或"文献公"。

⑥周公瑾：周瑜（175—210），字公瑾，汉族，庐江舒县（今安徽省庐江县西南）人。东汉末年东吴名将。

⑦俦列：同列。亦指同类的人。晋夏侯湛《东方朔画赞》："戏万乘若寮友，视俦列如草芥。"晋陶潜《劝农》诗之五："顾余俦列，能不怀愧。"

⑧玉雪：喻高洁。

【导读】

周紫芝《太仓稊米集》卷四二《风流泉铭序》记载了衢州石室酒的品质："石室酒出三衢，名倾浙右。余得其法于衢人，后两月，赴官江西，以授富水兵厨，使酿之。既成，以酌客，无不喜者，以为深醇雅健，自是一种风流。"周紫芝使用衢州酒法在外地酿造，取得成功，说明衢州的酿酒技术的确先进。陆游喝了石室酒之后，感觉不错，为此写下了《偶得石室酒独饮醉卧觉而有作》一诗，载于《剑南诗稿》卷一，其诗有云："初寒思小饮，名酒忽堕前。素罂手自倾，色若秋涧泉。浩歌复起舞，与影俱翩仙。"范成大《石湖诗集》卷一《次韵徐廷献机宜送自酿石室酒》诗也有吟咏："清绝仍香如橘露，甘余小苦似松肪。"由此看来，衢州石室酒的确非同凡响。

【资料卡片】

《衢县志》载："酒，古以石室酒石为有名，今不知酿法，唯有三白酒通行城市，然亦由遂安人酿造。乡间土酿不同，次者为六甲、四甲冬酒。"文中提及的六甲、四甲冬酒，是一种酒醪稀薄、酒精度低的农村酒。

衢州朱桔

宋瑞楠

“三衢桔柚广州甜”，这是明末清初诗人吴梅村①的一句诗句，它明确地指出，衢州和广州都是闻名全国的柑桔之乡。

衢州大量栽培柑橘，已有一千多年的历史。有人说始于南宋，有陆放翁《柯山道上》诗“午酌金丸桔”之句为证。但是，北宋的地理志《太平寰宇记》已经有“衢州土产桔”的记载。北宋著名的“铁面御史”赵抃，收到了故乡寄给他的一筐朱桔后，也曾留下一首《咏衢州朱桔》的诗：

郑重留芳信，殷勤慰远官。
已欣怀袖满，仍觉齿牙寒。
置速传辞易，人遐结会难。
侧身东望久，离绪转盘桓。

据此，衢州盛产柑桔，最迟始于北宋。但是，北魏郦道元的《水经注》就有“榖水又迳定阳，夹岸绿汙，悉生支竹芳枳”及“杂以霜菊金橙”的记载。“榖水”，即瀔水，也就是衢江；“芳枳”和“金橙”都是柑桔之属。而郦道元（466 或 472？—527）注释《水经》的年代，距今业已一千四百多年；那么衢州之产柑桔，至少也应有 1400 多年的历史了。

衢州柑橘，据《康熙西安志》记载：“桔有朱桔，有绿桔，有狮桔，有漆碟红，有金扁，有抚州。……诸桔中唯狮桔皮厚耐寒可致远，而色味不逮朱桔。”足见栽培最多，质量最好的桔种首推朱桔。

朱桔亦名“硃桔”，因其皮色红艳，有若朱砂而得名，它皮薄而汁多，甜美而带微酸，玉液琼浆，芳冽沁齿。诗人严中恩用“味似陆郎怀去好，色如韦守寄多来”的诗句来，赞颂朱桔的色香味形。由于衢州朱桔色味双绝，因而在南宋时朱桔就已为贡品，《咸淳临安志》曾提到衢州“有犀贝、桔柚之贡”的史实。从此以后，历经元、明两代至清不废，朱桔逐步盛行于北京，年年岁岁，皆充上供，每当入贡之时，县衙发下阶银，由承办胥使到航埠一带桔园中采摘最好的朱桔，用竹箱或大桶装妥，衬以松毛，运载而去。朱益《衢州竹枝词》云：“满园桔子谁先熟？摘得头红不待秋。黄竹织箱松翠盖，香风一桨趁苏州。”生动地描绘了当年贡桔发运时的情况。

官府进贡朱桔，所以一定要派人到航埠，乃是因为当时衢州柑桔生产的基地仅局限于航埠上下 30 里的衢江两岸，后来才扩展到常山一带。朱桔是常绿树，春华而秋实，每当春末，航埠一带桔树开花，乳白色的桔花密如繁星，在湿润的空气里飘溢着醉人的芳香。这时桔农及山区人家养的蜜蜂，尽出蜂房前来采蜜，蜜色皑白如霜，甜浓香郁，营养丰富，号称“衢州桔蜜”，是蜂蜜中的上品，也是明清时代的皇家贡品。诗人柯寄叟有诗一篇，写衢州桔蜜的好处，原诗曰：

我读《水经注》，瀫水有芳枳。
南风吹出花，积雪三十里。
蜜官捧檄至，勾当事如蚁。
琼苏尽露醉，金翼飞不起。
倏忽归放衙，一吐千窝水。
酽同缸浮面，白若潼生脂。
怪哉李衡言，未尝奴视汝。
奇绝细腰人，六宫口作醴。
蔗糖实所贱，蒟酱未为旨。
饮羔不足言，嚼蜡安得齿。
此真洞庭春，老夫病可倚。
行与巴邛仙，斗弈倾香美。

可见桔蜜乃是当年航埠桔农的一项副产品。夏日来临，桔花初实，往往落果于地，色如青珠，大如纽扣，称为“青皮子”。青皮子除了晒干后可送往药店出售入药外，也可以拌和豆酱，制成豆豉，芳香甘美，无与伦比，也是旧时航埠有名的土特产。柯寄叟又作有《尝桔豉诗》一首赞之：

木奴初实青珠小，宽膈神功天下无。
老病双弓进一啜，却鼓纤指费功夫。

晚秋时分，桔子为霜气所迫，皮色由青绿变金黄，再由金黄变成朱红，航埠沿江两岸茂密的桔园中，碧绿的桔枝上缀满成熟或即将成熟的朱桔，朱实疑带火，黄丸似悬金，沉沉地压得树枝几乎都垂到了地面上，形成了“桔熟黄香压树低”的奇观。看到这种瑰丽景观，使人不由想起伟大诗人苏东坡的佳句：“一年好景君须记，最是橙黄桔绿时。”这时正是三衢桔农的收获季节，朱桔上市的旺季。

然而，在封建社会里，“饱霜新桔万株金”的丰收季节，并不曾给桔农带来欢乐。贡桔之役，官府不但压低收购价格，而且胥使巧取豪夺，无异是桔农一年一度的大灾难，何况果农苦于无田，往往种桔以充田税。所以清人毛奇龄在《寄赠西安鹿明府》一诗中，有“官舍栽花逾制锦，仙山收桔当租钱”之句。由于柑桔是亚热带植物，一旦寒流南袭，往往造成减产，封建时代官如虎，吏如狼，那管桔农死活，依然衙堂高坐，敲扑追比，从而经常出现“虎卒未去狼吏来，催纳租欠声如雷。雷声不住哭声起，走极其翁已经死。长官切齿目怒嗔，吾不要命只要银”的惨剧。无怪乎航埠旧时曾有“桔子上市，桔农寻死”这样一句俗谚。

【作者简介】

略，见前文。

【注释】

①吴梅村：吴伟业（1609—1672），字骏公，号梅村，别署鹿樵生、灌隐主人、大云道人，汉族，江苏太仓人。明末清初著名诗人，与钱谦益、龚鼎孳并称“江左三大家”，又为娄东诗派开创者。长于七言歌行，初学“长庆体”，后自成新吟，后人称之为“梅村体”。

【导读】

文章以诗人吴梅村的诗句引入衢州有名的柑桔，追溯了衢州栽种柑桔的悠久历史，写出衢州柑桔为何如此闻名，也在文章谈到封建社会中在桔子丰收季节的桔农的遭遇。

【资料卡片】

衢州是有名的柑橘之乡，已有几百年的种植历史，衢州柑橘原生品种品质不佳，经多年引进改良，品质日趋上乘。渐以“实皮薄”“香”“肉干”，扬名中华。据文献记载，衢州柑橘品种后魏时有芳枳、金橙；宋时有橘、柚、卢橘柑；元时有橘、衢柑、黄柑；明时有柑、橙、金柑、香圆、卢柑、红柑、狮橘、绿橘、金橘、豆橘、漆碟红、卢橘、柚、枳等 20 余种；清时有朱橘、绿橘、漆碟红、金扁、抚州、豆橘、衢橘、蜜橘、小橘、穿橘、黄香橘、抛头橘、甘橘、茶橘、蜜罗柑、金橘、柚、橙、香橼、文旦等品种。《民国衢县志》“橘柚科”列橘有朱橘、绿橘、豆橘、漆碟、金扁、抚州；橙有黄香橘；柑有广柑，亦名广橙、蜜罗柑；香橼亦作香圆；柚即枹，有寿星枹；金橘一名金柑，圆者称金弹，长者谓金枣。

橘子熟了

叶廷芳

T45 次列车过了金华站就向浙西的金衢盆地疾驶，进入衢州市的范围，南边那红土壤起伏的山峦和田垄上，满目是葱茏的橘树，有的还没有“成年”，有的则正在挂果，绿树丛中不时透现着斑斑色彩，那是采橘的姑娘们出没在树林间。这时，伴随着火车的节奏，我心头不禁想起了流行于 20 世纪 50 年代《橘子熟了》那首名歌，就像当年在北国我一听到这首轻歌曲，就想起橘乡的金秋时节一样。

车过“樟树潭”，一片广袤的平展展的原野出现在眼前：这是盆地中的盆地，是衢州有名的“千塘畈”，是大自然给予衢州人的唯一的便于种庄稼的地方。如今这里与庄稼相伴的还有一片片四季常青的橘林和一座座砖瓦新盖的村落，此外还有一座庞大的化工城。哦，这果真是“千塘畈”吗？回忆的长丝不断把我牵回到过去，脑海中一再浮现出那个“万户萧索鬼唱歌”的荒凉景象。原来这个“畈”先前并不是种庄稼的米粮仓，而是个血吸虫的温床，曾经夺走过千万人生命的坟场。我小时候曾经两次穿越过这个地方，岁月洗不掉我的记忆。作为一个曾经也被这个“瘟神”袭击过并且也曾与家乡人一起与这一天敌搏斗过的过来人，看到今天这派景象，昨天上火车时被北方的寒冷冻凉了的心一下子就温暖过来了。

到了乡下的老家，这里的秋色更使我兴奋：以往从来没有人种橘子的这个村子，现在几乎家家成了业余的橘农，就连我自己的一对兄弟，各自就收了一千多斤；我的一个外甥则有五千多斤；据说本村还有三户人家上了万斤！年正花甲的姐姐对我说：“你小时候爱吃橘子，却吃不上，就到梦里去过瘾——你不是说过做梦买了一大筐橘子，放在床底下，想吃时就摸一个出来……”哦，姐姐，你记得真清楚。是的，那时父亲患肺痨，每天早晨咳得不行，常去镇上买一二斤橘子放在枕边，咳得难受时就吃个把，用来镇咳，偶尔也递一个给我。我拿在手里摸了又摸，闻了又闻，总也舍不得吃……

我出生的这个村子位于衢北，坐落在崇山峻岭之麓的丘陵地带。20 世纪 70 年代以前衢州的橘园多集中在衢南，20 世纪 80 年代初，大家才种橘树。这一措施当然与衢北水利条件的改善，尤其是名扬省内外的大型水利工程——铜山源水库的建成有直接关系。于是，荒山被征服了！家乡人民的这一成就，不仅改变了农业经营的结构，丰富了经济生活的内容，而且明显地改善了生态环境，使衢州地区的森林覆盖面积达到了总面积的 42%，相当于全国平均数的三倍半。

我去衢州石梁区的一个橘乡，领略了一番橘林的喜人景象。我们站在约二百米高的山坡上，向下俯瞰，只见一垄长长的田地伸展出十几里之外，其间坐落着间距几乎相等的三个大型村庄，那一幢幢白墙青瓦的新农舍在午后的斜阳下闪烁着亮光，有一种明暗清晰的层次感；傍晚的炊烟还没有升起，显得格外宁静；但远远近近的“鸡犬相闻”构成一种立体的音响效果，透露着宁静下的活力与生气，让人进入贝多芬“田园”的氛围。再环顾周围，那马蹄形的、海拔三五百米高的山坡上，到处是密密匝匝、郁郁葱葱的橘树，焕发着蓬蓬勃勃的生机。

朱橘，个子较小，颜色深红如朱砂，是衢州正宗名橘，已有一千四百余年的历史，南宋以来就列为贡品。但衢州人目前种最多、最为之得意的是“椪柑”，这个陌生的橘名近年来我才听到，它的特点和优点是个大、皮脆、味美，与蜜橘相比，它便于存放，而且越放越甜，一般农家用传统的保藏法可以保存到第二年的四、五月份。

一九八四年，衢州已成为浙江的第二产橘之乡，仅次于黄岩。在衢州市橘科所，我们又获悉：现在衢州已跃居为浙江省的第一产橘之乡，全年总产量三百万担，超过黄岩！一位市文联的同志不止一次对我说：“下回你们换个季节回来吧，比如 4 月下旬，那时漫山遍野都是橘花的世界，这种花洁白、清雅，朵小但繁茂，那时，即使在城里，也弥漫着它的馥郁芳香。嘿，会叫你陶醉呢！”我立刻回答说：“好啊！——不过还是等退休以后吧！”橘子熟了我回来尝，橘花开时我回来赏；这里是我童年的摇篮，这里也将是我暮年的归宿。

【作者简介】

叶廷芳（1936— ），浙江衢州人，诗人，作家。1961 年毕业于北京大学西方语言文学系德语专业。第九届全国政协委员，中国德语文学研究会会长，中国环境艺术学会理事，中国残联评委会副主任，中国肢残人协会副主席。历任北京大学教师，中国科学院外国文学研究所《世界文学》杂志编辑，中国社会科学院外国文学研究所中北欧文学室主任，研究员。

【导读】

在回乡之旅途中，作者从沿途的家乡景色出发，写出了衢州经过时间的推移，变成产橘之乡并因此闻名，橘子已经是故乡的一个标签。文章也夹杂着作者对往事的回忆、对故乡的深切思念和热爱之情。

【思考探究】

1. 你的家乡有什么特产，或者你的家乡以什么闻名？如果有，那么你对于这样的特产有什么样的感受？或者在异乡的你，家乡的什么对你有不一样的意义？

2. 对于家乡的橘子，作者有什么不一样的感受，对于家乡这么多年的变化，作者又有何感受？其中又蕴含了作者对家乡怎样的思想感情。

3. 《橘子熟了》这篇文章，语言朴实、叙说简单，平实的语言中，体现了多年来衢州的变化，叙说着作者的童年往事，体现了家乡的橘子对于作者不一样的意义，以及作者对家乡的思念和热爱。

秋 颂

孔祥楷

平淡的生活中往往会因为一点很不起眼的事，翻腾起心底感情的狂澜。

一次偶然见到的一个词——秋思，竟使我回忆起许多往事，多美的词啊！让人幻想出一首恬静的散文诗，一曲深沉的船歌，一幅清淡的风景画。我无法不想起故乡浙西，那片深情的土地，那夕阳，那秋夜，那绵绵细雨……

乌桕树叶红了的时候

乌桕树在浙西农村处处可见，树干的木质异常坚硬，树叶像把小小的扇子。当树叶由深绿转变为红色时，它的果实就熟透了，一粒粒黑黑的籽，果壳坚硬，果仁雪白，可以榨油，这种油不能食用，但可做蜡。旧时，人们不知道由石油提炼白蜡时，南方的蜡烛就是用桕子油做的。北方有枫叶红了的时候，南方有乌桕树叶红了的时候，不同的是枫树没有果实，而乌桕树却给人们的生活带来了光明和希望。

蓝蓝的天

稻田收割完，谷子归仓了，稻草却堆在田里。秋风刚起，带来山野小草的清香，我静静地躺在稻草堆上，注视着蓝天上白云的变幻。那富有立体感的白云变成一组组人物雕塑，缓缓地飘向远方，它们之中竟没有一个人给我留下名字。太阳自入秋以来变得温和多了，这时虽然亦显得十分明亮，但一点也不热了，只能叫人感到暖融融。我轻轻地挪动了一下身子，那馨香的新鲜稻草气息，沁人心脾。旷野里就我一个，空荡荡的田野与孤零零的我。

船、小河、桥

连接这个村庄与那个村庄的小河，本来静静地流淌，白天只因匆匆来去的船只不停息地与小河讲着嘈杂的生活琐事打破了宁静。入夜了，船都回家了，只剩下小河自己，它也无须自言自语，于是只有默默地流淌。桥本来可以平平地跨过水面，但为船只过往，于是用长长的石条砌垒成高高隆起的圆拱。月亮升起来，在淡淡的月光下，这石桥就像生活艰难的老人深深地弯着腰……孩子去远方了。

夜泊

经历整整一个夏天雨水的充实，秋水已经涨满小河，宽宽的，平平的，在河床较深的地段，水变成深蓝色；而在河边水浅处，水变成淡白色。这时，夜深了，河水变成乌黑一片，只有听到河水与石岸轻轻擦过的声音时，才能清晰地感到河在不远的地方。再往前更远的地方，可隐隐约约看到一点红火，那是什么？像一颗天上落下的星星，亦像为赶夜路的人而点的招宿小店的迎客灯。常在河边生活的人都知道那是夜泊的船家。那船太小了。船上有谁呢？

雨

秋天是本诗集，而绵绵的秋雨就是一首深沉的爱情诗。在这似有似无的丝雨中无须雨具，雨落在身上是一层毛茸茸的细珠。时间一长，石子路面变得湿漉漉了，从村庄里出来的人开始戴上大大的斗笠。“打伞吧！”可你不答应，要和我一起在秋雨中并行，把多情的秋天永远地留在心上。你紧紧地依靠着我，“冷吗？”你没回答，只是对我笑笑。细雨不知什么时候停了，但天际依然是深灰色的。我轻轻地捧起你的脸，吻了吻你那热热的嘴唇，“回去吧！我会给你来信的。”这时你哭了，但你不承认，说脸上是雨水。是的，是秋水，我脸上也有。

【作者简介】

孔祥楷（1938— ），孔子第75代嫡长孙。1944年，年仅6周岁的孔祥楷，被当时的国民政府册封为孔子南宗74代奉祀官，这也是中国历史上最后一位南宗孔家奉祀官。孔祥楷在衢州鼎鼎大名，他奔走恢复祭孔，但主张“今礼祭孔”，将孔子请下神坛，还以人的本来面目。

【导读】

浙西的秋天，有叶子红了的乌桕树，清澈的蓝天与田野，缓缓驶过的小船，绵绵不断的秋雨，回忆中夹杂着浓浓的思念，秋夜里的故乡，绵绵秋雨的故乡，秋霞中的故乡，总能翻腾起心底的波澜，那是属于浙西特有的秋天，那是属于故乡特有的思念。

【思考探究】

1. 如果请你描述或描写故乡的秋天，故乡的秋天最令你记忆深刻的是什么？这是一篇典型的描述江南秋景的文章，你是否读过关于北方秋景的文章？南北方的秋天有何不同之处？

2. 文中说“平淡的生活中往往会因为一点很不起眼的事，翻腾起心底感情的狂澜”，那么作者由秋思，翻腾出怎样的感情的狂澜？请在文章中找出来，体会作者的感情。对于这句话，你有何评价和感悟，谈谈你的理解。

3. 秋颂是一篇描写江南的秋色的文章，作者通过详细地描写具体的物象，包括乌桕树、船等，细致地写出浙西秋景，情感细腻，没有华丽的辞藻，但语句生动。在细水长流般的叙说中，饱含着作者对故乡的深切感情。

三、名胜故迹

桥南书院记①

[宋]陆 游

吾友西安②徐载③叔，豪隽人也，博学善属文，所从皆知名士。方其少壮时，视功名富贵犹券内物④，一第直浼我尔⑤。然出游三十年，蹭蹬⑥不偶，异时知己，零落且尽。家赀⑦本不薄，载叔常粪壤视之，权衡仰俯⑧，算筹衡纵，一切不能知，惟日夜从事于尘编蠹简⑨中，至食不足，不问也。中年，卜居城中，号桥南书院。地僻而境胜，屋庳⑩而人杰，清流美竹，秀木芳草，可玩而乐者不一而足。载叔高卧其中，裾⑪不曳，刺不书，客之来者日益众。行者交迹，乘者结辙，诃殿者笼坊陌，虽公侯达官之门不能过也。名不可妄得，客不可强致。载叔盖有以得此于人矣。乃者数移书于予，请记所谓桥南书院者。

嗟乎！汉梁伯鸾⑫人吴，赁舂于皋伯通⑬庑下，至今吴有皋桥，盖以伯鸾所寓得名。载叔之贤，不减伯鸾。而桥南乃其居，则后世不埋没，决矣。尚何待记？然载叔之请，不可终拒也。乃为之书。

嘉定元年夏六月庚寅，山阴陆某务观记。

【作者简介】

陆游（1125—1210），字务观，号放翁，汉族，越州山阴（今属绍兴）人，尚书右丞陆佃之孙，南宋文学家、史学家、爱国诗人。历任福州宁德县主簿、敕令所删定官、隆兴府通判等职，因坚持抗金，屡遭主和派排斥。陆游一生笔耕不辍，诗词文俱有很高成就，其诗语言平易晓畅、章法整饬谨严，兼具李白的雄奇奔放与杜甫的沉郁顿挫，尤以饱含爱国热情对后世影响深远。陆游亦有史才，他的《南唐书》，“简核有法”，史评色彩鲜明，具有很高的史料价值。著有《剑南诗稿》《渭南文集》。

【注释】

①南桥书院：淳祐四年（1244），时任衢州郡守的杨彦瞻请奏朝廷，改梅岩精舍为柯山书院。书院因在石桥山（即烂柯山）之南面，故又有“桥南书院”之称。

②西安：衢州的古称。唐咸通年间（860—874），改信安为西安，因境内西溪（即瀔水、衢江）而获名，意取“西溪安澜”，一直沿用至民国初年，历史长达千余年。

③徐载：指徐赓，字载叔，秀才出身。

④视功名富贵犹券内物：指徐赓蔑视功名富贵。券：古代的契据，常为两半，双方各执一。现代指票据或作凭证的纸片。

⑤一第直浼我尔：功名只会玷污我们。一第，考中进士，这里特指功名。直，通“只”。浼，沾污、玷污。

⑥蹭蹬：比喻困顿不顺利。

⑦赀：同“资”，资产。

⑧仰俯：在抬头低头的一瞬间，形容时间极短。

⑨蠹简：被蠹虫蛀食的书简。

⑩屋庳：屋子矮。

⑪裾：衣服的前后部分。

⑫梁伯鸾：汉代梁鸿，字伯鸾。梁鸿家贫好学不求仕进，与妻孟光共入霸陵山中以耕织为业，夫妇相敬有礼。后因以伯鸾借指隐逸不仕之人，亦作为贤丈夫的代称。

⑬皋伯通：东汉吴人，为郡大家。梁鸿与妻孟光舍伯通家，受雇为人舂米。

【导读】

爱国诗人陆游与衢州似乎有着不解之缘。在他一生的宦游生涯中，曾经多次盘桓于衢州，并在此结交了许多朋友，徐赓就是其中之一。嘉定元年（1208），徐赓修建桥南书院，并将《桥南书堂图》寄给了陆游。此时，已经80多岁高龄的陆游欣然写下了《桥南书院记》。

府 山

楼翠如

府山，在衢州城东南隅，是峥嵘山和龟峰山的合称，东南连环城马路，西傍城河，北临新桥街，占地三百亩。

峥嵘山在龟峰山的西北，山势突兀，清范珏《峥嵘古松行》诗有“三衢巨镇峥嵘尊，千山万山牛马走”之句。据《读史方舆纪要》记载：“西汉末，柴宏屯兵于此后，称为峥嵘。”这是峥嵘山得名之始，至今已有一千九百六十多年的历史。

龟峰山，因山形像龟而得名。《大明一统志》记载：“其形如龟，昂首垂足，与峥嵘相连。”俗称城隍山，因宋、元以来，山上建有府城隍庙。

峥嵘山和龟峰山紧紧相连，人们或称为峥嵘山，或称为龟峰山，但一般都喜欢称峥嵘山。

自唐到民国时期，这里都是郡、州、府治衙门所在，因此，人们又习惯称峥嵘山为“府山”。

府山濒依城郭，山势突兀雄伟，为历代兵家驻军要地。除西汉柴宏曾屯兵于此外，三国吴嘉禾五年（236 年），征虏将军郑平，也率兵千人镇守于此，现在的石梁下坦村还有他的后裔。宋代，方腊起义军攻衢州，就是占领了峥嵘山这个制高点而取胜的，知府彭汝方被击毙。自此，统治者吸取了教训，郡守高至临就在龟峰筑起了城墙，加强了防御措施。

府山还是郡、府衙门的所在地。唐初，是信安王府所在地。景云二年（711），李祎①为衢州刺史，封为江王。开元二十年（732 年）再次任衢州刺史，改封为信安郡王。故民国《衢县志》载郑渭川说：“王既两为衢州刺史，则峥嵘岭之郡治，当时实为信安王府也。”唐诗人孟郊有《峥嵘岭》诗，是专门描写当时峥嵘山的繁华景象的：

疏凿顺高下，结构横烟霞。
坐啸郡斋肃，玩奇石路斜。
古树浮绿气，高门结朱华。
始见峥嵘状，仰止愈可嘉。

当时府山上的宏伟建筑，若非郡王府，岂有这般阔气？后来，府署历经重修和改建。宋绍兴十七年（1147），知州张嵲取“政为农功，日夜思之”之意，在厅事之后建“思政堂”，元朝时增建了仪门、退堂、鼓角楼。明代宣德间，郡守朱敬鼎又建平理堂、经历司、照磨所。明天顺间，郡守唐瑜在府治东南又建造了两座牌坊，一名“承流”，一名“宣化”。弘治间，在府治前建“旌善”“申明”两个亭子。特别是乾隆年间，兴建房屋一百四十间，大堂名为“师师堂”，幕宾书室、仓库内宅一应俱全，历时十年，费银二千零四十五两。光绪十八年（1892），内署毁坏；三十四年，知府周以翰作了大修，内外为之一新；民国时期为专员公署及保安司令部，新中国成立后又为驻衢部队司令部所在地。

府山又为历代学庠②所在地。宋景祐年间，在龟峰山之右始建学宫。明嘉靖十七年（1538）在龟峰建“衢麓讲舍”，据说这是专门供郡守、王子学习的地方。《衢县志》载，尊经阁“贮藏书二十八部”，可见规模不大。民国时期，被改作县议会。山上另有“正谊书院”，始建于康熙四十七年（1708），知府杨廷望改普润庵为书院，因院内有白莲池，取名爱莲书院。乾隆十年（1745），知府胡文溥重修，改名正谊书院。“正谊书院”经过历朝的修葺，到同治年间规模已相当可观。院内有副对联，上联是“数仞高墙，圣人近居”，下联是“万间广厦，寒士颜欢”，可以想见。光绪二十八年（1902），“正谊书院”改为衢郡学堂，也就是衢州一中的前身。民国元年（1912），改为浙江省立第八中学堂，由于屡遭火灾，遂将府城隍庙划作教室。抗日胜利后，因校舍被日寇破坏，又将关帝庙、三元观、贞节祠扩为校舍，并新建洋房作为办公室，直到1950年才迁到今址。

“水到衢城尽，梅花岭上生。”峥嵘山上景致极美。亭台楼阁相望，庙宇碑坊林立，气象万千。这里有梅岭、小峨眉、乐丰亭。乐丰亭前楹旧有一联：

瞰远山，吞长江，其西南诸峰，林壑尤美；

送夕阳，迎新月，当春夏之交，草木际天。

其他还有唐代的东武楼、双云楼，宋代的桃花台、芙蓉台，元代的班春亭，清代的雪筑轩和民国时建的中山堂等等。除了乐丰亭和中山堂外，其他都已毁于兵燹③。

府山上有府城隍庙、关帝庙、晏公祠、忠武王庙等庙宇。晏公祠在龟山东北端。晏公即宋晏敦复，他在任知衢州时，政绩彪炳，深受百姓爱戴。传说，他在一天夜里，听到瘟神们在交谈，明天要在井中放毒，他担心衢州百姓饮水中毒，竟投身井中，以阻止百姓在这井中吊水。等到人们把他打捞起来，已全身发黑中毒。百姓十分悲痛，为不忘他的恩泽，就在龟峰山建晏公祠，并塑黑色像，春、秋二祭，八百年来香火不衰。忠武王庙祀明开国功臣常遇春，塑有铜像。近代还建有光复纪念碑、国民革命东路军纪念碑、抗日阵亡纪念碑、血浴干城纪念碑，气贯长虹。庚子事件后，清朝政府赔款五万两，割地十余亩，在府山巅端重建教堂，并在西麓营建被戕外国教士墓八座。这些建筑，除天主堂外，大都圮废④。

1927 年，在府山北麓辟“中山公园”，1957 年改为“府山公园”。园内有十字亭和八角亭等。20 世纪 70 年代以来，陆续进行了整修扩建。公园西侧新建了一座体育馆，体育馆东侧建有一座“中西合璧”的府山茶室。公园的东端建有面积达六百平方米的水池假山，假山顶端有座风格别致的清风亭。公园北侧新建了一座旱冰场。府山公园已成为劳动人民休息娱乐的场所。

【作者简介】

楼翠如（1926— ），浦江人，生活在衢州，“楼燕义堂”楼氏后裔，从事新闻及地方文史工作。《浙江工人日报》的第一批女新闻记者，新中国成立后浙江省培养的第一代新闻干部。1959 年调入《龙游报》《衢县报》任编辑，后调入市群艺馆。独立编纂了《衢州风俗简志》，并主编了《衢州文化》《衢江》《衢江文艺》等文学期刊。著有《楼翠如自选集》《重晚晴》。

【注释】

①李祎：陇西成纪（今甘肃天水）人，唐太宗李世民曾孙。景云元年（710），出任德州（治安德，今山东陵县）刺史，此后又调任蔡（治汝阳，今河南汝南）、衢（治信安，今浙江衢州）等州刺史。开元十二年（724），封信安郡王。

②学庠：泛指学校。

③兵燹（xiǎn）：因战乱所造成的焚烧、破坏。

④圮废：倒塌废弃。

【导读】

府山简介

府山位于衢州市区东部，是峥嵘山和龟峰山的合称，与孔氏南宗家庙、衢州博物馆隔新桥相望。此地历史悠久，人文荟萃，钟灵毓秀，同时也是历代兵家驻军要地。早在东汉就有郑平等人屯兵于此，建起了土城墙。明弘治《衢州府志》云：“今龟峰之城亦不知其初建。州人相传，先址土墙而已。”唐时期衢州称信安郡，开元十二年（724），太宗李世民曾孙李祎封信安郡王，其郡王府就建在府山之上。自此之后，府山为历代郡、州、路、道、府的治所之地。府山之名便由此而来。府山占地 300 多亩，历代建有学庠、书院、关帝庙、桃花台、玖春亭、晏公祠、忠武王庙等。山上楼阁毗连，亭台相望，美不胜收。庚子事件衢州教案，清廷赔款 5 万两，割地 10 余亩，在府署东建天主教堂，西建洋坟 8 座。1927 年，府山北麓辟为中山公园，曾建有光复纪念碑、抗日阵亡将士纪念塔等。1957 年改为府山公园。园内林木蓊郁，建有亭台假山和花卉园等。

【资料卡片】

游龟峰山

[宋] 苏轼

谁遣龟峰落九重，风光如在画图中。
青云托日仪祥鹤，紫电凝霜化彩虹。
经纪先贤遗凤爪，文章百代颂天公。
又闻绿野莺鹂唱，何用诗人咏大同。

孔氏家庙

楼翠如

孔庙，是我国古代封建王朝祭祀春秋时期大思想家、教育家孔子（前551—前479）的庙宇。最早的孔庙建于孔子死后第二年，鲁哀公将其故居立为庙，每年都进行祭奠活动。当时只有“庙屋三间”，内藏孔子生前所用的衣冠、琴、车、书。其后，历代王朝不断扩建。唐初除了在国都的最高学府国子监建周公、孔庙各一所外，唐太宗贞观四年（630）又下诏将州、县皆立孔子庙。自此，衢州也开始有了孔庙，又称文庙。孔氏家庙，则全国仅有山东曲阜和浙江衢州两处。

北宋末年，金兵南侵，宋都汴京（今河南开封）陷入敌手，徽宗（赵佶）和钦宗（赵恒）两帝被俘北去，宋高宗（赵构）仓促南渡。孔子的后裔——第四十八代裔孙、袭封衍圣公的孔端友，负着孔子和亓官夫人的一对楷木像也离开曲阜南来，定居于衢州。宋理宗宝祐三年（1255）敕建孔氏家庙，是为南宗（端友弟端操，在北京陷于金，被金太宗封为衍圣公，是为北宗）。从此，衢州也就被孔氏目为第二“圣地”。

衢州孔氏家庙最初是由郡守孙子秀奏准于朝，宝祐三年拨钱三十六万缗①，始建于城北菱湖芙蓉堤（今衢州市人民广场），规模很大，“广至二百余楹”，规制略同于曲阜家庙。宋亡，孔氏家庙被元兵所毁。明成祖永乐元年（1403）易地重建于今柯城镇道贯巷南端，规模次于首建，有前殿、寝殿，前左为宾馆，右为学塾。明武宗正德十五年（1520），孔庙朽坏不堪，孔子的第五十六代孙孔承美和巡按御史唐凤仪、布政使何天衢等请于朝，再移建于先义坊西安县学宫旧址（即今址），一年后落成。所谓“展奠有地，博士有居，斋宿牲庖、燕集弦诵之所，无弗备者。”武英殿大学士谢迁、刑部主事方豪分别前来祭祀。

衢州孔氏家庙，南临新桥街，西至广场路，北依荡田垅②，东至大马场，占地约十亩。它基本上按照曲阜的规制建造，亦分孔庙、孔府两个部分。庙前有“金声”“玉振”两门。孟子对孔子有过这样的评价：“孔子之谓集大成。集大成者，金声而玉振之也。金声者，始条理也；玉振之也者，终条理也。”“金声”“玉振”表示奏乐的全过程，以击钟（金声）开始，以击磬（玉振）告终。以此象征孔子思想集古圣先贤之大成，极赞孔子对文化的巨大贡献。因此，把孔庙前的第一道门命名为“金声”“玉振”。门外左右立有“德侔③天地”“道冠古今”两块牌坊，意即孔子的德行可与天地相比，他的思想是古今最好的学说。并在庙的东、西端各竖一块石碑，上刻“文官下轿，武官下马，锣鼓停息”，人称“下马碑”。过去文武官员、庶民百姓从此经过，必须下马、下轿，以示尊敬。即使是皇帝祭祀孔子也要下辇而进，可见孔庙的尊严。进内是棂星[4]门。传说天上有个天镇星，即棂星。古人认为棂星是天上文星，“主得士之庆”，意味着孔子是掌管选拔人才的天上星宿。此门是四柱三间石坊，前后有七株历时四百多年的参天银杏，郁郁葱葱，一派肃穆气象。左右两侧院墙内有不少碑碣，记载着孔氏家庙重建、重修的历史。右进为大成门，左右各有碑亭。进门为甬道，直通佾台。佾台是祭祀孔子时歌舞的地方。过去，每年要进行春、秋两祭，春祭在农历二月的第一个丁日，秋祭在农历八月的第一个丁日，俗称“祭丁”。衢州家庙，最早由衍圣公主祭，一度改由品学兼优的族长主祭，自五十九世之后又改为承袭，以翰林院五经博士主祭，执子官四人助祭。在祭孔的前五天，先将祭祀用的钟、磬、埙[5]、篪[6]、笙、箫、鼓、笛等乐器和尊、爵、笾、豆、簠[7]、簋[8]等彝器[9]洗刷干净。光绪末，此类祭器件数达四百多。祭祀前一天，以一定的仪式省牲、宰牲备用。孔子名位很高，享受“太牢”之礼（即祭祀的三牲用整牛、整猪、整羊）、八佾[10]之舞（古礼规定，天子八佾，王六佾，诸侯四佾），由六十四人排成纵横八行，手执羽龠舞蹈，配唱《大同》之歌，祭者进行初献、亚献、终献三次，每次行三跪九叩首礼。民国以后改为世袭“奉祀官”主祭。奉祀官以简任职待遇，颁发铜印（相当于省级厅长和专员职），每月俸银四百银圆。历代皇帝经常拨给良田以作祭祀、办学之用，土地改革时统计，孔氏家庙拥有良田五千余亩。

从佾台北进，就是大成殿。大成殿是孔庙的主殿，建筑雄伟，重檐歇山式结构，双重飞檐中立有一块竖匾，上书“大成殿”三字，是清雍正皇帝御书的仿制品。殿内正中是孔子坐像，两旁侍立着其子伯鱼及孙子思像，横梁上悬有十几块历代帝王御书匾额。有康熙的“万世师表”雍正的“民生未有”、乾隆的“与天地参”等。

大成殿前、甬道的东西两侧有两排长廊，各有红柱隔扇九间房子，叫“两庑[11]”，是供奉“先贤”的地方。东庑塑有中兴祖孔玉仁像，西庑塑有南渡时护楷木像的四十八代孙孔端友的像。院内植有古柏，现存四株。

金声门左，是家塾所在，名承启家塾。衢州家庙兴办家塾最早在明弘治初年（距今五百多年）。当时办学是专门培养孔子后代的，非孔姓不准入学，《康熙衢县志》对当时的家塾有“凡门者三，为正堂者三。为东序者三，以迪成材；为西序者三，以训幼稚。东西为号舍者十，为晚厅者六，为饭店者六”的记载，由此可见规模之大。到了清咸丰二年

（1852），孔氏家塾改为承启家塾。光绪二十九年（1903）后曾先后改为孔氏中学堂、两等学堂、完全小学，从这时开始，外姓子弟也可入学，但不能享受孔姓待遇。孔氏家塾拥有学田一千多亩，孔姓子弟入学，不但可以免缴学费，而且可以在校膳宿，并采取奖学金的办法，年级越高，学金越多，凡是上大学的，每年可享受三百元奖学金。历代帝王还赐孔门子弟在科举方面予以特权，清康熙时曾特地作明文规定：西安（衢州）每次科举取士，必须录取两名孔氏秀才，叫作"无孔不开榜"。家塾内进为崇圣祠，祠后为圣泽楼，旧称御书楼。祠前稍西为报功祠，祀官绅之有功绩于南宗者。

玉振门右，为五支祠，祀五房支祖。更进为袭封祠，祀彦绳至庆仪十五世翰林院五经博士；又进为六代公爵祠，祀孔端友至孔洙六世衍圣公。每届春、秋仲月上丁，与祭孔子同时隆重祭祀。

六代公爵祠后为思鲁阁，阁上奉端木子手摹孔子及亓官[12]夫人楷木像。像高不满二尺，表面呈褐色。孔子长袍大袖，亓官夫人长裙垂地，形象生动。阁下立有"先圣遗像"碑，相传是孔端友根据唐代画家吴道子稿本摹刻的。碑高二点零七米，宽零点八五米，碑额篆刻"德配天地、道冠古今，删述六经、垂宪万世"十六个大字。刻像向有"衣冠佩剑，有温而厉，威而不猛，恭而安之"的美誉，是家庙现存最有价值的古碑。

思鲁阁西为世袭俸祀官府。共四进。官府组织相当庞大，自五十三世孙孔洙让爵后，所有本府官属、执事差役洒扫等事务，一概归族长统辖，当时称"衢庭族长"，其职权与衍圣公相差无几。五十九世孙孔彦绳复袭翰林院五经博士，专门管理祀事。清初制定了"三年入觐之例"，并有"赍[13]奏随伴官"等名，设有督理一员，典籍一员，司仪二员，司乐二员，掌书二员，书写四员，驻杭、驻龙执事官各一员，散执事官四员至八员，乐舞生三十二名，礼生十二名，卫士十名，洒扫丁十六名，由博士分别选用，报部备案。执事官以上视正从八、九品，以年资议叙，民国初，改博士为奉祀官，因经费不够开支，从此不按此例设置，仅设秘书一员，仅制科科长、科员各一名，保管科科长、科员各一员，总务科科长一员，收发一员，监印一员，司书二员，礼生以下名存实亡。民国光复后，南宗孔子后裔无封号了，经孔祥熙、冯玉祥、李宗仁等人的活动，国民政府给了南宗孔子七十五世孙孔祥楷"大成至圣先师南宗奉祀官"的称号，这是最后一代南宗奉祀官。孔端友南渡时，有六兄弟同行，沿途散居杭州、诸暨、萧山等地，在衢州地区的后裔大都集居城关，以及航埠一带。

衢州孔氏家庙，初次建庙至今历时七百多年，经过三迁三建和十多次修葺[14]。1959年经过一次较大的修缮；1984年，省、市政府又拨款二十七万元，进行较大规模的修建。现在的大成殿、两庑已修葺一新，恢复了原来的壮观景象，是市级重点文物保护单位。

【作者简介】

略，见前文。

【注释】

①缗（mín）：古代计量单位：钱十～（即十串铜钱，一般每串一千文）。

②垅：同“垄”。田地分界高起的埂子。

③侔（móu）：相等，齐。

④棂星：古代传说棂星即天镇星，为天上文星，以此命名意味着孔子为天上星宿下凡。象征着孔子可与天上施行教化、广育英才的天镇星相比。

⑤埙：古代用陶土烧制的一种吹奏乐器，圆形或椭圆形，有六孔。

⑥篪（chí）：古代一种用竹管制成像笛子一样的乐器，有八孔。

⑦簠（fǔ）：古代祭祀时盛稻粱的器具。

⑧簋（guǐ）：古代盛食物器具，圆口，双耳。

⑨彝（yí）器：古代宗庙常用祭器的总称。

⑩佾（yì）：古代乐舞的行列。

⑪庑（wǔ）：堂下周围的走廊、廊屋。

⑫亓（qí）官：姓氏，即亓姓。

⑬赍（jī）：怀抱着，带着。

⑬修葺：修理。

【导读】

宋建炎二年（1128），由于金兵占领开封，宋高宗赵构在扬州祭天，孔子48代嫡长孙、衍圣公孔端友奉诏陪祭。此后，金兵大举南侵，淮扬危急，高宗君臣仓皇南渡。建炎三年正月，高宗驻跸临安（今杭州），因孔端友率近支族人扈跸南渡有功，赐衢州建家庙。当时，衢州暂无战事侵扰，相对安宁，且四省通衢。孔端友就此安家衢州，繁衍生息，并继续行使“衍圣公”这一奉祀官的职权。从此，衢州成为孔子后裔的第二故乡。于1989年南宗孔庙被列为浙江省文物保护单位。800多年来，屡废屡兴，历经三迁三建、十多次修葺。

【资料卡片】

孔子夫妇楷木像

雕像相传为孔子学生端木子贡在为老师守墓时手镌。褐色，孔子像高38厘米，亓官夫人像高41厘米。孔子阔额，身穿大袖长袍，手捧朝笏，神态威严；亓官夫人长裙垂地，雍容大方。建炎二年（1128年）十月，衍圣公孔端友奉楷木像率孔门精英随驾南渡，后赐家衢州。楷木像一直供奉在孔氏南宗家庙思鲁阁楼上。抗战期间，1939年国民政府电令孔子七十四世嫡长录、南宗奉祀官将楷木像护送到龙泉、庆元等县保护，直到1946年秋迎回衢州家庙供幸。1952年7月12日，楷木像从衢县中心文化馆调入浙江省文管会。1959年9月27日，楷木像由浙江省文管会借予山东省曲阜文管会用于复制，今在山东曲阜。

祭孔仪程

旧时祭孔仪式的程序，整个仪程具有明显的宗教色彩。根据《大成殿释典礼》记载，古代祭孔仪程为：

①鸣赞：乐舞生就位，执事者各司其事，陪祭官就位，分献官就位。引赞：就位。

②鸣赞：瘗毛血。引赞：诣盥洗所盥手，诣酌奠位酹酒樽，一叩三跪。

③鸣赞：迎神（乐奏昭平之章）。引赞：诣盥洗所盥手，升堂，诣至圣先师神位前跪，叩头，平身。上香，复位。

④鸣赞：三跪礼叩。奠帛行初献礼（乐奏宣平之章）。引赞：诣盥洗所，盥手洗爵，诣酒樽所，司尊者举幂酌酒，诣至圣先师神位前跪，叩头。平身，献爵，复位。

⑤鸣赞：行终献礼（乐奏叙平之章）。引赞：诣盥洗所，盥手洗爵。诣酒樽所，司尊者举幂酌酒，诣至圣先师神位前跪，叩头。平身，献爵。

⑥鸣赞：赐福胙。引赞：升堂诣复位，赐酒受福胙。一跪三叩，复位。

⑦鸣赞：三跪九叩瘗馔（乐奏懿平之章）。

⑧鸣赞：送神（乐奏德平之章）。

⑨鸣赞：一跪九叩，恭捧祝帛诣燎位。引赞：诣亡王位，焚正位，祝一柝，帛一段，复位。

⑩鸣赞：礼毕。

《聊斋》遗迹说三怪①

山重

“衢州三怪”的故事，载于蒲松龄的《聊斋志异》一书。其实，在蒲松龄写此书之前，如“钟楼大头鬼”“县学塘白布怪”之类的传说，就已在民间流传。衢州一出城门就是乡下，就是距南北深山野岭也只一二十里，加上多战事，多灾荒，多变故，让人常有世事苍凉、人生无定的悲凉之感。因此，衢州一带祭奠亡人的节庆就比别的地区要多一些，这里除了清明要上坟，还有农历七月十五、冬至、春节，不同的村子还有一些不同的节祭。

唐代诗人顾况在凭吊衢州才子唐代中书侍郎徐安贞的《经徐侍郎墓作》一诗中，就写出了这么一种气氛。这是一些神怪故事产生的社会生活基础。顾况在诗中写到：“不知山吏部，墓作石桥东。宅兆乡关异，平生翰墨空。夜泉无晓日，枯树足悲风。更想幽冥事，唯应有梦同。”

至于蒲松龄与衢州来往的细节及写作的有关背景，是一个有待专家考证谜团。《聊斋志异》一书刊刻以后，“三怪”故事就有了一个较为规范的版本，流传也更为广泛久远。

“衢州三怪”的故事，在衢州一带可以说是妇孺皆知。城乡的版本虽各不相同，但也只是大同小异，常常是人们茶余饭后的谈资。据蒲松龄的《衢州三怪》一文所述：在月淡风清的夜晚，县学塘中的白布怪就会化作一匹白练，横在路上，路人如弯腰去拾，白布就会腾空而起把人卷入塘中。这则故事虽说荒诞奇特倒也耐人寻味，一个人对途中的飞来之财是不能有非分之想的，意外之财往往就是意外之祸呵！当年蒲松龄写这则故事是否有如此想法，我们已无从查证，但书中给人的警示却永远闪烁着思辨的光芒。

传说，“三怪”中大头怪是栖身钟楼上的。每到深夜，大头怪便会发出“嘎嘎嘎”的叫唤声，如谁听到这令人毛骨悚然的叫声，便会一病不起。有一年，有个学徒胆子很大，听到叫声毫不惧怕，提起了一盏灯去上茅厕。大头怪怕光，见学徒迟迟不把灯拿走，便说：“大人好大胆也！”学徒应道：“小鬼头不小哉！”说完用揩屁股的手纸在大头怪嘴上一抹，拎上灯盏顾自走了。从此大头怪晦气死了，半夜三更，钟楼一带便没了那吓人的叫声了。看来，那些鬼魅大多是怕光的，见到光明就会逃之夭夭。这些害人的东西，大多欺侮胆小鬼，你胆量壮一点它就怕你了，而对付不干不净的东西，也只有用不干不净的东西来回敬。可惜聊斋主人可能没听到这则故事，否则蒲老先生会写得更加精彩。

这座远近闻名的钟楼位于城区北门街南端，据《衢州市志》记载，钟楼为明万历年间太守张尧文所建。楼高七丈，在当年的衢州城，这巍峨壮观的钟楼傲然独立，雄视三衢，不仅是一处景观，更重要的是它既报时又兼报火警。楼上重达1. 5吨的大钟，声音洪亮悠远，钟声舒缓悠长，报的是晨昏时辰，街巷平安。假如钟声急促激越，报的一定是让人心跳的火光之灾了。这口钟不仅声音浑厚优美，在大钟上还铸有经文、铭词及各种精美的花草鱼虫图案，是一件难得的艺术品。可惜在抗日战争期间，这口大钟被入侵衢城的日军盗掠，运回日本，从此钟楼无钟，钟声也随风飘逝。

“三怪”中的鸭嘴怪则潜伏在蛟池塘中。当年的蛟池塘紧邻城南的城墙脚下，也是到了夜深人静时分，鸭嘴怪就会发出呱呱呱的叫声，谁从塘边经过，听到这种叫声，肚子里就开始隐隐作痛，回到家自然是在劫难逃。这一传说让偏僻的蛟池塘一带更觉冷落荒凉，阴森瘆人，让路人谈怪色变。今天，蛟池塘四周已是高楼林立的居民区了，小小的遗址，像那则小小的神话故事一样，成了衢州古城古老的记忆。

【作者简介】

山重：生平事迹不详。

【注释】

①《聊斋》：《聊斋志异》的简称，俗名《鬼狐传》，是清朝著名小说家蒲松龄创作的文言短篇小说集。三怪：即大头怪、白布怪、鸭怪。“三怪”源于旱、火、水之灾。

【导读】

本文以衢州三怪为文章主题，分别讲述了三怪（大头怪、白布怪、鸭怪）的故事。《聊斋志异》一书刊刻以后，“三怪”故事就有了一个较为规范的版本。而作者指出，在《聊斋》记载之前，三怪的故事就已经在衢州本地广为人知，他在讲三怪故事的时候掺入一些本地的社会生活基础，讲述故事生动形象，语言质朴风趣。

四、秀色山水部

水经注·浙江水（节选）

［北魏］郦道元

浙江又东北流至钱塘县[①]，縠水入焉。水源西出太末县[②]，县是越之西部姑蔑[③]之地也。秦以为县，王莽[④]之末理也。吴宝鼎中，分会稽立，隶东阳郡[⑤]。縠水东迳独松故冢[⑥]下，冢为水毁，其砖文：筮言吉，龟言凶，百年堕水中。今则同龟繇[⑦]矣。縠水又东迳长山县南，与永康水合，县即东阳郡治也。……其水飞湍北注，至县南门，入縠水。縠水又东，定阳溪水注之。水上承信安县[⑧]之苏姥布[⑨]。县本新安县，晋武帝太康三年改曰信安。水悬百余丈，濑势飞注，状如瀑布。濑边有石如床，床上有石牒[⑩]，长三尺许，有似杂采帖也。《东阳记》云："信安县有悬室坂。晋中朝时，有民王质[⑪]，伐木至石室中，见童子四人，弹琴而歌。质因留，倚柯听之。童子以一物如枣核与质，质含之，便不复饥。俄顷，童子曰：'其归。'承声而去，斧柯漼然烂尽。既归，质去家已数十年，亲情凋落，无复向时比矣。"其水分纳众流，混波东逝，迳定阳县[⑫]。夹岸缘溪，悉生支竹，及芳枳木连，杂以霜菊金橙。白沙细石，状如凝雪。石溜湍波，浮响无辍。山水之趣，尤深人情。县，汉献帝分信安立，溪亦取名焉。溪水又连迳长山县北，北对高山。山下水际，是赤松[⑬]羽化[⑭]之处也。炎帝少女追之，亦俱仙矣。后人立庙于山下。溪水又东入于縠水。

【作者简介】

郦道元（约466—527），字善长，范阳涿州（今河北涿州）人。南北朝时期北魏的地理学家、散文家。郦道元仕途坎坷，终未能尽其才。其曾任御史中尉、北中郎将等职，还做过冀州长史，鲁阳郡太守，东荆州刺史，河南尹等职务。执法严峻，后被北魏朝廷任命为为关右大使。北魏孝昌三年（527），被萧宝夤部将郭子恢在阴盘驿所杀。郦道元年少时博览奇书，幼时曾随父亲到山东访求水道，后又游历秦岭、淮河以北和长城以南的广大地区，考察河道沟渠，搜集有关的风土民情、历史故事、神话传说，撰《水经注》四十卷，其文笔隽永，描写生动，既是一部内容丰富多彩的地理著作，也是一部优美的山水散文汇集。可称为我国游记文学的开创者，对后世游记散文的发展影响颇大。另著《本志》十三篇及《七聘》等文，但均已失传。

【注释】

①钱塘县：中国浙江省杭州地区历史上的一个旧县名。公元前 222 年，秦始皇帝设置钱唐县，隶属于会稽郡（郡治在今苏州市）。隋朝置杭州，钱唐县成为首县。唐朝，为避国号讳，改钱唐为钱塘。

②太末县：秦王政二十五年（前 222），秦灭楚，于姑篾之地设太末县，隶会稽郡，太末县治在今天的浙江省龙游县。初置太末县的区域范围约为今浙江省的衢州市柯城区、衢江区、龙游县、江山市、常山县、开化县和丽水市的遂昌县全部，金华市婺城区一小部分，江西省玉山县一部分和广丰县一小部分。

③姑蔑：姑蔑也作姑篾，从训估学上讲，姑是语气词，篾才是一个地方的实质。“篾”就是竹子，竹子便是龙游的“魂”。故“蔑”乃篾之别字。公元前 988 年，楚文王开始征讨徐国的徐偃王，徐偃王不忍因战争给百姓带来灾难和痛苦，采用了以退为进的办法，带上了数万百姓进行东迁，途经越地一个青山绿竹之地，许多人就在此定居下来，徐氏后裔在此建成了姑篾古国，这就是龙游县的雏形。

④王莽：生于公元前 45 年，卒于公元 23 年，字巨君，新都哀侯王曼次子、西汉孝元皇后王政君之侄、王永之弟。中国历史上新朝的建立者，即新始祖，也称建兴帝或新帝，8—23 年在位。

⑤东阳郡：三国吴宝鼎元年（266）置郡名东阳，以郡在瀫水（即衢江）之东、长山之阳得名。东阳郡属扬州，领长山（今金华市婺城区）、乌伤（今浙江义乌）、永康、吴宁（今浙江东阳）、丰安（今浙江浦江）、太末（今浙江龙游）、新安（今衢州）、定阳（今浙江常山）、平昌（今浙江遂昌）等 9 县，治设长山。

⑥冢：坟墓

⑦繇：通“籀”。古时占卜的文辞。《左传・闵公二年》成风闻成季之繇。

⑧信安县：晋太康元年（280），因与弘农郡新安县同名，改新安为信安，因信安溪得名，一说溪以县得名，仍隶东阳郡。南朝宋、齐、梁三代，信安县隶属不变；陈永定三年（559），置信安郡，信安为郡治。

⑨苏姥布：一说为今日之浮石潭。

⑩牒：古代书写用的木片或竹片。

⑪王质：有典故王质烂柯。晋时王质伐木至信安郡石室山，见童子数人棋而歌，质因听之。童子以一物与质，如枣核，质含之而不觉饥。俄顷，童子谓曰：“何不去？”质起视，斧柯尽烂，既归，无复时人。

⑫定阳县：东汉时期会稽郡所辖县区，南朝宋、齐、梁三代隶属不变。陈永定三年（559），置信安郡，定阳县属之。隋大业三年（607），定阳县并入信安县。唐武德四年（621），复定阳县，属衢州；七年（624）废衢州，并定阳入信安县。

⑬赤松：赤松子，又名赤诵子，学五千文，号左圣南极南岳真人、左仙太

虚真人，古代中国神话传说中的上古仙人。相传为神农时雨师。能入火自焚，随风雨而上下。赤松子教神农氏祛病延年。他还能跳入火中去焚烧自己而无任何损害。他常常去神仙居住的昆仑山，住在西王母的石头宫殿里。他还能随着风雨忽上忽下戏耍。

⑭羽化：旧时迷信的人说仙人能飞升变化，把成仙称为羽化。苏轼《前赤壁赋》："飘飘乎如遗世独立，羽化而登仙。"

【导读】

相传为郭璞所作的《水经》，记述河流 137 条，郦道元从小就喜爱读。他觉得这些书写得不够周详和完备。他把自己看到的地理现象与古代地理书籍对照，发现地理现象是随时间的流逝而变化发展的。上古的情况已很渺茫，因为部族的迁徙、城市的衰亡、河道的变迁、名称的更易，都是十分复杂的。如果不把这些变化了的地理现象及时记录下来，后人就无法弄明白。由此他认识到，把经常变化的地理现象尽可能详细地记载下来是非常必要的。于是他决定选取《水经》为蓝本，为之作注。他以水道为纲，对河流流经地区的古今历史、地理、经济、政治、文化等进行了尽可能详细的描述，从而达到"因水以证地，即地以存古"的目的。这样一来，《水经注》在内容和文字上都大大超过《水经》，河流数目由《水经》的 137 条增加到 1252 条，而文字则是《水经》的 30 倍，达到 31 万多字，成为当时一部内容空前丰富的地理巨著，是北魏以前中国地理的总结。

【资料卡片】

《水经注》讲的是陆地上河流、湖泊的水文特征。全书记载大小河流 1252 条，名称有河、江、水、川、溪、渠、渎、沟、涧、伏流、峡、谷、瀑布等，并按次序描述其发源、干流、支流、河谷宽度、河床深度、流程、方向及水量的季节变化、河水的含沙量、河流的冰期等。在给河流命名时，它有一定的标准，如河流的干支关系、长短大小、独流入海还是汇入大河等。

蟾宫曲 题烂柯石桥[①]

[元]薛昂夫

甚神仙久占岩桥，一局楸枰，满耳松涛[②]。引得樵夫，旁观不觉，晋换了唐朝。斧柄儿虽云烂却，裤腰儿难保坚牢。王母蟠桃[③]，三千岁开花，总是虚谣。

懒朝元石[④]上围棋。问仙子何争，樵叟忘归。洞锁青霞[⑤]，斧柯已烂，局势犹迷[⑥]。恰滚滚桑田浪起，又飘飘沧海尘飞[⑦]。恰待持杯，酒未沾唇，日又平西！

【作者简介】

薛昂夫（1267—1359），元代散曲家。回鹘（即今维吾尔族）人。原名薛超吾，以第一字为姓。汉姓马，字昂夫，号九泉，故亦称马昂夫、马九皋。先世内迁，居怀孟路（治所在今河南沁阳）。薛昂夫善篆书，有诗名。王德渊称他“诗词新严飘逸，如龙驹奋迅，有‘并驱八骑，一日千里’之想”。历官江西省令史，佥典瑞院事、太平路总管、衢州路总管等职。诗作存于《皇元风雅后集》《元诗选》等集中。

【注释】

①烂柯：斧柄朽烂。常用此比喻世事变化之快。楸枰：借指围棋。

②松涛：风吹松林，松枝互相碰击发出的如波涛般的声音。

③蟠桃：神话中的仙桃。传说三千年结果一次，吃了可以长生不死。

④朝元石：道家弟子礼拜神仙的石台。

⑤洞锁青霞：洞口瑞云缭绕。

⑥斧柯已烂，局势犹迷：斧柄已烂，可棋局仍然扑朔迷离，难知胜负。

⑦恰滚滚桑田浪起，又飘飘沧海尘飞：刚刚桑田变成沧海，浪涛滚滚；转瞬间又沧海变成桑田，尘土飞扬。

【导读】

《题烂柯石桥》小令写得意境开阔，格调豪迈。一个“懒”字把烂柯的神话一笔抹倒，在作者看来，这纯系小事一桩，不值得大惊小怪。他所瞩目的是更为广阔的时间与空间，是沧海桑田的瞬息万变，然后回归到人类本身，用“恰待持杯，酒未沾唇，日又平西”说光阴似箭。这本来极易使人感伤人生，可是由于大开大合，却予人一种纵横时空的无比旷达感。

青霞洞天游记

[宋]胡翰

道家所谓青霞洞天者，世名烂柯山，即晋王质观弈棋处，在今信安[②]之兴贤里[③]。余客信安颇久，非有吏事恒愿游，以乏同志不果。今年夏六月七日，龙泉章公三益来按郡，乃会诸生出城南门，舆行十里至武坪。又数里，渡沙步溪。又出入篁筱[④]中十余里，抵山之麓。有寺曰“宝岩”[⑤]，观曰“仙集”[⑥]，栋宇皆已剥陊[⑦]。日午热甚，道士具茗列坐，久之，湫隘犹民家耳。道士除道，遂循观右拾级而上。飞梁横亘，通趾顶皆石，蜷如蝃蝀[⑧]，其下划然可居。得地如坻[⑨]者，东西深百余尺，广半之，巨木蔽空。公与诸生皆集飘风、泛木叶，虚徐漫衍，后先不绝，凉满襟袖，如坐碧云苍雪间。求昔人之遗刻，唐宋以来陆庶[⑩]、钱顗[⑪]、徐霖[⑫]、游钧[⑬]诸名辈往往可识，其他漫漶，虽欲识之不可得。然惟《庶碑》最古。侍者行酒，酒数行已，余与客吴思道，旁缘石磴，登山之脊。出所坐梁石，上四顾，皆林阜溪流蛇行野中。东南诸峰矗立，苍翠掩霭，则紫薇[⑭]也。最后，公亦挟一童登之，复坐纵谈。问道士故梅岩精舍所在，莫有知者。日且暮，怅然有怀。质与余皆东阳人[⑮]，书石曰：阏逢执徐之岁[⑯]，有晋樵者之里人胡翰入山，与客六人共饮，未醉辄去。翰记。

【作者简介】

胡翰（1307—1381），字仲申，一字仲子，浙江金华人。曾从吴师道、吴莱、许谦受学。官衢州府教授。洪武乙卯（1375）纂修元史书成，赐白金文绮，辞归卜居长山之阳，学者称曰长山先生。工书，王世贞《国朝名贤遗墨》有其书迹。学博无所不究，为文明洁简峻，论议出人意，款句洒然，不落尘俗之态。雅好泉石，幅巾短杖，著书以自乐。著有《宾州续稿》《金华先民传》《春秋集义》《胡仲子集》《长山先生集》。

【注释】

①《青霞洞天游记》：选自《衢州府志·山川》。青霞洞天，即烂柯山，又名石室山、石桥山。《道书》谓之青霞第八洞天，又名景华洞天。在浙江衢州市南二十里处。山高约四百米，周约十六里。相传晋人王质入山伐薪，见二童对弈，棋局未终，斧柯已烂，故名烂柯山。山上群峰盘回，一径深入。顶有巨石绵亘，欲坠复倚；下有消泉浅流，奔腾出谷。有霞洞空青、石梁惊虹、洞天一线等胜迹。

②信安：今衢州市，晋时为信安县。

③兴贤里：村名。

④篁筱（xiǎo）：竹林。筱，小竹。

⑤宝岩：即宝岩寺，亦名柯山寺。梁大同七年（541）建，宋景德二年（1005）赐额“柯山石桥寺”。清乾隆五十三年（1788）寺僧戒贞重修。咸丰年间烧毁，光绪十一年（1885）僧广信募缘重建。

⑥仙集：在烂柯山下。里民因双白鹤集此而建。中有对弈二仙及王质与弟贵像。相传宋真宗赏赐过玉斧剑。

⑦剥陊（duò）：剥蚀，破败。

⑧蝃蝀（dì dōng）：虹的别称，《诗·鄘风·蝃蝀》：“蝃蝀在东，莫之敢指。”《毛传》：“蝃蝀，虹也。”

⑨坻（chí）：水中的小洲或高地。

⑩陆庶：唐元和时人，曾游烂柯山，写有《烂柯山碑记》。

⑪钱颉：字安道，宋代无锡人。治平（1064—1067）末为殿中侍御史。二年而贬，自衢州徙秀州（今嘉兴），家贫母老，至丐贷亲旧以给朝晡，怡然无谪官之色。苏轼遗以诗，有“乌府先生铁作肝”之句，世因目之为“铁肝御史”。

⑫徐霖：字景说，宋代衢州人。淳祐四年（1244）试礼部第一，授沅州教授。累官秘书省著作郎。

⑬游钧：南京淳祐间南充人，淳祐九年（1249）知衢州时，刻印过晁公武《昭德先生郡斋读书志》。

⑭紫薇：名迷茨山，在衢州市东南五十里处，中有悬崖，泉滴不休。

⑮质与余皆东阳人：三国吴、隋大业年间、唐天宝、至德年间皆设东阳郡。王质为衢州人，作者为金华人，皆属东阳郡。

⑯阏逢执徐之岁：即甲辰年，指公元1364年。《尔雅·释天》：“太岁在甲日阏逢……在辰日执徐。”

【导读】

作为金华朱学的传人，胡翰于经术多有议论，集中多篇学术杂著，颇为引人注意。四库馆臣对此评论说：胡翰“于天人和同之际，剖析颇微。《牺尊辨》《宗法论》诸篇亦湛深经术，则又未尝不精究儒理也。”其实除纪昀所列举的两篇外，尚有多篇精彩之作，如《衡运》《正纪》《尚贤》《井牧》《慎习》《皇初》《广原道》《乐善论》《医前论》《医后论》《读丧礼》《择术》《纪交》《琴释》《原芝》等。这些文章或议论，或考辨，或阐释，博考精思，封植深固，见解深刻，行文流畅，颇有章法，语言又多明洁隽健。

通衢 通衢

舒婷

衢州的“衢”字真难读。我拿着衢州市政府的邀请信求教于老爸，老爸不仅一口读出它的闽南读音，还告诉我，衢州位于浙、皖、赣、闽四省接壤地带，当年可是政治、军事、文化中心，昌盛得很。先祖春稼公从京城授官回来，就在衢州府换马。后来，我到了衢州古城区，果闻此事，原先这里就是旧驿道[①]。

衢州深入大陆腹地，既是它的优势，也是它的局限。“无商不富”，经济上显然没有沿海发展快，旅游事业也有“养在深闺无人识”的悲哀，但是它的生态环境、民情风俗、地方特产因之得到了完整的保护。当今旅游热点已从黄山、庐山等经典望族移向小家碧玉武夷、三清、雁荡，将来的趋向则以搜险猎奇为主。

衢州的潜力在于将来。

衢州多山，大山、深山、老山，雨水充沛则林木绵亘葳蕤[②]，不但物产丰富，也盛产传奇故事。小时候，我从外婆那里听到的民间传说，十有八九都能在一本《衢州民间故事集》里找到大同小异的同题翻版。

听说这样一则神话：“晋王质进山砍柴，入一山洞，遇两童子对弈。王观棋目眩神摇，棋局未终，其所带斧柯已腐。急返家，乡人皆不识，父老兄弟逝已久，竟已历多代。”这故事，就发源于衢州烂柯山的石室洞。洞极宽敞平坦，仙人坪就在洞中，人在石棋盘上行走，自觉渺小，无论如何左右纵横，不过小小一粒棋子罢了。

普天之下，几乎有山的地方就有“一线天”，唯江郎山的一线天最为绵长均匀。当地人叫“小弄”，就这样把苍穹弄成一拱巨长的裂隙。穿堂风时时驱来山岚，刹那间蒙面而来，两旁营叶树姿水声白蒙蒙不知所踪。不过片刻，抽身而去，山复青青复盈盈，风纹丝可辨。

江郎山的代表作是“三峰列汉”，三爿石峰以川字形壁立，拔地而起，在那样秀丽柔润的洞天福地里，不知怎的生出一份高冷傲来，令人动心的沉郁。或者那个才尽了的江郎，就是把笔搁在与他同名的山上？怪不得人说那三峰如笔，还有两支是谁的？

山间所食，不外山猪、石蛙、野兔，却有一味“地老虎”被山民力荐，说大补。问：穿山甲？刺猬？獾？皆否。只说其夏食竹根冬食老鼠，深匿地洞，浑身乌黑，状极肖猪。众人大啖，讨论许久，不得其详。

雨中上仙霞岭，山姿更加细腻些，树也淅淅沥沥多情，唯脚下打滑。据记载，这里原是历代兵家必争之地，当年的红军游击队也在这里活动，但我们毫无雄心，刚到第一关，就借口观赏柳杉合抱的“双宝树”，歇脚喝那山泉冲泡的绿泱泱绕鼻三日不散其香的山茶。

同行的军旅作家杨闻宇[3]径直朝前去了，《光明日报》记者韩小蕙[4]被山水所蛊，梦游般尾随其后，两人竟连越五关，直翻过山岭，走入福建道上去了。我等遍寻两人不见，大急，主人连遣数名壮年男子，大呼小叫奔跑拾级而上，皆沮丧而归，只好在各乡广播找人。雨越下越心慌，大家编出无数山魅、狐仙、英雄救美人的聊斋新编来压惊。等两人迤迤然原路返回，气不过，诬陷他们"私奔"。杨闻宇老实，结结巴巴辩白不休，唯小蕙沉着，莞尔一笑罢了。

衢州的水源那样丰富，一到乌溪江水库，觉得天下的清水都汇到这里来似的。发电厂年轻的厂长以手扶闸，说："只要这里一拉闸，福建有三分之一的地方将漆黑一片。"我打了一寒噤，赶忙出声制止："别！"

库区有湘思岛，草屋竹楼独立，玲珑可爱隐于花木之间，同行林斤澜[5]及蓝翎[6]先生即刻心有所属。但斤澜小筑与蓝翎轩均门窗紧闭，遂马步雄踞台阶上昂然拍照，好像国旗插上月球那样宣称此地有主了。

往白鹭洲看千年古樟，沙洲上素禽点点，不知白鹭否？一条清浅溪流因为雨季丰盈成奔河，两岸秀树半倚水中。农妇水边捣衣涤菜，回想插队知青生涯，不觉出神。忽然"哞"一声，腰背被轻轻杵了一下，原来是老牛求让路。

最让人百思莫解的是龙游新发掘的地下洞，洞口很小，里面宏伟空旷，与洞顶成45度角向地下深入，撑以巨柱，平整光滑，全部由人工凿成。至今尚未考察出，哪个朝代为了什么用途而耗费如此巨大的人力。

离开衢州前夕，市政府设宴荷花宾馆为我们饯行。每人分数册衢州旅游、物产、历史介绍手册，这才知道，这一周来虽然每日早出晚归，以为踏遍衢州大地，其实所游览都不足衢州名胜十分之一，尤其"叶氏古建筑群""江山文昌阁""陈岭溶洞群"，听名字就有多诱人，岂不跌足大呼上当。

市长殷殷邀请下次再来，答：想固然想。但回去须一拔嗓，二临帖，三练酒量。三关既过，便可通衢也。

【作者简介】

舒婷（1952— ），原名龚佩瑜，福建晋江人，当代诗人，朦胧诗人代表之一。著有诗集《童年絮味》《双桅船》《会唱歌的鸢尾花》《始祖鸟》，散文集《心烟》《秋天的情绪》《硬骨凌霄》《露珠里的"诗想"》《真水无香》等。

【注释】

①驿道：也作古驿道，中国古代陆地交通主通道，同时也属于重要的军事设施之一，主要用于转输军用粮草物资、传递军令军情。

②葳蕤（wēi ruí）：枝叶繁靡、草木茂盛的样子。

③杨闻宇（1943— ）：陕西人，著名军旅作家，国家一级作家。1991 年加入中国作家协会。最擅长写与军旅有关的文章，气势雄浑，文笔飞扬，立意构思别有洞天。其散文，被认为是中国当代雄性散文精品。著有《灞桥烟柳》《西安事变》等。

④韩小蕙（1954— ）：北京人，光明日报社《文荟》副刊主编，高级编辑，南开大学兼职教授，北京作协签约作家，北京市东城区作协主席，中国作协第七届全委会委员。1973 年开始发表作品。著有《韩小蕙散文代表作》等 20 部。

⑤林斤澜（1923—2009）：浙江温州人，现代作家。曾任北京作协驻会作家，北京作协副主席、名誉副主席，《北京文学》主编、中国作协理事、中国作协名誉全委等职。一生经历丰富，创作颇丰，被称为“短篇圣手”，曾与汪曾祺并称为“文坛双璧”。著有《春雷》《飞筐》《山里红》《石火》《满城飞花》等。

⑥蓝翎（1931—2005）：原名杨建中，著名红学家，山东单县人。曾任郑州大学副教授、《人民日报》文艺部主任、中国作协理事、中国红楼梦学会秘书长等职。著有评论集《红楼梦评论集》（与李希凡合作）、杂文集《了了录》、回忆录《龙卷风》等。

【导读】

此文是舒婷应衢州市政府的邀请，去衢州采风后，深感衢州历史之悠久、山水之魅力而作。舒婷的散文叙述轻灵、机敏、俏皮，在语言上始终有着自己的追求——追求去陌生化和音乐性，擅长意境的营造，有着“诗化”的特征。

【资料卡片】

叶氏古建筑群

叶氏古建筑群建于清道光二十六年（1846），系三门源首富叶鹤天得中贡生后，为光宗耀祖，耗费巨资建成。原有建筑主体五座，后因兵燹烧毁两座。幸存的三座其门额为“芝兰入座”“荆花永茂”和“环堵生春”，均为坐北朝南，依山而造。另有庭院、花园及观鱼池等设施。三座建筑中以“芝兰入座”为精华，单体布局呈三进两明堂式样，占地 394.7 平方米。另两座为三间两搭厢格式，每宅后进均为楼屋。三座建筑正门上均以砖雕镶嵌，题材极为丰富，有戏曲人物、楼台亭阁、花鸟山水、花边图案等，其工艺水平极高。1986 年公布为市级文物保护单位。

烂柯山

楼翠如

烂柯山又名石室山、石桥山，位于衢州城关东南十三公里处，面临乌溪江，南接石室村。山不高，海拔仅一百六十四米，东西长二公里，南北宽一点九公里，系仙霞岭的余脉。此山黛崖翠嶂，景极幽邃。唐末五代的著名道士杜光庭在《洞天福地记》中说："西安县（即今衢州）烂柯山，为神州七十二福地之一。"古人以为："赤县神州[①]七十二洞天，其八乃在信安古郡（也即衢州）柯山之巅。"现在山中的青霞洞中有"青霞第八洞天"石刻。

过去烂柯山有四景：石梁、青霞洞、一线天、雁塔；二寺：宝岩寺和柯山石桥寺；一亭：日迟亭；一观：集仙观。总称"柯山八景"。如今有的已荡然无存，有的只留下一点遗迹，自然景观也已减色不少。

构成烂柯山主体的石梁，东西走向，南北中空，远望如一座巨大无比的石拱桥，这就是烂柯山又名石桥山的由来。桥洞里云雾缭绕，古人有"仙桥危石梁""虹蟠雾中见"[②]的诗句。游人至此，须匍伏而过。

山脚赭红色[③]的围墙当中，屹立着一座飞檐画栋的古寺。山门外有整齐的石阶，石阶下圆形的池塘边，长着两棵数人合抱的樟树。寺后青松翠竹，郁郁葱葱。此寺建于梁大同七年（541），后倾圮，宋景德二年（1005）又在原基上重建，称柯山石桥寺。寺前有井，上刻"冷泉古井"四字，据传朱元璋曾在井边歇马。围墙左边的通仙门外，有明朝四川巡抚徐可求墓。墓已被盗掘，墓旁的石人、石马、石羊尚存。

沿墓旁山道攀缘而上，山腰一石洞，即为青霞洞。洞宽、长、高各二十余丈，宛如一间明亮宽敞的大厅，可容千人。两旁石壁，有历代留下的石碑。西边石壁上刻着"烂柯仙洞"四字，每字四尺见方，笔锋苍劲雄浑；东边石壁上刻着"天生石梁"四字，每字亦有一尺二寸见方。此外，还有"天造地设""青霞第八洞天""碧汉长虹"等十余条石刻。石洞北临深谷，立洞前，碧波如缎的乌溪江和烟囱林立的衢州化工厂遥遥在望。

石洞南面的石崖上有一亭，是明代万历四十五年（1617）四川进士瞿溥守衢时所建，取元代杨明"洞天春远日行迟"[④]诗意，名之为"日迟亭"。亭柱上有两副对联，其一曰：

灵境迥开天一线；
飞梁高跨石千寻。

其二曰：

两洞翠天瑶草秀；

一枰红雨碧桃飞。

青霞洞顶端石梁上有一隙缝，长十余丈，南宽北窄，窄处才寸许，宽处一人贴着地面爬行能通过，从洞底仰望，可见山外青天如线，故称“一线天”。明人有诗赞道：

片石磋峨入望雄，到来仙窟自玲珑。
烟霞色拥千峰霭，星斗光分一线通。
灵鹊斜飞青汉外，彩虹高跨白云中。
天台咫尺堪寻药，更有何人携手同。

石梁西坡有两棵虬枝[⑤]横逸的千余年古松，有如两条张牙舞爪的青龙。树下有一块二尺余长的青石板，上刻“战龙松”三字，为南宋朱熹所写。石梁顶上原有一座石塔，高七层的多雁塔。它建于唐之前，于光绪初年倒塌。登上塔址，衢州城历历在望。

北魏郦道元所著《水经注》卷四十《渐江水》引《东阳记》云：“信安县有悬室坂，晋中朝时，有民王质，伐木至石室中，见童子四人，弹琴而歌，质因留，倚柯听之，童子以一物如枣核与质，质含之，便不复饥。俄顷，童子曰其归，承声而去，斧柯漼然烂尽，既归，质去家已数十年，亲情凋落，无复向时比矣。”这就是烂柯山名字的来历。但县志和其他典籍上的记载，却说王质遇到的是两位对弈的老神仙。

南朝谢灵运，唐朝孟郊、刘禹锡、宋朝陆游、朱熹，明朝徐文长都曾来此游历，并写下了不少脍炙人口[⑥]的诗篇。孟郊有“对弈未变局，万物皆为空。樵客返归路，斧柯烂从风”[⑦]之句。南宋诗人陆游的《访毛平仲问疾与其子适同游柯山观王质烂柯遗迹》诗曰：

篮舆访客过仙村，千载空余一局存。
曳杖不妨呼小友，还家便恐见来孙。
林峦巉绝秋风瘦，楼堞参差暮气昏。
酒美鱼肥吾事毕，一庵那得住云根。

朱熹和烂柯山的关系更为密切。宋时，山的附近有一所柯山书院，朱熹即在其中讲学，颇极一时之盛。朱熹也有咏烂柯山诗，中有句云：“局上闲争战，人间任是非。空教乐樵客，柯烂不知归”，借王质砍樵遇仙的故事，兴世事无常之叹！

【作者简介】

略，见前文介绍。

【注释】

①赤县神州：中国的代称。

②“仙桥危石梁”“虬蟠雾中见”：青霞洞的神幻在于，每当天气乍晴乍雨时节，从远处望去，绿树丛中，往往吞云吐雾，云雾迷漫。唐初信安郡王李祎曾见此景，动情地吟下了《石桥》诗，中有“仙桥危石梁”“虬蟠雾中见”的诗句。

③赭红色：如赭土般的赤红色。咖啡色偏红，类似铁锈红。

④“洞天春远日行迟”：诗人杨明有咏烂柯山诗，云：“洞天春远日行迟，几点星残仙子棋。樵斧烂柯人换世，碧桃花影未曾移。”

⑤虬枝：盘曲的树枝。

⑥脍炙人口：比喻好的诗文为众人所称赞和传诵。

⑦“对弈未变局，万物皆为空。樵客返归路，斧柯烂从风”：唐孟郊有诗《烂柯石》云：“仙界一日内，人间千载穷。双棋未遍局，万物皆为空。樵客返归路，斧柯烂从风。唯余石桥在，犹自凌丹虹。”

【导读】

烂柯山

烂柯山又名石室山、石桥山，丹霞地貌，位于衢州市东南，是浙江省重点名胜风景区，道书中称它为“青霞第八洞天”。因“烂柯传说”而出名，被誉为“围棋仙地”，西临乌溪江，景色幽邃。远望烂柯山主峰，犹如一座巨大的石桥，鬼斧神工、蔚为奇观，石梁下主洞山明水秀，风景优美。有天生桥、一线天、摩崖石刻、围棋棋盘、千年古松、柯山石桥寺等景观。

【资料卡片】

烂柯山

[清]周召

青虹吸山泉，首尾俱下覆。
着地化为梁，通躯坚铁瘦。
万壑莽阴森，风雨助龙斗。
蜿蜒鳞鳍张，恍惚闻声吼。
穹然若天门，中穿有神镂。
孰键虎豹关，飞仙托岩窦。
曲脊画青界，一线腹中逗。
骑尾星可摘，昂鼻天易齅。
讵独培塿惊，岌嶪拜群岫。

临趾俯百寻，视人细如豆。
白日烟雾昏，松杉复环辏。
敞幄帝所筵，笙璈半空奏。
林幽叫怪鸱，形开缩雄兽。
造物嗜真奇，不仅营纤秀。
一局疲阴阳，此中孰参透？
搔首问苍冥，何时辟宇宙？
混茫元气中，乃割昏与昼。

衢州纪胜·烂柯纪梦[①]

郁达夫

晋王质，伐木至石室中，见童子四人弹琴而歌，质因倚柯[②]听之。童子以一物如枣核与质，质含之便不复饥。俄顷，童子曰："其归！"承声而去，斧柯摧然烂尽。既归，质去家已数十年，亲情凋落，无复向时比矣。[③]

这传说，小时候就听到了，大约总是喜欢念佛的老祖母讲给我们孩子听的神仙故事。和这故事联合在一起的，还有一张习字的时候用的方格红字，叫作"王子去求仙，丹成入九天。山中方七日，世上已千年"。我之所以要把这些儿时的记忆，重新唤起的原因，不过想说一句这故事的普遍流传而已。是以樵子[④]入山，看神仙对弈，斧柯烂尽的事情，各处深山里都可以插得进去，也真怪不得中国各地，有烂柯的遗迹至十余处之多了。但衢州的烂柯山，却是《道书》上所说的"青霞第八洞天"，亦名"景华洞天"的所在，是大家所公认的这烂柯故事的发源本土，也是从金华来衢州游历的人非到不可的地方，故而到衢州的翌日[⑤]，我们就出发去游柯山（衢州人叫烂柯山都只称柯山）。

十月阳和，本来就是小春的天气，可是我们到烂柯山的那天，觉得比平时的十月，还更加和暖了几分。所以从衢州的小南门出来，打遍植桑树柏树的田野里经过，一路上看山看水，走了十六七里路后，在仙寿亭前渡沙步溪，一直到了石桥寺即宝岩寺的脚下，向寺后山上一个通天的大洞看了一眼的时候，方才同从梦里醒转来的人一样，整了一整精神。烂柯山的这一根石梁，实在是伟大，实在是奇怪。

出衢州的南门的时候，眼面前只看得出一排隐隐的青山而已；南门外的桑麻野道，野道旁的池沼清溪，以及牛羊村集，草舍蔗田，风景虽则清丽，但也并不觉得特别的好。可是在仙寿亭前过渡的瞬间，一看那一条澄清澈底的同大江般的溪水，心里已经有点发痒似的想叫起来了，殊不知入山三里，在青葱环绕着的极深奥的区中，更来了这巨人撑足直立似的一个大洞；立在山下，远远望去，就可以从这巨人的胯下，看出后面的一湾碧绿碧绿的青天，云烟缥缈，山意悠闲，清通灵秀，只觉得是身到了别一个天地；一个在城市里住久的俗人，忽入此境，哪能够叫他不目瞪口呆，暗暗里要想到成仙成佛的事情上去呢?

石桥寺，即宝岩寺，在烂柯山的南麓，虽说是梁[⑥]时创建的古刹，但建筑却已经摧毁得不得了了。寺后上山，踏石级走里把路，就可以到那条石梁或石桥的洞下；洞高二十多丈，宽三十余丈，南北的深约三五丈，真像是悬空从山间凿出来的一条石桥，不过平常的桥梁，决没有这样高大的桥洞而已。石桥的上面，仍旧是层层的岩石，洞上一层，也有中空的一条石缝，爬上去俯身一看，是可以看得出天来的，所谓一线天者，就系指这一条小缝而言。再上去，是石桥的顶上，平坦可以建屋，从前有一个塔，造在这最高峰上，现在却只能看出一堆高高突起的瓦砾，塔是早已倾圮尽了。

石桥下南洞口，有一块圆形岩石蹲伏在那里，石的右旁的一个八角亭，就是所谓迟日亭[7]。这亭的高度，总也有三五丈的样子，但你若跑上北面离柯山略远的小山顶上去瞭望过来，只觉得是一堆小小的木堆，塞在洞的旁边。石桥洞底壁上，右手刻着明郡守杨子臣写的“烂柯仙洞”四个大字，左手刻着明郡守李遂写的“天生石梁”四个大字，此外还有许多小字的题名记载的石刻，都因为沙石岩容易风化的缘故，已经剥落得看不清楚了。石桥洞下，有十余块断碑残碣，纵横堆叠在那里。三块宋碑的断片，字迹飞舞雄伟，比黄山谷[8]更加有劲。可惜中国人变乱太多，私心太重，这些旧迹名碑，都已经断残缺裂到了不可收拾的地步。《烂柯山志》编者[9]，在《金石部》下有一段记事说：“名碑古物之毁于兵燹[10]，宜也；但烂柯山之金石，不幸竟三次被毁于文人，岂非怪事？”所谓文人的毁碑，有两次是因建寺而将这些石碑抬了去填过屋基，有一次系一个不知姓名者来寺拓碑[11]，拓后便私自将那些较古的碑石凿断敲裂，使后人不复有再见一次的机会。

烂柯山南麓，在上山去的石级旁边，还有许多翁仲[12]石马，乱倒在荒榛[13]漫草之中。翻《烂柯山志》一查，才知道明四川巡抚徐忠烈公[14]，葬在此地，俗称徐天官墓者，就是此处。

在柯山寺的前前后后，赏玩了两三个钟头，更在寺里吃了一顿午饭，我们就又在暖日之下，和做梦似地回到了衢州，因为衢州城里还有几处地方，非去看一下不可。一是在豆腐铺作场后面的那座天王塔。二是城东北隅吴征虏将军郑公舍宅而建的那个古刹祥符寺。三是孔子家庙[15]，及庙内所藏的子贡手刻的楷木孔子及夫人丌官氏像。

这三处当然是以孔庙和楷木孔子像最为一般人所知道，数千年来的国宝，实在是不容易见到的稀世奇珍。

陪我们去孔庙的，是三衢医院的院长孔庆瑞先生，系孔子第七十三代的裔孙。楷木像藏在孔庙西首的一间楼上，像各高尺余，孔子是朝服执圭[16]的一个坐像，丌官夫人的也是一样的一个，但手中无圭。两像颜色苍黑，刻划遒劲，决不是近代人的刀势。据孔先生告诉我们的话，则这两像素来就说是出于端木子贡[17]之手刻，宋南渡时由衍圣公孔端友[18]

抱负来衢，供在家庙的思鲁阁上；即以来衢州后的年限来说，也已经有八九百年的历史了。孔子像的面貌，同一般的画像并不相同，两眼及鼻子很大，颧骨不十分高，须分三挂，下垂及拱起的手际，耳朵也比常人大一点儿。孔子的一个圭，一挂须，及一只耳朵，已经损坏了，现在的系后人补刻嵌入的，刀法和刻纹，与原刻的一比，显见得后人的笔势来得软弱。

孔庙正中殿上，尚有孔子塑像一尊，东西两庑，各有迁衢始祖衍圣公孔端友等的塑像数尊，西首思鲁阁下，还有石刻吴道子⑲画的孔子像碑一块；一座家庙，形式格局，完全是圣庙的大成至圣先师之殿。我虽还不曾到过曲阜，但在这衢州的孔庙内巡视了一下，闭上眼睛，那座圣地的殿堂，仿佛也可以想象得出来了。

【作者简介】

郁达夫（1896—1945），原名郁文，字达夫，浙江富阳人，现代文学家、革命烈士。创造社主要成员之一。抗日战争时，在香港、南洋群岛一带从事抗日宣传活动。新加坡沦陷后，流亡苏门答腊，被日本宪兵队杀害。著有《郁达夫文集》。

【注释】

①烂柯：即烂柯山，又名石室山、石桥山，位于衢州城关东南十三公里处，面临乌溪江，南接石室村。山不高，海拔仅一百六十四米，东西长二公里，南北宽一点九公里，系仙霞岭的余脉。构成烂柯山主体的石梁，东西走向，南北中空，远望如一座巨大无比的石拱桥，这就是烂柯山又名石桥山的由来。

②柯：斧头的柄。

③北魏郦道元所著《水经注》卷四十《浙江水》引《东阳记》记载了该故事。但县志和其他典籍上的记载，却说王质遇到的是两位对弈的老神仙。

④樵子：樵夫，以打柴为生。

⑤翌日：第二天。

⑥梁：朝代名，南朝梁武帝萧衍所建，存在时间公元 502—557 年，建都建业（今江苏南京）。

⑦迟日亭：明代万历四十五年（1617 年）四川进士瞿溥守衢时所建，取元代杨明“洞天春远日行迟”诗意，名之为“日迟亭”。

⑧黄山谷：即黄庭坚（1045—1105），字鲁直，号山谷道人，晚号涪翁，洪州分宁（今江西省九江市修水县）人，北宋著名文学家、书法家，为盛极一时的江西诗派开山之祖，与杜甫、陈师道和陈与义素有“一祖三宗”（黄庭坚

为其中一宗）之称。与张耒、晁补之、秦观都游学于苏轼门下，合称为“苏门四学士”。生前与苏轼齐名，世称“苏黄”，著有《山谷词》，且黄庭坚书法亦能独树一格，为“宋四家”之一。

⑨已知最早的《烂柯山志》为瞿溥所撰，曾传其修的四卷本《烂柯山志》保存于天津图书馆，20 世纪 90 年代，鄢卫建等调查时未找到，可能已佚。瞿溥是四川达州人，于明万历四十五年（1617）任衢州知府。

⑩兵燹：因战乱导致的焚烧破坏等灾害。

⑪拓碑：将纸覆在石碑上，然后刷墨揭下，就在纸上显现与石碑上同样的字形。

⑫翁仲：传说秦始皇帝兼并天下之初，有长人见于临洮，其长五丈，足迹六尺，仿写其形，铸金人以象之，称为“翁仲”。

⑬荒榛：杂乱丛生的草木。引申为荒芜。

⑭徐忠烈公：即徐缙（1482—1548），字子容，号崦西，俗呼“徐天官”，直隶吴县（今苏州市吴中区西山镇东河）人。明朝弘治十八年进士，官至吏部左侍郎，并经筵日讲，著有《徐文敏公文集》五卷，《经筵讲义》六卷。

⑮孔氏家庙：衢州孔氏家庙最初是由郡守孙子秀奏准于朝，南宋理宗宝祐三年，拨钱三十六万缗，始建于城北菱湖芙蓉堤（今衢州市人民广场），规模很大，“广至二百余楹”，规制略同于曲阜家庙。宋亡，孔氏家庙被元兵所毁。明成祖永乐元年（1403）易地重建于今柯城镇道贯巷南瑞，规模次于首建。孔氏家庙，南临新桥街，西至广场路，北依荡田垅，东至大马场，占地约十亩。

⑯圭：古代帝王诸侯朝聘、祭祀、丧葬等举行隆重仪式时所用的玉制礼器。长条形，上尖下方。其名称、大小因爵位及用途不同而异。

⑰端木子贡：即子贡。子贡（公元前 520—公元前 456），复姓端木，全名端木赐，字子贡，春秋末年卫国（今河南鹤壁市浚县）人。孔子的得意门生，孔门十哲之一，“受业身通”的弟子之一，孔子曾称其为“瑚琏之器”。

⑱孔端友：孔子第四十八代裔孙，袭封衍圣公。北宋末年，金兵南侵，宋都汴京（今河南开封）陷入敌手，徽宗（赵佶）和钦宗（赵恒）两帝被俘北去，宋高宗（赵构）仓促南渡。孔端友负着孔子和亓官夫人的一对楷木像也离开曲阜南来，定居于衢州。

⑲吴道子：（约 680—759），唐代著名画家，画史尊称画圣，又名道玄。汉族，阳翟（今河南禹州）人。少孤贫，年轻时即有画名，曾随张旭、贺知章学习书法，通过观赏公孙大娘舞剑，体会用笔之道。擅佛道、神鬼、人物、山水、鸟兽、草木、楼阁等，尤精于佛道、人物，长于壁画创作。

【导读】

过去烂柯山有四景、二寺、一亭、一观，总称“柯山八景”。如今虽然有的已荡然无存,有的只留下一点遗迹,但在作者笔下的烂柯山却也别有一番风情，洞天石刻，云烟缥缈，带有神话色彩的神秘传说，还有历代文人墨客留下文化遗迹，让烂柯山既有秀丽山川的风景之美，又有厚重的文化气息。当然，衢州作为历史名城，名胜古迹不可胜数。走过烂柯胜景，走进孔氏家庙，让我们跟随作者开启一段寻梦之旅。

【思考探究】

南朝谢灵运，唐朝孟郊、刘禹锡、宋朝陆游、朱熹，明朝徐文长都曾来烂柯山游历，并写下了不少脍炙人口的诗篇，课后去搜集这些诗篇，跟随古人的足迹去领略烂柯山的胜景。有兴趣的同学还可以进行小组合作，把收集到的诗篇集合成册，编成《烂柯山诗集》。

五、人物春秋部

传法堂碑

[宋]白居易

王城[1]离域[2]有佛寺，号兴善[3]。寺之次[4]也，有僧舍名传法堂。先是大彻禅师晏居于是寺，说法于是堂，因名焉。

有问师之名迹，曰：号惟宽[5]，姓祝氏，衢州信安人。祖曰安，父曰皎。生十三岁出家，二十四具戒，僧腊三十九，报年六十三，终兴善寺，葬灞陵[6]西原，诏谥曰大彻禅师元和正直之塔云。

有问师之传授，曰：释迦如来欲涅槃时，以正法密印付摩诃迦叶，传至马鸣，又十二叶传至师子比丘，及二十四叶传至佛驮先那，先那传圆觉达摩，达摩传大弘可，可传镜智璨，璨传大医信，信传圆满忍，忍传大鉴能，是为六祖。能传南岳让，让传洪州道一，一谥曰大寂，寂即师之师。贯而次之，其传授可知矣。

有问师之道属[7]，曰：由四祖以降，虽嗣正法，有冢嫡而支派者，犹大宗小宗焉。以世族譬之，即师与西堂藏[8]、甘泉贤[9]、勒潭海[10]、百岩晖[11]，俱父事大寂，若兄弟然，章敬澄[12]若从父兄弟，径山钦[13]若从祖兄弟，鹤林素[14]、华严寂若伯叔然，当山忠、东京会若伯叔祖，嵩山秀、牛头融若曾祖伯叔。推而序之，其道属可知矣。

有问师之化缘，曰：师为童男时，见杀生者，尽然不忍食，退而发出家心，遂求落发于僧昙，受尸罗于僧崇，学毗尼于僧如，证大乘法于天台止观，成最上乘道于大寂道一。贞元六年，始行于闽越间，岁余而回心改服者百数。七年，驯猛虎于会稽，作滕家道场。八年，与山神受八戒于鄱阳，作回向道场。十三年，感非人于少林寺。二十一年，作有为功德于卫国寺。明年，施无为功德于天宫寺。元和四年，宪宗章武皇帝召见于安国寺。五年，问法于麟德殿，其年复灵泉于不空三藏也。十二年二月晦，大说法于是堂，说讫就化。其化缘云尔。

有问师之心要，曰：师行禅演法垂三十年，度白黑众[15]殆百千万亿，应病授药，安可以一说尽其心要乎？然居易为赞善大夫时，尝四诣师四问道。第一问云："既曰禅师，何故说法？"师曰："无上菩提者，被于身为律，说于口为法，行于心为禅。应用有三，其实一也。如江、湖、河、汉，在处立名，名虽不一，水性无二。律即是法，法不离禅，云何于中，妄起分别？"第二问云："既无分别，何以修心？"师曰："本无损伤，云何要修理？无论垢与净，一切勿起念。”第三问云：“垢即不可念，净无念可乎？”师曰：“如人眼睛上，一物不可住，金屑虽珍宝，在眼亦为病。”第四问云：“无修无念，亦何异于凡夫耶？”师曰：“凡夫无明，二乘执着⑯，离此二病，是名真修。真修者，不得勤，不得罔。勤即近执着，妄即落无明。”其心要云尔。

师之徒殆千余，达者三十九人，其入室受道者，有义崇，有圆镜。以先师常辱与予言，知予尝醍醐、嗅薝⑰匐者有日矣。师既殁后，予出守南宾郡，远托撰述，迨今而成。呜呼！斯文岂直起师教慰门弟子心哉！抑且志吾受然灯记、记灵山会于将来世，故其文不避繁。铭曰：

佛以一印付迦叶，至师五十有九叶，故名师堂为传法⑱。

【作者简介】

略，见前文介绍。

【注释】

①王城：指唐代西京长安城里的皇宫。

②离域：一般是指京城郊外，这里指皇宫外边。

③兴善：是大兴善寺的简称，因该寺位于皇宫之外，所以说在“王城离域”。

④寺之次也：传法堂在大兴善寺的某处或附近。次，处所、附近。

⑤惟宽：惟宽（755—817），俗姓祝，衢州信安（今浙江衢州市）人。惟宽的传记又见于《宋高僧传》卷十、《景德传灯录》卷七等，但都是根据白居易的这篇《传法堂碑》改写而成，此碑是惟宽传记的最初张本。

⑥灞陵：本是汉文帝的陵墓，因靠近灞河而得名，位于今西安市东郊白鹿原东北角的灞桥区毛西乡杨家屹塔村，当地人称“凤凰嘴”。

⑦道属：传道者之间的统属关系。这里指惟宽在禅宗中的“家族成员”。

⑧西堂藏：智藏（738—817），俗姓廖，南康（今属江西赣州）人。智藏是马祖的大弟子之一，在马祖门下占有重要地位。

⑨甘泉贤：即甘泉志贤禅师，俗姓江，建阳（今属福建）人，天宝元年（742）在建阳佛迹岭师从马祖道一，后游方，贞元二年（786）前后住金华山，曾到长安，最后住太原甘泉寺。

⑩勒潭海：指泐潭怀海禅师。怀海（720—814），俗姓王，福州长乐人。落发于西山慧照和尚，进具于衡山法朝律师，又至庐江阅藏，不窥庭宇者积年。在南康师从马祖道一。马祖去世后，初居石门，依大寂之塔，次补师位，重宣上法。后居新吴百丈山（今江西奉新），故被称为百丈怀海。怀海也曾住泐潭（今江西靖安），所以这里称为“泐潭海”。

⑪百岩晖：即章敬怀晖禅师。怀晖（758—817），俗姓谢，泉州人。贞元初师从洪州道一，顿明心要。后往各地，抵清凉，下幽都，登岨崍山，止于太行百岩寺。元和三年（808）应召入京，住章敬寺，每岁入鳞德殿讲论。章敬寺在长安通化门外，建于大历二年（767），规模甚为宏大。因系为章敬皇后而建，故名章敬寺。怀晖曾住百岩寺，故被称为“百岩晖”。

⑫章敬澄：据明代道忞的《禅灯世谱》目录和清代超永的《五灯全书》目录，此人为嵩山普寂禅师弟子、神秀禅师法孙。

⑬径山钦：指径山法钦禅师。法钦（714—792），俗姓朱，苏州昆山（今属江苏）人。出身儒学世家，径山法钦在当时颇有影响，与马祖禅系亦有互动，当时的行脚僧经常往来于径山、马祖、石头之间。

⑭鹤林素：即鹤林玄素禅师。玄素（668—752），俗姓马，润州延陵（今江苏丹阳）人。武则天如意年间（692—694）受业于江宁长寿寺，晚年入润州（治所在今镇江）幽栖寺，师从智威禅师，遂悟真宗，开元年间住京口（今江苏镇江）鹤林寺。

⑮白黑众：佛教语。谓世俗之人与僧徒。

⑯执着：也作“执著”，佛教上指将人、现象、思想、经验等视为真是不变，而生起贪著的心态。后泛指坚持某一观点而不改变。

⑰薝（zhān）：古书上说的一种植物。

⑱传法：关于传法堂的名称，白居易先在碑文的起首说是因为惟宽住在大兴善寺，又在寺内的僧舍说法布道，所以将其僧舍称为“传法堂”，就是说禅宗的法脉从佛祖到惟宽一共传了59代，所以把惟宽的住处叫作“传法堂”。

【导读】

白居易平生笃信佛教，喜好走访佛寺、结交佛僧，他的一部分作品记述当时佛教中的人物、事迹等，对于唐代佛教的研究具有重要的史料价值。《传法堂碑》就是其中之一，通过这篇碑文，可以了解当时长安的大兴善寺以及与住在该寺的惟宽禅师相关的若干史实。《传法堂碑》早在胡适的禅宗史研究中就已受到关注和利用，但是迄今为止，还未见到有关于这篇碑文的详细读解，因而文中的信息亦未得到充分的利用。实际上，这篇碑文的价值不仅在于记述了惟宽的生平及关于禅宗传法世系的一种说法，而且还在于它可以帮助我们了解隋唐时期的长安大兴善寺及禅宗内部的许多情况。《传法堂碑》，又名《西京兴善寺传法堂碑》（《文苑英华》本），或《西京兴善寺传法堂碑铭并序》（《全唐文》本）。

【资料卡片】

惟宽

惟宽（755—817），俗姓祝，衢州信安（今浙江衢州市）人。13岁从僧昙出家，24岁从僧崇受戒，从僧如学律（毗尼），又曾学天台止观，最后从马祖道一禅师得法。自贞元六年（790）始，在闽越（今福建、浙江）一带传法，贞元七年（791）在会稽（今浙江绍兴）作滕家道场，贞元八年（792）在鄱阳（今江西鄱阳县）作回向道场，贞元十三年（797）在少林寺。自贞元二十一年（805）住洛阳，先在卫国寺“作有为功德”，后又在天宫寺“施无为功德”。元和四年（809）来到长安，在安国寺应宪宗皇帝召见，次年于皇宫麟德殿应宪宗皇帝问法，又使不空三藏池的泉水重新复出。元和十二年（817）在大兴善寺传法堂说法，而后去世。惟宽的传记又见于《宋高僧传》卷十、《景德传灯录》卷七等，但都是根据白居易的这篇《传法堂碑》改写而成，此碑是惟宽传记的最初张本。

惟宽本人是一位禅师，早年曾学习律法，又学过天台教观，最后从马祖道一学得禅要，这样的经历，对于他把佛教的律、法、禅视为一体，以及他的法门多样化，显然有着深刻的影响。因此，他的法门比较开放，并不局限于禅。例如，他在会稽曾作滕家道场，在鄱阳曾作回向道场，尽管现在无法了解这些道场的具体情况，但是可以推测，它们很可能是面向俗人而又比较注重仪式的宗教活动。他在洛阳期间，既作“有为功德”，又作“无为功德”。所谓“有为功德”是指诵经、造像、修建寺院、举办法会之类的活动，而“无为功德”是指以修心为主的禅修实践，相对而言，前者侧重于有形功绩的积累，后者侧重于内心境界的提升，把这些不同的宗教事业区分为“有为”和“无为”，正是禅宗常见的提法。惟宽在东京洛阳和西京长安住了大约12年，其中在洛阳期间，他的佛教事业已从“有为”到“无为”全面展开，这种情况表明他的道业已经非常成熟，可以应对京城上下各种各样的佛事活动。在长安期间，据《宋高僧传》卷九怀让传记载：“元和中，宽、晖至京师，扬其本宗，法门大启，传百千灯，京夏法宝鸿绪，于斯为盛。”就是说元和年间（806—820），惟宽和怀晖来到长安，弘扬马祖一系的禅宗，大开法门，广泛授徒，把京城的佛教事业推向了高潮。

惟宽是马祖门下重要的一派，与马祖的其他弟子相比，他在京城传法的经历成为一大特征，正是有鉴于此，所以有的学者把他的禅法称为“京禅”。所谓“京禅”的提法，如果仅仅是指地理上的属性，那么即使把惟宽称为“京禅”，也不能将其思想和活动中的“京”字特质揭示出来。实际上，如果仅就惟宽对禅法的解释来说，看不出与马祖的理解有什么不同，因此把他称为“京禅”恐怕未必妥当；但是就他的整个活动经历来看，与皇权的接近显然是他不同于马祖门下其他弟子的一个特征，例如同为马祖弟子的汾州无业禅师（762—823）

也曾到过洛阳和长安，但是明言“亲近国王大臣，非予志也”，并先后拒绝宪宗和穆宗的征召，二者对皇权的态度形成鲜明的对照。因此，如果说惟宽的身上带有什么“京味”的话，恐怕主要就在这个方面，身在京城那种更注重场面形式的环境下，不得不把许多精力用来从事王公贵族们所喜好的“有为功德”，这些耀眼的“事相”虽然看上去热烈轰轰，然而在地方或山林修道的禅宗看来不过是徒有其表，所以就惟宽的命运来说，可以说是其荣也京城，其败也京城。

关于他在洛阳住过的卫国寺和天宫寺，唐代洛阳有两个卫国寺，一在宣风坊，一在殖业坊，惟宽住的是哪里，目前不详；天宫寺在洛阳天津桥。他在长安应宪宗皇帝召见的安国寺，全称“大安国寺”，位于长安城东北的长乐坊，原来是中宗皇帝即位前的住宅，景云元年（710）舍为佛寺。该寺规模亦大，应为当时的皇家寺院，因此皇帝才会驾临。

荆湖北路转运判官尚书屯田郎中刘君墓志铭（并序）

［宋］王安石

治平元年五月六日，荆湖北路转运判官、尚书屯田郎中刘君年五十四以官卒。三年，卜①十月某日，葬真州扬子县蜀冈，而子洙以武宁章望之②状来求铭。噫，余故人也！为序而铭焉。序曰：

君讳③牧，字先之，其先杭州临安县人。君曾大父讳彦琛，为吴越王④将，有功，刺⑤衢州，葬西安，于是刘氏又为西安人。当太宗时，尝求诸有功于吴越者录其后，而君大父讳仁祚辞以疾。及君父讳知礼又不仕，而乡人称为君子。后以君故，赠官至尚书职方郎中。

君少则明敏，年十六，求举进士，不中，曰："有司⑥岂枉我哉？"乃多买书，闭户治之。及再举，遂为举首。起家饶州军事推官，与州将争公事，为所挤⑦，几不免⑧。及后将范文正公⑨至，君大喜曰："此吾师也。"遂以为师。文正公亦数称君，勉以学。君论议仁恕，急⑩人之穷，于财物无所顾计，凡以慕文正公故也。弋阳富人为客所诬，将抵死，君得实以告。文正公未甚信，然以君故，使吏杂治之。居数日，富人得不死。文正公由此愈知⑪君，任以事。岁终，将举京官，君以让其同官有亲而老者，文正公为叹息，许之，曰："吾不可以不成君之善。"及文正公安抚河东，乃始举君可治剧⑫，于是君为兖州观察推官。又学《春秋》于孙复，与石介为友。州旱蝗，奏便宜十余事，其一事请通登、莱盐商，至今以为赖⑬。改大理寺丞，知大名府馆陶县。中贵人随契丹使，往来多扰县，君视遇有理，人吏以无所苦。先是多盗，君用其党推逐，有发⑭辄得，后遂无为盗者。诏集强壮，刺其手为义勇，多惶怖不知所为，欲走，君谕以诏意，为言利害，皆就刺，欣然曰："刘君不吾欺也。"留守称其能，虽府事往往咨君计策。用举者通判广信军，以亲老不行，通判建州。

当是时，今河阳宰相富公以枢密副使使河北，奏君掌机宜文字。保州兵士为乱，富公请君抚⑮视。君自长垣乘驿至其城下，以三日，会富公罢出，君乃之建州。方并属县诸里，均⑯其徭役，人大喜，而遭职方君丧以去。通判青州，又以母夫人丧罢。又通判庐州。朝廷弛茶榷，以君使江西，议均其税，盖期年而后反。客曰："平生闻君敏而敢为，今濡滞若此，何故也？"君笑曰："是固君之所能易⑰也，而我则不能。且是役也，朝廷岂以为它，亦曰爱人而已。今不深知其利害而苟简以成之，君虽以吾为敏，而人必有不胜其弊者。"及奏事，皆听。人果便⑱之。除⑲广南西路转运判官。于是修险厄，募丁壮，以减戍卒，徙仓便输，考摄官功次，绝其行赇[20]。居二年，凡利害无所不兴废，乃移荆湖北路，至，逾月卒。家贫无以为丧，自棺椁诸物，皆荆南士人为具[21]。

君娶江氏，生五男二女。男曰洙、沂、汶，为进士。洙以君故，试将作监主簿，余尚幼。初，君为范、富二公所知，一时士大夫争誉其才，君亦慨然自以当得意。已而，屯邅[22]流落，抑没于庸人之中。几老矣，乃稍出为世用。若将有以为也，而既死。此爱君者所为恨惜，然士之赫赫为世所愿者可睹矣。以君始终得丧相除，亦何负彼之有哉？铭曰：

嗟乎刘君，宜寿而显。何畜[23]之久，而施之浅？虽或止之，亦或使之。唯其有命，故止于斯。

【作者简介】

王安石（1021—1086），字介甫，号半山，汉族，临川（今江西抚州）人，北宋著名的思想家、政治家、文学家、改革家。王安石历任扬州签判、鄞县知县、舒州通判等职，政绩显著。熙宁二年（1069），任参知政事，次年拜相，主持变法。因守旧派反对，熙宁七年（1074）罢相。一年后，宋神宗再次起用，旋又罢相，退居江宁。元祐元年（1086），保守派得势，新法皆废，郁然病逝于钟山（今江苏南京），赠太傅。绍圣元年（1094），获谥“文”，故世称王文公。

【注释】

①卜：选择。

②章望之：章望之，字表民，北宋福建浦城人。

③讳：古时称死去的皇帝或尊长的名字。

④吴越王：钱镠（852—932），字具美，小字婆留，杭州临安人，五代十国时期吴越国创建者。

⑤刺：担任刺史。

⑥司：官署名称。

⑦挤：排挤。

⑧不免：难免（灾祸）。

⑨范文正公：范仲淹（989—1052），字希文，汉族，北宋著名的思想家、政治家、军事家、文学家。

⑩急：对大家的事情或别人的困难尽快帮助。

⑪知：欣赏。

⑫剧：烦琐的事务。

⑬赖：依赖。

⑭发：行动。

⑮抚：安抚。
⑯均：平均。
⑰易：不费力，轻慢。
⑱便：从中获得便利。
⑲除：任命官职。
⑳赇：贿赂。
㉑具：备，办。
㉒屯邅：亦作“迍邅”，比喻处境险恶，行进困难。
㉓蓄：蓄势。

【导读】

此诗是王安石为怀才不遇者的放声一哭。由于王安石本人一度沉沦下僚，有着切身的体会，故其感慨真切动人。同时，王安石的墓碑文渗透了浓郁的抒情色彩，融入了自己的识见。正如文章中所写“初，君为范、富二公所知，一时士大夫争誉其才，君亦慨然自以当得意。已而，迍邅流落，抑没于庸人之中。几老矣，乃稍出为世用。若将有以为也，而既死。此爱君者所为恨惜”。他认为士人最好的归宿不是宦达，而是才能得以展现。

【资料卡片】

墓志铭

墓志铭是一种悼念性的文体，更是人类历史悠久的文化表现形式。墓志铭一般由志和铭两部分组成。志多用散文撰写，叙述逝者的姓名、籍贯、生平事略；铭则用韵文概括全篇，主要是对逝者一生的评价。但也有只有志或只有铭的，可以是自己生前写的，也可以是别人写的。墓志铭通常分为两部分：第一部分是序文，记叙死者世系、名字、爵位及生平事迹等称为“志”；后一部分是“铭”，多用韵文，表示对死者的悼念和赞颂。

宋史·赵抃传

[宋]脱脱

赵抃字阅道，衢州西安人。进士及第，为武安军节度推官。人有赦[①]前伪造印、更赦而用者，法吏当以死。抃曰：“赦前不用，赦后不造，不当死。”谳[②]而生之。知崇安、海陵、江原三县，通判泗州。濠守给[③]士卒廪赐不如法，声欲变，守惧，日未入，辄闭门不出。转运使檄抃摄[④]治之，抃至，从容如平时，州以无事。

翰林学士曾公亮未之识，荐为殿中侍御史，弹劾不避权幸，声称凛然，京师目为“铁面御史”。其言务欲朝廷别白[⑤]君子小人，以谓“小人虽小过，当力遏而绝之；君子不幸诖误[⑥]，当保全爱惜，以成就其德”。温成皇后之丧，刘沆以参知政事监护，及为相，领事如初。抃论其当罢，以全国体。又言宰相陈执中不学无术，且多过失；宣徽使王拱辰平生所为及奉使不法；枢密使王德用、翰林学士李淑不称职：皆罢去。

吴充、鞠真卿、刁约以治礼院吏，马遵、吕景初、吴中复以论[⑦]梁适，相继被逐。抃言其故[⑧]，悉召还。吕溱、蔡襄、吴奎、韩绛既出守[⑨]，欧阳修、贾黯复求郡。抃言：“近日正人端士[⑩]纷纷引去，侍从之贤如修辈无几，今皆欲去者，以正色立朝[⑪]，不能谄事[⑫]权要，伤之者众耳。”修、黯由是得留，一时名臣，赖以安焉。

请知睦州，移梓州路转运使，改益州[⑬]。蜀地远民弱，吏肆为不法[⑭]，州郡公相馈饷[⑮]。抃以身帅之[⑯]，蜀风为变。穷城小邑，民或生而不识使者，抃行部[⑰]无不至，父老喜相慰，奸吏竦服[⑱]。

召为右司谏。内侍邓保信引退兵董吉烧炼禁中，抃引文成、五利、郑注为比，力论之。陈升之副枢密，抃与唐介、吕诲、范师道言升之奸邪，交结宦官，进不以道。章二十余上，升之去位。抃与言者亦罢，出知虔州。虔素难治，抃御之严而不苛，召戒诸县令，使人自为治。令皆喜，争尽力，狱以屡空。岭外仕者死，多无以为归，抃造舟百艘，移告诸郡曰：“仕宦之家，有不能归者，皆于我乎出。”于是至者相继，悉授以舟，并给其道里费。

召为侍御史知杂事，改度支副使，进天章阁待制、河北都转运使[⑲]。时贾昌朝以故相守魏[⑳]，抃将按规府库，昌朝使来告曰：“前此，监司[㉑]未有按视[㉒]吾藏者，恐事无比[㉓]，若何？”抃曰：“舍是，则他郡不服。”竟往焉。昌朝不悦。初，有诏募义勇[㉔]，过期不能办，官吏当坐者[㉕]八百余人。抃被旨督之，奏言：“河朔频岁丰，故应募者少，请宽其罪，以俟农隙。”从之。坐者获免，而募亦随足。昌朝始愧服。

加龙图阁直学士、知成都，以宽为治。抃向使蜀[26]日，有聚为妖祀者，治以峻法。及是，复有此狱，皆谓不免。抃察其亡他，曰："是特酒食过耳。"刑首恶而释余人，蜀民大悦。会荣諲除转运使，英宗谕諲曰："赵抃为成都，中和之政也。"

神宗立，召知谏院。故事，近臣还自成都者，将大用，必更省府，不为谏官。大臣以为疑。帝曰："吾赖其言耳，苟欲用之，无伤也。"及谢，帝曰："闻卿匹马入蜀，以一琴一鹤自随，为政简易，亦称是乎？"未几，擢参知政事。抃感顾知遇，朝政有未协者，必密启闻，帝手诏褒答。王安石用事，抃屡斥其不便。韩琦上疏极论青苗法，帝语执政，令罢之。时安石家居求去，抃曰："新法皆安石所建，不若俟其出。"既出，安石持之愈坚。抃大悔恨，即上言："制置条例司建使者四十辈，骚动天下。安石强辩自用，诋天下公论以为流俗，违众罔民，顺非文过。近者台谏侍从，多以言不听而去；司马光除枢密，不肯拜。且事有轻重，体有大小。财利于事为轻，而民心得失为重；青苗使者于体为小，而禁近耳目之臣用舍为大。今去重而取轻，失大而得小，惧非宗庙社稷之福也。"

奏入，恳乞去位，拜资政殿学士、知杭州，改青州。时京东旱蝗，青独多麦，蝗来及境，遇风退飞，尽堕水死。成都以戍卒为忧，遂以大学士复知成都。召见，劳之曰："前此，未有自政府往者，能为朕行乎？"对曰："陛下有言，即法也，奚例之问？"因乞以便宜从事。

既至蜀，治益尚宽[27]。有卒长[28]立堂下，呼谕之曰："吾与汝年相若，吾以一身入蜀，为天子抚一方[29]。汝亦宜清谨畏戢[30]，以率众。比戍还，得余资[31]持归，为室家[32]计可也。"人喜转相告，莫敢为恶，蜀郡晏然[33]。剑州民私作僧度牒[34]，或以为谋逆告，抃不畀狱吏[35]，以意决之[36]，悉从轻比。谤者[37]谓其纵逆党，朝廷取具狱[38]阅之，皆与法合。茂州夷剽境上，惧讨乞降，乃缚奴[39]将杀之，取血以受盟。抃使易用牲，皆欢呼听命。

乞归，知越州。吴越大饥疫[40]，死者过半。抃尽救荒之术[41]，疗病埋死，而生者以全。下令修城，使得食其力。复徙杭，以太子少保致仕，而官其子屼提举两浙常平以便养。屼奉抃遍游诸名山，吴人以为荣。元丰七年，薨，年七十七，赠太子少师，谥曰清献。

抃长厚清修[42]，人不见其喜愠[43]。平生不治资业[44]，不畜声伎，嫁兄弟之女十数，他孤女二十余人，施德茕贫[45]，盖不可胜数。日所为事，入夜必衣冠露香以告于天，不可告，则不敢为也。其为政，善因俗施设[46]，猛宽不同[47]，在虔与成都，尤为世所称道。神宗每诏二郡守，必以抃为言。要之，以惠利为本[48]。晚学道有得，将终，与屼[49]诀，词气不断，安坐而没。宰相韩琦常称抃真世人标表，盖以为不可及云。

【著作简介】

《宋史》是二十四史之一，收录于《四库全书》史部正史类。于元末至正三年（1343）由丞相脱脱和阿鲁图先后主持修撰。此文录自《宋史·卷三百十六·列传第七十五》。

【注释】

①赦：宽免、赦免。
②谳：审判定案。
③给：补给，发放。
④摄：整顿、整理。
⑤别白：分辨明白。
⑥诖误：本无罪而受牵连。
⑦论：给……定罪。
⑧言其故：陈述他们那样做的正当理由。
⑨出守：由朝廷到地方做太守。
⑩正人端士：贤良之人，正直之士。
⑪正色立朝：在朝中以严明的风格治事。
⑫谄事：指逢迎奉承。
⑬益州：宋路名，治所在成都，辖地为今四川一带。
⑭肆为不法：行为放肆，不守法令。
⑮馈饷：赠送财物，这里含行贿受贿之意。
⑯以身帅之：以自身清正来统率下属官吏。
⑰行部：巡视部属，考察其行为。
⑱奸吏竦服：狡诈的官吏因害怕而变得老实。
⑲都转运使：官名，管一路或数路的财赋，并督察州县地方官吏。
⑳魏：魏府，治所在今河北省大名县，宋军府所在地，以防契丹。
㉑监司：监察州郡之上官。
㉒按视；巡视，依次视察。
㉓恐事无比：意为恐无问题，可不视察了。
㉔义勇：宋其时征调强壮之民，驻守边境。
㉕当坐者：应当定罪的人。
㉖蜀：指成都府，今四川成都一带。
㉗宽：宽简不苛。

㉘卒长：驻军负责人。

㉙抚一方：安抚一个地方。

㉚清谨畏戢：清廉谨慎，严禁吏弊。

㉛余资；薪俸余钱。

㉜室家：此指夫妇二人。

㉝晏然：安乐的气象。

㉞僧度牒：政府发给度僧（准许出家）的证明文件。

㉟不畀狱吏：没有交给管牢的官吏。

㊱以意决之；按自己的思想断决。

㊲谤者：指责他的人。

㊳具狱：讼事全部案情。

㊴奴：奴仆，仆役。

㊵饥疫：荒年和疫病。

㊶尽救荒之术：采取各种救荒的措施。

㊷长厚清修：身高敦厚，作风俭朴。

㊸喜愠：欢喜与生气，指喜怒之形色。

㊹平生不治资业：一辈子不搞钱财，不治家产。

㊺茕贫：指孤独无靠者及穷人。

㊻因俗施设；按照当地的习俗特点采取不同的兴利措施。

㊼猛宽不同：宽严不同，即有张有弛，因情而定。

㊽以惠利为本：把为百姓谋取实际利益作为本源。

㊾岏：赵抃有二子，长子名屼或岏，次子曰岏或屼，因字形相近，弗定，今从中华书局本《宋史》：长子为屼，次子为岏，以息争讼。然具体为何，俟考。后苏轼《赵清献公神道碑》之引用，不再说明。

【导读】

“铁面御史”赵抃刚直不阿，敢于维护正义，对朝中的人和事敢说敢管，无论对谁都不留情面。对于宋廷而言，有这样的人来监察朝廷官员言行举止，实为幸事。不过在当时的社会政治环境中，小人当道，统治者偏听偏信，如赵抃这样操行廉洁、不徇私情的官员不久便被调离外任。

书白衢州[1]

[宋]宋濂

三衢[2]沈君持正，来为乌伤[3]文学掾[4]。予谒[5]之，持正盛称[6]其守白侯之贤。

予问之曰："侯定科繇[7]如何？"曰："衢为州，虽据东浙之上游，厥[8]田惟下下，入赋以斛[9]计，仅三万三千有余，豪有力者兼并，且善[10]避役，役多在贫人。侯察[11]其奸，令民自实田，以田定赋[12]，一州服其平[13]。""侯律己何如？"曰："侯清约[14]甚，饮衢水外，一物不烦衢民。每旦徒行入府署，野夫不识，与争道，不问[15]。庭有斗民，立为疏[16]直枉[17]，皆免冠叩头谢。长子自沔阳[18]来，越旬[19]即遣归。唯一童[20]给侍[21]朝夕，未几，亦遣。""侯驭吏[22]若[23]隶[24]何如？"曰："吏抱案[25]立左右，唯侯言是裁[26]，不敢以意出入[27]之。隶人数不逾[28]九，凡冒[29]隶名巡聚落[30]以病人[31]者，悉罢去。去年春，藩府以善治闻，天子嘉[32]之，遣使赐束帛[33]，衢人咸[34]为侯荣。"

予问已，顾[35]谓二三子曰："此南阳[36]白景亮明甫也。明甫自征东行省[37]译曹掾[38]起家。四转而来为是州，甚有惠政。昔予闻兰溪[39]吴德基[40]言若此，今持正又盛称其贤，故予屡问之。持正言与德基同，则白侯之贤信已。使[41]牧郡国者[42]皆得如侯，则下民之瘼[43]，庶几[44]其有瘳[45]乎！"

【作者简介】

宋濂（1310—1381），字景濂，号潜溪，别号玄真子、玄真道士、玄真遁叟。汉族，浦江（今浙江浦江县）人，元末明初文学家，曾被明太祖朱元璋誉为"开国文臣之首"，学者称太史公。宋濂与高启、刘基并称为"明初诗文三大家"。他因长孙宋慎牵连胡惟庸党案而被流放茂州，途中病死于夔州。他的代表作品有《送东阳马生序》《朱元璋奉天讨元北伐檄文》等，后人编《宋学士全集》。

【注释】

①白衢州：指白景亮，字明甫，南阳人，时任衢州路总管，故称其为"白衢州"。与下文的"白侯"是同一人。

②三衢：指今浙江衢州，因县境有三衢山，故称。

③乌伤：乌伤，古地名，指现浙江义乌。旧时乌伤县境，北接诸暨，南邻大末（龙游），范围包括今金华、义乌、永康、兰溪、武义全部，东阳、浦江大部，仙居、缙云部分。旧志中素有"八邑肇基""婺凡八邑，建自秦汉者，必首乌伤"等记载。

④文学掾：古代官名，主要职责是管理学校，教授弟子，也兼管郡内教化、礼仪之事。

⑤谒：拜谒。

⑥称：称赞。

⑦科繇：赋税徭役。

⑧厥：代词，其，起指示作用。

⑨斛：量词，古代一斛为十斗，南宋末年改为五斗。

⑩善：善于、擅长。

⑪察：明察。

⑫赋：赋税。

⑬平：公平。

⑭清约：清廉、节俭。

⑮问：问罪、问责。

⑯疏：上书。

⑰直枉：直与曲。比喻是非好坏。

⑱沔阳：今湖北仙桃市。夏、商、周为荆州域，春秋、战国属楚，梁天监二年（503），始置沔阳郡设沔阳县，因郡治在沔水之北而得名。建治至今，已有1500多年历史。

⑲越旬：越：度过。旬：十天，古代“十日为旬”。

⑳童：童仆。

㉑侍：侍候。

㉒吏：指官府中的胥吏或差役。

㉓若：代词，他（们）的。

㉔隶：隶人，古代称因罪没入官为奴隶、从事劳役的人。

㉕抱案：抱持案牍，谓办理公文。

㉖裁：裁决。

㉗出入：犹言上报下达。

㉘逾：超过。

㉙冒：冒名。

㉚聚落：村落。

㉛病人：使动用法，使人们困顿。

㉜嘉：嘉许、表彰。

㉝束帛：捆为一束的五匹帛。古代用作聘问、馈赠的礼物。

㉞咸：全、都。

㉟顾：回头。

㊱南阳：地名，古称宛。今河南省辖市，位于豫鄂陕三省交界地带，因地处伏牛山以南，汉水以北而得名。

㊲征东行省：即征东等处行中书省，一般简称为征东行中书省或征东行省，又称日本行省或征日本行省，为元朝政府曾经筹划进攻日本的机构在朝鲜半岛设立的一个特殊的行中书省。

㊳译曹掾：古代官名。

㊴兰溪：地名，即今浙江兰溪市。

㊵吴德基：名为吴履，婺州（现金华市）兰溪人，与宋濂为友。生平事迹详见宋濂所作《吴德基传》。

㊶使：连词，假使。

㊷牧郡国者：治民之人，指国君或州郡长官。牧，统治、管理。

㊸瘼：病痛，泛指困苦。

㊹庶几：或许可以，表示推测或希望。

㊺瘳：消减、消除。

【导读】

本文为人物传记，作者一反传统写法，没有从正面描写白景亮的事迹，按传统先对他进行基本介绍，然后记述他生平二三事。作者采用的是对话的形式，通过自己与朋友的对话来侧面刻画白景亮的形象，夹叙夹议，语言质朴简洁。在主客的一问一答间，白侯之贤便跃然纸上，这种类似于闲话家常的行文方式使文章生动有趣。

【思考探究】

1. 本文通过侧面描写主要写了白景亮主政衢州时的哪些事？

2. 根据下面的素材，概括吴德基的人物形象，分析白、吴两人的共同之处。并与上文进行对比，比较上下文写作手法的不同。

【资料卡片】

吴德基传

宋濂

吴德基者，名履，婺之兰溪人也。有司举于朝，为南康丞，南康俗悍，其民以为丞儒者也，易之，德基自如。数月皆周知其情伪，有所发摘，一县惊伏。德基乃更以宽化之。民有诉，召使前与语，弗加咄叱。民或援丞裾相尔汝，弗责也。

县令周以中初至，召民转输至郡不得，躬至乡召之。一民逸去，命卒笞之。不肯伏，走入山，骂令曰："官当在县，何以至此为？"令怒，吏卒因以语动令，欲诬一乡民图贿利，获六七人下狱，扃钥甚严。德基计民无罪，自出巡狱，叱卒释之，卒以他辞解，德基槌碎狱门遣之，曰：“若无罪，还告父兄无恐。”乃往告令，令怒，曰：“民无道，众辱我，君乃释之，何轻我至是耶？”德基曰：“犯使君者一匹夫尔，其乡人何罪？且法乃天子法，岂使君解怒具乎？”令意惭，乃已。

……

德基为吏，不求成名，以爱民为先，民感之。居潍二年，召还。潍民遮门抱其足泣拜，曰．“自得吾父，潍民麸无笞瘢。今舍我去，愿得只履事之，以慰我思！”

记吴季清先生[1]

[清]梁启超

达县[2]吴季清先生德涑，作令[3]西安[4]。庚子义和之变[5]，为乱民所戕[6]，阖门及难[7]。识与不识，莫不痛心；天之报施善人，真其诬[8]哉！

先生至德[9]纯孝，而学识魄力，迥绝[10]流俗，尤邃[11]佛理。自号双遣居士。有子三人，长曰铁樵，名樵；次曰仲弢，名以檗；季[12]曰子发，名以东，皆有过人之才。余与谭浏阳[13]及铁樵约为兄弟交，而父事[14]季清先生。乙未秋冬间，同客[15]京师[16]。吾三人者连舆接席[17]，未尝一日相离也。丙申五月，铁樵以暴病卒于汉口[18]，浏阳时在沪[19]，哭之恸，尝为作一传，见《时务报》中。未几，季清先生之[20]官山阴[21]，浏阳赠一诗云："此生当补他方佛，何意微尘补一官；（忘却一句）延陵[22]魂气北邙[23]寒。"盖[24]吊[25]之也。以东当乙未年仅十一，随侍入都，风采英发，遍交一时名士。浏阳戏号之曰舍利佛[26]，以其早慧也。丙申受学于余者一年，日读书尽十余卷，属文能二三千言，兼学英法文字，而仲弢亦来居沪上，综核善治事。浏阳语曰："三吴，蜀之三龙也。吾国有此等人才，岂是亡国气象？"而不意铁樵无端以死，而两弟亦随季清先生毙于毒刃也。庚子夏，余在夏威夷岛[27]得仲弢一书曰："舍利佛每言及公，即涕泣不可止。"余重感之，重悲之，乃[28]书未及答而凶耗[29]已闻。天之丧斯[30]，夫复何言？在报中见黄公度[31]有《庚子三哀诗》，其一即季清先生也。记其数联云："以君精佛理，夙通一切法，明知入世事，如幻如泡沫；佛力尚有尽，何况身生灭？将头临刃时，定知不惊胆。"读此亦可以略窥[32]先生之学矣。

【作者简介】

梁启超（1873—1929），字卓如，一字任甫，号任公，又号饮冰室主人，中国近代思想家、政治家、教育家、史学家、文学家。清朝光绪年间举人，戊戌变法（百日维新）领袖之一、中国近代维新派代表人物。维新变法前，与康有为一起联合各省举人发动"公车上书"运动，此后先后领导北京和上海的强学会，又与黄遵宪一起办《时务报》，任长沙时务学堂的主讲，并著《变法通议》为变法做宣传。其著作合编为《饮冰室合集》。

【注释】

①吴季清：即吴德潚（1848—1900），字季清，号筱村，别号双遣居士，晚号寄髯，四川省巴中市平昌县白衣庵（白衣庵清属达县，今属平昌）人。他是清朝末期翰林吴镇次子，出身书香之家，从小勤奋好乡学，博览群书，精通

佛理。学有所成后，深感朝政腐败，国家落后，列强入侵，人民处在水深火热之中，故视功名仕途如草芥，县府多次岁考他不参加。光绪二十二年（1896）委任为浙江西安县（今衢州市）知县，后任山阴县（今绍兴市）知县，第二年任钱塘县（今杭州市）知县，第三年又调回西安县任知县。吴德浦为官期间为大众不存私欲，因此得罪了不少乡绅和豪强。同时，吴德潚不阿谀捧上，故又在不知不觉中得罪了上司，光绪二十五年（1899），豪强与贪官利用庚子匪患作乱之机，屠戮官府，阴谋杀害了吴德潚在浙江西安县的全家和署衙吏役等30余人。

②达县：地名，今达州市。

③令：指受任为县令。

④西安：指浙江西安县，即今衢州市。

⑤义和之变：为扑灭义和团的反帝斗争，扩大对中国的侵略，英、美、法、俄、德、日、意、奥八国组成侵略联军，于1900年6月，由英国海军中将西摩尔率领，从天津租界出发，向北京进犯，中国陷入空前灾难，险遭瓜分。1900年是中国农历庚子年，这次动荡也被中国人称为“庚子国变”“庚子国难”。

⑥戕：残害、杀害。

⑦阖门及难：全家遇难。阖门，全家。及，遭受。

⑧诬：欺骗。

⑨至德：最高的道德；盛德。

⑩迥绝：远远隔绝。

⑪邃：精通、深晓。

⑫季：唐代孔颖达疏：“孟仲叔季，兄弟姊妹长幼之别字也。”季即排行最小的。

⑬谭浏阳：谭嗣同（1865—1898），字复生，号壮飞，湖南浏阳人，中国近代著名政治家、思想家，维新派人士。谭嗣同早年曾在家乡湖南倡办时务学堂、南学会等，主办《湘报》，又倡导开矿山、修铁路，宣传变法维新，推行新政。其所著的《仁学》，是维新派的第一部哲学著作，也是中国近代思想史中的重要著作。光绪二十四年（1898），谭嗣同参加领导戊戌变法，失败后被杀，年仅33岁，为“戊戌六君子”之一。

⑭父事：把别人像自己的父亲一样侍奉。

⑮客：旅居、寄居。

⑯京师：指现在的北京。

⑰连舆接席：行并车，止同席。形容亲密友爱。

⑱汉口：地名，属武汉市。汉口是中国四大名镇之一，地处长江西北、汉江以北的地域，隔长江与其东南侧的武昌相望，并汉江与其南侧的汉阳相望。

⑲沪：上海市的简称，因境内的吴淞江下流古称“沪渎”而得名。

⑳之：往；至。

㉑山阴：指浙江山阴县，即今浙江绍兴市。

㉒延陵：延陵，古邑名，大约在今常州、江阴、丹阳等吴地沿江一带地区。本为春秋吴邑，季札（季子）所居之封邑。延陵郡为中国十大姓之一的“吴”姓的郡望。

㉓北邙：亦作“北芒 ”，山名。即邙山，因在洛阳之北，故名。东汉、魏晋的王侯公卿多葬于此，故后世又借指墓地或坟墓。

㉔盖：语气助词。

㉕吊：吊念死者。

㉖舍利佛：佛陀十大弟子之一，以智慧第一著称。

㉗夏威夷岛：夏威夷岛是北太平洋夏威夷群岛中的最大岛，美国夏威夷州的一部分。

㉘乃：代词，他的。

㉙凶耗：即豪强与贪官利用庚子匪患作乱之机，屠戮官府，阴谋杀害了吴德潚在浙江西安县的全家和署衙吏役等30余人一事。

㉚斯：语气助词，用于句末。

㉛黄公度：即黄遵宪（1848—1905），汉族客家人，字公度，别号人境庐主人，清朝诗人、外交家、教育家。黄遵宪出生于广东嘉应州（今广东梅州），1876年中举人，历充师日参赞、旧金山总领事、驻英参赞、新加坡总领事，戊戌变法期间署湖南按察使，助巡抚陈宝箴推行新政。工诗，喜以新事物熔铸入诗，有“诗界革新导师”之称。黄遵宪的作品有《人境庐诗草》《日本国志》《日本杂事诗》等，被誉为“近代中国走向世界第一人”。

㉜窥：窥见。

【导读】

清朝末年，国家危亡，有识之士孜孜探索救国安民之道，吴德潚及其三子也是其中的志士仁人之一。维新派人物谭嗣同高度评价了吴季清三子，称：“三吴，蜀之三龙也。吾国有此等人才，岂是亡国气象？”不意天妒英才，长子铁樵暴病卒，季清及其余二子竟为乱民所戕，惜哉！痛哉！闻此凶耗，作者提笔作文以悼念之。在文中，作者深情地回忆了自己与吴季清及其子交往的岁月，真情流露，“天之丧斯，夫复何言？”悲痛之情溢于言表。

【思考探究】

本文题为《记吴季清先生》，但全文更多地记述了作者与吴长子铁樵、谭嗣同三人之间的交往，对吴季清先生的着墨不多，这是否把人物的主次重点颠倒了？

【资料卡片】

吴铁樵传（节选）

谭嗣同

铁樵于学无所不窥，古今之变，中外之故，天人之际，性道之原，靡不贯穴奥赜，而述之亹亹。童年即精算术，若由天授。元代微积，不师而能谈；几何条段，如出掌而目数其指。由是遂通西儒所谓格致学，尽能习其器而名其物。谁谓我中国人莫彼若也？然铁樵不惟学而已，又多智略。体貌甚伟，有仪可象。骨开张而气沉肃，目精炯炯然，遇疑难数语而决。

赵清献公神道碑[1]

[宋] 苏轼

故太子少师清献赵公，既薨[2]之三年，其子岏除丧，来告于朝曰："先臣既葬，而墓隧之碑无名与文，无以昭示来世，敢以请。"天子曰："嘻，兹于先正[3]，以惠术扰民如郑子产[4]，以忠言摩[5]士如晋叔向[6]。"乃以爱直名其碑，而又命臣轼为之文。臣轼逮[7]事仁宗皇帝，盖尝窃[8]观天地之盛德，而窥日月之永光矣。未尝行也，而万事莫不毕举[9]；未尝视也，而万物莫不毕见。非有他术[10]也，善于用人而已。惟清献公擢[11]自御史，是时将用谏官御史，必取天下第一流。非学术才行[12]备具，为一世所高者不与[13]。用之至重[14]，故言行计从，有不十年而为近臣者；言不当，有不旋踵[15]而黜者。是非明辨，而赏罚必信，故士居其官者[16]少妄，而天子穆然无为，坐视其成功。奸宄[17]消亡，而忠良全安。此则清献公与其僚之功也。

公讳抃，字阅道。其先京兆奉天人。唐德宗世，植为岭南节度使。植生隐，为中书侍郎。隐生光逢、光裔，并掌内外制[18]，皆为唐闻人。五代之乱，徙家于越。公则植之十世从[19]孙也。曾祖讳昙，深州司户参军。祖讳湘，庐州庐江尉，始家于衢，遂为西安人。考讳亚才，广州南海主簿。公既贵，赠曾祖太子太保，妣陈氏安国太夫人。祖司徒，妣袁氏崇国太夫人，俞氏光国太夫人。考[20]开府仪同三司，封荣国公，妣[21]徐氏魏国太夫人，徐氏越国太夫人。

公少孤[22]且贫，刻意[23]力学，中景祐元年进士乙科。为武安军节度推官[24]。民有伪造印者，吏皆以为当死。公独[25]曰："造在赦前，而用在赦后，赦前不用，赦后不造，法皆不死。"遂以疑谳[26]之，卒免死。一府皆服。

阅岁，举监潭之粮料[27]。岁满，改著作佐郎[28]，知建州崇安，徙通判宜州。卒有杀人当死者，方系狱，病痈未溃。公使医疗之，得不瘐死[29]，会赦以免。公爱人之周，类[30]如此。

未几以越国[31]丧，庐于墓，三年不宿于家。县榜[32]其所居里为孝弟，处士孙处[33]为作《孝子传》。终丧，起知泰州海陵，后知蜀州江原，还通判泗州。

泗守昏不事事，监司[34]欲罢遣之。公独左右其政，而晦[35]其所以然，使若权不己出者，守得以善去。濠守以廪赐[36]不如法，士卒谋欲为变。或以告，守恐怖，日未夕辄闭门不出。转运使徙公治濠。公至，从容如平日，濠以无事。

曾公亮为翰林学士，未识公，而以台官荐。召为殿中侍御史。弹劾不避权幸，京师号公铁面御史。其言常欲朝廷别白君子小人。以[37]谓小人虽小过，当力排而绝之，后乃无患。君子不幸而有诖误[38]，当保持爱惜，以成就其德。故言事虽切，而人不厌。

温成皇后方葬，始命参知政事刘沆监护其役。及沆为相，而领事如故。公论其当罢，以全国体。复言宰相陈执中不学无术，且多过失。章十二上，执中卒罢去。王拱辰奉使契丹，还，为宣徽使。公言拱辰平生所为，及奉使不如[39]法事，命遂寝[40]。复言枢密使王德用、翰林学士李淑不称职，皆罢去。

是时，邵必为开封推官，以前任常州失，入徙罪自举，遇赦而犹罢，监邵武酒税；吴充、鞠真卿发[41]礼院吏代书事，吏以赎论，而充、真卿皆出知军；吕景初、马遵、吴中复弹奏梁适，适以罢相，而景初等随亦被逐；冯京言吴充、鞠真卿、刁约不当以无罪黜，而京亦夺修[42]起居注[43]。公皆力言其非。是必以复职知军，充、真卿、约、景初、遵皆召还京中，复皆许补故阙。

先是吕溱出守徐，蔡襄守泉，吴奎守寿，韩绛守河阳。已而，欧阳修乞蔡，贾黯乞荆南。公即上言："近日正人贤士，纷纷引去；忧国之士为之寒心。侍从之贤，如修辈无几，今皆欲请郡者，以正色立朝，不能谄事权要，伤之者众耳。"修等由此不去。一时名臣赖之以安。

仁宗晚岁不豫[44]，而太子未定，中外凶惧。及上既康复，公请择宗室贤子弟，教育于宫中，封建任使，以示天下大本。

已而求郡，得睦[45]。睦岁为杭市[46]羊，公为移文却之。民籍有茶税而无茶地，公为奏蠲[47]之，民至今称焉。

移充梓州路转运使，未几移益。两蜀地远而民弱，吏恣为不法。州郡以酒食相馈饷，衙前治厨传，破家相属[48]也。公身帅以俭，不从者请以违制坐之。蜀风为之一变。穷城小邑，民或生而不识使者，公行部，无所不至。父老惊喜相慰，奸吏亦竦[49]。

以右司谏召，论事不折如前。入内副都知邓保信，引退兵董吉以烧炼出入禁中。公言："汉文成、五利，唐普思、静能、李训、郑注，多依宦官以结主，假药术以市奸者也。其渐不可启。"

宋庠为枢密使，选用武臣，多不如旧法，至有诉于上前者。公陈其不可。陈升之除枢密副使，公与唐介、吕诲、范师道同言升之交结宦官，进不以道，章二十余。上不省，即居家待罪。诏强起之，乃乞补外。二人皆相次去位。公与言者亦罢。

公得虔州，地远而民好讼，人谓公不乐。公欣然过家上冢而去。既至，遇吏民简易，严而不苛。悉召诸县令告之："为令当自任事，勿以事诿郡。苟事办而民悦，吾一无所问。”令皆喜，争尽力，虔事为[50]少，狱以屡空。改修盐法，疏凿灨石，民赖其利。虔当二广之冲，行者常自虔易舟而北。公间[51]取余材造舟，得百艘。移二广诸郡，曰：“仕宦之家，有父兄没而不能归者，皆移文以遣，当具舟载之。”至者既悉授以舟，复量给公使物，归者相继于道。

朝廷闻公治有余力，召知御史杂事。不阅[52]月，为度支副使。英宗即位，奉使契丹。还，未至，除[53]天章阁待制河北都转运使。时贾昌朝以使相[54]判大名府。公欲按视府库，昌朝遣其属来告曰：“前此，监司未有按视吾事者，公虽欲举职，恐事有不应法，奈何？”公曰：“舍大名，则列郡不服矣。”即往视之，昌朝初不悦也。前此有诏，募义勇，过期不足者徒二年，州郡不时办，官吏当坐者八百余人。公被旨督其事，奏言：“河朔频岁[55]丰熟，故募不如数，请宽其罪，以俟农隙。”从之，坐者得免，而募亦随足。昌朝乃愧服曰：“名不虚得矣”。

旋除龙图阁直学士，知成都。公以宽治蜀，蜀人安之。初，公为转运使，言：“蜀人有以妖祀聚众为不法者，其首既死，其为从者宜特黥配。”及为成都，适有此狱，其人皆惧，意公必尽用法。公察其无它，曰：“是特坐樽酒至此耳。”刑其为首者，余皆释去。蜀人愈爱之。

会荣諲除转运使，陛辞[56]。上面谕曰：“赵某为成都，中和之政也。”

神宗即位，召知谏院。故事[57]，近臣自成都还，将大用，必更省府，不为谏官。大臣为言。上曰：“用赵某为谏官，赖其言耳。苟欲用之，何伤！”及谢，上谓公：“闻卿匹马入蜀，以一琴一鹤自随，为政简易，亦称是耶？”公知上意，将用其言，即上疏，论吕诲、傅尧俞、范纯仁、吕大防、赵瞻、赵鼎、马默皆骨鲠[58]敢言，久遣不复，无以慰缙绅之望。上纳其说。郭逵除签书[59]枢密院事，公议不允。公力言之，即罢。

居三月，擢右谏议大夫、参知政事，感激思[60]奋。面议政事，有不尽者辄密启闻。上手诏嘉之。公与富弼、曾公亮、唐介同心辅政，率[61]以公议为主。会王安石用事，议论不协。既而司马光辞枢密副使，台谏侍从多以言事求去。公言：“朝廷事有轻重，体有大小。财利于事为轻，而民心得失为重。青苗使者于体为小，而禁近耳目之臣用舍为大。今不罢财利而轻失民心，不罢青苗使者而轻弃禁近耳目，去重而取轻，失大而得小，非宗庙社稷之福。臣恐天下自此不安矣。”言入，即求去，四上章，不许。熙宁三年四月，复五上章，除资政殿学士、知杭州。

公素号宽厚，杭之无赖子弟以此逆[62]公，皆骈[63]聚为恶。公知其意，择重犯者率黥配他州，恶党相帅[64]遁去。

未几，徙[65]青州。因其俗朴厚，临以清净。时山东旱蝗，青独多麦，蝗自淄齐来，及境遇风，退飞堕水而尽。

五年，成都以戍卒为忧。朝廷择遣大臣。为蜀人所爱信者，皆莫如公。遂以大学士知成都。然意公必辞，及见，上曰："近岁无自政府复往者，卿能为我行乎？"公曰："陛下有言即法也，岂顾有例哉！"上大喜，公乞以便宜行事，即日辞去。

至蜀，默为经略[66]，而燕[67]劳闲暇如他日。兵民晏然。一日，坐堂上，有卒长在堂下，公好谕之曰："吾与汝年相若也，吾以一身入蜀，为天子抚一方；汝亦宜清慎畏[68]戢[69]以帅众，比戍还，得余资，持归为室家计可也。"人知公有善意，转相告语，莫敢复为非者。

剑州民李孝忠集众二百余人，私造符牒，度人为僧。或以谋逆告，狱具[70]。公不畀[71]法吏，以意决之。处孝忠以私造度牒，余皆不得死。喧传京师，谓公脱逆党。朝廷取具狱阅之，卒无以易也。

茂州蕃部鹿明玉等蜂聚境上，肆为剽掠。公亟遣部将帅兵讨之，夷人惊溃乞降，愿杀婢以盟。公使喻之曰："人不可用，用三牲可也。"使至，已縶[72]婢引弓，将射心取血，闻公命，欢呼以德。事讫，不杀一人。

居[73]二岁，乞守东南。为归老计[74]，得越州。吴越大饥，民死者过半。公尽所以救荒之术，发廪劝分，而以家资先之，民乐从焉。生者得食，病者得药，死者得葬。下令修城，使民食其力。故越人虽饥而不怨。

复徙治杭。杭旱与越等，其民尤病。既而朝廷议欲筑其城。公曰："民未可劳也。"罢之。钱氏[75]纳国，未及百年，而坟庙堙圮。杭人哀之。公奏因其所在，岁度僧、道士各一人，收其田租，为岁时献享营缮之费。从之，且改妙因院为表忠观。

公年未七十，告老于朝，不许，请之不已。元丰二年二月，加太子少保致仕。时年七十二矣。退居于衢，有溪石松竹之胜，东南高士多从之游。朝廷有事郊庙，再起公侍祠，不至。屼通判温州，从公游天台雁荡，吴越间荣之。屼代还，得见，上顾问公，甚厚。以屼提举浙东西常平，以便其养。屼复侍公游杭。

始，公自杭致仕，杭人留公不得行。公曰："六年当复来。"至是适六岁矣。杭人德公，逆[76]者如见父母。以疾还衢，有大星陨焉。二日而公薨。实七年八月癸巳也。讣闻，天子辍视朝一日，赠太子少师。十二月乙酉葬于西安莲花山，谥曰："清献"。

公娶徐氏，东头供奉官度之女，封东平郡夫人，先公十年卒。子二人，长曰岏，终杭州于潜县令。次即屼也，今为尚书考功员外郎。公平生不治产业，嫁兄弟之女以十数，皆如己女。在官为人嫁孤女二十余人。居乡，葬暴骨及贫无以敛且葬者，施棺给薪，不知其数。少育于长兄振，振既没，思报其德，将迁侍御史，乞不迁，以赠振大理评事。公为人和易温厚，周旋曲密，谨绳墨，蹈规矩。与人言，如恐伤之。平生不畜声伎，晚岁习为养气安心之术，翛然有高举意。将薨，晨起如平时，屼侍侧，公与之诀，词色不乱，安坐而终，不知者以为无意于世也。然至论朝廷事，分别邪正，慨然不可夺。宰相韩琦尝称“赵公真世人标表”，盖以为不可及也。公为吏诚心爱人。所至崇学校，礼师儒，民有可与与之，狱有可出出之。治虔与成都，尤为世所称道。神宗凡拟二郡守，必曰：“昔赵某治此，最得其术。”冯京相继守城都，事循其旧，亦曰：“赵公所为，不可改也。”要之，以惠利为本。然至于治杭，诛锄强恶，奸民⑦屏迹不敢犯。盖其学道，清心遇物，而应有过人者矣。铭曰：

萧望之⑱为太傅，近古社稷臣，其为冯翊，民有未闻。黄霸为颍川，治行第一。其为丞相，名不逌昔⑲。孰如清献公，无适不宜。邦之司直，民之父师。其在官守⑳，不专于宽。时出猛政，严而不残。其在言责，不专于直。为国爱人，掩其疵疾。盖东郭顺子之清，孟献子之贤，郑子产之政，晋叔向之言，公兼而有之，不几于全乎。

【作者简介】

略，见前文介绍。

【注释】

①赵清献公：赵抃（1008—1084），北宋名臣，字阅道，号知非子，衢州人，谥号“清献”。赵抃在朝弹劾不避权势，时称“铁面御史”。

②薨：古代诸侯或大官的死。

③先正：前代之贤臣也。

④郑子产：即公孙侨（？—前522），字子产，春秋时期郑国杰出的政治家。

⑤摩：激励、劝勉。

⑥晋叔向：晋国大夫叔向，名羊舌肸。为人有智慧，所言必中。

⑦逮：及，赶上。

⑧窃：谦辞。私自、私下。

⑨举：施行。

⑩术：方法、手段。特指君主控制和使用群臣的策略、手段。

⑪擢：提升。

⑫学术才行：学问、技能、才能、品行。

⑬与：通“举”，推举，选举。

⑭重：慎重。

⑮旋踵：转动脚后跟，这里是短促的意思。

⑯士居其官者：读书人担任行使官职者。

⑰奸宄：犯法作乱的人。由内而起叫奸，由外而起叫宄。

⑱内外制：掌管皇帝诏书写作的官职。内诏写作是皇帝直接令翰林学士写作，外诏写作是皇帝通过宰府让中书舍人、知制诏写作。

⑲从：堂房亲戚。

⑳考：死去的父亲。

㉑妣：死去的母亲。

㉒孤：幼年丧父。

㉓刻意：潜心，全心全意。

㉔推官：勘问刑狱之官。

㉕独：副词。仅，只有。

㉖谳：审判定罪。

㉗粮料：官名，掌供应军饷、粮草。

㉘著作佐郎：官名，文官。

㉙瘐死：谓囚犯在狱中因受刑饥寒或疾病而死。

㉚类：大抵，大致。

㉛越国：代指赵继母越国太夫人。

㉜榜：赠以匾额。

㉝孙处：字正之，北宋诗人。

㉞监司: 本文指担任监察泗州官员的淮南东路转运使和提点刑狱两位官员。

㉟晦：隐藏。

㊱廪赐：发放军饷。

㊲以：认为。

㊳诖误：贻误、连累。

㊴如：按照。

㊵寖：停止。

㊶发：揭发。

㊷修：欧阳修。

㊸起居注：记录皇帝言行的官职。

㊹不豫：特指皇帝生病

㊺睦：睦州，今浙江建德。

㊻市：名词用作动词，供应。

㊼蠲：免除。

㊽属：连接。

㊾竦：通“悚”。惊惧，恐惧。
㊿为：因此。
51间：通“简”，检查。
52阅：经历。
53除：任命，授职。
54使相：曾任宰相者出任地方长官之称号。
55频岁：连年。
56陛辞：臣子向皇帝告别。
57事：根据。
58鲠：直爽，正直。
59签书：官名，宋代枢密使的副官，掌管办理军事文书事宜。
60思：心情。
61率：都。
62逆：违背。
63骈：聚集。
64帅：循，相继。
65徙：调职。
66经略：不动声色，不张扬地治理。
67燕：通“宴”。设宴慰劳。
68畏：通“威”。威严。
69戢：收敛。
70狱具：罪案已定。
71畀：给予。
72絷：捆绑。
73居：经过。
74计：考虑。
75钱氏：杭州临安人，任吴越国王时，治理杭州成绩显著。
76逆：迎，迎接。
77奸民：奸恶作伪之人。
78萧望之：汉元帝倚重的大臣。
79名不逭昔：名声及不上古人
80官守：做太守。

【导读】
在位于衢江区莲花镇东山边村桐籽山坳的赵抃墓前，有一块残碑及赑屃碑座，碑名叫“赵清献公神道碑”，又叫“爱直碑”。近千年的岁月风雨侵蚀，碑体已风化断裂，现仅剩长约130厘米、宽约85厘米、厚约20厘米的一块残碑，其余部分已不知去向。碑文字迹已模糊不清，只依稀可辨一“直”字。碑文的作者是名满天下的北宋大文豪苏轼，在《苏轼文集》中，碑文内容有清楚的记载。这块“爱直碑”是省级文物保护单位赵抃墓的重要组成部分，更是赵抃与苏家父子非同寻常交情最好的见证。

【思考探究】

苏轼笔下的赵抃有什么样的人格特点？是怎样表现的？

【资料卡片】

据曾国藩《经史百家杂钞》本。

表忠观碑

苏轼

熙宁十年十月戊子，资政殿大学士右谏议大夫知杭州府军州事臣赵抃言：

“故吴越国王钱氏坟庙，及其父、祖、妃、夫人、子孙之坟，在钱塘者二十有六，在临安者有一，皆芜废不治。父老过之，有流涕者。”

“谨按：故武肃王镠，故以乡兵破走黄巢，名闻江淮，复以八都兵破刘汉宏，并越州以奉董昌，而自居于杭。及昌以越叛，则诛昌而并越，尽有浙东西之地。传其子文穆王元瓘。至其孙忠显王仁佐，遂破李景兵，取福州，而仁佐之弟忠懿王俶，又大出兵攻景，以迎周世宗之师，其后卒以国入覲。三世四王，与五代相终始。天下大乱，豪杰蜂起。方是时，以数州之地盗名字者，不可胜数。既覆其族，延及于无辜之民，罔有孑遗。而吴越地方千里，带甲十万，铸山煮海，象犀珠玉之富，甲于天下，然终不失臣节，贡献相望于道。是以其民至于老死不识兵革，四时嬉游歌鼓之声相闻，至于今不废。其有德于斯民甚厚！”

“皇宋受命，四方僭乱以次削平。西蜀江南，负其崄远。兵至城下，力屈势穷，然后束手。而河东刘氏，百战死守以抗王师，积骸为城，醖血为池，竭天下之力，仅乃克之。独吴越不待告命，封府库，籍郡县，请吏于朝，视去其国如去传舍，其有功于朝廷甚大！昔窦融以河西归汉，光武诏右扶风修理其祖父坟茔，祠以太牢；今钱氏功德，殆过于融，而未及百年，坟庙不治，行道伤嗟，甚非所以劝奖忠臣、慰答民心之义也！臣愿以龙山废佛寺曰妙因院者为观，使钱氏之孙为道士曰自然者居之。凡坟庙之在钱塘者，以付自然；其在临安者，以付其县之净土寺僧曰道微。岁各度其徒一人，使世掌之。籍其地之所入，以时修其祠宇，封殖其草木。有不治者，县令丞察之，甚者易其人。庶几永终不坠，以称朝廷待钱氏之意。臣抃昧死以闻。”

制曰：“可！”其妙因院改赐名曰表忠观。铭曰：

天目之山，苕水出焉。龙飞凤舞，萃于临安。笃生异人，绝类离群。奋梃大呼，从者如云。仰天誓江，月星晦蒙。强弩射潮，江海为东。杀宏诛昌，奄有吴越。金券玉册，虎符龙节。大城其居，包络山川。左江右湖，控引岛蛮。岁时归休，以燕父老。晔如神人，玉带毬马。四十一年，寅畏小心。厥篚相望，大贝南金。五朝昏乱，罔堪托国。三王相承，以待有德。既获所归，弗谋弗咨。先王之志，我维行之。天胙忠孝，世有爵邑。允文允武，子孙千亿。帝谓守臣，治其祠坟。毋俾樵牧，愧其后昆。龙山之阳，岿焉新宫。匪私于钱，唯以劝忠。非忠无君，非孝无亲。凡百有位，视此刻文。

赠易昭雪牙医师

丰子恺

余行年五十，剩齿十七，零落动摇，不堪驱使。嫌拔牙装牙之不自然，向不求医。丁亥冬，受许钦文兄之劝诱，求医于易昭雪牙医师。经一夕谈，即毅然发心：拔尽剩牙，改装义齿。凡旬有一日，全部拔尽，毫无痛苦。经一月，义齿装成。又经一月，而体贴惯适，俨若返老还童，新齿重生矣。夫齿之为物，位于感觉最敏之区域，营养摄入之要道。饮食言笑，端赖其力。行住坐卧，无时或离。实与我身有最亲切之关系。故义齿者，犹义子也。牙医师者，齿亲家也。义子有时不孝，义齿则久而弥亲。故我与齿亲家之相契①，亦与日俱增也。昭雪爱好文艺，能唱青衣②，又善饮酒。为人治齿，日无暇晷③。唯休沐④之下午，停诊半日。辄来湖上，与余家诸少年蹴鞠唱戏。复与余对饮。余近闭门谢客，鬻⑤画为生，日与纸笔为侣。与昭雪之为人治齿，日与针箝为侣者相似。惟求余画者，皆因雅兴。余之作画，亦复日得其乐。昭雪则不然：求其诊者，莫非苦患。而彼之施术，实负重任。其为世服务之精神，乃余所望尘莫及也。余每与昭雪对饮，辄有此感。因作此记，书赠吾齿亲家。

【作者简介】

丰子恺（1898—1975），号子恺，字仁。曾用名丰润、丰仁。皈依佛门后，法号婴行。浙江崇德人。我国现代画家、散文家、漫画家和翻译家，是一位卓有成就的文艺大师。日本汉学家吉川幸次郎评之“现代中国最像艺术家的艺术家”。文章风格雍容恬静，富有诗意；漫画多以儿童作为题材，幽默风趣，反映社会现象，深受人们喜爱。著有《子恺漫画》《音乐入门》《缘缘堂随笔》《缘缘堂续笔》，翻译过《源氏物语》《西洋画派十二讲》《猎人日记》等。

【注释】

①相契：相互投合。

②青衣：中国戏曲中旦行的一种，北方剧种多称青衣，南方剧种多称正旦。因所扮演的角色常穿青色褶子而得名。青衣的扮相多是端庄、严肃、正派的人物，如贤妻良母、大家闺秀、贞洁烈女等。其行为举止大方得体、行云流水，唱词和念白缓慢绵长又华丽唯美。

③暇晷：指空闲的时日。

④休沐：古代官员政务之余的休息、沐浴，通称休沐。后来，休沐有制，成为官员公职的定期休假。汉代规定，官吏每五天休沐一次，唐代是每十天休

沐一次，故又称旬休。

⑤鬻（yù）：卖。

【导读】

此文记述了“我”与昭雪从相识到相知的过程。作者用笔亲切、自然，以简易文言写成，将昭雪牙医比作齿之亲家，贴切而形象。“蹴鞠唱戏”“对饮”等也道出“我”与昭雪之相契，与日俱增，成忘年之交。同时，读此文，亦可窥见丰子恺先生对吾齿亲家，对我国医护人员“为世服务之精神”的敬重。再者，文中从“向不求医”到“毅然发心”到“俨若返老还童”，作者实借拔牙一事向世人道出，若想改变困苦局面，必然需要极其坚定的决心和勇气，所谓凤凰非浴火不能重生。

【思考探究】

本文题为《赠易昭雪牙医师》，全文写易昭雪牙医师却寥寥数笔，更多的是记述“我”拔牙之经过，描写对象是否从易昭雪牙医师偏向了“我”？

【资料卡片】

口中“剿匪”记

丰子恺

口中“剿匪”，就是把牙齿拔光。为什么要这样说法呢？因为我口中所剩十七颗牙齿，不但毫无用处，而且常常作祟，使我受苦不浅。现在索性把它们拔光，犹如把盘踞要害的群匪剿尽、肃清，从此可以天下太平，安居乐业。这比喻非常确切，所以我要这样说。

把我的十七颗牙齿，比方一群匪，再像没有了。不过这匪倒不是“股匪”“土匪”之类，而是官匪，即贪官污吏。何以言之？因为“股匪”“土匪”之类，是当局明令通缉的，或地方合力严防的，直称为“匪”。而我的牙齿则不然：它们虽然向我作祟，而我非但不通缉它们，严防它们，反而袒护它们。我天天洗刷它们；我留心保养它们；吃食物的时候我让它们先尝；说话的时候我委屈地迁就它们；我决心不敢冒犯它们。我如此爱护它们，所以我口中这群匪，不像“股匪”“土匪”之类。

怎见得像官匪，即贪官污吏呢？官是政府任命的，人民推戴的。但他们竟不尽责任，而贪赃枉法，作恶为非，以危害国家，蹂躏人民。我的十七颗牙齿，正同这批人物一样。它们原是我亲生的，从小在我口中长大起来的。它们是我身体的一部分，与我痛痒相关的。它们是我吸取营养的第一道关口。它们替我研磨食物，送到我的胃里去营养我全身。它们站在我的言论机关的要路上，帮助我发表意见。它们真是我的忠仆，我的护卫，我的福星。讵料它们居心不良，渐渐变坏。起初，有时还替我服务，为我造福，而有时对我虐害，使我苦痛。到后来它们作恶太多，个个变坏，歪斜偏侧，吊儿郎当，根本没有替我服务、为我造福的能力，而一味对我贼害，使我奇痒，使我大痛，使我不能吸烟，使我不得喝酒，使我不能作画，使我不能作文，使我不得说话，使我不得安眠。这种苦头是谁给我吃的？便是我亲生的，本当替我服务、为我造福的牙齿！因此，我忍气吞声，敢怒而不敢言。在这班贪官污吏的“苛政”之下，我茹苦含辛，已经隐忍了近十年了！不但隐忍，还要不断地买黑人牙膏、消治龙牙膏来孝敬它们呢！

我以前反对拔牙，一则怕痛，二则我认为此事违背天命，不近人情。现在回想，我那时真有文王之至德，宁可让商纣方命虐民，而不肯加以诛戮。直到最近，我受了易昭雪牙医师的一次劝告，文王忽然变了武王，毅然决然地兴兵伐纣，代天行道了。而且这一次革命，顺利进行，迅速成功。武王伐纣要“血流标杵”，而我的口中剿匪，不见血光，不觉苦痛，比武王高明得多呢。

饮水思源，我得感谢许钦文先生。秋初有一天，他来看我，他满口金牙，欣然地对我说：“我认识一位牙医生，就是易昭雪。我劝你也去请教一下。”那时我还有文王之德，不忍诛暴。便反问他：“装了究竟有什么好处呢？”他说：“夫妻从此不讨相骂了。”我不胜赞叹。并非羡慕夫妻不相骂，却是佩服许先生说话的幽默。幽默的功用真伟大，后来有一天，我居然自动地走进易医师的诊所里去，躺在他的椅子上了。经过他的检查和忠告之后，我恍然大悟，原来我口中的国土内，养了一大批官匪，若不把这批人物杀光，国家永远不得太平民生永不得幸福。我就下决心，马上任命易医师为口中剿匪总司令，次日立即向口中进攻。攻了十一天，连根拔起，满门抄斩，全部贪官，从此肃清。我方不伤一兵一卒，全无苦痛，顺利成功。于是我再托易医师另行物色一批人才来。要个个方正，个个干练，个个为国效劳，为民服务。我口中的国土，从此可以天下太平了。

1947 年冬于杭州。

教育名人潘礼文

王利生　汪秋先

潘礼文，笔名文心，原籍浙江衢县，1935年出生于云溪乡云溪村的一个贫苦农民家庭。7岁起跟随叔父学篾匠[①]，至抗战胜利。因见胞弟屡次逃学，悲痛之余，乃苦求父母准他接替其学位。从此，他勤奋好学，刻苦求知，不到两年半时间，就学完了小学6年课程。1949年，小学毕业后，正待筹措升学，刚遇衢县解放，就与学友联袂报考农干培训班，训练期满后派回本乡工作，经过4个月的工作，便由代乡农会主席，调任区委文书。当时他尽管工作成绩显著，但仍然一心想着升学。然而由于家庭经济状况，根本难以如愿。于是，他立志自我突破，自创前程——升学，1949年11月，毅然孤身一人，悄悄地离乡背井，来到了被称为“东方之珠”的香港。初到香港，举目无亲，既不懂方言，更无一技之长，无法谋生，被迫沦落街头。

不知经历几许饥寒痛苦，遭遇若干失败耻辱，他依然不改求学初衷，每日风雨无间，四出寻找工读机会。古语说：“有志者，事竟成。”终于在1950年9月他被香港信义中学破例录取。经过6年寒窗，1956年8月中学毕业并考进香港联合书院中国文学系，于1960年8月毕业；1963年8月又毕业于柏立基师范学院；1967年8月获华侨工商学院教育学士学位；1980年获比利时国际大学哲学博士学位。

潘先生坚持工读结合，走教学相长的道路。他于1960年8月大学毕业后，就选择在佐敦谷信义小学任校长；1965年9月出任圣雅各英文书院（中学）校长；在大学时期曾任力耘杂志社经理，1966年起至今，任中西文化出版社社长，良田公立学校校长、华侨书院校长、华侨工商学院文史研究所所长。

潘先生一生勤奋求学，知识渊博，在全心全意服务于教育事业的同时，从事写作，几十年来先后完成30多部著作，内容非常广泛，其中有教学研究、古文研究、逻辑学研究及文艺作品如电视剧、武侠小说等，还有触及香港社会利弊的论文。这些作品，有的由出版社出版，有的在报刊杂志上连载，在香港引起强烈的反响，尤其是1959年8月17、18日在香港《星岛晚报》上发表的论文——《向毒品挑战》，震撼了整个香港社会，引起社会人士的共鸣，敦促了社会组织和政府采取禁毒措施。9月10日，香港28个街坊会召开紧急会议，一致通过决定，开展反毒运动，并筹款建立戒毒医院；10月4日，英国内政部副大臣奉命来港调查，历时4个星期，促成香港政府专门设立禁毒机构；11月11日，香港政府公布禁毒白皮书；12月3日，华民政务司邀请潘先生面晤，给予口头嘉许。这篇论文曾被一个国际性的基督教机构译成英文，呈送联合国卫生组织及英、美等国参考，并分别在各英文报刊转载。

潘先生在从事文化教育工作中，积累了许多宝贵经验。教育的目的在于完成继起人生的意义。而人生的意义，不外对国家社会的贡献，这贡献的价值，不是科学家的发明，也不是革命家的理论，乃在于把人类从平和热爱的气氛中，引进一个幸福的园地。这就是他从事教育工作的座右铭。“才出于学，器出于养”[②]“事业的成功，不但要靠勤勉，尤其必须真才实学”，这是他在事业上获得成功，在香港文化教育界大放异彩的力量源泉。

【作者简介】

王利生：浙江衢州人，生平事迹不详。

汪秋先（1945— ）：浙江衢州人，生平事迹不详。

【注释】

①篾（miè）匠：用竹子的薄片编制日常用品和工艺品的手艺人。

②“才出于学，器出于养”：出于《清史稿·儒林传·刘熙载传》，即才能出于学问，器度出于修养。

【导读】

此文讲述了潘礼文先生一生求学、从教经历。潘先生并无显赫家世，却凭着一颗赤子之心追求知识。经历饥寒痛苦，遭遇失败耻辱，他依然不改求学初衷，并积极践行自我对教育的信仰。他刻苦钻研，献身一线教育事业，始终以“教育的目的在于完成继起人生的意义”为座右铭，奉献于祖国的教育事业。

【思考探究】

1. 结合文中潘礼文先生一生的经历，联系自我的成长经历，谈谈你对“才出于学，器出于养”的理解。

2. 古人有云：“寒门出贵子。”潘礼文先生的一生似乎印证这个道理。请结合你的认知谈谈对此的理解。

回忆叶洛副教授

毛以成

叶洛出生在衢州。是浙江美院副教授。

我和他认识在“文化大革命”中。当时，他寄居在西河沿10号。第一次见面，就给我留下坦率热情的印象。他在衢州八中毕业后，就读于国立杭州美专，后留学日本。1941年赴延安，1957年任西安美院副教授，1982年调浙江美院，任省油画研究会顾问。

一次，他和我谈鲁迅，谈得有声有色，原因他和鲁迅有特殊的感情。叶洛是“木铃木刻研究会”[①]的主要成员，1933年10月，他和曹白、力群被国民党逮捕，鲁迅得知此事，在一篇《写于深夜里》的杂文里，曾描述他们被捕的情况。1933年3月14日，《中国革命艺术展览馆》在巴黎皮尔·沃姆斯画廊举行，展品中有叶洛刻的《斗争》等作品，也是鲁迅搜集的，曾发表在法国《人道报》上。鲁迅逝世时，叶洛以悲痛心情，画了《鲁迅先生遗容》素描像。这张画用笔细腻，画出鲁迅在经过战斗后的安详容颜。现在藏放在鲁迅博物馆。

叶洛是中共党员，新中国文艺运动的活动家。他坚持文艺必须为人民大众服务的方针。20世纪30年代他从事木刻运动。20世纪40年代在延安创作了有农村气息的小泥人，甚受农民和国际友人喜爱。解放战争时，他深入民间，创作了有针对性的诗配画，新中国成立后，又创作了不少群众喜爱的连环画，其中《小兔子洗澡》送莱比锡参加国际展览会展出。20世纪50年代发愤学油画，形成自己写实的独特风格。他的油画色彩强烈，造型生动，形象传神。油画《讲家史》《四季长青》曾在全国美术展览会上展出。他的油画《对虾》，日本友人看后也说：“像这样传神的画在日本已很少见到了！”

叶洛为了完成作画任务，常放弃舒适生活，到最艰苦的地方去。一次，他画大型油画《六盘山》，虽已年近古稀，仍冒着大雪封山的危险，登上3000多米的高峰，饿了就啃几个馒头。他早出晚归还嫌时间不够用，说“要像民间传说那样，能用竹竿撑住太阳，这该有多好。”

叶洛热爱家乡。当时我做农垦工作，他提出要为家乡画一张大型油画《开垦黄土丘陵图》，有几次我陪他跑开垦黄土丘陵现场，正当他动手绘画时，接到中央文化部通知就去浙江美院了，走前他说：“这张画只有到杭州再画了。”后来没有来得及留下。遗憾的是，叶洛不幸于前年去世，终年72岁。待我赶到他家时，已不见人，只留下一张《春之声》油画，也是他最后的一张遗作。画上的水仙叶子已残败，但水仙花却开得热情奔放，表示着春天已来了。《春之声》啊！正如叶洛一样。当时，他身患肝癌，却还顽强作画，他妻子看他支持不住，劝他休息。他还说："一个画画的人不能休息，活着就不能让生命白白过去。"《春之声》代表了他的精神。

【作者简介】

毛以成（1926— ）：曾用名魏忱，衢州江山人。曾任衢州广播电视局主任记者，并主编《草原》。1948 年加入中国共产党，参与过解放衢州一役，与许希凤等奔赴开化山区组织游击队，开展武装斗争，并做出积极贡献。

【注释】

①木铃木刻研究会：1933 年 2 月成立于国立杭州艺术专科学校，"木玲"取其"傻瓜"之意，以示在平凡的工作中，为革命做出贡献的决心。会员有力群（郝丽春）、曹白、许天开、萧传玖、叶洛（乃芬）等。它是继该校"一八艺社"之后，又一个左翼美术团体。该社于 1933 年 4 月 1 日在杭州艺专举办了"木铃木刻展览会"，展出期间出版了木刻版画原作画册《木铃木展》。

【导读】

叶洛其人，因其画而被世人所知。其画作融中国山水之写意与西方油画写实于一体，自成一家，造型生动，形象而传神。作为新中国文艺运动的主要参加者之一，叶洛坚持文艺为人民服务的方针。以己之作，慰藉、启迪广大人民群众。其求画、作画之坚韧、顽强的意志令后世之人动容，也鞭笞着我们坚定心中信念，活出精彩人生。

【思考探究】

作者说《春之声》代表了叶洛的精神，对此你怎么看？请结合生活经历谈谈你的看法。

【资料卡片】

写于深夜里

鲁迅

一 珂勒惠支教授的版画之入中国

野地上有一堆烧过的纸灰，旧墙上有几个划出的图画，经过的人是大抵未必注意的，然而这些里面，各各藏着一些意义，是爱，是悲哀，是愤怒，……而且往往比叫了出来的更猛烈。也有几个人懂得这意义。

一九三一年——我忘了月份了——创刊不久便被禁止的杂志《北斗》第一本上，有一幅木刻画，是一个母亲，悲哀地闭了眼睛，交出她的孩子去。这是珂勒惠支教授（Prof. Kaethe Kollwitz）的木刻连续画《战争》的第一幅，题目叫作《牺牲》；也是她的版画绍介进中国来的第一幅。

这幅木刻是我寄去的，算是柔石遇害的纪念。他是我的学生和朋友，一同绍介外国文艺的人，尤喜欢木刻，曾经编印过三本欧美作家的作品，虽然印得不大好。然而不知道为了什么，突然被捕了，不久就在龙华和别的五个青年作家同时枪毙。当时的报章上毫无记载，大约是不敢，也不能记载，然而许多人都明白他不在人间了，因为这是常有的事。只有他那双目失明的母亲，我知道她一定还以为她的爱子仍在上海翻译和校对。偶然看到德国书店的目录上有这幅《牺牲》，便将它投寄《北斗》了，算是我的无言的纪念。然而，后来知道，很有一些人是觉得所含的意义的，不过他们大抵以为纪念的是被害的全群。

这时珂勒惠支教授的版画集正在由欧洲走向中国的路上，但到得上海，勤恳的绍介者却早已睡在土里了，我们连地点也不知道。好的，我一个人来看。这里面是穷困，疾病，饥饿，死亡……自然也有挣扎和争斗，但比较的少；这正如作者的自画像，脸上虽有憎恶和愤怒，而更多的是慈爱和悲悯的相同。这是一切"被侮辱和被损害的"的母亲的心的图像。这类母亲，在中国的指甲还未染红的乡下，也常有的，然而人往往嗤笑她，说做母亲的只爱不中用的儿子。但我想，她是也爱中用的儿子的，只因为既然强壮而有能力，她便放了心，去注意"被侮辱的和被损害的"孩子去了。

现在就有她的作品的复印二十一幅，来作证明；并且对于中国的青年艺术学徒，又有这样的益处的——

一，近五年来，木刻已颇流行了，虽然时时受着迫害。但别的版画，较成片段的，却只有一本关于卓伦（Anders Zorn）的书。现在所绍介的全是铜刻和石刻，使读者知道版画之中，又有这样的作品，也可以比油画之类更加普遍，而且看见和卓伦截然不同的技法和内容。

二，没有到过外国的人，往往以为白种人都是对人来讲耶稣道理或开洋行的，鲜衣美食，一不高兴就用皮鞋向人乱踢。有了这画集，就明白世界上其实许多地方都还存在着"被侮辱和被损害的"人，是和我们一气的朋友，而且还有为这些人们悲哀，叫喊和战斗的艺术家。

三，现在中国的报纸上多喜欢登载张口大叫着的希特拉像，当时是暂时的，照相上却永久是这姿势，多看就令人觉得疲劳。现在由德国艺术家的画集，却看见了别一种人，虽然并非英雄，却可以亲近，同情，而且愈看，也愈觉得美，愈觉得有动人之力。

四，今年是柔石被害后的满五年，也是作者的木刻第一次在中国出现后的第五年；而作者，用中国式计算起来，她是七十岁了，这也可以算作一个纪念。作者虽然现在也只能守着沉默，但她的作品，却更多的在远东的天下出现了。是的，为人类的艺术，别的力量是阻挡不住的。

二 略论暗暗的死

这几天才悟到，暗暗的死，在一个人是极其惨苦的事。

中国在革命以前，死囚临刑，先在大街上通过，于是他或呼冤，或骂官，或自述英雄行为，或说不怕死。到壮美时，随着观看的人们，便喝一声采，后来还传述开去。在我年青的时候，常听到这种事，我总以为这情形是野蛮的，这办法是残酷的。

新近在林语堂博士编辑的《宇宙风》里，看到一篇铢堂先生的文章，却是别一种见解。他认为这种对死囚喝采，是崇拜失败的英雄，是扶弱，“理想是不能不算崇高。然而在人群的组织上实在要不得。抑强扶弱，便是永远不愿意有强。崇拜失败英雄，便是不承认成功的英雄。”所以使“凡是古来成功的帝王，欲维持几百年的威力，不定得残害几万几十万无辜的人，方才能博得一时的慑服”。

残害了几万几十万人，还只“能博得一时的慑服”，为“成功的帝王”设想，实在是大可悲哀的：没有好法子。不过我并不想替他们划策，我所由此悟到的，乃是给死囚在临刑前可以当众说话，倒是“成功的帝王”的恩惠，也是他自信还有力量的证据，所以他有胆放死囚开口，给他在临死之前，得到一个自夸的陶醉，大家也明白他的收场。我先前只以为“残酷”，还不是确切的判断，其中是含有一点恩惠的。我每当朋友或学生的死，倘不知时日，不知地点，不知死法，总比知道的更悲哀和不安；由此推想那一边，在暗室中毙命于几个屠夫的手里，也一定比当众而死的更寂寞。

然而“成功的帝王”是不秘密杀人的，他只秘密一件事：和他那些妻妾的调笑。到得就要失败了，才又增加一件秘密：他的财产的数目和安放的处所；再下去，这才加到第三件：秘密的杀人。这时他也如铢堂先生一样，觉得民众自有好恶，不论成败的可怕了。

所以第三种秘密法，是即使没有策士的献议，也总有一时要采用的，也许有些地方还已经采用。这时街道文明了，民众安静了，但我们试一推测死者的心，却一定比明明白白而死的更加惨苦。我先前读但丁的《神曲》，到《地狱》篇，就惊异于这作者设想的残酷，但到现在，阅历加多，才知道他还是仁厚的了：他还没有想出一个现在已极平常的惨苦到谁也看不见的地狱来。

三 一个童话

看到二月十七日的《DZZ》，有为纪念海涅（H. Heine）死后八十年，勃莱兑勒（Willi Bredel）所作的《一个童话》，很爱这个题目，也来写一篇。

有一个时候，有一个这样的国度。权力者压服了人民，但觉得他们倒都是强敌了，拼音字好像机关枪，木刻好像坦克车；取得了土地，但规定的车站上不能下车。地面上也不能走了，总得在空中飞来飞去；而且皮肤的抵抗力也衰弱起来，一有紧要的事情，就伤风，同时还传染给大臣们，一齐生病。

出版有大部的字典，还不止一部，然而是都不合于实用的，倘要明白真情，必须查考向来没有印过的字典。这里面很有新奇的解释，例如："解放"就是"枪毙"；"托尔斯泰主义"就是"逃走"；"官"字下注云："大官的亲戚朋友和奴才"；"城"字下注云："为防学生出入而造的高而坚固的砖墙"；"道德"条下注云："不准女人露出臂膊"；"革命"条下注云："放大水入田地里，用飞机载炸弹向'匪贼'头上掷之也。"

出版有大部的法律，是派遣学者，往各国采访了现行律，摘取精华，编纂而成的，所以没有一国，能有这部法律的完全和精密。但卷头有一页白纸，只有见过没有印出的字典的人，才能够看出字来，首先计三条：一，或从宽办理；二，或从严办理；三，或有时全不适用之。

自然有法院，但曾在白纸上看出字来的犯人，在开庭时候是决不抗辩的，因为坏人才爱抗辩，一辩即不免"从严办理"；自然也有高等法院，但曾在白纸上看出字来的人，是决不上诉的，因为坏人才爱上诉，一上诉即不免"从严办理"。

有一天的早晨，许多军警围住了一个美术学校。校里有几个中装和西装的人在跳着，翻着，寻找着，跟随他们的也是警察，一律拿着手枪。不多久，一位西装朋友就在寄宿舍里抓住了一个十八岁的学生的肩头。

"现在政府派我们到你们这里来检查，请你……"

"你查罢！"那青年立刻从床底下拖出自己的柳条箱来。

这里的青年是积多年的经验，已颇聪明了的，什么也不敢有。但那学生究竟只有十八岁，终于被在抽屉里，搜出几封信来了，也许是因为那些信里面说到他的母亲的困苦而死，一时不忍烧掉罢。西装朋友便仔仔细细的一字一字的读着，当读到"……世界是一台吃人的筵席，你的母亲被吃去了，天下无数无数的母亲也会被吃去的……"的时候，就把眉头一扬，摸出一枝铅笔来，在那些字上打着曲线，问道：

"这是怎么讲的？"

"……"

"谁吃你的母亲？世上有人吃人的事情吗？我们吃你的母亲？好！"他凸出眼珠，好像要化为枪弹，打了过去的样子。

"那里！……这……那里！……这……"青年发急了。

但他并不把眼珠射出去，只将信一折，塞在衣袋里；又把那学生的木版，木刻刀和拓片，《铁流》，《静静的顿河》，剪贴的报，都放在一处，对一个警察说："我把这些交给你！"

"这些东西里有什么呢，你拿去？"青年知道这并不是好事情。

但西装朋友只向他瞥了一眼，立刻顺手一指，对别一个警察命令道：

"我把这个交给你！"

警察的一跳好像老虎，一把抓住了这青年的背脊上的衣服，提出寄宿舍的大门口去了。门外还有两个年纪相仿的学生，背脊上都有一只勇壮巨大的手在抓着。旁边围着一大层教员和学生。

四 又是一个童话

有一天的早晨的二十一天之后，拘留所里开审了。一间阴暗的小屋子里，上面坐着两位老爷，一东一西。东边的一个是马褂，西边的一个是西装，不相信世上有人吃人的事情的乐天派，录口供的。警察吆喝着连抓带拖的弄进一个十八岁的学生来，苍白脸，脏衣服，站在下面。马褂问过他的姓名，年龄，籍贯之后，就又问道：

"你是木刻研究会的会员么？"

"是的。"

"谁是会长呢？"

"Ch……正的，H……副的。"

"他们现在在那里？"

"他们都被学校开除了，我不晓得。"

"你为什么要鼓动风潮呢，在学校里？"

"阿！……"青年只惊叫了一声。

"哼。"马褂随手拿出一张木刻的肖像来给他看，"这是你刻的吗？"

"是的。"

"刻的是谁呢？"

"是一个文学家。"

"他叫什么名字？"

"他叫卢那却尔斯基。"

"他是文学家？——他是那一国人？"

"我不知道！"这青年想逃命，说谎了。

"不知道？你不要骗我！这不是露西亚人吗？这不是明明白白的露西亚红军军官吗？我在露西亚的革命史上亲眼看见他的照片的呀！你还想赖？"

"那里！"青年好像头上受到了铁椎的一击，绝望的叫了一声。

"这是应该的，你是普罗艺术家，刻起来自然要刻红军军官呀！"

"那里……这完全不是……"

“不要强辩了，你总是‘执迷不悟’！我们很知道你在拘留所里的生活很苦。但你得从实说来，好使我们早些把你送给法院判决。——监狱里的生活比这里好得多。”

青年不说话——他十分明白了说和不说一样。

“你说，”马褂又冷笑了一声，“你是 CP，还是 CY？”

“都不是的。这些我什么也不懂！”

“红军军官会刻，CP，CY 就不懂了？人这么小，却这样的刁顽！去！”于是一只手顺势向前一摆，一个警察很聪明而熟练的提着那青年就走了。

我抱歉得很，写到这里，似乎有些不像童话了。但如果不称它为童话，我将称它为什么呢？特别的只在我说得出这事的年代，是一九三二年。

五 一封真实的信

“敬爱的先生：

你问我出了拘留所以后的事情么，我现在大略叙述在下面——

在当年的最后一月的最后一天，我们三个被 ×× 省政府解到了高等法院。一到就开检查庭。这检察官的审问很特别，只问了三句：

‘你叫什么名字？’——第一句；

‘今年你几岁？’——第二句；

‘你是那里人？’——第三句。

开完了这样特别的庭，我们又被法院解到了军人监狱。有谁要看统治者的统治艺术的全般的么？那只要到军人监狱里去。他的虐杀异己，屠戮人民，不惨酷是不快意的。时局一紧张，就拉出一批所谓重要的政治犯来枪毙，无所谓刑期不刑期的。例如，南昌陷于危急的时候，曾在三刻钟之内，打死了二十二个；福建人民政府成立时，也枪毙了不少。刑场就是狱里的五亩大的菜园，囚犯的尸体，就靠泥埋在菜园里，上面栽起菜来，当作肥料用。

约莫隔了两个半月的样子，起诉书来了。法官只问我们三句话，怎么可以做起诉书的呢？可以的！原文虽然不在手头，但是我背得出，可惜的是法律的条目已经忘记了——

‘……Ch……H……所组织之木刻研究会，系受共党指挥，研究普罗艺术之团体也。被告等皆为该会会员，……核其所刻，皆为红军军官及劳动饥饿者之景象，借以鼓动阶级斗争而示无产阶级必有专政之一日。……’

之后，没有多久，就开审判庭。庭上一字儿坐着老爷五位，威严得很。然而我倒并不怎样的手足无措，因为这时我的脑子里浮出了一幅图画，那是陀密埃（Honoré Daumier）的《法官》，真使我赞叹！

审判庭开后的第八日，开最后的判决庭，宣判了。判决书上所开的罪状，也还是起诉书上的那么几句，只在它的后半段里，有——

‘核其所为，当依危害民国紧急治罪法第 × 条，刑法第 × 百 × 十 × 条第 × 款，各处有期徒刑五年。……然被告等皆年幼无知，误入歧途，不无可悯，特依 × × 法第 × 千 × 百 × 十 × 条第 × 款之规定，减处有期徒刑二年六个月。于判决书送到后十日以内，不服上诉……’云云。

我还用得到‘上诉’么？‘服’得很！反正这是他们的法律！

总结起来，我从被捕到放出，竟游历了三处残杀人民的屠场。现在，我除了感激他们不砍我的头之外，更感激的是增加了我不知几多的知识。单在刑罚一方面，我才晓得现在的中国有：一，抽藤条，二，老虎凳，都还是轻的；三，踏杠，是叫犯人跪下，把铁杠放在他的腿弯上，两头站上彪形大汉去，起先两个，逐渐加到八人；四，跪火链，是把烧红的铁链盘在地上，使犯人跪上去；五，还有一种叫‘吃’的，是从鼻孔里灌辣椒水，火油，醋，烧酒……六，还有反绑着犯人的手，另用细麻绳缚住他的两个大拇指，高悬起来，吊着打，我叫不出这刑罚的名目。

我认为最惨的还是在拘留所里和我同栊的一个年轻的农民。老爷硬说他是红军军长，但他死不承认。呵，来了，他们用缝衣针插在他的指甲缝里，用榔头敲进去。敲进去了一只，不承认，敲第二只，仍不承认，又敲第三只……第四只……终于十只指头都敲满了。直到现在，那青年的惨白的脸，凹下的眼睛，两只满是鲜血的手，还时常浮在我的眼前，使我难于忘却！使我苦痛！……

然而，入狱的原因，直到我出来之后才查明白。祸根是在我们学生对于学校有不满之处，尤其是对于训育主任，而他却是省党部的政治情报员。他为了要镇压全体学生的不满，就把仅存的三个木刻研究会会员，抓了去做示威的牺牲了。而那个硬派卢那却尔斯基为红军军官的马褂老爷，又是他的姐夫，多么便利呵！

写完了大略，抬头看看窗外，一地惨白的月色，心里不禁渐渐地冰凉了起来。然而我自信自己还并不怎样的怯弱，然而，我的心冰凉起来了……

愿你的身体康健！

人凡。四月四日，后半夜。”

（附记：从《一个童话》后半起至篇末止，均据人凡君信及《坐牢略记》。四月七日。）

记方光焘

章克标

方光焘是我要好的朋友之一，每当我碰到精神上生活上不如意事时，总不禁想起他，可见他一向对我帮助之多且大。

方光焘，字曙先，浙江衢县人。年纪比我大三岁。中等身材。两眼极度近视，身材不够轩昂。年纪才二十多岁时就弯腰驼背，有点老气横秋[①]样子。但他才思敏捷，言辞锋利，足以补偿他仪表的逊色而有余。

他跟我同于1918年去日本东京，又同于次年春季考入东京高等师范学校。当时我们一同入学的是五十人，正好一个班级。先读一年补习日语及各基础科目，叫作特别预科，是特别为我们中国学生开的班。那时高师学制是四年，预科一年，本科三年。我们要读了一年的特别预科之后，才和日本学生一同读正式的预科，然后才分别进入各个专门的科系，所以一共要五年才毕业。

我在国内中学读书时，自以为聪敏，有点骄傲自满，但接触了这里的同学，跟人家一比，就自觉不如，许多人都比我强，光焘也是其中之一，此外还有田汉等。田汉和方光焘都是进英语科的。他们英语比我高明得多。我们当时在国内读四年普通中学，每周有五节英语课，是作为一个主要科目的。但比之外国传教士办的教会学堂，总差得远，他们直接由外人教授，课时也要多，有些课术还采用英文原本，我们比不上，也是不足为奇的，还有其他各方面，我也不如他们，即以中国古旧文学来说，我也有不如他们之处。至于天禀的记忆力或理解力， 也有许多人在我之上，真是所谓：“山外有山，天外有天。”我见识浅陋，世面少见，在社会经验及对人对事的应付，以及社会交际，朋友酬酢[②]，谈天说地，游街荡马路，可以说全是低能。这些地方，光焘对我帮忙，着实不少。

在英语科，他同田汉是同一班级。当时东高师的英语科是相当有名的，因为有几个著名的教授，如冈仓由三郎、竹友藻风、盐谷荣、神保格等，都据守在东高师。东高师的英语科，是注重语音学的，那时还邀请了有名的英国帕麦教授来讲英语语音学以及推行国际音标，作为提倡并推进标准英语，在日本英语教育上，有新的贡献。

在国内那时种种风潮、运动起伏不绝，给学生以革命的锻炼。在日本，则读书比较平静安定，到了年限就毕业了。他于1924年毕业回国，在浙江省立四中（宁波）做教师，当时该校校长刘叔琴，也是东京高师出身的，有好几个东高师同学，在那里任教。

其时，有华侨陈春澜捐资在上虞白马湖畔创办春晖中学[③]，聘请经亨颐（子渊）为校长。经先生原来是浙江第一师范（杭州）的校长，因为思想前进，放任学生热烈做新文化运动，被旧派排挤而去职，出了大名气。他招聘来许多著名人士，到校任教，除浙江的夏丏尊、丰子恺、杨贤江等人外，又有北京高师出身的湖南匡互生、贵州刘薰守等人。在宁波的四中有些教师，也到春晖中学兼课，两校教师往来结交，情谊极厚。光焘也同春晖中学这些人结交上了。

1926年，春晖中学教师间发生了分裂，部分教师离校到上海另行发展，适此时浙江四中也有闹潮事情，光焘等也离开宁波，同他们一起到上海来。他们成立了个立达学会，开办立达学园，想在上海实现他们新的教育思想。

次年在江湾租地造屋，大力办学，光焘也是创办人之一，始终在立达学园教书。立达学园东侧，隔开运动场地，有地产商建造了一排广式石库门房子永义里。许多立达教师都在那里租了住家，光焘也租住了一幢。他还没有成家，是单个人独住的，朋友来往就可以借宿，我也在那里住过一个时期。

1927年下半年，暨南大学在上海复校，他到暨南教书了，并且是一直教到抗日战争发生后随校内迁的。同时，他还在复旦大学、上海大学等校兼课，他同陈望道很接近，每由望道介绍同进步人士有往来，所以思想也跟上时代，一直被排列在进步人士之列。同郭沫若也相熟，但不是很接近，还不如跟郁达夫，因为同是浙江人，比较热络。

他还不时写点或译点文章，在报刊上发表，做个业余作者。在先，我们在东高师读书时，大家对文学艺术感到兴味，一同看小说，诵诗歌，参观美术展览，听音乐演奏，看戏，看歌舞剧，看电影乃至听相声滑稽，好像成了三人的文艺小组。另一个人也是浙江衢县人程百绶（祥荣）。他是专门学习化学的，东高师毕业后又转入京都大学学习，回国后在各地大专学校教书，抗日战争胜利后，去台北在台大任教。当然这个并未正式结成的文艺小组，不久就自然消解。其后不久，又由宝山县人滕固（若渠）参加进来，好像是扩大了组织。滕固在东洋大学读书，天资卓绝，英才俊发，他的活动能力较强，我们又像有了个小集团。以此作根源，后来在上海还结成了一个“狮吼社”[4]，出版了一些小册子及刊物，光焘也多参与其事的。

但是，真的成为一种工作，当作一番事情去做的，是在开明书店创办之后。立达学会成为开明书店的主要后援，《一般》月刊是以立达学会的名义编辑的，大家为《一般》写稿，同时开明书店也欢迎我们大家写点书去出版。这些人似乎构成了开明书店的一个义务编译所。光焘是主要的一员。

《一般》月刊由夏丏尊[⑤]编辑，常常感到稿荒，连远在欧洲留学的朱光潜也经常写文章来援助。“开头是人拼命要办杂志，后来杂志办得人要拼命”，这一句是光焘创作的 Paradox 名句，是那时办杂志的总结，大概他也尝到了逼稿的滋味了。后来《一般》终于让位给了《中学生》，成了开明书店的刊物，写稿的人多了，但编辑工作并不简易，是煞费了实际编辑者叶绍钧[⑥]的苦心的。对于《中学生》杂志，光焘写的文章极少。

但是他对于写作，不是没有兴趣，反而是有过各式各样的计划，非常热心。比如，他主张可以出一套英语的文学从刊，把文学名著翻印过来，只在后面附加些中文注释，就可以逃避侵犯版权的指责，因而有利可图了。这原是日本一家出版社“研究社”已经做过的事，他想可以仿效一下。但这个计划没有实现。又如他建议出版英汉对照的小册子，作为中等学校的课外读物。对此，他只编出了一本，以汤姆斯·哈代（今作托马斯·哈代）原著的短篇小说为材料而编的《姊姊的日记》，以后没有继续。除此以外，他翻译过日本作家菊池宽的一个剧本《父归》。菊池是那时日本的流行作家，此剧也比较有名，田汉主持的南国社曾在上海排演过。但田汉是否用方光焘的译本，或是他自家另译的，我记不清楚了。光焘的这个译本，没有在开明书店出版，只是因为这是个短短的独幕剧，分量太少，书店希望他再增添些材料，而他一拖就没有日期了。

开明书店出版中学英语课本，开头也是光焘提出来的，请他动手编写，始终拖拖拉拉不见进展。于是章锡琛找到了林语堂，很快地出版发行了这套《开明英语课本》。关于此书，后来还有开明同世界书局打官司一事。世界书局也出了一套英语课本，是林汉达编著的。开明书店认为这是侵犯了他们的版权，说林汉达是抄袭了林语堂的，提出了诉讼。结果世界书局败诉，于是开明书店英语课本的销路大大提高了。开明是为了生意经，这场官司一定要打的，就让林语堂得到了实惠，而光焘只在一旁冷眼相看。

光焘后来是一头扎进了学术研究里去了。他对于语言学很早就感兴趣，也钻研中国文字学的“小学”，读读王念孙、段玉裁、孙星衍、章太炎等的著作。也读瑞典易斯丕孙（今作索绪尔）的大著，常常把他的心得，讲给我听。无奈我对此一窍不通，尤其音韵方面缺乏起码的知识，但也觉得他讲得头头是道，很能自圆其说。

这中间，他曾到法国去“镀金”。那时到欧美去转一转回来，用以抬高身价的办法很流行，我们同学中有不少人照此办理，大约出于时代的需要吧。光焘这次出国，同行的有立达学园的刘薰宇，还有立达的两个女生：奚今吾同张志渊。奚今吾是朱光潜的“绯洋伞”[7]，是到欧洲去深造并团圆的。他们两个男同志是以勤工俭学的方式去的，先去进里昂中法大学。那是李石曾等用退还的庚子赔款作经费来开办的一所学校，同时也以勤工俭学为基本原则的学校，在中国留学生历史上有特殊地位。

他在法国的时间不长，而且还做了一个在他身体上是很需要的切除痔疮的手术。他虽然说不上百病丛生，但这个痔疮确是他极大的苦恼。常因此病发作，使他坐卧不安，甚至有时肛门脱了出来，苦痛万分，是长年缠扰不休的宿疾。回国后，他仍到原来学校任职，大约学校是以留职停薪的方式，让他出洋的。

去了不久就回来的最大原因，是经济上难以为继。他那时只准备了几百元费用出去的，过了还不到一年，只隔了半年多时间，就来信要我设法接济，并且提出办法说，可以同邵洵美商量。他知道我没有力量，所以指明了道路。我就向邵君借了五百元寄给他了。按他的身体去勤工俭学，实在有困难。身体太差，无法做任何工作，所以只有一个俭学了。俭到要借债，最后自然只好回来。其实，去也不过学习点法语罢了，学术上的研究，只有自己看书攻读，他研究的语言学不是实验科学，比较好办，回来是计出万全的办法，反正一年多些时间，法语的基础也可以打好了。在中法大学里，他交了一个较好的朋友是常书鸿。

光焘家里的情况，我不那么清楚，大概不是富裕的，到东京读书是考取官费的，跟我一样，以后就得自己找饭吃，也表明家境清寒。回想1927年暑假期中，我借住他永义里寓中，过了一段朝夕与共的生活。其时，他的长兄（已忘其名）从北京退职回来，也在永义里耽搁了一阵。长兄好像是神经有病，精神失常，所以离职的。大约是在官署机关里当个小职员，可能就是在他们同乡人余绍宋手下。余绍宋曾做过司法部长，在书法、绘画方面有点名气，他们既然熟识，可以推知方光焘家里必是中落了的书香门第[8]。光焘曾谈起过，他家里开布庄（也许是他家的房屋出租给人家开布店），经营的是海宁土布。以前，海宁的土布，一直在衢州、江山一带畅销的，总有百年以上的历史了，我听说过，在太平天国那时，我们外祖父家里的一个老辈，就在衢州开布店，后来就在那里落户了的。他看我是一个织布人家的子弟，海宁在他的印象中就是土布，虽然那时实际上已经是洋布把土布驱逐出了市场，但他对土布还有好感。光焘的长兄的斯文气息，比光焘厚重，很有点古道可风样子。对于光焘也充分保持兄长的尊严，虽然不是耳提面命[9]，但总很严肃的训诲，光焘也十分尊敬他兄长，尽力照顾他的毛病，但却无法进行治疗，兄长住了月余后，就回衢州老家去了。其时光焘还没有结婚，还没有找到对象。

那时，光焘曾在一个日本人家里任家庭教师，那人是新闻记者，是东京日日新闻特派员或上海日日新闻的记者，名字已记不清楚，好像是叫 Nagashima（长岛）。他是为了家里儿子学习汉文华语而请教师的，并且要求光焘协助他干新闻方面的工作，因之有时方光焘也去参加他们的交际应酬，同上层资产阶级打交道。

光焘年纪就要三十出头了，自己也觉得再不结婚有点难以交代了，所以在这一年的暑假期中，他回到故乡衢州去，参加了旅外学生暑期回乡开办的补习学校，作为领导和发起人。在来学习的女性中，找到了一个对象，通过了介绍人中间说合，得到女方家里同意，就订了婚。暑假后，陪同未婚妻来上海，让她进立达学园读书。她的名字叫杜引菊，住在女生宿舍里，两人并不住在一处，虽然光焘租着一幢永义里的房屋。杜引菊家里也不富裕，她父亲已故世，婚事是她长兄做主的，她自己年纪还小，大约近二十岁吧，有点少不更事的样子，在女同学中间，好像乡下气息特别浓重，同学中间只跟柳静比较接近。柳静是后来同吴朗西结婚而一同开设文化生活出版社的。光焘同杜引菊结婚后不久，在暑假回乡期中，杜引菊急病身亡，据说是染上了时疫毛病，抢救无效。详细情况不太明白。光焘又成了一个单身汉，孤单单一个人却也给了他一种方便。趁此机会去法国留学。既然是这样匆忙出去，本来想积了点钱之后，才有准备有计划地进行其事，因遭到破坏，所以不能在法国多耽些时候，好好做一点学问，也是早在意料中的。

他续弦，是从法国回来之后不久。此时他思想上可能已有了进步的启发，声言必须娶一个无产阶级工人的妇女，即使是文盲，是寡妇，也没关系，主意是坚定的。经人介绍，物色到了一个同是衢州人，不久才出来在曹家渡纱厂做女工，文化只有小学程度，年纪二十多岁的大姑娘。经过相亲，洽谈。好事速成，不久就结婚，仪式很简单，毫不铺张浪费，十分新事新办。新娘华士英于结婚之后，实在无法再到厂里去做工了，因为有一大把家务要料理，不久又有了小孩，只好做家庭妇女了。

这时，我同光焘相见的机会少了，不像以前那样经常在一道，在（上海）人安里章锡琛家里看他们打牌的时代已过去了，同刘叔琴几个人晚上去娱乐场夜游的事情也没有了，都有了借以糊口的工作岗位之后，也都是有家可归的像笼了头上了槽的牲口那样，决不天马行空了。而且不久，在 1935 年，我离开了上海这个冒险家的乐园，去嘉兴定居。朋友们之间不一定要时常见面在一起混，才有友谊联络，但隔绝离散之中，总会有生疏之感吧。

1937 年八一三事变发生后，长达八年的鏖兵[10]开始了，想不到我反而逃到上海来避兵，陪同一家老小六口人来到将成为孤岛的上海，当然是失策的，但因此又得以跟光焘等老朋友暂时叙首却是件快事。那时他已经疏散了家属，只一个人借住在霞飞坊三号夏丏尊寓中。那宅房子里刘叔琴一家住在二楼，光焘占据了他们的亭子间，过着单身独居生活，那是我常去闲谈的地方，光焘笑我逃难拖了这样一个“大包袱”。的确是有见识的话，他把家累都推开了。不久他跟着暨南大学撤退到内地去了。抗战渐深入，形势渐复杂。上海成孤岛，终于沦陷。

福自天来。最后胜利终于等到了，许多人以胜利者的面目回上海来了。光焘也回来了，但不是这副面目，反而是一个疲惫不堪的灾民样子，既破破烂烂，又萎靡不振。我在一所破旧房子里找到了他，各人谈了自己的情况，他也讲述了我们几个共同朋友在大后方的落难情形。他来上海是在等待安置，看来暨南大学一时不会回上海来，他的出路必须由主管部门另行安排。大约后来就去了南京的吧。

以后，没有见面机会，他一直在南京教书。有时也在报纸上看到他参加文代会等等的新闻报道，但很少通信，1957 年以后就根本没有信息了。只有一次我在上海水产学院代课，他们让我请人证明过去曾在暨南任教的事，去信要他寄函说明一下。他大概是有信来的。后来反右斗争时，因为邵洵美度日艰难，我曾去信提及往事，要他考虑朋友之道，但得不到回音。那时我大为光火，去信忠告了他一顿，表示对他的不满，但我并不知道他的具体情况，也许他那时也是被套上“右倾”的大帽子而是自顾不暇的当儿，我有点错怪他了。

以后我一直不知他的生死存亡，耽心[11]他会在“文化大革命”中吃苦头。解放后，他发表的文章极少，看来他是埋头于学术研究中去了。估计他一直在讲语言学这门功课，可能会有些著作，或者还有学校里的讲稿，一定是没有出版的。不知是否有稿本存留着。

最近托人查询了一下，才知光焘已于 1964 年 7 月因病逝世。这样长的时间里，竟没有知道这一消息，可见我是如何与世隔绝了。但他在“文革”以前已经仙逝，这又是他的大幸，否则他也会受到“史无前例”的灾难的。他是有福之人，我替他高兴。

【作者简介】

章克标（1900—2007）：别名张恺熙、张建之，笔名井上、邓小闲。浙江海宁人。中国二十世纪二三十年代著名作家。曾任浙江省文史馆馆员，海宁县政协常委等职。1926 年在上海与胡愈之、丰子恺、叶圣陶等轮值主编《一般》月刊，并与方光焘等创办我国新文学早期著名社团之一的狮吼社。1928 年主编开明数学教科书及《开明文学词典》。1929年，主编《十日谈》旬刊。著有《文坛登龙术》《文学入门》《银蛇》《风凉话》等，译有《夏目漱石集》《谷崎润一郎集》《菊池宽集》。

【注释】

①老气横秋：形容缺乏朝气，暮气沉沉。

②酬酢：筵席中主客互相敬酒。后泛指交际应酬。

③春晖中学：诞生于五四新文化运动时期，贯彻“反对旧势力，建立新学风”的宗旨。1923年即招收女生，开创浙江省男女同校先河。校内经常举办专题讲座，定期的有每旬一次的“五夜讲话”。

④狮吼社：1924年3月，成立于上海，由腾固、方光焘等人联合成立，并创办《狮吼》半月刊。狮吼社对“大狮子伏不动，却有豺狼当道坐，狐狗满屋钻”的军阀混战、人们流离失所的时局充满了痛恨，它们渴望“大狮子奋起”，挽救自身。

⑤夏丏尊（1886—1946）：名铸，字勉旃，后改字丏尊，号闷庵。浙江绍兴上虞人。文学家、语文学家、出版家和翻译家。学术著作有《白马湖之冬》《文艺论ABC》《现代世界文学大纲》；编著有《芥川龙之介集》《国文百八课》《开明国文讲义》；译著有《社会主义与进化论》《蒲团》《爱的教育》等。

⑥叶绍钧（1894—1988）：字圣陶，江苏苏州人。1912年中学毕业后，即当小学教师并从事文学创作。五四运动前，参加“新潮社”。1921年，与沈雁冰等发起成立文学研究会。1922年与刘延陵、朱自清等创办了我国第一个诗刊《诗》。后曾主编《小说月报》。在开明书店任编辑等。他的诗最早收入《雪朝》诗集中。

⑦绯洋伞：外来词Fiancee的中译，指“未婚妻”。

⑧书香门第：世代读书、相沿不变的人家。

⑨耳提面命：出自《诗经·大雅·抑》，“匪手携之，言示之事。匪面命之，言提其耳”。现形容恳切地教导。

⑩鏖（áo）兵：大规模的激烈战争。

⑪耽心：亦作“担心”，挂心、顾虑之意。

【导读】

本文回忆了方光焘先生的一生，他的求学，他的科研，他的交友……作者以友人的身份，客观而全面地在我们面前展现了一个有血有肉的方光焘：对教育的热忱，对学术的严谨，对朋友的真诚；在动荡年代依旧坚守在教育第一线，恪尽己力。

【资料卡片】

记方光焘教授

傅春龄

暨南授业正当时，博学鸿才是我师。

指点迷津偏厚爱，止缘愚钝悟来迟。

1943—1947年，傅春龄就读暨南大学时，与方光焘谊属同乡，师生情谊深笃。

儿科名医龚香圃

余猷

一

龚香圃，原名龚时瑞，别号六一子，衢州市人，生于清光绪十八年十一月二十二日（1892），终于1987年10月10日，享年九十六岁。

龚医师家境清贫，父亲执教于私塾，收入微薄，一家人过着艰苦的生活。他八岁丧母，因经济困难，失学在家。十五岁那年（1906），他父亲送他到江山县清湖镇一家小布店里当学徒。该店业师高寅初（海宁县硖石人）通晓中医药，承袭祖传秘方，经常亲自进山采集中草药，医治外科疾病，因医道高明，做到药到病除，名闻遐迩。

高寅初看到龚香圃年少勤学，且系衢州名中医雷少逸的外甥，乃悉心教导他学习中医，面授他阅读《药性赋》《汤头歌诀》等方法，并授以祖传秘方。龚医师就利用营商空隙，自学医药书籍，渐得其奥妙。他还多次随师进山采药，协助业师医治外科疾病。三年后，龚医师因店主亏本停业，返回衢州，从此弃商学医，且以自学为主。

龚医师开始阅读《时病论》《医家四要》。继之又钻研《内经》《伤寒》《金匮》《神农本草》，以及探讨温病学专家叶天士、王孟英、薛生白等名著作。他对以上各医书细心研读，尽得其菁华。对《时病论》一书，体会尤为深刻。其中六十个治疗法则能运用自如，并以歌诀形式编辑成书，名曰《方药玄机》。经过六载认真研究，学用结合，获得中医药基础知识。

1915年，龚医师的岳父王辑斋先生，为救济贫病群众，出面主持组成“衢州城南济生施医局”，龚医师到该局任中医外科，为广大贫病群众医治及消除疑难病症。

1919年，龚医师二十八岁，深感施医局有医无药，工作难以开展。乃筹措资金开设中药店，定名为“六一堂”。开业后，亲自坐堂行医，取医号为“六一子”。这时，他兼治内、外、妇科。为救济贫病群众，他规定每年自端阳节到中秋节疾病多发期间，凡患病来求医治的，免收诊金；家境困难者，免费赠送丸、丹、散。达到药到病除，救死扶伤，众皆称善。

1923年，衢县“天花”流行。众多儿童被染痘疫，有的被夺去生命。龚医师爱女湘云也患此疾，因医治不善，不幸夭折。龚医师哀痛之余，誓为广大幼儿解除病苦，使能转危为安，乃决心钻研小儿科医疗书籍。他先后认真阅读翁氏的《金镜录》、许氏的《痘诀》、谢氏的《麻科活人书》、钱氏的《儿科直诀》、陈氏的《幼幼集成》、万氏的《幼科发挥》、夏氏的《幼科铁镜》，以及《千金》《外台》。他并采各大家的儿科书籍精华，随后又得万密斋的《幼科指南家传秘方》。他经过多年临床实践，对小儿科各种疾病，有了深刻了解，在医疗方面也积累了丰富经验，因此，医治小儿各科疾病，有独到之处。

1935年，龚医师离开药店，自设诊所。自此即专事小儿科医治，选用显效验方，配制四十余种儿科专用的丸、散，对贫困的患病儿，免费诊治，赠送药品。

二

我国古代医学，在医治理论方面运用阴阳五行①，相生相克的论调，在外因与环境上又联系到天时、地理。所以有“南方地土卑湿，多邪病”之说。在疾病诊断上有望、闻、问、切②四诊之分。龚医师将四诊合参，对小儿科尤其重视望、色、审、苗、窍的诊察方法。他认为小儿脉气未定，脉不可凭。五岁以下的稚童，言语模糊不清，智慧未开，往往问不能答。即使回答也是答非所问。因此，应以望、形、色、审、苗、窍为依据。以生理而言，小儿“阳常有余，阴常不足”“小儿乃纯阳之体”“稚阳之体”，脏腑娇嫩，所以小儿发病以热症居多。且常因热盛生风，风盛生惊，惊则多变。临床治疗时需细心诊断，诊断时，当详定面色。

他认为大凡五脏之色皆现于面，肝、心、脾、肺、肾五脏应五色，即青、赤、黄、白、黑。如青主惊；红主大热；黄多则脾弱食伤；白多则虚寒；黑色多则疼痛且多危候。又如五脏发生病变，哪一脏有病，即在面部某一部反映出来。再配合苗、窍之晦暗或鲜明，结合五色相应，推行相生或相克，以此可断定预后之好坏。例如：鼻属脾，色应黄，今鼻部的颜色返青，这就表现肝木来克脾土。在治疗上就可以结合其他的症状，肝脾兼顾的整体治疗，效果较好。再因小儿无七情病，六淫病中以风寒病居多，加上痰、食两种。龚医师根据长期医治小儿疾病的经验总结，认为医治小儿的各种疾病，又难却又易。易者，系小儿无七情病症，因而简单易审。难者，乃因小儿脏腑娇嫩，易虚、易实，一有疏忽，用药不当，则危在旦夕。故每医治小儿疾病，必须审症，详诊，查问病因，随之望色审窍。

他认为诊治乳婴，则当顾先天为主，五龄后的儿童，则先天、后天兼顾。小儿病症尤应注意“脾胃之本，肺气之宣，血络之疏，二便之通”。在诊断过程中，要慎于辨别“风、热、湿、痰、虫、食之滞”。儿病易变，应审慎从事。尤其要辨别麻、痘、惊、疳的病情特征，适当用药。总之，医治小儿各种疾病，必须做到胆大心细，方能成为儿科医师。

三

龚医师在开业行医时，曾先后授徒十二名。他悉心传授宝贵的临床经验，使小儿科医师后继有人。

黄医师勤奋好学，刻苦钻研，技术上精益求精。平时生活节俭，积累资金，选购各家医药书籍，前后计购得五千余册。由于抗日战争时遭兵燹，十年浩劫期间又遭损失，所遗无几。

龚医师每读一书，经常写上眉批或注释。他所注释的《逸仙医案》《仙方注释》《医约补略》等书，已出版问世。

龚医师除刻苦自学外，同时还接受秦伯未、丁福保、承淡庵等名师主持的函授指导，因而相得益彰。

龚医师一生热衷于祖国医药事业。解放前，他对国民党政府取缔中医、中药一事义愤填膺，曾协同周滋溥先生等人，组织衢州中医药分会会员三百余，联名抗议。解放后，龚医师深感共产党和人民政府对中医事业的关怀重视，精神振奋，于1952年他带头组织联合诊所。1956年参加衢州第一人民医院，担任小儿科医治工作。由于龚医师经验丰富，态度认真，作风严谨，深得广大群众信赖。他一生医治数不清的患病儿童，尤其是小儿麻疹，真是做到手到病除。衢州市很多群众提起这位儿科老中医——“六一子”，无不称赞与感谢不绝。

【作者简介】

余猷，字厥谋，中学退休教师。余绍宋侄儿。20世纪30年代就读于燕京大学，多次带领学生排演进步话剧、歌剧，如《家》《桃李春风》《小小画家》《沉渊》等。

【注释】

①阴阳五行：阴阳五行是中国古典哲学的核心，为古代朴素的唯物哲学。阴阳，指世界上一切事物中都具有的两种既互相对立又互相联系的力量；五行即“木、火、土、金、水”五种基本物质的运行和变化。

②望、闻、问、切：中医诊断方法。最早见于《难经》：“望而知之谓之神，闻而知之谓之圣，问而知之谓之工，切脉而知之谓之巧。”扁鹊在总结前人经验的基础上，提出了望、闻、问、切诊法，即“四诊法”。

【导读】

立于世，不唯有超世之才，亦当有高洁之志。龚香圃医生用他的一生践行着高洁志向。生于乱世而不自弃，即使深陷困境，也从未放弃信念，克服一切困难钻研医术，修得一生本领，却从未恃才傲物，而立志服务于民，恪尽一名医生的职责，以慈悲之心，竭尽己力，救天下之人于病痛之中。龚香圃医生常告诫子女：“做任何工作都一样，人家越信任我们，我们越要谦虚谨慎，认真负责。不能因为有点名气，就夜郎自大，粗心大意。”当世，面对基本职业道德缺失的社会，龚医生之言行，不失为一剂强心剂，让我们重新审视自我，坚定自我，实现自我。

【思考探究】

结合龚香圃医生的人生经历与自我认识，谈谈在未来的学习生活中，我们应该如何践行自己的“言”“行”。

叶帆先生其人其画[1]

庄月江

我认识画家叶帆，始于 1993 年 4 月下旬他回故乡衢州筹备个人画展期间。叶先生送我一本《叶帆画集》。集中 48 幅花鸟画深深地吸引了我，其间的鹰、燕、雀、鸡、鹤和牡丹、篱菊、红梅、墨荷、紫藤，皆情趣盎然，各具神韵，洋溢着浓厚的生活气息和寄托着画家对自然，对人生的满腔激情。观叶先生画，更知艺术不仅要从生活得到灵性、思想和情感，而且灵魂的躁动或平静，能在艺术的线条和色彩上形成其风格。这便是我看叶帆画集和画展的印象。

读画识人。随着和叶先生交往的增多，我觉得叶帆之画，酷似叶帆其人：质朴、浑厚、豪放、洒脱。

1923 年，叶帆出生于浙江衢州桔乡航埠的一个农家。在家乡务农也好，从商学徒也好，在县民众教育馆就职也好，劳作之余，他都离不开那支画笔。20 世纪 40 年代初，故乡衢州曾两度沦陷，国将不国，何以为家，叶帆毅然投笔从戎。尽管军旅生活动荡艰辛，他仍忘不了艺术之神。军中公务之余，手不释卷，研习南宗国画[2]，并随沈新吾先生习花卉；退休后，又向郑月波、周士心等名家习花鸟，且不断从任伯年、吴昌硕、齐白石、潘天寿、李苦禅、王雪涛诸先辈的珍品中吸取营养。对“活到老，学到老”这句民谚，叶帆可谓身体力行。退休生活时间充裕，他朝夕勤于笔墨，每画十幅画，自己满意的只一二幅，自我调侃曰：“眼高手低。”经常将自己的作品请同行品评，其谦逊好学，令同行肃然起敬。每年，他均偕夫人外出旅游，饱览世界各地的风光。艺术离不开生活，他从大自然的风光和老百姓的民俗中发现真善美；他以画会友，虚心学习朋辈的长处。

叶帆的画，情趣高雅。以那幅《田家逸趣》为例，画面上一公一母两只大鸡和五只小鸡，在丝瓜棚下围着一只鸡食盆“聚餐”，生活气息和乡土味浓郁，令人叫绝——这不就是农家夏日在院子里用晚餐的悠闲风情吗！国画的三要素笔、墨和布局，在这幅画中表现得相当得体：五只小鸡，有三只已在啄食，一只虽在盆边，却心有旁骛。另一只“玩心”未收，还在地上寻找虫子什么，母鸡咯咯叫着，在招呼它；而“一家之主”大公鸡呢，却一派绅士风度，摆开了准备随时决斗的架势。警惕着画面之外猪狗之类的“入侵者”。用墨浓淡相宜，红色的鸡冠和黄色的丝瓜花，增添了画面的韵味。这样巧妙的构思，若不熟悉农村生活，是很难画得出来的。《教子司晨》《母爱》《天趣》和《一片生机》等鸡画，可以说都反映了中国农家特有的父子、母子、夫妻和兄弟姐妹之间的亲情。

叶帆的画，雄浑豪放。特别是他笔下的猛禽，用笔简练，意味深长，体现了中华民族百折不挠的锐气。也许与三十余年的军旅生活有关，叶帆特别喜欢画鹰。画集中48幅作品，画鹰的就有8幅，共画了十三只鹰。《稍息待发》《雄视万方》《睥睨天下》《傲视乾坤》《万里鹰扬》《高瞻远瞩》中的立鹰、飞鹰、振翅欲飞的鹰、眼开眼闭的鹰，无不体现出雄鹰之强悍威武和自尊自爱。尤为引人注目的，是那幅横180厘米、纵90厘米的《群鹰会》，画面上六只大鹰，一伙四只立在石头上，一伙两只立在松桠上，互相对视，像在“谈判”，像在“磋商”，又像在“叙旧”。画家题款曰：“群鹰集会，取其祥和造福意也。”令人浮想联翩，观者自然而然会想起传统京剧《群英会》的情节。其意之深远，不必言传，只会意耳。

叶帆的画，不拘一格。一般说来，画春夏秋冬四季条屏，大多用时花写意，如春兰、夏荷、秋菊、冬梅。叶帆却独辟蹊径。春、秋、冬他分别以杜鹃、秋菊、红梅示之，唯独夏，画了在叶底鸣叫的一对小鸟，题云：“幽禽叶底送欢声”，观者似感觉到了李清照《如梦令》中“绿肥红瘦”送来的初夏信息。

【作者简介】

庄月江（1938— ），生于海宁斜桥镇，毕业于衢化业余大学中文系。曾任《衢化报》主编、《衢州报》副总编、《衢州日报》副总编，兼任衢州市孔子学术研究会秘书长，浙江省徐霞客研究会理事。作品有《西环桥》《闪光的路》《劳碌斋随笔》《庄月江存稿》《这就是衢州》等。

【注释】

①叶帆：字一舟，衢县人。旅居台北，名画家，擅长花鸟。20世纪90年代应邀举办《浙江旅台书画家作品选展》《衢州市政协首届书画联展》。

②南宗国画：中国传统山水画以禅宗的南北分宗譬喻山水画的流派分野，即南宗、北宗。南宗有苏东坡、董其昌等，北宗有李思训父子、赵伯驹等。南宗“内含刚柔”，北宗“外露筋骨”；南宗适合表现多土而植被较丰厚的山体，北宗则适合表现多石且石质坚凝顽重的山体。

【导读】

郑月波教授曾言：“（叶帆）所作鸡、鹰、松、石均各具神韵，尤以立鹰笔简意全，雄浑豪放，意趣高雅……见者均赞誉有加。环顾海宇，能有几人可望其项背！”叶帆先生之画源于生活而又高于生活，亲近之中生出对现世人生的思考、感悟。叶帆先生以画会友，切磋技艺，增进友谊，无形中沟通了海峡两岸画家的联系，为两岸文化交流谱写了新的篇章。

【资料卡片】

贺台湾画家叶帆先生回故乡衢州举办画展

傅春龄

一

百花香橘海，飞鸟入柯山。
情系衢江水，轻舟一叶还。

二

三衢添锦色，花鸟闹峥嵘。
海峡春风起，归帆瑞气浓。

忆梦白画师

潘渊若

王梦白（云），号乡道人，江西丰城县人。幼年曾在上海贩布为生，很爱学画，花卉翎毛尤为爱好；最初受到任伯年一派画风影响，后来得到名画家吴昌硕[①]的指点，学习古代传统技艺，致力于徐青藤、陈白阳以及扬州八家，因而笔墨雄劲俏雅；又常到农事试验场观察各种鸟兽的动态，从现实生活中寻找题材。有突出成就，并以画猴著名，驰誉中外。惜年未五十病殁[②]天津。

先生寓北京西单报子街，余寓旧刑部街。梦白师赴津前夕，折柬招余过谈。晚饭后，至其“骂斋”画室畅谈，知其多年痔疾，将在天津奥田肛门医院割治，需时匝月[③]，始能返京，并出画扇一页为赠。画作《秋柳鹭鸶》，极淡远俏雅之致，且曰：“此画疏淡不腴，笔墨皆嫌枯燥，俟回京后，当为子更作一佳者。”余曰：“此画淡雅有韵味，非时贤所能企及，余将珍藏之。”先生笑曰：“时人作画，既不师古，亦不师造化，惟多买胭脂，任意涂抹，不求形肖，遑论[④]韵味。学生中经余指点，惟王雪涛得其神似，将来或可树帜艺坛。”余亦唯唯首肯。孰意其到津未及旬日，遽传噩耗，一别竟成永诀矣。

《花随人圣庵摭忆》[⑤]载有挽诗一首，颇能形象地状其为人，诗曰：写生秃颖迅无前，咫尺明膏遂自煎。兀谩故应违末世，须髯终不预天年。赪颜苦累新笃酒，吮墨难偿博进钱。莫向旧京思乐事，姚陈相见定凄然。

梦白师年未四十，须长过颔，自号乡道人，画虽驰誉中外，性乃酷嗜樗蒲[⑥]，又使酒谩骂，名所居曰骂斋。于物多忤，坐是贫困。姚谓姚茫父，陈谓陈师曾，皆梦白师平生知己，皆任教艺院。先生之来京也，拟鬻[⑦]画于厂肆，润格尺一元，扇亦一元，肆主以其非名画家，仅收其润格，拒悬其画，以是无人过问，先生殊懊恼。后遇师曾，诧其画为近代罕见，因揄扬之，并介入美校（艺院前身）由是声誉鹊起。王雪涛乃其得意高足，画亦名世，惜梦白师不及见矣。

【作者简介】

潘渊若（1902—1983），北京著名的画家、诗人、书画家，教育家。年轻时曾就读于北京美术专科学校，早年就成为民国时期著名书法家、篆刻家寿石工的得意门生。与梦白画师的入室弟子王雪涛私交甚好，曾著有《怀念王雪涛》一文来纪念这位艺术界的知己好友。他从事教育工作 30 年，奉献于国家的教育事业，培养了一批优秀的青年人才。在退休后，先生仍在北京书画研究社担任顾问，发扬祖国的传统书画艺术，而后病逝于1983年4月21日，享年81岁。

【注释】

①吴昌硕（1844—1927）：集“诗、书、画、印”为一身，融金石书画为一炉，被誉为“石鼓篆书第一人”“文人画最后的高峰”。在绘画、书法、篆刻上都是旗帜性人物，在诗文、金石等方面均有很高的造诣。

②病殁：病死。

③匝月：满一个月。

④遑论：谈不上。

⑤《花随人圣庵摭忆》：民国时期出版的一部笔记资料，该书出于福建黄濬之手，素被学界所重视。主要讲晚清名人掌故。原稿最初连载于《中央时事周报》，起讫于1934年至1937年8月。积时既久，汇成巨帙。

⑥樗（chū）蒲：古代的一种棋类游戏。用于掷采的投子最初是用樗木制成，故称樗蒲。

⑦鬻（yù）：卖、出售。

【导读】

王梦白为中国现代中国画画家。名云，字梦白，号破斋主人，又号三道人，祖籍江西丰城，出生于浙江衢州（今柯城区）。王梦白的艺术生涯正是从三衢开始的，至今柯城依然可闻他少年好学的故事，其中最为典型的是他在灯笼店和钱庄当学徒的传闻。虽然王梦白在当时的旧都可与齐白石相颉颃，但由于他英年早逝，作品散落，其画名也逐渐被人淡忘，令人惋惜。

【资料卡片】

挽老友潘渊若（四之三）

萧劳

湖水昆明旧帝家，清游同觅路纡斜。
年更客去余芳草，春在人亡正落花。
把臂还思踏苔藓，扶筇再至泣烟霞。
不堪回首莲溪畔，畅饮临流七碗茶。

第二单元　龙游篇

诗词

一、龙游史话

姑蔑城[①]

［唐］孟郊

劲越既成土[②]，强吴亦为墟[③]。
皇风一已被[④]，兹邑信平居[⑤]。
抚俗观旧迹，行春布新书[⑥]。
兴亡意何在，绵叹空踌躇[⑦]。

【注释】

①姑蔑：古地名。春秋隶属越国，故城在今衢州境内。

②越：古国名，都会稽（今浙江绍兴），在今浙西浙北一带。

③吴：古国名，都吴（今江苏苏州），在今长江下游一带。

④皇风：指封建王朝的教化。被：覆盖、普及。

⑤平居：指居地和平安定。

⑥布新书：指新春改岁发布新历书。

⑦绵叹：长叹。

【导读】

此诗是孟郊游姑蔑城后有感而作。看到姑蔑城旧迹，诗人感叹吴越已成历史，感叹历史兴衰如此之无常，惋惜之意油然而生。诗人不禁感慨国家兴亡的意义何在，独留今人触景伤情，徘徊长叹，感慨无限。

送紫岩张先生北伐（绍兴五年秋日）[1]

[宋] 岳飞

号令风霆迅，天声动北陬[2]。
长驱渡河洛[3]，直捣向燕幽[4]。
马蹀阏氏血[5]，旗枭克汗头[6]。
归来报明主[7]，恢复旧神州！

【作者简介】

岳飞（1103—1142），字鹏举，相州汤阴（今属河南安阳）人。南宋抗金名将，曾率军北伐进抵汴京之朱仙镇，后为秦桧以“莫须有”的罪名陷害，死时仅三十九岁。他的诗词充满强烈的爱国情感。

【注释】

①招庆寺：又名乌石寺，在龙游县北四十五里，今下宅乡境内之乌石山上，建于唐文宗太和元年。乌石山毗邻梅关，为当时京城临安（今杭州）赴九江的必经之地。张紫岩：即张浚，紫岩是他的号。张浚为当时的抗金名将，1134 年，金军南侵，张浚被任命为防守长江的统帅。

②天声：天兵的声威，指宋兵。北陬：指北方。

③长驱：顺利地迅速进军。河洛：黄河和洛水。这一带当时已经沦入金人手中。

④燕幽：原指现在河北、山西两省的北部和内蒙古自治区南部，此指金国。

⑤蹀：踏。阏（è）氏：匈奴皇后的称号。借指金人统治者。

⑥旗枭克汗头：把敌方首领的人头割下来挂在旗杆上，克汗，即可汗，古代柔然、突厥、回纥、蒙古等族最高统治者称号。

⑦明主：指宋朝的皇帝。

【导读】

此诗是岳飞为送别张紫岩征战北方而作。气势磅礴，鼓舞人心，字里行间饱含诗人的鼓舞与激励之情。全诗对仗工整，富有音律之美。从中可以真真切切体会到岳飞深厚的爱国热情。最后一句“恢复旧神州！”的气势更是喷薄而出。

夜过姑蔑战场忆李郧园大司马[1]

[清]陈至言

百战孤城地，星河影倒垂。
草曾嘶甲马，谷似转旌旗。
宿将仙人种[2]，元公帝者师[3]。
只今江上月，犹照岘山碑[4]。

【作者简介】

陈至言（生卒年不详），字山堂，号青屋，萧山人。康熙时进士，授编修，有《菀青集》。

【注释】

①姑蔑：春秋时越地，三国吴至隋属东阳郡太末县，在今浙江龙游县北。李郧园：即李之芳，号郧园，清大将。康熙时，耿精忠叛乱，李总督浙江军务，与耿军曾在衢州一带作战140余次。

②宿将：有丰富经验的老将。

③元公：犹“元老”，古称天子的老臣。

④岘山：在浙江东阳市南八里，旧名三丘山。

【导读】

此诗为诗人途径姑蔑战场回忆清朝大将李之芳所作。诗人望见孤城、星河倒影，不禁心生愁绪。回想当时金戈铁马，将军久战沙场，如今只剩一轮明月。借明月“犹照岘山碑”抒发世事无常之感。

龙游军中重九用许雪门韵[1]

[清]左宗棠

万山秋气赴重阳，破屋颓垣辟战场。
沉劫难消三户恨[2]，高歌聊发少年狂。

五更画角声催晓，一夜西风鬓欲霜。
笑语黄花吾负尔，荒畦数朵为谁忙？

【作者简介】

左宗棠（1812—1885），字季高，湖南湘阴人。道光举人，累官总督，拜东阁大学士，封恪靖侯。卒谥“文襄”。著有《盾鼻余沈》等。

【注释】

①许雪门：即许瑶光（1817–1881）。许瑶光，字雪门，善化（今湖南长沙）人，曾在左宗棠军幕供职。著有《雪门诗草》。

②三户恨：《史记·项羽本纪》：“楚虽三户，亡秦必楚。”这是左宗棠站在仇视太平天国的立场上讲的。

【导读】

此诗写于重阳节这天，当时正值左宗棠五十岁生日，他在营中写下了此诗。“沉劫难消三户恨”，可以看到他对太平天国的憎恨，而从“一夜西风鬓欲霜”又可以看到他对岁月流逝的悲愁。此诗包含的感情复杂。

凤凰山怀汤显祖①

郁达夫

瀔水矶头半日游②，乱山高下望衢州。
西江两岸沙如雪③，词客曾经此系舟④。

【作者简介】

略，见前文。

【注释】

①凤凰山：在龙游县北衢江边，明戏曲家汤显祖有《凤凰山诗》。

②瀔水：即衢江，以江自龙游至兰溪一段水回旋如瀔纹而得名。矶：突兀

于江边的小石山，此指凤凰山。

③西江：此指衢江。

④词客：指汤显祖。本句一作“词客东来一系舟”。

【导读】

此诗写于 1933 年 11 月 15 日郁达夫游浙江龙游凤凰山时。明代大戏剧家汤显祖途经凤凰山时曾赋诗赞叹此间景色，诗云：“系舟犹在凤凰山，千里西江此日还。今夜销魂在何处？玉岑东下一重湾。”故诗人于此有缅怀之作。

二、龙游物语

龙邱引①

[南朝梁]萧纲

龙邱一回首，楚路苍无极②。
水照弄珠影，云吐阳台色③。
浦狭村烟渡，洲长归鸟息。
游荡遂春心，空怜无羽翼。

【作者简介】

萧纲（503—551），字世缵，小字六通，梁武帝第三子，即南朝梁简文帝。南兰陵（今江苏武进）人。由于长兄萧统早死，他在中大通三年被立为太子。太清三年，侯景之乱，梁武帝被囚饿死，萧纲即位，大宝二年为侯景所害。萧纲因其创作风格，形成“宫体”诗流派。著有《咏内人昼眠》《和徐录事见内人作卧具》，《沐浴经》（已佚）、《如意方》（已佚）。

【注释】

①龙邱：即龙邱山，因避孔子（丘）讳，“丘”作“邱”，也泛指龙游。

②楚路：此指故乡的路。龙游古属楚国。

③阳台色：变化纷呈的色彩。阳台，传说为楚王与巫山女神相会之处。宋玉《高唐赋》序：“且为朝云，暮为行雨，朝朝暮暮，阳台之下。”

【导读】

《龙丘引》一诗，可能是衢州地区保存下来最早的诗歌作品，康熙和民国《龙游县志》均著录，之后的《龙游诗选》也选录。这首诗写了回首龙丘，山山水水在作者心中留下的印象，描写细致入画，由山到水，也写出了诗人有着一种无奈之感的心境。

竹屋鸣琴①

[明] 湛若水

竹林围翠响，虚室和琴声。
丝已不如竹，风戛自然鸣。

【作者简介】

湛若水（1466—1560），字元明，号甘泉，原名露，为避祖讳，二十七岁时改名雨。四十岁时，始定名若水。因居广东增城甘泉都，学者尊称为“甘泉先生”。二十七岁（明弘治五年，1492）考中举人。次年会试落第。再次年二月，赴新会拜著名理学大师陈献章（1428—1500，号白沙）为师。弘治十八年（1505），会试考取二甲第三名，为翰林院庶吉士，从此步入仕途，授编修，历侍读、南祭酒，擢礼部侍郎，进尚书，改兵部。谥文庄。精于理学，在中原地区讲学，宣扬其理学理论。

【注释】

①本诗为《斗潭八咏》之一。斗潭：在衢州城北。

【导读】

在幽深的林中竹屋中，只听得见琴声和风声，写出了诗人的孤寂和空虚，意境优美，虽是独身一人略显空虚，却也不失为一种别样感受。

发龙游

[明] 刘基

微飙献清凉①，客子中夜发。
秋原旷无际，马首挂高月。
草虫自宫商②，叶露光可掇③。
狭径非我由④，周行直如发⑤。

扬鞭望南天，晴霞绚闽越。

【注释】

①微飙：小风。飙，暴雨。

②官商：音调，此指草虫的鸣叫自成音调。

③掇：拾取。

④由：走，过。

⑤周行：大路。

【导读】

夜间景色的描写在这首诗中尤为吸引人，景色和画面生动，夜间出发，秋天的原野一望无际，雨后气清的夜晚明月高挂，夜晚的草丛有虫儿的叫声，诗人一路骑马直奔大路，望着南方的天空，一路驰骋。

龙游道中

[明] 常遇春

策蹇龙邱道[①]，西风妒旅袍。
红添秋树血，绿长旱池毛。
比屋豪华歇，平原杀气高。
越山青入眼，回首鬓频[②]搔。

【作者简介】

常遇春（1330—1369），字伯仁，号燕衡。南直隶凤阳府怀远县（今安徽蚌埠）人。元末红巾军杰出将领，明初开国名将，元顺帝至正十五年归附朱元璋，自请为前锋，力战克敌，尝自言能将十万众横行天下，军中称常十万。常遇春官至中书平章政事，封鄂国公，洪武二年病卒军中，被追封为开平王。

【注释】

①蹇：跛脚，此指疲马。

②频：一作“须”。

【导读】

元至正十九年（1359）七月，朱元璋攻取金华后，派遣大将军常遇春进兵攻取衢州。常遇春率部一路杀将而来，首先攻取了龙游城。他在戎马倥偬间，还吟赋《龙游道中》一诗以纪行，字里行间，流露出英雄豪气。

太末道中①

[明] 屠隆

乱山深处有人家，一道青烟出树斜。
水暖沙晴溪女出，绿萝低映小桃花。

【作者简介】

屠隆（1542—1605），字长卿，又字纬真，号赤水、鸿苞居士，浙江鄞州人。明万历五年（1577）进士，曾任颍上、青浦知县、吏部郎中，后罢归青浦。著有传奇《采毫记》，诗文《白榆集》《由拳集》《鸿苞集》等。

【注释】

①太末：秦置太末县，属会稽郡。故址在今龙游县西。

【导读】

乱山深处低矮的房屋、炊烟袅袅，浣纱女缓缓走到溪边，面若桃花。简单几句为读者勾勒出了一幅山村人家的画面。没有浓墨重彩，也没有繁多语句，却让读者感受到山村人家的宁静与和谐。

龙邱道中二首[①]

［唐］李商隐

一

汉苑残花别[②]，吴江盛夏来[③]。

惟看万树合，不见一枝开。

二

水色饶湘浦[④]，滩声怯建溪[⑤]。

泪流回月上，可得更猿啼。

【作者简介】

李商隐（约 813—858），字义山，号玉溪生，怀州河内（今河南沁阳）人。生活于晚唐统治集团内部斗争最激烈的时代，陷入牛（僧孺）、李（德裕）党争的漩涡之中，一生不得志，寄人篱下，过着位禄卑微的幕僚生活。在晚唐诗坛负有盛名，与温庭筠齐名，合称“温李”。有《玉溪生诗集》传世。

【注释】

①诗题一作“龙丘途中”，作者一作杜牧。龙丘：即龙游之旧称。龙游自秦置太末县，至唐贞观八年（634）改称龙丘县。

②汉苑：汉代皇室花园，这里借指唐都长安。

③吴江：地名，在今江苏南部。

④饶湘浦：即比湘浦富足、多。湘浦，水名在湖南省境内。

⑤怯建溪：使建溪为之胆怯，意谓滩声急于建溪。建溪，为闽江北源，多险滩。发源于福建省浦城县北山霞岭，南流至南平与富屯溪，沙溪汇合为闽江。

【导读】

李商隐的诗构思新奇，风格秾丽，尤其是一些爱情诗和无题诗写得缠绵悱恻，优美动人，广为传诵。但部分诗歌过于隐晦迷离，难于索解，至有“诗家总爱西昆好，独恨无人作郑笺”之说。此诗中言建溪水色胜于湘江，唯沿途溪船，历经险滩，令人心怯胆惊动。

太末城南散步

[清] 黄孙灿

独步江头看晚色，柳条长短拂人衣。
水清沙白鱼可数，日落风高鸟倦飞。
远树重重烟欲暮，片帆叶叶去还稀。
归来且问僧寮[1]宿，新月林中叩竹扉[2]。

【作者简介】

黄孙灿（生卒年不详），字海樵，仁和（今属杭州）人，生活于清中叶，著有《听雪楼稿》一卷。

【注释】

①僧寮：僧舍，指寺庙。

②竹扉：竹门。

【导读】

诗人悠闲徒步江头，闲情雅致，傍晚的江边，岸边的柳树低垂，不断拂过行人的衣角，清澈见底的水里游动的鱼儿生动活泼，远处的落日余晖下鸟儿缓缓回巢，远眺有三两只船只和树木，诗人从近景到远景，呈现出一幅傍晚江边的生动画面，宁静和谐的景物中，诗人也深感怡然自得。

湖镇早发[1]

[清] 姜观海

晓起天初白，登程日未红。
残碑三片石[2]，野寺一声钟。
高岫云犹卧，危桥水自通。
此时真活泼，无虑不空空。

【作者简介】

姜观海（生卒年不详），清末龙游文人，字森仙，廪生。

【注释】

①湖镇：在今龙游境内。

②“残碑”句：湖镇舍利寺原有宋庆历间赵抃撰的“九支碑”。后此碑失落，清嘉庆年间邑人于白革从河中捞出，但已断成三截，故曰：“残碑三片石”。

【导读】

描写诗人早起从小镇出发，所见到的泛白的天空、冉冉初升的太阳和道路上的所闻。途经高山和危桥，在行程中，在这一路陪伴的景色中，作者的心中似乎连忧愁都变少了，可以细细体会到诗人的轻松愉悦之感。

游南乡杂诗[1]

余绍宋

杨树峰高淑气钟[2]，一年最好是秋容。
无情烟雨偏相妒，遮尽山头五粒松[3]。

【作者简介】

余绍宋（1882—1949），字越园，浙江龙游人，曾用映碧主人等别名。1910年毕业于日本东京法政大学。1943年5月应省主席黄绍竑聘请出任浙江通志馆馆长。近代著名史学家、鉴赏家、书画家和法学家。传世著述有《中国画学源流概况》《续修四库全书艺术类提要》《龙游县志》《重修浙江省通志稿》等。

【注释】

①南乡：指龙游县南乡下。

②淑气：温和之气。

③五粒松：又名“五针松”，常绿乔木。

【导读】

诗人描绘出了一幅意境深幽的山林美景，也写出了南乡属于南方独有的气候，绵绵的秋雨使得乡村的诸多秋景被掩盖，其中包含着作者的感叹和惋惜，惋惜最好的秋景因为雨而无法呈现，五针松也因缥缈的烟雨而被遮挡。

题自画沐尘岁寒三友图①

余绍宋

一

凭岩独立郁苍苍，乌石涛声倍激昂。
相对寒柯无限意②，因君写出我衷肠。

二

寓斋幸与此君邻，每写丛枝倍有神。
多谢虚怀能识我③，悄无人处更相亲。

三

梅溪寂寂已无梅，剩此乔柯傍水隈④。
于我特深知己感，幽魂潜袭笔尖来。

【注释】

①沐尘：乡名兼村名。在作者故乡龙游境内。岁寒三友：松、竹经冬不凋，梅则耐寒开花，故有“岁寒三友”之称。

②寒柯：寒枝。指经冬不凋的松枝。

③虚怀：竹竿中空，喻指人的虚怀若谷。

④乔柯：高枝。

【导读】

这首诗既写出了松树青郁葱葱的形象和不畏惧严寒的品质，也写出了虚怀若谷的竹子的精神气儿，更写出了梅花在冬日绽放却依旧散发着迷人的幽香，岁寒三友都有作者所为之欣赏和钦佩的气节和精神。

三、名胜故迹部

经徐侍郎墓作①

[唐]顾况

不知山吏部②，墓作石桥东③。
宅兆乡关异④，平生翰墨空。
夜泉无晓日，枯树足悲风。
更想幽冥事⑤，唯应有梦同。

【作者简介】

顾况（727？—816？），字逋翁，自号华阳山人。苏州人，一作海盐（今属浙江）人。至德间，进士，曾任著作郎，晚年隐居茅山。其诗质朴平易，多反映现实之作，富有民间诗歌的色彩。有《华阳集》传世。

【注释】

①徐侍郎：即徐安贞（？—743），初名楚璧，字子珍。信安龙丘（今浙江龙游）人。登神龙二年（706）进士，初任武陟尉，开元六年（718）选入殿刊正，翌年补丽正学士，后升任中书舍人、集贤院学士，供奉内廷起草诏书，为玄宗所赏识。累迁工部侍郎、中书侍郎，封东海子。天宝二年（743）卒，追赠尚书。

②山吏部：徐安贞曾在龙丘山读书著述，又做过吏部侍郎，故称山吏部。

③墓作：一作“墓在”。

④兆：坟墓。安贞久官长安，墓葬故乡，所以说“宅兆乡关异”。

⑤幽冥：阴间。

【导读】

本诗为唐代诗人顾况经徐侍郎之墓所作。诗中选用“枯树”“风”等意象，为全诗奠定了沉重、悲郁的情感基调。顾况之诗强调诗歌的思想内容，注重教化，在乐府诗和山水诗上都颇有造诣。而顾况诗歌更多的是抒发自己对生活的主观感受，具有强烈的抒情性。

【资料卡片】

云溪友议·衡阳遁

徐侍郎安贞，久居中书省。常参李右丞议，恐其罪累，乃逃隐衡山岳寺，为东林掇疏行者，而喑哑不言者数年。后值修建佛殿，僧中选善书者题其梁，已二三人矣，而徐行者跨过。掌事怒，以杖连击其背。行者乃画地曰：“某口虽不言，昔年曾学大书也，乞试之。”及试，乃题数行，群僧皆悦服，因遣尽书之。时李北海邕游岳过寺，观其题处，曰：“不知徐公在此。”乃召至，握手而言曰：“朝列于公，已息论矣。”遂解其布褐，饰以簪裳。僧尝杖击者，潜匿无地。徐谓邕曰：“吾恐逢非罪，遁迹深山。凡庸僧辈，安能识我，汝无疑也。”江夏公因戏之云：“徐郎曾吟：‘岘山思驻马，汉水忆回舟。’又‘暮雨衣犹湿，春风帆正开’否？”徐曰：“喑哑之日，时亦默而诵之。”因同载北归，止潭州，察使水亭相迓。徐侍郎指李北海呼曰：“行者潇湘逢故人，得随归客，止乎汀洲之娱，若幽谷之睹太阳者矣。不然，委顿岩谷，卒于寺隶也。”

徐偃王墓[1]

[宋] 刘克庄

仁暴由来各异施，秦徐至竟孰雄雌[2]？
君看骊岫今无墓[3]，得似柯山尚有祠！

【作者简介】

刘克庄（1187—1269），初名灼，字潜夫，号后村，今属福建省莆田人。南宋豪放派诗人、词人、诗论家。初为靖安主簿，后长期游幕于江、浙、闽、广等地。诗属江湖诗派，作品丰富，多言谈时政，反映民生之作，早年学晚唐体，晚年诗风趋向江西诗派。著有《后村先生大全集》。

【注释】

①徐偃王：西周或春秋时徐戎的首领。在历史上以仁义著称。龙游县南灵山乡境内有徐偃王庙。

②秦徐：秦始皇帝、徐偃王。秦始皇帝，战国时秦国国君，秦王朝的建立者，历史上以暴君目之。至竟：毕竟。雄雌：犹言胜负、高下。

③ 骊岫：即骊山，在陕西省临潼区东南，秦始皇帝帝陵建于其北麓。

【导读】

此诗由南宋豪放派诗人刘克庄所作，诗中充满了江湖诗的豪迈气派，又表达了诗人的所思所想。其间诗人对于国家时局政治的言谈、对于百姓生活的密切关注，运用秦始皇帝和徐偃王事迹的典故，感慨时局动荡、民不聊生，抒发诗人心中的悲苦之情。全诗格局大气、语言平直恢宏，恰宜地构造了诗篇中愤懑、压抑的基调。

【资料卡片】

江湖诗派

“江湖诗派”是南宋后期继“永嘉四灵”后而兴起的一个诗派，因陈起刊刻的《江湖集》而得名。当时书商陈起与江湖诗人相友善，于是刊售《江湖集》《续集》《后集》等书，后人以《江湖集》内诗气味皆相似，故称之为江湖诗派。《江湖集》中所录诗人大部分或为布衣，或为下层官吏，身份卑微，以江湖习气标榜。江湖诗人时时抒发欣羡隐逸、鄙弃仕途的情绪，也经常指斥时弊，讥讽朝政，表达不与当朝者为伍的意愿。江湖诗人中成就较著的是戴复古和刘克庄。

翠樾亭

[宋] 苏辙

一夜风霜点绿苔，晓庭黄叶扫成堆。
檐间翠樾凋疏尽[①]，却放墙东好月来。

【作者简介】

苏辙（1039—1112），字子由，一字同叔，晚号颍滨遗老，眉州眉山（今属四川）人，北宋文学家、诗人，“唐宋八大家”之一。苏辙与父亲苏洵、兄长苏轼齐名，合称“三苏”。生平学问深受其父兄影响，以散文著称，擅长政论和史论，苏轼称其散文“汪洋淡泊，有一唱三叹之声，而其秀杰之气终不可没”。

其诗力图追步苏轼，风格淳朴无华，文采稍逊。苏辙亦善书，其书法潇洒自如，工整有序。著有《诗传》《春秋传》《栾城集》等行于世。

【注释】

①檐：房顶伸出墙壁的部分。

【导读】

该诗用了对比的手法将翠樾亭的美写得颇有意境。以“绿苔”和“黄叶”作对比，一下子将思绪牵引过来，而“凋疏尽”凄凉又与“好月来”的欢快形成对比，给破旧的翠樾亭重新赋予了生命。苏辙在以文为诗上有温雅高妙的趣味，涵融浑凝的诗境。

灵山寺①

[宋]喻良能

松竹声中寺，山深人迹稀②。
石从林背出，云向屋头飞。
野鹿寒仍聚，栖禽暮自归。
怪来襟袖冷，浓翠湿征衣。

【作者简介】

喻良能（1120—？），字叔奇，号锦园，人称香山先生，浙江义乌人，宋高宗绍兴年间进士，曾任处州（今浙江丽水）知府。有《诸经讲义》《香山集》等著作。

【注释】

①灵山寺：《读史方舆纪要》卷九十三曰：“灵山，（龙游）县南四十里，其下有灵溪，有灵山市，路通遂昌。一名徐山，相传以徐偃王名。”灵山寺，

当在今龙游县境内，已毁。

②稀：少。

【导读】

本诗是宋代诗人喻良能所作，诗文中选用了松竹、石、林、云等意象，为全诗奠定了一种清冷、高洁的审美基调。后两句即具体描写天气之冷，环境之寒，诗文结构层层递进，文末“怪来襟袖冷，浓翠湿征衣”生动形象地描绘了一幅旅人湿衣图。

题石壁寺①

[宋] 于石

寺旧有八景，芳草洲、眠牛石、双港水、旃檀塔、豹隐岩，尚无恙。若夫菡萏池、海棠源、风月亭，今皆芜废，乃作一诗，以纪其旧。

石壁名山多胜游，背环古木面清流。
一池空对旃檀塔②，双港中分芳草洲③。
豹隐安知兴废事④，眠牛不碍往来舟⑤。
海棠菡萏今何在⑥，风月人间几度秋⑦。

【作者简介】

于石（1250—？），字介翁，号紫岩，晚年更号两溪。浙江兰溪人，南宋诗人。年三十而宋亡，自此隐居不出，一心写诗。著有《紫岩诗选》。

【注释】

①石壁寺：《读史方舆纪要》载：“石壁山在（龙游）县东三十里。”石壁寺，当在石壁山附近。为唐僧人贯休所建。

②旃（zhān）檀塔：旃檀塔，石壁寺八景之一。

③双港：指灵山江上游，庙下、沐尘两水的汇合处。芳草洲：石壁寺八景之一。

④豹隐：指豹隐岩。

⑤眠牛：眠牛石。

⑥海棠：即海棠源。菡萏：即菡萏池。

⑦风月：即风月亭。

【导读】

本诗为南宋诗人于石所作，作者诗前作小序，言寺旧有八景今皆废芜，故作此诗以作纪念。诗文中对石壁寺旧景一一加以描写，句式工整，对仗整齐。句末以一句“海棠菡萏今何在，风月人间几度秋”作为收尾，表达了作者对物是人非的感叹以及对石壁寺旧景的怀念珍爱。

小憩圆通寺[①]

[明]胡应麟

说法闻初地[②]，题名到上方[③]。
砌幽松子落[④]，林远叶声长。
夜雪飘山磬[⑤]，秋云洒石床。
坐来千嶂里，岚翠满衣裳。

【注释】

①圆通寺：此诗是胡应麟所《西山十咏》的第八首。圆通庵，在龙游县南五十里处。

②初地：佛家用语。佛家有十地，亦译十住，谓修行过程的十个阶位，初地，即第一地。

③上方：天上的境界，也指寺院。

④砌：台阶。

⑤山磬：指山寺钟磬声。

【导读】

本诗乃胡应麟在途经圆通寺稍作停留时所作，作者通过“白描”的手法，从视觉、听觉多方面对圆通寺进行了描写，以悠长的叶声衬托环境之静，以一个“洒”将秋云从静态推向动态，不失为一幅有音韵的山水画。

舍利寺①

[明]王守仁

经行舍利寺，登眺几徘徊②。
峡转滩声急，雨晴江雾开。
颠危知往事，飘泊长诗才。
一段沧州兴③，沙鸥莫浪猜。

【作者简介】

王守仁（1472—1528），字伯安，浙江余姚人。明代思想家、教育家、军事家。因曾筑室于阳明洞中，世称阳明先生。明孝宗弘治十二年（1499）中进士，历任龙场驿丞、庐陵知县、右佥都御史、南京兵部尚书，封新建伯。卒谥文成。主张以心为本体，提倡“良知良能”“格物致知，自求于心”，求出“求理于吾心”的知行合一说。著有《传习录》《王文成公全书》等。

【注释】

①舍利寺：在龙游县东三十里的湖镇。

②眺：望，往远处看。

③沧州：一作“沧洲”，指水边的陆地，常借指隐者之居处。

【导读】

本诗为明代文学家王守仁所作。作者行经舍利寺，登高远望，发出“颠危知往事，飘泊长诗才”的感叹。王守仁之诗能融哲人气质与诗人灵性为一体，善于以律诗写组诗，达到混融之境，忧思深重，沉郁顿挫。

龙邱先生祠有感[1]

［清］余恂

君不见龙邱先生生东京[2]，高隐避世称独醒。
贤人在邑邑为重，城郭遂以龙邱名。
古人姓氏垂不朽，往往山川同其久。
我亦先生之邑人，出处惭愧空俯首[3]。
先生有屋九峰巅，先生有友钓台边。
龙丘之山严子濑[4]，客星万古名双悬[5]。
先生以往祠山麓，俎豆春秋岁相续[6]。
一自沧桑烽燧多[7]，栋宇为薪蔓草绿。
即今怀古吊遗踪，仰止高山怅莫从[8]。
欲识先生何处是？亭亭祠畔一苍松。

【作者简介】

余恂（1625—1676），字孺子，号岫云，自号天机子，龙游人，顺治九年进士，授翰林院庶吉士，后升任左春坊左德谕，福建学政。文章师韩愈，诗歌学杜甫。著有《敦宿堂文集》十卷，参与修纂康熙《龙游县志》。

【注释】

①龙邱先生祠：原在龙游县东华山麓，后邑人徐漳捐资重建于县城内，题“怀贤堂”。龙邱先生，即龙邱苌。

②东京：东周建都洛阳，故称东京。

③出处：犹言进退，指出仕或隐居。

④严子濑：在富春江边，旁有严光钓台。

⑤客星：指严光。《后汉书·严光传》：严光和刘秀（汉光武帝）同宿，“光以足加帝腹上。明日，太史奏：客星犯御座甚急。”严光：字子陵，隐居富春江，与龙邱苌友善。

⑥俎豆：俎和豆都是古代祭祀用的器具，这里指祭祀。

⑦烽燧：战火。

⑧仰止高山：即“高山仰止”。意思是说古人德高如山，则慕而仰之。

【导读】

本诗为清代诗人余恂缅怀先人龙丘苌所作。诗中回忆了龙丘苌先生在世时的归隐事迹，言辞间充满了对先人的仰慕之情。全诗结构完整，行文流畅。“一自沧桑烽燧多，栋宇为薪蔓草绿。”这句诗表现了世事变化，时间流逝。句末“欲识先生何处是？亭亭寺畔一苍松。”此句借用“苍松”这一意象，既表现了龙丘苌的高洁品质又抒发了作者对其的敬仰与爱慕。

【资料卡片】

龙丘苌

龙丘苌（公元前 76—24），西汉末年太末县人。隐居龙丘山（今九峰山），耕稼为生。苌博学好问，以德行和学问知名于世。与严子陵、钟离意等名士为友，名传四方。王莽时，四辅（太师、太傅、国师、国将）三公（大司马、司徒、司空），屡次征召，均不应。

公元 23 年（更始元年）二十一岁的会稽都尉任延，敬贤礼士。其属官请召苌。延曰：“龙丘苌先生躬履德义，有古高士之风。我亲自去洒扫门庭，尚怕损其名节，召之不可。”乃请功曹（相当于郡守的总务长，在郡颇有权威）修书奉谒，并经常送医送药。如是经年，苌深受感动，乘车诣府。延礼敬备至，请苌出任仪曹祭酒（负责教育的官员）。

后因病辞归，不久去世。任延亲临祭奠。苌多年隐居九峰山，山因人而出名，故又名龙丘山。唐改太末为龙丘，后又改龙游县，都因龙丘苌而命名。民国时，龙游名人、《浙江通志》总纂（筹）余绍宋先生一贯认为龙丘山是龙游祖山，明成化七年（1471）设立汤溪县时，把龙游县的龙丘山划给汤溪县是有悖龙游县民意的。他曾数次请求当时的省民政厅厅长阮毅或（曾任金华专署专员）把龙丘山重归龙游县。阮因抗战军兴，无法顾及，此事遂寝。

四、秀色山水

和毛君州宅八咏之凤凰山

［宋］苏辙

山川蟠踞偶成形[①]，威凤低徊久未行[②]。
更种梧桐真可致，高飞性似伯夷清[③]。

【注释】

①蟠踞：盘曲蹲踞。

②低徊：徘徊，流连。也形容萦绕回荡。

③伯夷：商末孤竹君长子，商朝被周灭亡后，拒绝周武王的封赏和高官厚禄，直至饿死首阳山，其爱国守志、清正廉明的高尚品行流传千古。

【导读】

山川蜿蜒曲盘踞成形，威风低徊更体现出了山川的险阻，这样险峻的环境下，梧桐树却依旧挺拔而立，写出了诗人对梧桐树的高洁脱俗的气质的钦佩，也表达了作者自己的追求与理想。

翠光岩

［元］张正道

百尺苍崖水气昏，我来避暑动吟魂。
千年尽露波涛色，万古犹存斧凿痕。
倒跨苍龙探月窟，醉骑老鹤蹑云根[①]。
天心水面无穷意，日日乘舟到洞门。

【作者简介】

张正道，生平事迹不详。

【注释】

①蹑：踩，踏。

【导读】

作者因避暑来到翠光岩，翠光岩的景色却意外令作者心驰神往，景色大气磅礴，拟人化写出了翠光岩景色与迷人风光，更表达出，作者对这景色的喜爱与留恋。

凤凰山①

[明]汤显祖

系舟犹在凤凰山，千里西江此日还②。

今夜魂消在何处，玉岑东下一重湾③。

【作者简介】

汤显祖（1550—1616），字义仍，号若士，江西临川人。戏曲家、文学家。万历十一年（1583）进士，官南京太常博士、礼部主事。因得罪当权者，被贬为广东徐闻（今广东雷州市）典史，后迁遂昌知县。著有《牡丹亭》《临川四梦》等。诗文有《玉茗堂集》等。

【注释】

①凤凰山：在龙游县北五里衢江边。相传曾有异鸟翔集于此，故名。这首诗是作者自广东徐闻典史离任后，归途经龙游夜泊凤凰山下时所作。

②西江：珠江干流，在广东西部。这里指代广东。

③玉岑：即岑山。《读史方舆纪要》卷九十三曰：“岑山在龙游县南十五里，自金华望之，正当其面，因名婺女照台山，俗呼笔架山。”

【导读】

凤凰山是指龙游小南海，山上有竹林禅寺，山下是衢江和灵山江汇合之处。风光绮丽的小南海使诗人心旷神怡，诗情横溢。1598年，汤显祖在《题溪口寄劳生希召龙游二首》中盛赞了衢州龙游的方山茶。“云何凉水店，尚有热心人。”诗中对龙南山区淳朴民风和好客主人赞誉有加。

雨霁登灵鹫峰[1]

[明] 张文介

积雨十日不出门，乍晴山色青满轩[2]。
偶登悬岩豁幽抱，清虚绝胜桃花源[3]。
远公素得张仙趣[4]，一笑开樽对芳树。
醉罢白云犹未知，纷纷漫拥峰头路。

【作者简介】

张文介（生卒年不详），字惟守，诸生，龙游人。所著有《代贽》《题行》《醉吟》《孤坟》《湖上》诸集，其诗入选《明诗十二家》中。

【注释】

①灵鹫峰：即鹫岩，一名庵堂岩，在龙游县北三十五里今横山乡境内。岩内深广莫测，时有云气上腾，泉流不竭。

②轩：窗。

③桃花源：语出陶渊明《桃花源记》，这里为风景优美，环境清幽之意。

④远公：指山僧。张仙：作者自谓。

【导读】

在长期的雨后，终于迎来了少有的好晴天，山色青天气好。诗人就这样登上灵鹫峰，其间却是少有的令人向往的风景趣味，更似一个桃花源地。引觞小酌，白云悠悠，在这自然的景物中，在这久雨剑晴的天气中，颇有一番怡然自得的乐趣。

上塘岭①

[清]黄涛

游山仍旁水，水曲路穿山。
鸟道凌空上，羊肠望远攀。
郫筒通绝涧②，蜀栈补危湾③。
豺虎应藏迹，荆榛近已删④。

【作者简介】

黄涛（生卒年不详），字观只，改字冠氏，浙江嘉兴人。清顺治五年至十七年任龙游县教谕。

【注释】

①上塘岭：在龙游县境内，旧为龙游与遂昌来往的交通要道。

②郫筒：引涧水的竹筒。郫，县名，在四川省。郫县人常用竹筒引涧水至家。

③蜀栈：四川西北山区古时交通不便，常在山崖打入木桩铺板为路，称栈道。此指上塘岭的险峻。

④荆榛：指丛生的荆棘。此二句借喻乱平盗息，天下太平。

【导读】

上塘岭山傍着水，羊肠小道弯曲贯穿其中，更采用侧面描写，以鸟道来衬托出上塘岭的险恶，使得画面感生动十足。蜀道难以诗人李白关心战事结尾，此诗在句末也引用了豺狼虎豹藏迹来比喻，从示乱平盗息，天下太平。

鸡鸣岩[①]

[清] 余际熙

千家负郭带溪流，寥泬天高已素秋[②]。
山寺一钟催晓月，寒泉数道净灵湫[③]。
畈田晚熟禾多穗，石磴云封露未收。
为问张罗丛棘事[④]，鸡鸣风雨有书楼[⑤]。

【作者简介】

余际熙（生卒年不详），龙游人，康熙元年恩贡，诗入选《两浙輶轩续录》。

【注释】

①鸡鸣岩：为龙游名胜鸡鸣山中一景点。
②寥泬：即次寥，空旷清朗的样子。
③灵湫：灵山江。
④张罗：张网。指宋吕大防闻鸡得金的故事。
⑤书楼：即鸡鸣书院。

【导读】

此诗不仅写了景物、空旷晴朗的天气，寺庙的钟声似乎也进入了读者的耳朵，还穿插了乡间晚熟的谷物，更采用了“闻鸡得金”的典故，使得全诗呈现的画面生动有趣形象具体。

度三元岭[①]

[清] 余华

层崖盘仄径[②]，曲水泻回峰。
霭霭云侵袖，磷磷石倚松[③]。
行人愁落日，归鸟乱疏钟。
欲就烟村宿，青山隔几重。

【作者简介】

余华（生卒年不详），字佩斋，龙游人。生活于晚清时期，精骑射，工书法，好吟咏。著有《星堤诗草》四卷。

【注释】

①三元岭：在龙游县南五十里处。

②仄：倾斜、狭窄。

③磷：通“嶙”，嶙峋。

【导读】

在此诗的阅读中，可以深刻地感受到三元岭的险峻。诗人对周围环境以及景物的描写，使读者似乎身临其境地感受到行走其中的不易。行走在这险峻的山岭中，落日来临之际，度过这险峻的山岭似乎更加困难，而此时远方的三三两两人家也被青山所阻隔，着实使读者有着深切的感悟。

游绿葱湖[1]

[清]姜美琼

闻说潜龙有也无，同侪来访绿葱湖[2]。
山如壁立缘藤上，人似禽飞藉翼扶。
万里遥看皆豁达，片时少坐足欢娱。
名山夙慕游偏晚，今日方欣到此区。

【作者简介】

姜美琼（1809—1878），清龙游县东乡马府源姜家村人，其家在名山“龙游尖”麓，生活于清朝后期。自幼从父读书识字，成绩斐然。道光初，美琼负笈枕溪书屋，为严秉忠得意门生之一。县试中秀才，后执教于浙源里黄赞亨所办绿葱草堂学馆，任教甚久。著有《绿葱草堂诗抄》《醉墨轩诗抄》。

【注释】

①绿葱湖：山名。在龙游县境山中有一块沼泽，踏之辄陷，俗传有龙潜伏

其间，旧时天旱，每每有人前往“接龙”求雨。

②同侪：同伴。

【导读】

诗中交代了诗人游绿葱湖的缘由，在险峻的山间及时攀登不易，诗人却也从中收获到了一份豁达，即使是在山中片刻的小憩，诗人依旧深感满足，在喟叹满足中有感而发，知晓名山却至今日方才游历到此山，深有不虚此行之感。

鹿 峰①

[清]吴枫

我从鹿峰来，深入看山处。
有鸟木欣欣，无人泉自语。
闲山亦着忙，云来复云去。
流趣无滞机，禅堂转闲豫。

【作者简介】

吴枫（生卒年不详），字晚香，龙游人，生活于清中叶。著有《梅坪诗稿》。

【注释】

①鹿峰：在龙游县南七十公里。

【导读】

诗人穿梭在鹿峰山林间，有青山，有鸟鸣，有流淌的泉水，怡然自得地游荡在山林间，使得鹿峰一派青山绿水、闲云野树跃然纸上。在这一派好山好水中，诗人悠然闲适的心情和这青山绿水显得融洽和谐，几句诗却给读者描绘了一幅山水间闲云山水的幽静美丽画面。

五、人物春秋

丞相余处恭端礼挽词①壬戌闰十二月

[宋]周必大

勋业良平亚②，声名魏丙齐③。
擎天安玉座④，推毂聚金闺⑤。
乡墅休鹏翼⑥，沙堤望马蹄⑦。
新麾辞海上⑧，旧治乐湘西⑨。
岂料占飞鸟⑩，真成梦白鸡⑪公辛酉岁梦。
九重思带砺⑫，三镇有儿啼⑬。
昔忝同朝久，公欣不我睽⑭。
《八哀》空日诵⑮，一束几时携⑯。

【作者简介】

周必大(1126—1204),字子充,又字洪道,号平园老叟,庐陵(今江西吉安)人。宋高宗绍兴年间进士,历官权给事中、中书舍人、枢密使,孝宗淳熙末年拜左丞相,光宗时封益国公,宁宗时以太子少傅谥文忠。著有《周益国公全集》。

【注释】

①余处恭：名端礼（1135—1201），龙游人，进士出身，官至左丞相，因与韩侂胄不和而托病请退，封郇国公，谥忠肃。

②良平：即汉初名臣张良、陈平。亚：仅次于。引申为匹配。

③魏丙：即汉初名臣魏相、丙吉。

④擎天安玉座：宋光宗长期患病，其父孝宗逝世时不能办理丧事，以致局势不安，余端礼竭力拥戴王子嘉即皇帝位，即宋宁宗，形势乃安。此句即言此事。玉座：借喻朝廷。

⑤推毂：推荐人才。金闺：朝廷。

⑥休鹏翼：大鹏不再张翼飞腾。比喻端礼之死。

⑦马蹄：指蹄痕。

⑧新麾辞海上：指端礼因被韩侂胄牵制，抑郁不得志，自请以观文殿大学士衔，离开京都，提举洞霄宫事。

⑨旧治乐湘西：指端礼晚年曾任潭州（今湖南长沙）通判及潭州帅司事。

⑩占飞鸟：占卜得鲲鹏高飞之吉兆。

⑪梦白鸡：古人以白鸡比喻不详之岁。余端礼死于辛酉年，该年生肖属鸡，因有是说。

⑫九重：指朝廷。

⑬三镇：余处恭历任太平州、赣州、建康知府。儿啼：指余处恭死后，其曾任职地方小儿亦为之哀啼。

⑭不我睽：和我不睽隔。

⑮《八哀》：杜甫曾做《八哀诗》。以悼念朋友。

⑯一束：生刍一束。生刍，新割的草，意谓菲薄的祭品。

【导读】

此诗周必大悼念丞相余处恭所作。全诗对仗工整，情感真挚，结构完整，多用典故俗语。周必大的诗歌作品大多是表现从容旷达、淡雅闲适的情趣，少有虚空压抑之感。在艺术特点上善用流水对，在诗歌创作上取得了一定成就。

登灵山水阁赠钓者[1]

[唐]杜荀鹤

江上见僧谁是了[2]，修斋补衲日劳身[3]。
未胜渔父闲垂钓，独背斜阳不采人[4]。
纵有风波犹得睡，总无蓑笠始为贫。
瓦盆盛酒瓷瓯酌[5]，荻浦芦湾是要津[6]。

【作者简介】

杜荀鹤（846—904），字彦之，号九华山人，池州石埭（今安徽石台）人。唐末诗人。出身寒微，曾自称“江湖苦吟士，天下最穷人”。唐昭宗大顺二年（891）中进士。最后任五代梁太祖（朱温）的翰林学士，仅五日而卒。其诗全为近体，尤以七律居多。部分诗篇揭露唐末统治者的横征暴敛，反映军阀混战给人民带来的无穷灾难。诗风质朴明畅，语言通俗，在晚唐现实主义诗人中，艺术成就最高。有《唐风集》。

【注释】

①灵山：在龙游县南四十里傍临灵山江。

②了：了却。

③衲：和尚穿的衣服。

④采：通“睬”，理睬。

⑤瓯：盂，一种盛饮食的器皿。

⑥要津：重要渡口。喻指显要的职位。此句言垂钓者不汲汲于仕宦，而以荻浦芦湾为栖身要地。

【导读】

本诗为唐末诗人杜荀鹤所作。全诗极言垂钓者不汲汲于仕宦，而以荻浦芦湾为栖身要地，自得其乐。借此表现了作者的高洁志趣，归隐之心。杜荀鹤诗篇多质朴明畅，语言通俗，情感真挚。

六、流风遗俗

龙丘竹枝词

[清] 张景诒

一

十社春光火共悬，春来赛会趁晴天。
沿途箫鼓声声闹，为送城隍去拜年。

二

唐家旧将溯张巡[1]，送往迎来春复春。
半郭半村都演剧[2]，竞传灵异胜他神。

三

满地黄花月纪元，裙钗相约出东门。
祈男争拜观音去，托把签书仔细翻。

【作者简介】

张景诒（生卒年不详），字伯循，清末龙游人，曾任太平县训导。

【注释】

①张巡：唐邓州南阳（今属河南）人，开元进士。安史之乱时，张巡坚守睢阳，与城共亡。死后被后人附会为毛令公，以灵山徐王太子庙为家，故龙游奉若神明，每年正月十五将红面毛令公抬出巡行，所到之处，演戏酬神，盛极一时。

②郭：城郭，泛指城。

【导读】

本诗为清代诗人张景诒所作，张景诒曾任太平县训导，熟知县内民生常态，他的诗歌多描绘淳朴乡民生活、民俗轶事。本诗叙述了乡民演戏酬神的生活暇余状态，从侧面描写民众对神灵的敬畏之情，也反映清末时期人们的生活状态和精神世界。

【资料卡片】

竹枝词

竹枝词是一种诗体，是由古代巴蜀间的民歌演变过来的。唐代刘禹锡把民歌变成文人的诗体，对后代影响很大。竹枝词在漫长的历史发展中，由于社会历史变迁及作者个人思想情调的影响，其作品大体可分为三种类型：一类是由文人搜集整理保存下来的民间歌谣；二类是由文人吸收、融会竹枝词歌谣的精华而创作出的具有浓郁民歌色彩的诗体；三类是借竹枝词格调而写出的七言绝句，这一类文人气较浓，仍冠以“竹枝词”。

文　章

一、龙游史话

龙游县新修舍利塔院记

[宋] 赵抃

夫源已深，日加浚[1]；根已固，月加培[2]。彼培浚千万人，一二人焉将堙筑拔绝，俾[3]派[4]涸枝槁，闭窒颠踣[5]，吾不识其为可也。浮屠氏法，始汉明帝时入中国，荧荧乎魏、晋，煌煌乎宋、齐，烜赫[6]炽炎乎梁、陈、周、隋之间。王公卿士，上焉而倡导；豪贾大姓，下焉而服从。父提子手，不释不归；兄诏弟耳，不佛不师。货贝玉帛，怿乐弃施；肤髪支体，无所爱吝[7]。州供里养，家擎户跽[8]，祈利益，怖罪苦，心诚力勤，一[9]以宗乎其教，如趋市然。有金璧丹刻，制拟王者不为僭[10]；炎而凉，寒而燠，钟鼓而食，不为之泰。唐高祖念其如是也，用傅奕益兵蕃生术，武德中将特断力行，会[11]建成之变，禅代已书[12]于中道。明皇开元初，宰相姚崇[13]籍其徒无状[14]者，发男女二万人。武宗听罗浮道士议，会昌五年诏坏寺招提、兰若合四万四千，还其人二十六万。宣宗即位，愤道士议者，戮于市数人，遂复成树。逮巢贼兵火，五代乱离，既涸而浮，既窒而流，既槁而荣，既踣而兴，其故何哉？源素深，根素固也。国朝四圣垂八十年，又日浚而月培之，今四海九州其居其人之数，复不减于会昌前。於乎！其盛矣乎！虽所谓一二人焉，其亦如之何哉！古太末[15]之地，有舍利塔院，年祀弥远，栋败梁仆[16]，邑人江延厚[17]遽[18]新其废，建释伽殿与其像，崇崇䠶䠶[19]，轮奂繁靡。因而修葺之，曰法堂，曰方丈，曰门，曰廊，曰官院，无虑用四百万钱。起明道二年九月九日，讫[20]庆历四年六月十九日。院成，明年十月十二日始为记。京兆慎东美书。

【作者简介】

略，见前文。

【注释】

①浚：疏浚；深挖。《公羊传·庄公九年》：“洙者何？水也。浚之者何？

深之也。”

②培：培土修葺；加固。

③俾：使。《书·汤诰》：“俾予一人，辑宁尔邦家。”

④派：水的支流。王维《汉江临泛》：“楚塞三湘接，荆门九派通。”

⑤蹐：斜；倾斜。唐韩愈《孟东野失子》诗：“日月相噬啮，星辰蹐而颠。”

⑥烜（xuǎn）赫：昭著；显赫。唐颜真卿《赠裴将军》诗：“将军临八荒，烜赫耀英材。”

⑦爱吝：爱惜吝啬。汉应劭《风俗通·正失·燕太子丹》：“丹实好士，无所爱吝也。”

⑧跽（jì）：引申为拜伏、敬奉。

⑨一：全；满。唐蒋防《霍小玉传》：“一家惊喜，声闻于外。”

⑩僭（jiàn）：超越本分，冒用在上者的职权、名义行事。

⑪会：副词。恰巧；适逢。

⑫书：截止；停止。俞樾《诸子平议·列子》：“画者，止也……画其终者，止之使不终也。”

⑬姚崇：本名元崇，字元之，唐代著名政治家，与房玄龄、杜如晦、宋璟并称唐朝四大贤相。

⑭无状：谓罪大不可言状。

⑮太末：秦王政二十五年（前222），秦灭楚，于姑蔑之地设太末县，隶会稽郡，太末县治在今天的浙江省龙游县。

⑯仆：泛指倒下。唐韩愈《祭湘君夫人文》：“旧碑断折，其半仆地。”

⑰江延厚：湖镇人，祖籍绍兴。五代末，其祖宦游衢州，遂定居湖镇，重建舍利塔则为当时镇上大族江氏后人延厚所为。

⑱遽：遂；于是。

⑲躭躭：同“耽耽”，威严注视貌。

⑳讫：通“迄”，到，至。

【导读】

此文又名《大宋衢州龙游县白革湖新修舍利塔院记》，作于北宋庆历五年（1045）。舍利塔，位于龙游东13公里处的湖镇，始建年代无考，重修于宋仁宗年间。为六角七层楼阁式实心砖塔，通高31米，底座为须弥座。塔身各层均置腰檐、平座。每层各面转角处均有倚柱，倚柱之间架以阑额。其中各面明间辟壶门，壶门内设祭台，台上置玉佛。各角柱柱头置转角铺作，阑额之上置补间铺作一朵，以承托腰瞻。1至6层每面均辟有壶门式佛龛，龛内供设汉白玉释迦牟尼佛像，计凡 36 尊。第 7 层有 4 尊铜佛像及 1 座铜塔，是典型的宋代实心砖塔。2001 年已被列入全国重点文物保护单位。

【资料卡片】

新建舍利塔铭

赵抃

修身治心，得佛之深。清净慈智，乃佛之事。
相好颙颙，金碧穹穹。虽曰外饰，俾人内恭。
斯庙有塔，是瞻是崇。完坚弗隳，永焉元穷。
嘉祐三祺，素秋之季。建者江氏，铭以为识。

二、龙游物语

全国罕见的龙游古戏曲砖雕[1]

洪波

“东游西游，不如龙游”，这句俗语不仅说明浙江龙游是个物阜财茂的粮仓，而且是个名旦辈出的戏乡。具有2200多年建制历史的龙游，由于水陆交通发达，商业兴旺，加之祠庙棋布，戏台星罗，因此历来班社如蚁，花旦似云。令人新奇和赞叹的是目前还完整地保留着清代中期的叶氏建筑群上的古戏曲砖雕，堪为全国罕见的稀世之宝。

叶氏建筑群[2]坐落在龙游县城以北二十公里的石佛乡三门源村[3]。小村环山抱水，恬静秀美。村中矗立三幢气势轩昂的古建筑，以门额题字为名，即“荆花永茂”“芝兰入室”“环堵生春”。总体布局呈品字形，总面积约4500余平方，按照典型的江南寓居形式组合而成。其中“荆花永茂”和“环堵生春”两幢，结构相似，均是三间二搭厢结构。“芝兰入室”一幢结构最为精巧，布局为“三进两明堂”，是为接待官府所用，内有迎客榻、驾鸯桌、双石鼓等摆设，古雅别致。叶氏建筑群不同凡响的是门楼装饰，均由青砖砌成的重檐结构，上面缀有各种花边图案，塑有“八洞神仙”“渔樵耕读”“琴棋书画”“蝠（福）鹿（禄）寿（桃）喜（鹊）……”，尤为珍贵的是门额下的二十三块戏曲砖雕，每块长五十六厘米，宽二十六厘米，鱼贯而列。

“荆花永茂”的七块戏曲砖雕的剧名是：《过江杀相》《虹霓关》《白猿教刀》《长坂坡》《渭水访贤》《黄鹤楼》《三气周瑜》；“芝兰入室”的九出戏是：《打金枝》《尉迟恭救驾》《分水钗》《紫金关》《赵颜求寿》《过五关》《打花鼓》《金牛岭》《大金镯》；“环堵生春”的七出戏是：《铁笼山》《刘备招亲》《义释黄忠》《龙凤阁》《雌雄鞭》《雪里访普》《回荆州》。这些均属婺剧徽戏[4]剧目。有列国戏、三国戏、唐宋明清戏。

砖雕上的戏曲人物造型别致，独具一格，头大身小，颇似木偶戏中的戏曲人物，其比例虽不相称，人物却惟妙惟肖。如《刘备招亲》这幅砖雕中，描绘了乔国老力主孙权和刘备合作，在吴国太面前为刘备说亲。太后决定在甘露寺偕女孙尚香会见刘备，展现了三国时代的画卷。四个人物形态各异，栩栩如生。乔国老喜形于色，手舞足蹈；刘备胸有成竹，泰然自若；吴国太在恭顺贴身宫女的陪伴下洗耳恭听，十分快慰。

再说，《雪里访普》这幅砖雕，描绘了赵匡胤因初登基业，四方不宁，雪夜在侍从陪同下到大臣赵普家。赵普正在烛下读书，听叩门声，唤家人秉烛启门，迎接龙主，共议天下大事，展现了宋初安国定邦的情景。四个人物神情不一，却呼之欲出。赵匡胤豁达大度，招贤纳士；侍从忠心耿耿，提灯叩门；赵普喜出望外，催人开门；家人虔诚上前，迎接圣上。

还有，《赵颜求寿》这幅砖雕，描绘了赵颜十九岁遇神士管辂，管辂相其三日内必死，赵颜哭求禳解之术，管辂教以备净酒、鹿脯至南山，见有二老弈棋，哀告可解。果遇南斗北斗星神，如言哀求，北斗乃取寿籍，在赵颜的年龄十九岁前面加一“九”字，遂延寿至九十九岁。《赵颜求寿》又名《增寿图》，展现了中国古代充满神话色彩的画面。五个人物绘声绘色，管辂稳坐山洞，有求必应；侍童手抱瑶琴，天真可爱；赵颜求仙若渴，虔诚等待；北斗、南斗两星神从容对弈，谈笑风生，窥一斑而略见全豹。二十三幅半浮雕镂空的古戏曲砖雕制作精细，巧夺天工，在小小间方中将剧情高度凝练地表现了出来，人物性格鲜明，声容笑貌逼真，构图造型新颖。这不仅是我国砖雕工艺的瑰宝，而且是研究中国戏曲史，特别是婺剧发展史的宝贵文物和科学佐证。

叶氏建筑群建造于清宣宗道光二十六年（1846），是叶鹤天（1793—1862）得中恩贡生后，为光宗耀祖，耗巨资而建成的。原有五幢，后因兵燹烧毁两幢，目前尚存的两幢已历经一百四十余个春秋。

清乾隆年间（1738—1795），安徽徽戏随徽商流入衢州、龙游等一带。从二十三块古戏曲砖雕中可以看出婺剧徽戏[④]在衢州、龙游的盛行和深受欢迎。徽戏是“东方艺术之花”京剧的“老祖宗”，这些砖雕的发现对研究徽戏和京剧的血缘关系，提供了可靠依据。如砖雕中的《过江杀相》，京剧叫《打渔杀家》；又如砖雕中的《刘备招亲》，京剧叫《龙凤呈祥》；再如砖雕中的《大金镯》，京剧叫《四进士》。凡此种种，说明婺剧徽戏的剧名古朴，早于京剧。

细观二十三块古戏曲砖雕的精湛工艺，龙游无愧于浙江三大戏曲之乡（龙游、平阳、嵊州）中的一个。

【作者简介】

洪波，男，山东大学中文系毕业，著有小说《鱼干》。

【注释】

①古戏曲砖雕：这里指婺剧砖雕。

②叶氏建筑群：江南地区最为罕见，保存最为完整的砖雕门楼建筑，也是

国家重点文物保护单位。

③三门源村：位于龙游县北部石佛乡境内，距县城 28 公里。北倚千里岗山脉余脉，南接金衢盆地，村内住户基本为翁姓和叶姓，自北宋末年至南宋咸淳六年始迁居于此。叶氏家族先祖文彬公为第一世祖；翁氏为避宋朝方腊之乱，迁居龙邱三门源。

④婺剧：俗称“金华戏”，中国浙江省传统地方戏曲剧种之一。徽戏：中国安徽省地方戏曲剧种之一，徽剧原名“徽调”“二黄调”，渊源于明代，1949 年后定名徽剧。

【导读】

文章以介绍龙游古戏曲砖雕为主要内容，向读者展示了龙游古戏曲砖雕的魅力。作者采用了总——分的行文布局，首先在文章前部分，介绍了龙游的叶氏建筑群，从整体上看砖雕的分布及有名的作品。之后，分段细说《刘备招亲》《雪里访普》《赵颜求寿》这三幅砖雕，结构清晰，语言生动。最后，简单补充了徽剧知识。

【资料卡片】

婺剧

婺剧，俗称“金华戏”，中国浙江省传统地方戏曲剧种之一，得名于金华的古称婺州。它以金华地区为中心，流行于金华、丽水、临海、建德、衢州、淳安等地，是高腔、昆腔、乱弹、徽戏、滩簧、时调六种声腔的合班。代表性剧目有《孙膑与庞涓》《黄金印》《三请梨花》等。著名演员有徐汝英、周越先、郑兰香、徐凤仙等。婺剧的表演夸张、生动、形象、强烈，讲究武戏文做，文戏武做。2008 年，婺剧经国务院批准列入第二批国家级非物质文化遗产名录。

走进龙游民居苑

劳开元

第一次走进龙游民居苑，是在三月一个煦暖的下午。我带着近千名学生几乎是挤进去的。长久关在校园里的学生们，很快把这里当作宣泄积郁已久的激情乐园，一会儿钻这里，一会儿钻那里，直把那些静伫多年的古居楼板踩得咯吱作响。喧闹中读不懂历史，嘈杂中品不出古居的韵味。古居如清茶，要有一个安静的雨天，一颗平静如水的心，一种从容雅致，方能品出它来自山野的最初幽香。

我第二次去民居苑，选在了一个迷濛的雨天。偌大的民居苑里，唯有雨声丝丝入耳，似乎谁也不想打断这些古居的百年之梦。在那条卵石路的尽头，我看到了劳氏民居。这是我的劳氏祖先生活过的房子吗？第一次来怎么没注意呢？

它，伫立在临江的微微耸起的一个小山丘上，掩映在翠竹古柏中，如慈祥的祖父温情地注视着我这个后人，牵引着我的脚步。一样的青墙瓦，一样高高仰起的马头墙，一样的在后墙立有“泰山石敢当”的石碑，只是门上没有奢华的雕饰，没有“高岗起凤”的恢宏。光洁冰凉的青石门面，让我顿生亲切。

抬脚进门，有一方平石砌成的天井，明亮的光线使屋里的一切变得柔和空灵。雨点落在天井里的淅沥声，使周围平添了几份幽远和清凉。有一种老屋特有的古老气息，萦绕在四周。屋里的一切，正如它的外表一样，简朴而不寒酸，平实而不张扬，正对天井的中堂绝无富贵人家的铺张，更无官宦人家的盛气凌人。

中堂的侧壁，有一架厚实的木梯通向楼上。拾级而上，每走一步都有空空的回响，似乎每一步都在叩响祖先心中沉睡的历史。楼上空无一物，推开临天井的木窗，看着雨轻落在青瓦漾起的薄雾，又是如何渐聚成细流，流出绵绵不绝的天籁之音。

目光投向天穹，雨声勾起我儿时听到的世代相传的祖先的传说。传说，劳氏的祖先是有法术的人。一天傍晚，他挑着一担柴去卖。走过山脚下水田时，几个快收工的种田人笑他：“这么晚了，等你到集上，早就没人了，谁会要你的柴？”他淡淡一笑说：“我保证等我卖柴回来，你们这点田都没种完，不信走着瞧！”说完，悄悄地抓起一把树叶撒在水田里。种田人突然发现田里冒出来许多的泥鳅，赶忙扔下手中的秧苗，捉起泥鳅来。果然，等我的祖先卖柴回来，他们的田还未种完，再看他们捉到的泥鳅都变成了一把树叶。在那一瞬间，太阳忽然消失了，天色一片昏黑。原来，先前是我的祖先用法力吊住了太阳不让它下山。所以，我们称那位祖先叫有法太公①。

小时候，我分不清传说的真假，着实为有这样法术无边的祖先兴奋了好几夜，后来又缠着大人讲了好几遍。今天的我站在祖先曾驻足过的小楼上，望着先人也曾注视过的细雨，我似乎品出了传说里窖藏多年的意义：劳氏祖先人如其姓，勤劳朴实，热爱生活，惜日如金，倘真有法力又何至于卖柴营生？又或许是为了让我们不忘祖先的辛劳，才有意赋予了那些神秘的色彩？

雨与古居，我与祖先，默默地进行着今古的心的对语。

轻声下楼，暗暗庆幸我的祖居拥有了一个清幽之地，而我躁动的心也拥有了一处宁静的家园。咔嚓！刺耳的一声响把我拉回现实。我的脚踩上了一个可乐瓶，俯身拾起，轻轻一叹，我真希望这不会惊扰这些百年古居的幽幽沉思。

【作者简介】

劳开元：生平事迹不详。

【注释】

①有法太公：方言，有法力的太公。

【导读】

作者在本文中讲述了她两次去龙游民居苑的经历。第一次，喧闹中读不懂历史，嘈杂中品不出古居的韵味。第二次，作者在雨中细细品味了民居苑，给了她难以形容的亲切感，“雨与古居，我与祖先，默默地进行着今古的心的对语”。本文行文自然流畅，语言真挚，表达了作者对民居苑的喜爱之情。

【资料卡片】

走进龙游民居苑

龙游民居苑，国家AAAA级景区，坐落在风光炫丽的鸡鸣山。依山傍水，错落有致地排列着极有代表性的民居古建筑，是我国屈指可数的古建筑集萃之地，是建筑艺术的杰作。“高冈起凤”厅是元代建筑，门楼飞檐翘角，气势刚健，如大鹏展翅，傲视蓝天。“巫氏厅”是龙游乡贤、著名书画家余绍宋写字作画的场所，这座建筑的价值在于它梁斗拱体的结构，具有独特的防震功能，国内罕见。“汪氏民居”的最大特点是前厅与后楼的建筑风格迥然有异，后楼为主人居所，梁柱规格不大，无木雕装饰，而前厅梁柱粗可合抱，且砖雕、木雕、石雕一应俱全。此外还有明代建筑“翊秀亭”、清代建筑“灵山花厅”，各有特色，奇妙无穷。

三、名胜故迹

衢州徐偃王庙碑

[唐]韩愈

徐与秦俱出柏翳[①]为嬴姓，国于夏殷周世，咸[②]有大功。秦处西偏，专用武胜；遭世衰，无明天子，遂虎吞诸国为雄。诸国既皆入秦为臣属，秦无所取利，上下相贼害，卒[③]偾[④]其国而沉其宗。徐处得地中，文德为治，及偃王诞当国，益[⑤]除去刑争末事，凡所以君国子民待四方，一出于仁义。

当此之时，周天子穆王无道，意不在天下，好道士说，得八龙，骑之西游，同王母宴于瑶池之上，歌讴忘归。四方诸侯之争辩者，无所质正[⑥]，咸宾祭[⑦]于徐。贽[⑧]玉帛死生之物于徐之庭者，三十六国，得朱弓赤矢[⑨]之瑞。穆王闻之恐，遂称受命，命造父御，长驱而归，与楚连谋伐徐。徐不忍斗其民，北走彭城武原山下，百姓随而从之万有余家。偃王死，民号其山为徐山，凿石为室，以祠[⑩]偃王。偃王虽走死失国，民戴其嗣，为君如初。驹王章禹[⑪]，祖孙相望；自秦至今，名公巨人，继迹史书。徐氏十望[⑫]，其九皆本于偃王，而秦后迄兹无闻家[⑬]。天于柏翳之绪，非偏有厚薄，施仁与暴之报，自然异也。

衢州，故会稽太末[⑭]也。民多姓徐氏，支县龙丘有偃王遗庙。或[⑮]曰：偃王之逃战，不之[⑯]彭城，之越城之隅，弃玉几研于会稽之水。或曰：徐子章禹既执于吴，徐之公族子弟，散之徐、扬二州间，即其居立先王庙云。开元初，徐姓二人相属为刺史，帅其部之同姓，改作庙屋，载事于碑。后九十年，当元和九年，而徐氏放[⑰]复为刺史。放字达夫，前碑所谓今户部侍郎，其大父也。春行视农，至于龙丘，有事于庙，思惟本原[⑱]，曰："放制犓朴下窄，不足以揭虔妥灵。而又梁桷[⑲]赤白，陊剥[⑳]不治，图像之威，黕昧[㉑]就灭；藩拔级夷，庭木秃缺[㉒]。祈甿[㉓]日慢，祥庆弗下；州之群支，不获荫庥[㉔]。余惟遗绍，而尸其上，不即不图，以有资聚，罚其可辞！"乃命因故为新，众工齐事，惟月若日，工告讫功[㉕]，大祠于庙，宗卿咸序应。是岁，州无怪风剧雨，民不夭厉[㉖]，谷果完实。民皆曰："耿耿祉哉，其不可诬。"乃相与请辞京师，归而镵[㉗]之于石。辞曰：

秦杰以颠，徐由逊绵。秦鬼久饥，徐有庙存。婉婉偃王，惟道之耽。以国易仁，为笑于顽。自初擅命，其实几姓。历短罯[㉘]长，有不偿亡。课其利害，孰与王当。姑蔑之墟，太末之里。谁思王恩，立庙以祀。王之闻孙，世世多有。唯临兹邦，庙土实守。坚峤之后，达夫廓之。王殁万年，如始祔[29]时。王孙多孝，世奉王庙。达夫之来，先慎诏教。尽惠庙民，不主于神。维是达夫，知孝之元。太末之里，姑蔑之城。庙事时修，仁孝振声。宜宠其人，以及后生。嗟嗟维王，虽古谁亢。王死于仁，彼以暴丧。文追作诔[30]，刻示茫茫。

【作者简介】

韩愈（约768—824），字退之，河阳（今河南孟州市）人，因韩姓郡望昌黎（今属河北），后世称其为韩昌黎，唐代著名的文学家、思想家、教育家。有读书济世之志，早年参加过三次科举考试，均未及第。于贞元年间考取进士，但三次科举考博学鸿词科均遭失败，于是前往汴州节度使董晋、徐州节度使张建封幕府供职，后来进入朝廷担任国子监四门博士，迁监察御史，由于上书言旱灾被贬为阳山令。宪宗年间，回到长安担任国子博士、中书舍人知制诰，因跟从裴度赴淮西平定叛乱有功，升任刑部侍郎。后又因谏迎佛骨惹恼宪宗，被贬为潮州刺史。穆宗时回京担任吏部侍郎。不久卒于长安。“唐宋八大家”之首，著有《原道》《原性》等，编入《昌黎先生集》。

【注释】

①伯翳：即伯益。舜时东夷部落的首领，为嬴姓各族的祖先。《国语·郑语》：“嬴，柏翳之后也。”

②咸：皆；都。《易·乾》：“首出庶物，万国咸宁。”

③卒：终于，最后。

④偾：覆败；灭亡。

⑤益：引申为进一步或进一层。

⑥质正：辨明。《旧唐书·吕才传》：“才多以典故质正其理，虽为术者所短，然颇合经义。”

⑦宾祭：招待贵宾和举行大祭。

⑧贽：执物以求见；赠送。此处引申为进贡朝拜。

⑨朱弓赤矢：北朝郦道元《水经注》记载，徐偃王开发水路时，偶然挖得朱弓铜矢，以为天赐祥瑞。

⑩祠：祭祀。《书·伊训》：“伊尹祠于先王。”陆德明释文：“祠，祭也。”

⑪章禹：徐偃王后人，全名嬴章禹。春秋时期徐国末代国王。

⑫望：特指望族，有声望的世家大族。

⑬闻家：显达、有名望的家族。

⑭太末：秦王政二十五年（前222），秦灭楚，于姑蔑之地设太末县，隶会稽郡，

太末县治在今天的浙江省龙游县。

⑮或：代词。代人。有人；有些人。

⑯之：往；至。

⑰放：人名，徐放，徐氏家谱中的“九十世、放”。唐元和九年（814）任衢州刺史，重修徐偃王庙。

⑱思惟本原：思惟：思量。本原：推究，推本溯源。

⑲梁桷（jué）：泛指房屋的梁与椽。桷，椽子。

⑳陊剥（duò bāo）：破败剥蚀。

㉑黟（yì）昧：黟：深黑色。昧：暗；昏暗。

㉒缺（quē）：通“缺”。破损，残缺。

㉓甿（méng）：古称种田的人，泛指百姓。

㉔庥（xiū）：庇护。

㉕讫功：亦作“讫工”。完工；竣事。

㉖夭厉：亦作“夭疠”。因遭疾疫而早死。《管子·侈靡》：“人君寿以政年，百姓不夭厉。”

㉗镵（chán）：凿；雕刻。

㉘詈（lì）：骂；责备。

㉙祔（fù）：新死者附祭于先祖。

㉚诔（lěi）：悼念死者的文章。

【导读】

徐偃王，嬴姓徐氏，名诞，是西周时徐国国君。由于他具有实力，并实施仁政，因此得到诸侯国的拥戴，向他进贡朝拜者达36国之多。眼见徐国日渐强大，周王朝担心威胁到自己的统治地位，便派人去游说楚王派兵伐徐。楚国与徐国相邻，自然不愿意徐国坐大，便立即出兵攻打徐国。面对气势汹汹的楚军，徐偃王为让老百姓避免屠刀戮颈之祸，采取不抵抗措施，弃城而走，“仁义失国”，大批老百姓也跟着他走上了逃亡之路。

【思考探究】

1. 你如何评价徐偃王在面临楚国大军时，不抵抗、选择弃城而走的做法。

2. 你赞成徐偃王“仁义失国”的做法吗？为什么？如果你是徐偃王，在面临楚国的军队时，你会怎么做？

【资料卡片】

偃王庙

刘章

枌榆青荫密，不记几周星。
造化留神迹，山川妥地灵。
一时捐玉几，千古享彤庭。
仁义终难泯，丹心照汗青。

乌石教寺[1]跋[2]

[明]刘钎

宋魏公张浚[3]，清河人，绍兴名相也。武穆王岳飞，汤阴人，绍兴名将也。当高宗即位之初，宗社[4]为金人所摧，郡县为群盗所挠[5]，遑遑焉措身[6]无地；及李纲[7]防守粗立，尤为汪、黄[8]所摈[9]。乘舆播迁[10]，间关[11]吴越，危亦甚矣。惟魏公[12]内总枢柄[13]，武穆[14]外握兵权，一时诸将用命[15]，人心协从，赫然有中兴[16]之望。未几，奸桧[17]用事[18]，颛心和议，致使其君忘君父大仇，屈己臣敌。今乌石寺记魏公听颜师鼓琴而去[19]，盖放连州过此，而武穆题木桌[20]，则驭兵去江右日也。无几，武穆竟为桧害。魏公虽再起，势可有为，复为桧党汤思退[21]诸人所沮，盖天不祚[22]宋，然也。识者不归咎于高宗，而切齿于群奸焉。

兹寺自唐太和以来千余年，其间兴废靡一，虽昔童时举赵介有记，余丞相端礼有书，亦泯然无存。所恃坚固而不拔者，惟张岳二公忠言谠论耳。兹寺有二公以表暴之耶？余读《宋史》，尝慕二公为人。成化丁亥春，提调学校过衢，因阅郡乘，获睹二公遗言，独能已于情耶？敬题其后，俾寺僧文兴等刻石焉。千载而下，痛建炎南渡故事，而慨仰于二公者，奚能无所感也耶？为之三叹流涕。

【作者简介】

刘钎（1422—1485），字仗和，江西安福人，明朝官员。景泰年间，乡试中举第一（解元）。景泰五年，中进士，授翰林院庶吉士。景泰七年，授监察御史。天顺八年，改浙江按察使司副使。成化六年，改浙江按察使，官至云南按察使。成化六年（1470）与兄钺编刻过其父刘球《两溪文集》24卷。成化七年（1471）刻印过元欧阳玄《圭斋文集》16卷。

【注释】

①乌石教寺：浙江省龙游县寺庙，建于唐太和元年（827），又名招庆寺。《名胜志》述："唐龙纪初，通济大师结茅于此，名'福应院'，至宋咸平二年，住山凡一百一十余年，师始圆寂，不知其寿。"清道光二十四年（1844）更名乌石寺，因乌石山得名，南宋左丞相周必大题曰："山如削铁、悬瀑千仞。"乌石寺教派系天台止宗，全盛时期，殿宇庄严，香火兴旺，内有大雄宝殿、金刚殿、天王殿、地藏殿及钟鼓楼等，山门两侧塑四大金刚，殿内佛像皆为樟木雕就。

②跋（bá）：文体的一种，跋文。写在书籍、文章、字画、金石拓片等后

面的短文，内容大多属于评介、鉴定、考释、记述之类。

③张浚（1097—1164）：字德远，世称紫岩先生、张魏公。汉州绵竹（今属四川绵竹）人。南宋名相、抗金名将、学者，西汉留侯张良之后。

④宗社：宗庙和社稷的合称。借指国家。

⑤挠：扰乱；阻挠。

⑥措身：安身；置身。

⑦李纲（1083—1140）：字伯纪，号梁溪先生，江苏无锡人，祖籍福建邵武。两宋之际抗金名臣，民族英雄。

⑧汪、黄：黄潜善、汪伯彦。建炎元年，宋高宗赵构登基后，任资政殿大学士的李纲为尚书古仆射兼中书侍郎，而以黄潜善为中书侍郎，汪伯彦为同知枢密院事。黄潜善、汪伯彦二人自觉在赵构任天下兵马大元帅时就辅佐在侧，照理说赵构应任他们为相才对，没想到赵构执意拜李纲为相，而将二人置于相对次要的位置。故此，二人对李纲颇有嫉恨之心，处处与其作对。

⑨摈（bìn）：排斥；弃绝。

⑩乘舆（shèng yú）播迁：天子流亡迁徙。乘舆，旧指皇帝或诸侯所用的车舆，借指帝王。播迁，迁徙；流离。

⑪间（jiān）关：道路崎岖艰险，不易行走。《汉书·王莽传》：“间关至渐台。”

⑫魏公：指张浚张魏公。

⑬枢柄：中枢的权柄。

⑭武穆：指宋高宗麾下名将岳飞（1103—1142）。字鹏举，宋相州（今河南汤阴）人，中国历史上著名的军事家、战略家、民族英雄，位列南宋中兴四将之首。追谥武穆、忠武，追封鄂王。

⑮用命：效命，奋不顾身地工作或战斗。

⑯中兴：由衰复盛，重新振作。指国家由衰退而复兴。

⑰桧：秦桧（1090—1155），字会之，生于黄州，籍贯江宁（今江苏南京），南宋宰相，主和派的代表人物。奉行割地、称臣、纳贡的议和政策；极力贬斥抗金将士，阻止恢复；同时结纳私党，斥逐异己，屡兴大狱。是中国历史上著名的奸臣之一。

⑱用事：当权执政。《战国策·秦策三》：“今秦，太后、穰侯用事，高陵、泾阳佐之。”

⑲魏公听颜师鼓琴而去：南宋张魏公张浚放速州时，曾过宿于乌石寺，有题壁曰：“听颜师鼓琴而去。”

⑳武穆题木桌：岳飞驱兵江右时也曾于乌石寺过宿。曾题书木桌曰：“岳飞奉旨趋阙，复如江右，借宿此岩。游上方，览山川之胜，志期为国，急欲扫

平胡虏，恢复疆图，迎二圣沙漠之辕，辅圣主无疆之体。因结缘佛寺。此记，宋绍兴三年十月初三日题。”

㉑汤思退：字进之，号湘水，处州龙泉（今属浙江）人。为官清廉，办事谨慎。但主张“金宋议和”，并奉旨割让疆土，极力排挤主战派。是南宋最具争议的宰相。

㉒祚（zuò）：赐；赐福；佑助。《国语·周语下》：“皇天嘉之，祚以天下。”

㉓窃：私下；私自。多用作谦辞。

【导读】

此文作于成化丁亥（1467）年春，为刘釪升任浙江按察司副使提调学校，路过衢州龙游乌石寺，观寺内魏公（张浚）武穆（岳飞）所题字句时，痛于建炎南渡故事而慨仰于二公所写。建炎南渡是发生在两宋交替之际，康王赵构为了躲避金人的侵略追击，而南逃至江南的事件。

【思考探究】

1. 作者为什么说宋有“中兴之望”？后来又为什么说“天不祚宋”？

2. 你如何评价魏公和武穆?

3. 宋未能“中兴”的原因仅仅是因为“群奸”吗?请尝试收集课外资料进行综合分析。

【资料卡片】

登乌石寺观张魏公刘安成岳武穆留题刘云侍儿意真奉命题记

姜夔

诸老凋零极可哀，尚留名字压崔嵬。

刘郎可是疏文墨，几点烟脂污绿苔。

衢州一绝

张抗抗

衢州一绝，在衢州城外三十几公里一个叫作小南海的村子里，紧邻衢江。

这千古一绝，县志与史书竟无记载。因而格外地扑朔迷离。

它在那小村边，十分耐心地安睡了、等待了很多年（究竟多少年尚无证可考）。一直到1992年3月，有4个胆大妄为而又雄心勃勃的青年公民，执意将它撼醒。它敞露胸怀时，竟无意中惊扰了衢州这方宝地的历史。

汽车沿着低矮的丘陵下窄窄的小路进村时，只见路旁的岩石下，隔一段便露出一个紧贴地面的石洞，洞口呈拱形，半人多高，洞中有水，水平如镜。几乎齐着地面，往黑黢黢的石洞深处延伸过去，在洞中漾成了一片神秘莫测的水塘，幽幽碧绿，清澈宁静，深不见底。

可望见一根根巨大的石柱，立于水中，只露着顶部那一截，与石洞相连。村里早年曾有一座香火很盛的寺院，供着一尊玉佛，后来玉佛不知去向；又传说那石塘里有大鱼潜行出没，百十年来，村里游动着关于玉佛和大鱼的踪迹。

那4位名叫邓首富、吴阿奶、毛荣贵、陈龙根的年轻村民，在20世纪90年代初的某一夜，其中一人做了一个梦。梦见那尊玉佛竟是落入了洞里的水底，被鱼儿们日日朝拜着。醒来后，他将那梦说给伙伴听，听得人心起伏，骚动不安。大家都想，若是把那尊玉佛打捞上来，岂不是可以一家伙就先富起来了么?

具有了改革十余年后的致富意识，再加上一点点起码的文化，那一年，过了正月十五，四位青年农民说干就干，竟然筹得二万元集资款，租了两台水泵，架于村里最大的一个石洞旁，开始从塘里日夜抽水。抽了几天以后，水位略略下降，隐隐露出连接着洞顶的三根方形石柱，似乎预示着一个千古之谜将被揭秘。而后水位却迟迟不再下落，抽水机犹如面对着一个无底深渊，一口气吞吸了半个月，塘水依然浩浩荡荡，取之不尽。四人守在洞旁，方知此洞之深阔，不可小视。但今日的农民毕竟已懂得投资的必要，不急不恼，干脆又租了一台水泵来。三管齐下，村里终日马达轰鸣，不寻见玉佛誓不罢休。终于有一日，塘干见底，4人喜滋滋搭梯下于十几米深的洞中，只见大鱼无踪，泥里只静卧着几只肥硕的大甲鱼，似已修炼成精；果然还有一尊乌溜溜的佛像，形似地藏王，由泥水中看见天日，却非玉非金，只是一座工艺粗糙的石佛，石像上遍寻无字。

石佛虽然让人失望，但终是出“水”文物。四人草草搭棚建房，当年十一月，在小南海村口卖起了门票，供人入洞瞻仰。镇政府闻讯而来，言明古迹乃国家资源，不属于任何个人所有，又召集几方合资经营，开始将小南海村这个无名石洞严加整护，并将4位村民前期投资的二万元归还本人。念其“发现”之功，又将他们吸收为工作人员，共同开发管理石洞。小南海村四位乡民致富的欲望，歪打正着地发现了这一埋没多年的历史遗迹，为衢州历代的经济沿革提供劳了新的资料和佐证，也就此为衢州开辟了独一无二的旅游景点。

沿着新铺就的石阶往洞中拾级而下，只需一瞥，你便不能不惊讶了——

它绝非我们曾经游览过的那种种奇特的溶洞，而是一座绝无仅有的中国“古希腊神庙”。

气势恢宏的洞厅一千余平方米，洞底平坦，中央间隔数米，独自立着三根十几米高的石柱，呈扁圆形，连接着洞顶的石壁，上下浑然一体。细看，那石柱上留有凿刻的道道刀痕；犹如三座线条简洁明快的抽象雕塑，颇富现代感。洞的四壁陡峭笔直，棱角分明，一排排宽约尺余的长方形石纹，极有规律地横向伸展，构成了洞壁凹凸分明的浮雕状态奇观。昏暗的微光下，仍可见壁上依稀的动物造型石刻图案，从被农民们急急清洗掉的青苔残迹中显现出来……

最为奇特的是，据测量证实，偌大的洞顶，呈四十五度斜坡，向四面缓缓延伸，构成一座巨大的屋顶形状，且有石柱支撑，坚固得十分科学。

洞内凉风飕飕。话语被四壁弹起嗡嗡回音，如空谷传声。洞的一角供奉着那尊石佛，已被涂成红色。烛光香火袅袅，与高高洞口泄来的一丝天光，交相辉映。

顺着洞壁一角的亮处走去，穿过石廊，尚有另一个略小些的石洞，与这连通。水已抽干，并搭起了脚手架，正待清理修葺。

据开发后的勘查表明，这样的石洞，在小南海共有七八处之多。

有句话说：天工人可代、人工天不知。小南海的石洞之奇之妙，在于它绝非天然溶洞，而是一项浩大的工程，系人力开凿而成。

当年为什么要在这里挖如此巨大的石洞：它究竟是用来做什么的呢？

水落“洞”出，而沉积的淤泥，却留下了重重疑团、弥弥烟云。

亲率我们前往小南海参观的衢州市副市长姜宁馨，几乎在我离开小南海前的最后一分钟，才抖开这个“包袱”。他说，据多方专家们论证，小南海周围的地下，蕴藏着丰富而优质的石料，村子面对衢江，以船运石也极方便；这石洞便是当年开山取石时，被能工巧匠们，在极其严格而科学的布局中，有意设置留下的一个个“石”屋。但至于那石料运往何处、这石屋真正的用意，以及采石的具体年代、这尊石佛的来龙去脉，目前尚不得知，有待进一步考证。

只能想象当年的小南海，终日回荡着叮叮当当的采石声，江上船来船往……

仍然不解，既是如此浩大的工程，县志上却为什么没有记载呢？

更离奇的是，小南海的村民，祖祖辈辈，竟也没有留下关于采石的传说。

恍恍惚惚走出那个石洞时，我觉得这“衢州一绝”，仅仅是一个年代久远的传说。

故事开头，谁若有兴趣去探秘，没准能把“古希腊神庙”的故事接着讲下去呢。

【作者简介】

张抗抗（1950— ），女，浙江杭州市人，1977年考入黑龙江省艺术学校编剧专业，1979年调入黑龙江省作家协会，从事专业文学创作至今。现为一级作家、黑龙江省作家协会名誉主席，中国文字著作权保护协会副会长等。2009年被聘为国务院参事。曾获“第二届全国鲁迅文学奖”“全国优秀短篇小说奖”“优秀中篇小说奖”“庄重文文学奖”三次蝉联“中国女性文学奖”等。2014年获“中国版权事业卓越成就奖”。代表作品有《夏》《北极光》《隐形伴侣》《赤彤丹朱》。

【导读】

本文以龙游石窟的发现为切入点，以发现石窟的四位村民为主人公，用全知视角，形象生动地再现了龙游石窟的发现过程。特别是对四位村民的行为描写，细节突出，具体形象，仿佛亲眼所见，语言引人入胜。

【资料卡片】

龙游石窟

莫言

古代，有一个金毛小耗子成了精，变成一个美丽的姑娘。许多小伙子爱上了她，为她争斗。姑娘为了平息战争，就对他们说：“我喜欢在地下阴凉的洞里生活，你们谁能挖出一个最美丽，最高大的洞窟，我就和他在洞里结婚。”于是，战争平息了，许多小伙子开始挖洞，互相比赛，日复一日，年复一年，儿子死了，还有孙子，到了后来，人们已经忘记了挖洞的目的，只知道挖洞是为了继承祖先的遗愿。于是就出现了这千古奇迹。所有伟大的工程，都源于爱情。

四、人物春秋

送童子鸣序[①]

[明]归有光

越中人多往来吾吴中，以鬻书为业。异时，童子鸣从其先人游昆山，尚少也。数年前，舣舟娄江[②]，余过之。子鸣示余以其诗，已能出人。今年复来，吾友周维岳见余，为念其先人相与之旧，谓子鸣旅泊萧然，恨无以恤之者。已而子鸣以诗来，益清俊可诵。然子鸣依依于余，有问学之意，余尤念之。

尝见元人题其所刻之书云，自科举废而古书稍出[③]，余盖深叹其言。夫今世进士之业益盛，士不复知有书矣。以不读书而为学，此子路之佞，而孔子之所恶[④]。无怪乎其内不知修己之道，外不知临人之术[⑤]，纷纷然日竞于荣利，以成流俗。而天下常有乏材之患也。子鸣于书，盖历能诵之。余以是益奇子鸣。夫典籍，天下之神物也。人日与之居，其性灵必有能自开发者。玉在山而草木润，渊生珠而崖不枯。书之所聚，当有如金宝之气，如卿云轮囷覆护其上，[⑥]被其润者不枯矣。

庄渠先生尝为余言：东广陈元诚少未尝识字，一日自感激[⑦]，取四子书终日拜之[⑧]，忽能识字。以知此书之神也，非书之能为神也。古人虽亡，而其神者未尝不存。令人虽去古之远，而其神者未尝不与之遇[⑨]。此书之所以可贵也。虽然，今之贤者，直以为土埂已耳。

子鸣鬻古之书，然且几于不自振[⑩]，今欲求古书之义，吾惧其愈穷也[⑪]。岁暮将往锡山寓舍，还归太末，书以赠之。

【作者简介】

归有光（1507—1571），字熙甫，又字开甫，别号震川，又号项脊生，世称“震川先生”。昆山（今江苏昆山）人。明代官员、散文家、古文家。家世寒儒，幼而好学，九岁能文，弱冠尽通五经三史及唐宋八大家文。提倡唐宋古文，主张属文应“出于意之所诚”。所作散文朴素简洁，善于叙事，神态生动，风韵悠远。著有《震川先生集》。

【注释】

①序：一种文体。童子鸣：即童佩（1523—1576），字子鸣，又字少瑜。龙游县童岗坞村（今塔石镇）人。

②舣舟：泊舟也。

③出：出版。

④佞：花言巧语。此句源于《论语·先进》。子路曰：“有民人焉，有社稷焉，何必读书然后为学？”子曰：“是故恶夫佞者。”

⑤临：治理。

⑥卿云：景云，庆云。古人以此为祥瑞。轮囷：高大貌，屈曲貌。

⑦感激：这里作感应触动解。

⑧四子书：指《大学》《中庸》《论语》《孟子》。

⑨神：指思想。遇：相通，投合。

⑩振：举拔。

⑪穷：困厄。

【导读】

童子鸣，幼时家贫不能入学，随父贩书，手持一卷坐船间诵读。久之学殖益富，作诗风格清越，善画花鸟，尤善考证书画、金石之类。喜交游，与人约千里不爽。一生贩书为业，却因文名为世人所重，与名儒归有光、王世贞、胡应麟等多有交往。

此文巧妙地用卖书人的爱读书批评热衷于科举考试士子的不读书。将“善”与“恶”放在一起，使批评更有力。

【资料卡片】

吊童子鸣

王世贞

饭颗山骨头，陵阳石畔心。

隐能逃小贾，穷不废长吟。

妇泣黔娄被，兄悲子敬琴。

龙丘墓堪傍，千古是知音。

祭杨盈川文[①]

[唐] 宋之问

维大周某年月日[②]，西河宋某[③]谨以清酌脯羞之奠，敬祭于杨子之灵曰：自古皆死，不朽者文！北河流液[④]，西岳吐云[⑤]。叶神通气，降精于君[⑥]。伏道孔门[⑦]，游刃诸子[⑧]。精微博识，黄中通理[⑨]。属词比事[⑩]，宗经匠史[⑪]。玉璞金浑[⑫]，风摇云起。闻人之善，若任诸己[⑬]；受人之恩，许之以死。惟子坚刚，气陵秋霜[⑭]，行不苟合[⑮]，言不苟忘。大君有命，征子文房。余亦叨忝[⑯]，随君颉颃[⑰]。同趋北禁[⑱]，并拜东堂[⑲]。志事俱得[⑳]，形骸两忘。载罹寒暑[㉑]，贫病洛阳。裘马同弊[㉒]，老幼均粮。自君出宰，南浮江海，余尝苦饥，今日犹在。之子妙年，香名早传，从来金马[㉓]，夙昔崇贤[㉔]。门庭若市，翰墨如泉[㉕]。千载之后，闻而凛然。死而不亡，问余何伤？伤予命薄，益友零落。生平之言，幽显相托，痛君不嗣，匪我孤诺。君有兄弟，同心异体，陟冈增哀[㉖]，归葬以礼。旅榇飘零[㉗]，于洛之汀[㉘]。我之怀矣，感叹入冥。见子之弟，类子之形，悼往心绝，慰存涕盈。古人有言，一死一生，昔子往矣，追送倾城[㉙]，今子来也，乃知交情。惟郭是戚[㉚]，有崔不易[㉛]。来哭来祭，哀文在席。帷席可依[㉜]，冰雪四满，家人哀哀，宾径微断[㉝]。今我伤悲，情懃昔时[㉞]。子文子翰[㉟]，我缄[㊱]我持，子宅子兆[㊲]，我营我思。子有神鉴[㊳]，我言不欺；我有絮酒[㊴]，子其歆之[㊵]。我亦引满[㊶]，傥昭神期[㊷]，魂兮归来，闻余此词。

【作者简介】

宋之问（约656—约712），字延清，名少连，汉族，汾州隰城（今山西临汾市）人。初唐时期的诗人，与沈佺期并称“沈宋”。与陈子昂、卢藏用、司马承祯、王适、毕构、李白、孟浩然、王维、贺知章称为仙宗十友。上元二年（675），进士及第，登临“龙门”，踏上了仕进正途。武周时期，以文才为宫廷侍臣，颇受恩宠；后因结交张易之获罪，贬泷州参军。中宗景龙中（708）转考功员外郎，与杜审言、薛稷等同为修文馆学士。又以受贿罪贬越州长史。睿宗景云元年（710）流放钦州。玄宗先天元年（712）赐死。有《宋之问集》。

【注释】

①杨盈川：即杨炯（约650—约693），华州华阴（今属陕西华阴）人。唐代文学家，与王勃、卢照邻、骆宾王并称“初唐四杰”。曾为盈川令（今龙游县），故以杨盈川名之。

②维：文言助词，用于句首或句中。大周：武周时期的国号。

③西河：地名。在陕西省华阴一带。因位于黄河之西，故称为西河。

④北河：河川名。黄河流至河套，在阴山南麓分为南、北二河，北边的称为北河。

⑤西岳：华山的别名。

⑥降精：生下良马。《春秋考异邮》：地生月精为马，月数十二，故马十二月而生。”

⑦伏：隐藏。

⑧游刃：运刀自如。

⑨黄中通理：以黄色居中而兼有四方之色。指通晓事物的道理。

⑩属词比事：连缀文辞，排比史事。后亦泛指撰文记事。出自《魏书·高祐传》：“至若左氏，属词比事，两致并书，可谓存史意，而非全史体。”

⑪宗：尊奉。匠：指在某一方面造诣高深的人。

⑫玉璞金浑：同“浑玉璞金”。指未琢的玉和未炼的金。比喻天然美质，未加修饰。

⑬任：相信，信赖。

⑭陵：超越，逾越。

⑮行不苟合：出自汉·荀悦《汉纪·高后纪》，指做事有主见，不随便附和别人。

⑯叨忝：忝列，叨光。

⑰颉颃（xié háng）：原指鸟上下翻飞，引申为不相上下，互相抗衡。出自《诗·邶风·燕燕》：“燕燕于飞，颉之颃之。”

⑱禁：帝王宫殿。

⑲东堂：东厢的殿堂或厅堂。古代多指皇宫或官舍。

⑳志事：抱负。

㉑罹：苦难或不幸。

㉒裘马：柔软的皮衣和肥壮的马。弊：同“蔽”，隐蔽。

㉓从来：向来，一向。

㉔夙昔：昔时，往日。

㉕翰墨：同“笔墨”，指文辞。

㉖陟冈：《诗·魏风·陟岵》：“陟彼冈兮，瞻望兄兮。”后指怀念兄弟。

㉗旅榇（chèn）：客死者的灵柩。

㉘汀：水边平地，小洲。

㉙倾城：满城、全城。形容人数众多。

㉚郭：城外围着城的墙。

㉛崔：山、建筑物高大伟岸。

㉜帷席：帷帐和床席。指寝息之处。

㉝径：小路，亦指道路。

㉞懃：通“谨”。

㉟翰：毛笔和文字、书信等。

㊱缄：封，闭。

㊲宅：葬地，墓穴。兆：墓地，埋葬死人之处。

㊳神鉴：英明的鉴察力。

㊴絜酒：祭奠用酒。

㊵歆：飨，祭祀时神灵享受祭品、香火。

㊶引满：斟酒满杯而饮。

㊷倘：表示假设，相当于“倘若”“如果”。昭：显扬，显示。神期：神的意愿。

【导读】

本文采用四四制式，字字有声，句句华歆，内容言简辞切，情感悲凉真挚，催人泪下。文章按照标准的祭文格式抒写，先赞扬了杨盈川一生之功绩，其为人博学多才，正直刚强，后抒发作者对于友人之死的沉痛心情与叹惋。从中可见两人的友谊之深厚，令人动容。

【资料卡片】

杨　炯

杨炯（约650—约693），华州华阴人，唐代文学家，与王勃、卢照邻、骆宾王并称“初唐四杰”。

杨炯自幼聪敏博学，唐显庆四年（659）应童子举及弟，翌年待制弘文馆，唐高宗上元三年（676）应制举，补秘书省校书郎，唐永淳元年（682）擢为太子（李显）詹事司直，唐垂拱二年（686）被贬为梓州司法参军，唐如意元年（692）任盈川令，约如意二年（693）卒于任上。

杨炯文学才华出众，善写散文，尤擅诗。现存诗30余首，以五言见长，多边塞征战诗篇，所作如《从军行》《出塞》《战城南》《紫骝马》等，气势轩昂，风格豪放，表现了为国立功的战斗精神。在艺术上，对仗工整，音韵合律，既有律诗的严谨之风，又有乐府诗的明快特色。另存赋、序、表、碑、铭、志、状等50余篇。杨炯反对宫体诗风，主张“骨气”“刚健”的文风。他的诗在内容和艺术风格上以突破齐梁“宫体”诗风为特色，在诗歌发展史上起到了承前启后的作用。明代龙游人童佩辑有《杨盈川集》十卷。

祭　文

在告祭死者或天地、山川等神祇时所诵读的文章。体裁有韵文和散文两种。内容主要为哀悼、祷祝、追念死者生前主要经历，颂扬他的品德业绩，寄托哀思，激励生者。祭文也是为祭奠死者而写的哀悼文章，是供祭祀时诵读的。它是由古时祝文演变而来，其辞有散文、有韵语、有俪语。而韵语之中，又有四言、六言、杂言、骚体、俪体之不同。祭文出现于汉代。古时的祭文在内容上可分四类，哀悼死者，祈求降福，驱除邪魔，祈祷降雨，而多用于哀悼死者。祭文以真挚的感情与质朴的风格写作为好，其内容以表彰死者功德为主。感情色彩比较浓厚，多是亡亲亡友生平的追记，称颂死者，念起来如哭如泣，如咽如诉。如袁枚的《祭妹文》，韩愈的《祭十二郎文》。

余绍宋和《龙游县志》

胡礼舟

“搜龙游之史情，为一方之全史”，余绍宋的《龙游县志》，被称为我国方志学①中独传之作，而饮誉海内。

余绍宋，字越园，晚年别号寒柯，浙江省龙游县人。1883 年十月初六出生于衢州化龙巷，1949 年 6 月因病逝于杭州寓舍。他是我国近代著名方志学家，生前曾任浙江省文史资料征集委员会主任委员、浙江通志馆馆长，著有《民国龙游县志》和《重修浙江通志稿》，在中国方志学史上占有重要地位。作为现代方志学家，余绍宋以独到的理论，杰出的实践，为方志学的发展，做出了重大贡献。

余绍宋编纂的《龙游县志》，其体例有《通纪》一卷，地理考、氏族考、建置考、食货考、艺文考 6 卷，都图表、职官表、选举表八卷，人物传、列女传四卷，宦绩略、列女略二卷半，人物、列女别录一卷半，共 23 卷。另有附志 17 卷：丛载一卷，掌故八卷，文征八卷。卷首有叙例，卷末载前志源流及修志始末。总计 42 卷。著名学者梁启超为之作序。《龙游县志》以其体例新颖，取材翔实，行文简洁而被时人称赞不止。梁启超在序言称其“选辞尔雅而不诡涩，述事绵密而不枝蔓，陈义廉劲而不噍杀”，赞其“实事求是，无证不信，纯采科学家最严正之态度，剖析力极敏，组织力极强，故能驾驭其正确之资料，若金在炉，惟所铸焉”。并列举了《龙游县志》的十大优点，誉为“我国方志学中独传之作”。陈训慈先生在《晚近浙江省文献述概》一文中就说：“民国以来，衢属各邑之重修邑志者，唯龙游一县。邑人余越园绍宋氏独立主纂，体例自成家言，为当世所称。”

修纂县志，是余家几代的夙愿。绍宋曾祖余恩嵘，就曾竭力倡议重修县志，年逾八十修志不成，只得解囊重刊了康熙《志》。余绍宋十三岁时，其父余庆椿掌教龙游凤梧书院，就经常听他父亲与人议及修志的事。后入府学读书，绍宋有意于经世之学，对史书尤为潜心研究。读了章学诚的《文史通义》，始知方志的重要。21 岁时，龙游县设立学堂，其叔余与九任学堂总理，绍宋任学长。叔侄常常议及修志的事。从那时起，绍宋格外留意龙游四乡山川景物、人物轶事，同时博览群书，凡有涉及县事者都做了笔记，积久盈寸，参互考校，知《康熙龙游县志》所载，殊多舛误，遂写成《旧志订伪》一书。后来赴日本留学，县修志局念绍宋有志于学，从修志余款中捐助他束装费 200 元。此数虽微，其意深长，余绍宋感激万分，深感地方以此款赠行，他日能够报答的，别无他道，只此修志一事。因此，在他青年时代就下定了重修县志的决心。

回国后，绍宋任职北平，虽然人事扰攘，修志之事仍铭记在心。在司法部任职时，绍宋得涉猎中原方志数百种，又复请命上官，以部令征集全国府县志三四百种，积累资料，深加研讨，写成《读方志札记》及《旧志补遗》两篇，为重修县志打下基础。

1921 年，其母六十大寿，绍宋乞假还乡。时值县中又议修志事，母亲对他说："你把先人的志愿忘掉了吧？"绍宋答道："不敢忘。"遂与县中议定，聘余绍宋任总编，祝康棋为副总编，修纂县志即着手进行。回京后适遇政变，绍宋毅然辞职，专心于编纂县志。

余绍宋为编《龙游县志》费尽心力，"三年中，饾饤故纸[②]，埋首丛残，几于人事都废，卜昼不足，继之以夜，辄至晓星入户，家人促寝，犹不能自休。"全书于 1924 年编成，历时 4 年，计 42 卷，由北京京城印书局出版。

余绍宋不仅是方志学家，而且是一位驰名海内外的书画家。从他的高祖父余宽夫起，代代酷爱丹青，家中金石彝鼎，法书名画，可谓盈梁充栋。绍宋自幼耳濡目染，得天独厚。后又拜汤定之为师。他工章草，善画山水，松竹梅兰，无不精妙，尤擅写竹。20 世纪 30 年代初，绍宋画成风、雨、雪、月墨竹四幅，日本皇太后（裕仁之母）以重金相购，珍同拱璧。

绍宋除方志、书画之外，还精于画史、金石和法律。在绘画史方面，绍宋理旧籍，订讹误，杜抄袭，阐明画论的源流，使之成为系统的科学。著有《画法要录》18 卷、《画法要录二编》12 卷、《中国画学源流概论》一册、《书画书录解题》13 卷。绍宋精于赏鉴，曾主编《金石书画》一书。

绍宋毕业于东京民治法政大学，回国后，历任司法部佥事、参事，签订法律馆编纂，北京法政专门学校校长，北京法政大学教授，司法储材馆教务长，并于 1921 年和 1926 年先后两次任司法部次长。

余绍宋不但是我国现代的一位著名学者，也是一名富有正义感和民族气节的民主人士。他早年留学日本时，就与马叙伦等参加了革命党人的活动。1922 年，他不畏军阀政府之淫威，为维护法治，到处为罗文干鸣冤翻案。在任次长期间，为维护民族利益，拒签屈辱卖国的"金佛郎案"协议，抗节不屈，"虽殉身不顾"，毅然辞去司法部次长之职。段祺瑞政府镇压学生运动，绍宋为主持正义而遭免职。1937 年，日本侵略中国，绍宋携眷避居龙游沐尘。"半幅河山破"，他目睹国家民族的深重灾难，坚信中华民族一定会打败日本帝国主义的疯狂侵略，喊出了"三户必亡秦"的心声。在抗战的艰苦岁月里，为了表达誓死抗战和挽救祖国民族，他还写了不少鼓舞人心的诗篇。在议编《浙江通志》时，他主张将抗战中所有浙江的汉奸都记载在《浙江通志》的人物总表及列传之后，于传末别开一途，记其姓名籍贯，所任伪职，并已诛、漏网，谥之曰“叛逆人名录”。把这些汉奸都钉在历史的耻辱柱上！其强烈的爱国主义、民族主义情感，溢于言表。他和我国著名的学者和进步民主人士梁启超、马叙伦、沈钧儒等都有极深的交往。

【作者简介】

胡礼舟，1948 年 7 月出生，浙江省龙游县人。1966 年高中毕业，1985 年广播电视大学汉语言文学专业毕业。原从事新闻编辑工作多年。现任龙游县地方志办公室主任、主编、副研究员。为浙江省地方志办公室特约副编审。1987 年从事方志学研究和新方志编纂。主要编著成果有：《龙游县志》《龙游专志》系列丛书。

【注释】

①方志学：方志学是研究方志现象的一门学问，主要研究方志的产生和发展 、类别和功能，以及编纂理论。方志是综合记述一个地区情况的著作，内容包括自然、经济、历史、文化、人物、风俗、灾害、文艺等，大多以行政区域为单位。

②饾饤（dòu dìng）：比喻堆砌、杂凑。

【导读】

余绍宋先生是近代著名史学家、鉴赏家、书画家和法学家。他善属文、精鉴赏、长方志、富藏书，尤工书画。1910 年，应聘主纂《龙游县志》，四年成书，为方志界推重。在编撰县志的时候他费心尽力，凭着认真严谨、科学求实的态度完成此书，受到了梁启超等一众名人的认可、赞赏，同时也为自己的家乡也做出了巨大的文化贡献，值得后人敬仰缅怀。

【资料卡片】

余绍宋的两帧戏曲楹联

洪波

余绍宋（1883—1949），字樾园，晚号寒柯，浙江龙游县人。他不仅是我国近代著名学者、方志学家，而且是与吴昌硕、陈师曾齐名的书画家。民国二十八（1939）仲夏月，余先生在马氏宗祠戏台梁柱上亲笔书一帧戏曲楹联：

前者欢迎后出席；

此方唱罢彼登场。

笔力刚柔相济，字体圆润秀逸，透过方寸戏联，仿佛看到流逝的过去。

马氏宗祠造于明崇祯十六年（1643）二月二十九日，后几经修复，面目已非。在民国甲子（1924）、乙丑（1925）、丙寅（1926）三年中，曾耗巨资修缮，就是现在遗存之貌。就在神州燃遍抗日烽火的日子里，民国二十八年重修“马氏宗谱”，酬神演戏，特邀余先生题字。余先生历尽沧桑，目睹晚清之腐败，民国之升沦。袁世凯称帝，张勋复辟，北洋军阀混战……而今又面临民族危亡，忧国忧民之心，激发他秉笔直书，倾注戏联。将“戏场”喻为“官场”，上联巧用“欢迎”“出席”字眼，使人一目了然；下联妙引《红楼梦·好了歌》之名句：乱哄哄你方唱罢我登场，将“你”改为“此”，“我”易成“彼”，点明历朝官场像“走马灯”似地上上下下，令人既领略戏台艺术的一般规律，又顿悟人世舞台的深刻哲理。原戏台上还有一幅余先生用隶书撰写的“君子攸处”的横匾，现已失落。它告诉人们，君子所处的天地就是一个大戏台。

在此之前，余先生于民国十年（1921）因罗文干案件辞去北平司法部次长职务，归省衢州。在编纂《龙游县志》期间，曾多次到过马叶村。马氏宗祠戏台不同凡响，俗称“二面台”，其进门的一端，面朝衢县；另一端，面对列祖列宗之牌位，向着龙游。当时演戏往往与赌博活动联在一起，地方政府亦要禁赌抓赌，倘龙游警察来抓，赌徒们则跑到戏台背后面去，让艺人朝衢县方向演戏；反之，当衢县警察抓赌时，他们又溜到戏台正面。当时“隔县如隔山”，故马氏宗祠的演戏活动特别繁多热闹。余先生在1924—1926年马氏宗祠大修时，曾写了一幅对联现载于《马氏宗谱》中：

满场都是闲人，袖手旁视，看戏不如做戏苦；

凡事都须结局，从头演起，上台容易下台难。

此联抒发了作者对梨园子弟疾苦的无限同情，同时劝诫世人务必洞悉仕途之坎坷，宦海之险恶。余先生因刚直不阿，故在京为官时得罪了那些不学无术的权贵和玩弄权术的政客，常遭冷遇和奚落，这幅戏联亦是他内心的真实写照。然而志于“修志”，故在这期间他以超人的胆识和非凡的才华编纂了一部梁启超誉为“若金在炉惟所铸焉”的《龙游县志》。不管“做戏”之苦，“下台”之难，只要砺志，“有志者事竟成”！

学者与革命家华岗

胡礼舟

新中国成立以后，第一位由共产党员担任大学校长的是山东大学校长华岗。华岗，又名华延年，1903年6月9日出生在龙游县溪口区庙下村，他是我党的一位“首先是战士，其次是学者”的政治活动家、史学家和哲学家。

华岗青年时代就献身革命。1924年加入中国社会主义青年团，1925年加入中国共产党，1928年曾去莫斯科出席党的第六次全国代表大会。历任团地委宣传部长、团地委书记、团省委书记、团中央宣传部长、中共中央组织局宣传部长、华北巡视员、《新华日报》总编辑，重庆谈判时任中共中央代表团顾问，后又担任中共上海工作委员会书记等职。新中国成立后，任山东大学教授、校务委员会主任委员、校长、党委书记，为第一届人大代表。

1932年，华岗赴东北任中共满洲特委书记途中，在青岛被捕，先后在国民党的山东监狱和湖北反省院被关押五年之久。华岗在敌人的严刑审讯面前，勇敢机智，坚贞不屈，大义凛然。在狱中，他宣传马列主义，秘密组织难友向敌人做斗争。被党营救出狱后，又立即投身抗日救亡运动。在抗日战争和解放战争期间，华岗一直在周恩来，董必武同志的直接领导下，从事党的宣传和统战工作。他冒着生命的危险，斡旋西南①，出入上海、香港，出色地完成党交给的任务，其中包括以上海工委书记的身份组织了上海五万人的反内战大示威。他在任山东大学校长期间，为党的教育文化事业呕心沥血，被师生誉为懂政治、有能力、会办学的好校长。1955年以后，华岗受到错误的审查和处理。被关机监狱，又遭受林彪、江青一伙的迫害。华岗含冤入狱十七年，铮铮铁骨，宁肯死在狱中，也不说一句违心的话，坚信党、坚信马列主义的信念至死不渝，不幸于1972年5月15日含冤病逝，终年六十九岁。1980年3月，党中央为华岗同志平反昭雪，恢复名誉。

华岗同志不但出生入死参加革命斗争，是一位无产阶级的坚强战士，而且呕心沥血地为推行我党的政治主张而著书立说，是我党的一位卓越的史学家和哲学家。

华岗自幼勤奋好学，在小学和中学读书时，各门功课成绩优秀、中学没有毕业，就投身革命。参加革命后，为了革命的需要，他更锲而不舍地学习革命理论，总结革命经验。在第一次国内革命战争时期，华岗亲身经历了轰轰烈烈的大革命运动。“四·一二”事变后，目睹革命受到挫折，成千上万共产党人倒在血泊之中，他深感有把这段革命史实真实记录下来，并加以总结之必要。于是，在白色恐怖中，华岗一边担任团中央宣传部长兼《列宁青年》主编、中共中央组织局宣传部长等职务，出入死地战斗，一边挤出时间搜集资料，以顽强的精神完成了《1925—1927年中国大革命史》几十万字的初稿。此时，华岗被调往北方任中央华北巡视员，手稿丢失。华岗不气馁，利用一个个不眠之夜，不到半年时间又重新把这部稿子完成。这本书于1931年7月由上海春耕书店出版，很快就在群众中广为流传，成为传播革命的火种。毛泽东同志曾赞扬“是一本好书”。这本书到现在仍然是专门论述中国第一次大革命历史的唯一著作。1940年初，他又发表了四十万字的《中国民族解放运动史》，数年之间重印了八次，对鼓励全国人民的抗日热情，加强抗日民族统一战线，起了不可估量的作用。以后，他又陆续发表了《社会发展史纲》《中国历史的翻案》《苏联外交史》《太平天国革命战争史》《五四运动史》《目前新文化翻山的方向和任务》《鲁迅思想的逻辑发展》《辩证唯物主义大纲》等著作，其中有的还被翻译成日、俄等外文。在山东大学任职期间，他还兼任中国史学会理事、《哲学研究》编委、《文史哲》杂志社社长。

华岗可以说是自学成才的典范。他去担任山东大学校长的时候，有些学生好奇地打听：“华校长是哪个学校毕业的？有何学位？”因为当时在山大任课的教授大都毕业于欧美名牌大学，都有一定的学位。有一次，华岗在操场上给全体师生上政治课。他对辩证唯物主义的精辟分析又一次给师生们留下很深的印象，大家报以热烈的掌声。华岗谦虚而风趣地说“我比在场的同志们上的学都要少，连中学也没有毕业呢。”听了这话，师生们显得有些惊讶。华岗又接着说：“这有什么奇怪呀？一个革命者必须在各种环境中学习，坚持才能不断提高。我还有幸进过国民党保送的监狱大学呢，那里面学习效率反而更高啊！”是的，华岗被捕入狱后，仍坚持学习，在党组织的帮助下，他们巧妙地混过检查，获得宝贵的学习资料，还订了严密的学习、锻炼计划。狱中生活的磨炼，不但使华岗增添了丰富的知识，还使他养成善于冷静思考、严谨慎重的性格。

更为可歌可泣的是，华岗含冤十七年，仍然对党忠心耿耿，为革命刻苦写作。在狱中，他写下了肝胆沥沥的诗句：

知识无涯天地宽，须行即骑莫迟惶。
双膝未膑当知足[2]，可酬热血换文章。

华岗清醒地意识到自己的一切都是属于党和人民的，必须用余生的有限时光多做一些工作。因此，尽管条件恶劣，但没有钢笔，他就用毛笔；不能写政治性文章，他就写文学、科学和哲学方面的文章。华岗在狱中留下了百万多字的手稿，像《科学的分类》《美学论要》《规律论》

《列宁表述辩证法十六个要素试释》等手稿，思虑精深，见解独到，有很高的学术价值。其中，《美学论要》已于 1981 年 9 月出版。

“千淘万漉虽辛苦，吹尽狂沙始到金。”林默涵同志在为华岗《美学论要》一书所写的《序言》中引用了唐代诗人刘梦得的两句诗，用来作为对华岗同志多难而光辉的一生的评价，是十分恰当的。

【作者简介】

略，见前文。

【注释】

①斡旋：指调解周旋。

②膑：字义指膝盖骨。

【导读】

华岗同志为中国浙江省衢州市龙游县人。他在早年在广大青年中宣传马列主义、传播革命火种，为中国革命事业做出了贡献。大革命失败后，在国民党统治区出生入死，积极为党工作。在敌人法庭上和监狱里，立场坚定，坚贞不屈。抗日战争和解放战争期间，从事党的宣传统战工作。他在几十年的革命斗争中，一贯忠于党，忠于人民，对工作兢兢业业，对人民无限热爱，为中国革命事业做出的贡献。

【思考探究】

1. 华岗同志在其有限的生命里，靠什么样的精神在那样艰苦的环境里坚持著作？请自己用简要的语言概括出来。

2. 通过对胡礼舟先生这篇文章的阅览，身为读者的你可以用一句名言来凝练自己对华岗前辈的情感吗？

五、流风遗俗

美丽的三月三

叶京

三月三，是龙游县沐尘乡[①]畲族人民的传统节日。每年的这天，男女老少都要穿上节日的盛装，进行庆祝活动。他们唱歌跳舞，歌颂劳动，赞美生活，传递亲情友情。青年男女则以对歌的形式谈情说爱，新郎新娘爱在这天结成伉俪[②]。三月三，可以说是畲族人民的族庆。

沐尘畲族的三月三庆典已停止多年了。在县委政府关怀下，沐尘乡政府经过精心组织，三月三庆典又重新恢复了。消息一传出，日本朋友赶来了，上海贵宾赶来了，省市民间文艺家赶来了，“江南之春”电视摄制组赶来了。我也乘兴赶往沐尘大车村，去欢度他们的佳节。

一进沐尘地界，就看见青山绿水万紫千红，感受到浓郁的节日氛围。巨大的彩门，以青松翠柏扎成，饰以红绸霓虹，两边的对联是：“振兴畲兴经济，弘扬民族文化。”走进彩门，只见两旁张挂着各种彩灯。广场斜放着一排小型牌子，向人们展示沐尘的历史风情、建设成就，使人们感受到改革开放的春风吹绿了美丽的畲族。

富有民族色彩的歌舞会在村大礼堂举行。四周用绸布绢花装饰一新，并有霓虹彩灯。正中一个圆形的大会徽，两边楼上站满了穿着民族服装的演员。乡长致欢迎辞，各级领导致了贺词，歌舞演出便开始了。第一个节目是《敬茶歌》，表演者六人，五个姑娘，一个后生。穿黄衣的后生手托点有两只大红烛，放着茶杯的托盘边唱边舞。身穿粉红和杏黄衣裙的姑娘，时而躲闪时而围看，与后生对唱共舞。载歌载舞毕，他们走下台来，后生端着托盘向坐前排的领导、贵宾鞠躬致敬，姑娘则拿起托盘中茶杯一一敬茶，表现了畲族人民的热情好客。

而当第二个节目群舞《畲族人民欢迎您》结束时，舞者突然打开盒子，把糖果、红绿花生、瓜子像雨珠一样洒向观众台，会场登时一片欢腾。我接住一颗糖，放在手心里把玩着，舍不得吃，这是畲族兄弟姐妹的深情厚谊啊！灯光暗下来了，复又在模拟雷雨的鼓乐声中渐明，只见十八颗春笋——十来岁的小孩头戴春笋模型尖帽，身着金黄衣裤，在雷声中慢慢冒出地面，继而徐徐站起，长成一片春笋，捧着各种竹笋和竹制产品活泼欢快地舞蹈。台下欢声雷动，赞美畲乡欣欣向荣，生活幸福甜蜜。四个老者和四人老太的对唱，把传统的民族风味唱得淋漓尽致，引发人们对传统民族文化的关注。

最富有民族特色的节目是《戏新浪》，这个舞群有情有趣，诙谐幽默，可以说是畲族传统的优秀节目。难怪专家评论说，它完全可以打出去，参加全国少数民族民间文艺汇演。

歌舞会共十四个节目，内容既丰富多彩又积极浪漫。观众一个一个地看下去，礼堂自始至终是满满的，真是盛况空前。歌舞会结束了，听说野外的歌舞更富有自然天趣，还有其他风俗活动，人们就像流水般地赶往观光。“江南之春”摄制组的同志则到处抢拍镜头，恨不得将美丽的三月三统统留住，把它带到全国，播向世界，让省内外的同胞和国际友人都能分享畲族人民的三月三。

三月三是美丽的，美了春天，美了人心，我久久地沉浸在节目的欢乐中……

【作者简介】

叶京（1943— ），浙江龙游人，1967年毕业于华东师范大学中文系。现为联合文艺高级编审、国际炎黄文化研究会常务理事、国际华文诗人协会高级创作员、中国乡土作家协会理事、国际诗词艺术家联合会理事、国际诗书画艺术研究院高级院士、当代诗歌学会会员。大型布依族神话电影文学剧《黄果树瀑布》，千禧龙年荣获国际“首后龙文化金奖”。湖南省东方名人文化研究院将其列入西部大开发项目，并颁予作者“首届东方名人成就奖”。有诗集《太乙之舞》，荣获“中国作家创作成果金奖”。著有长篇诗体小说《哭喊》（又名《繁星撒在伊拉克的土地上》）。

【注释】

①龙游县沐尘乡：沐尘畲族乡位于浙江省衢州市龙游县南部，东北与大街乡、溪口镇接壤，西与庙下乡相邻，南与遂昌县交界，交通便利。沐尘，古名“木城”，以四周山林茂盛，环堵如城而得名，后因谐音雅化为“沐尘”。乡级建置唐代以前无考。

②伉俪：谓夫妻。

【导读】

回望过去短短的百年，对于我们身边的一切，不得不用日新月异来形容。快速发展的现代社会，在让我们的生活变得更加方便快捷的同时，又不得不抛弃了许多过去的独具魅力的习俗。让我们随着作者一起来体味美丽的三月三。

【思考探究】

1. 想想看，在我们的身边，有哪些自己记忆里曾经存在，如今却已经消失的民风民俗呢？

2. 你怎样看待这些消失的民风民俗？

【资料卡片】

民俗（节选）

三月三是汉族及多个少数民族的传统节日，时在农历三月初三。古称上巳节。该节日在汉代以前定为三月上旬的巳日，后来固定在农历三月初三。相传三月初三是黄帝的诞辰，中国自古有“二月二，龙抬头；三月三，生轩辕”的说法。

汉族过三月三，除了祭祀之外，后期陆续发展为河畔嬉戏、男女相会、插柳赏花等民俗活动。同时这个节日也是男男女女出游踏青的日子，亦被称为中国的情人节、女儿节。

（张迤逦编著，国学知识一本通，北京：中国纺织出版社，2015. 01，第27页）

龙游灯会忆旧

方品豪

我国灯会一般都在元宵[1]佳节，而龙游灯会却在正月二十、二十一两晚。灯会之前，从正月十三日起，城内所有庙宇及会馆都在门首挂出以木条做成长方体，三面糊纸，上面写着“国泰民安”“风调雨顺”“政通人和”“物阜民丰”等字样的牌灯，借以歌颂昇[2]平。这期间，除城隍庙演戏十天外，附近农村的龙灯、狮子滚球络续[3]来城表演，白天向各大户及商店报帖[4]，收了帖的晚上以鞭炮迎接。龙灯大多是九节龙，配以锣鼓，有节奏地舞着龙抢珠。舞罢，东家用红包酬谢。狮子有单狮、双狮，同样报帖。单狮较为威武，舞后并唱婺剧折子戏四出；双狮合着打击乐器有节奏地起舞，两狮嬉耍、交配等，然后生下小狮子。有妇女婚后不育的，抱小狮在床上滚滚，盼来年生个娃。遇到这样的人家，酬谢的红包更大，另外还要给舞小狮孩童糕点。元宵这晚来城的龙狮更多，这样要闹到正月十九日。

十九日是个会，相传东华殿菩萨是城隍的娘舅。是日城隍要到娘舅家拜年，这就是出会，仪仗队伍浩浩荡荡，在先鸣锣开道，接着“肃静”“回避”高脚牌，全副銮驾约一百〇八件，并有蜈蚣旗及其他旗帜。分列城隍两旁的有：提灯四人，炉中熏着檀香，香气四溢；有“马导”十余匹，都以十二三岁儿童，扮着关公、张飞等人物，骑在马上，好不威武。铁铳二、三十支，木柄上装制中空铁制圆柱，旁有小孔穿上引线，灌上火药用木头塞紧，同时点火齐鸣，震耳欲聋。再是“兜子”四乘，即四座无顶轿，由四个小孩子身穿长衫马褂乘坐，每个轿上分放“令箭”“令旗”“隍印”“圣旨”等，还有四人扮着阴差，披头散发，项带车肩，穿红裤，脸涂以蓝色为主的花脸，手提钢叉铁索，左右前后跑动，大概可沿途驱邪并为城隍护卫吧。十番锣鼓，分列在前中后，奏着路调行进。城隍所经之处，每家每户都点烛焚香鸣炮，顶礼膜拜祈求赐福。

二十日灯会开始，各店家和各社准备好的灯都要在大街小巷绕行预展，算是翌晚正式灯会的前奏吧！

二十一日是灯会正日，是晚盛况空前。所有的灯都要到桥下东华殿集中，迎城隍回城。当时龙游城有河西、旌中、学前、城角、龙头等社十个，每社出一台台阁。所谓台阁即木制小舞台，四人扛着，每台都扮一出戏，如水漫金山，就由四个小孩分扮法海、许仙、白娘子、青儿。除十社台阁外，还有大户及店家台阁，最出色的要算朱泰先的台阁了。头天是“霸王别姬”，虞姬的双剑装上电珠，翌晚是“孙悟空借扇”，孙悟空的镀镍如意棒，铁扇公主的扇子，均装上电珠，熠熠发光，行头崭新，观者无不啧啧[5]赞美。跷台也是一小舞台，不同的是台中坐着扮者。跷台用丈余铁棍，焊着座位，再用带子扎紧，由数人擎着走。如“游龙戏凤”，立着的是正德皇帝，在下的便是饮店姑娘。灯有兔子、麒麟、虎、狮等。狮灯最多，有广和等五六家。狮子是用两条木棍举着，用纸扎成，双眼装两只手电筒，目光直射，另有一人举球，上下左右舞着狮子抢球。每家狮灯出动，先以两盏店号灯笼前导，接着两扎火把，再是两人舞狮，一人举珠，但须两套人马，并扎阔腰带，用力程度可想而知。一人司烛，手持一块木板，三面糊以纸，板上有钉，每钉插上点着的红烛。五人敲锣打鼓，每个灯约有二十多人出阵，蔚为壮观。以精工细刻著称的姜益大四钵梅兰竹菊，每朵花均装有电珠。包益丰的孔雀开屏，屏上嵌上电珠，时隐时现，可以假乱真。另有驿前出的一台小狮抢球，四人拉着小舞台，台上有小狮子和球，以绳牵拉，狮子逐球忽前忽后，忽左忽右，且能调头，以威武灵活著称。再是讽刺灯，有铜钿窟窿里打筋斗：用纸扎一铜钱，在方孔中有一个戴礼帽，身穿长衫马褂者，线抽着打筋斗；有尿壶里做梦：纸扎一人，左手拿着彩票，右手提尿壶，为了想发财，争购彩票，大多以此破产。更有纸糊一个老人，满脸愁容，肩挑一担砖（捐），右手拿一块手绢，抽动右手至眼拭泪，反映苛杂捐税繁重，民不聊生。再是兰石花篮，用丁字木架两边挂上花篮，统一形式以多取胜。最为壮观的为桥下板龙，百余节。城隍抬经每店门口都要放鞭炮相迎，而且各店相互竞比，以多放为荣。候鞭炮放完，城隍始向前行进。

20 世纪 30 年代，龙游灯会盛极一时，名闻通迩。1942 年日军流窜浙赣线[6]，衢州元气大伤，灯会也名存实亡。

【作者简介】

方品豪：生平事迹不详。

【注释】

①元宵：旧指元宵。

②昇：同“升”。

③络续：陆续。

④报帖：用大红纸写的报喜单。

⑤啧啧：拟声词，指赞美声。

⑥浙赣线：又称浙赣铁路，始建于清朝 1899 年，并于民国十八年（1929 年）起由杭江铁路展筑至萍株铁路而成，是我国早期铁路干线之一，是该时中国最

重要的铁路运输线。

【导读】

回忆中的一切，在现实中已然消亡，正如作者笔下的龙游灯会。那些曾经想起来就会觉得温暖的艰苦的日子里的物事因为那样或是这样的原因已经离我们而去。如今的我们所能看到的不过是纸上的片言，但从这些只言片语间似乎总能一窥过去我们不得而见的热闹以及热闹背后隐藏的伤痛。

【思考探究】

1. 作者在最后为什么提到日军，单单是为了解释龙游盛极一时的灯会消亡的原因吗？

2. 说说你印象最深刻的节日习俗，以及印象深刻的原因。

【资料卡片】

浙赣战役为中日战争中期的大型战役之一，地点是在中国浙江和江西。1942 年 5 月中旬，日军为摧毁中国在浙江前进机场，打击国军第三战区主力而发动了一场战争，主要由金华、兰溪地区战斗、衢州地区战斗、上饶、广丰地区战斗、浙赣路西段战斗、临川地区战斗、丽水、温州、松阳战斗、日军撤退时的追击战斗等组成。日军大本营决定摧毁浙赣两省中国军队机场，打通浙赣铁路，最后基本实现预定目标，曾经占领衢州机场，但遭到严重损失。此外，在此次战役中，日本 731 部队派遣队在玉山、金华、浦江等城市附近一带进行细菌战并得逞。此会战后，日军基本达到了“没收与破坏铁路设施和器材以及其他培养战力的各种军事、政治、经济设施和资材”、抢掠物资，并掳劫青壮年等“以战养战”的目的。

龙游的龙灯

洪波

在浙江钱塘江中上游的金衢盆地[①]上，镶嵌着一颗耀眼夺目的龙珠，它就是美丽古老的龙游。

凡到龙游，处处能看到“龙”的倩影。龙山巍巍，龙水潺潺，龙塔绰绰，龙灯灿灿；在各种明清古建筑中，画龙翩翩，绣龙娓娓，雕龙栩栩，壁龙辉辉……而龙游的龙灯则以其丰富的龙种和特异的风格，闻名于世。

党的十一届三中全会以来，龙游的元宵灯会，年年举办，岁岁增新，在十番锣鼓、各种火炮的助威和琳琅满目的花灯辉映下，沉睡多年的数十种龙灯在珠光灯海中欢舞畅游。灵活的小金龙与小彩凤追逐相嬉，龙飞凤舞；九节大青龙，在两个舞珠者的逗引下，时而腾云驾雾，时而翻江倒海；有“单舞珠”“双舞珠”“龙戏珠”“开龙门”等。青龙和黄龙并驾齐游，犹如“双龙出海”。每条龙制作精细，头大体粗，长约20余米，舞技精湛，有“二龙抢珠”“双盘龙”“鳅龙”等。别具一格的是断头龙，共有九节，头身分开，在舞动中却如藕断丝连，如胶似漆，单“搪珠”，就有“立地”“骑背”“缠腰”“靠背”“枕腿”等技巧。传说是为纪念隋末瓦岗寨农民起义将领单雄信[②]而制作。单雄信，号称青龙，视死如归，红彤彤的烛光象征着“碧血映长空，丹心照日月”。充满活力的泥鳅龙，其龙头、龙身、龙珠均可点燃蜡烛，龙尾像“云朵”，舞动不歇。俗话说：“龙尾赛龙头。”要选择精悍力大的后生倌[③]方可驾驶泥鳅龙。世俗罕见的脱节龙，节似榔锤，九节虽不连，舞动起来却“节脱神合”“一气呵成”。有“单龙赶珠”“盘龙独眠”“翔龙飞天”等绝招。长达百节以上的板凳龙（又名“拼板龙”），木雕龙头，巧夺天工，隆角突睛，巨嘴宽腮，长髯金麟，每节拼板长达2米，板上按有四角方灯三盏，灯罩上画有花卉翎毛、走兽鱼虫、山水风景、戏曲人物等。上书“国泰民安”“风调雨顺”“劳动致富”“振兴中华”等吉祥之语。在灯间插有小绿树，上缀红纸花。百来个小伙子一起舞动，配合默契。远处眺望，真可谓“灿若金河，动若流水”。尤为突出的是湖镇下库乡毛岭头村的滚花龙，色呈黄色，背有花斑，时而“立舞”；时而“卧舞”，龙跨珠腰。滚花龙脱胎于本地流行的泥鳅龙和稻草龙。头和珠自成一体，后又熔合奉化布龙的“龙节”，1955年上北京参加中国民间舞蹈会演，荣获二等奖。有些稀有龙种亦在恢复之中，如湖镇乡严村的柴茬龙，由天然的树茬雕刻而成，头尾相衔，置于板上抬着迎灯。又如稻草龙，由稻草秸制成，舞毕之后即付诸一炬，火焰腾空，以示“龙上九霄，福泽神州”。

而今龙游巨变，粮食年年丰产，毛猪岁岁增多，新房排排矗立，生活步步高升。龙游的龙灯，再不是舞龙祈雨的习俗活动，而成为浙西民间舞蹈、杂技和工艺美术“三合一”的广场艺术。在党的指引下，龙游的龙灯，将闪耀出更加神异的光彩！

【作者简介】

洪波（生卒年不详）：生平事迹不详。

【注释】

①金衢盆地：位于浙江中西部，是省内最大盆地，属我国南方著名的红色盆地之一，因盆地中有金华、衢州两个城市而得名。龙游就是衢州下属县之一。

②单雄信：曹州济阴（今山东菏泽市曹县西北）人。勇武过人，同郡与徐世绩关系友好，誓同生死。隋末与徐世绩一起加入翟让的瓦岗义军反隋。后翟让被杀，李密与王世充偃师之战时，单雄信归降王世充，徐世绩投奔李唐。王世充被李世民击败后，徐世绩为单雄信求情失败，单雄信被斩首。

③后生倌：方言，指小伙子。

【导读】

《龙灯》：“不好真龙好似龙，市儿眼界本凡庸。元宵解布常蛇阵，碧海谁知点额容。”舞龙灯，是中华民族的传统文化活动，也是人们为了借此祈求上天保佑风调雨顺、五谷丰登，寄托了人们美好的愿景。如今各地都有舞龙灯的习俗虽说都是舞龙灯但其中的讲究大有不同。

【思考探究】

你知道舞龙灯这一风俗是怎么来的吗？

龙游十番锣鼓坐唱班琐谈[①]

方品豪

解放前，龙游民间盛行国乐和清唱，大的村庄，大多有十番锣鼓坐唱班，每班十余人组成。逢年过节、庙会、迎神、婚事、寿庆等，邀请演唱，一般唱折子戏[②]，有徽戏、乱弹、滩簧等，颇受群众喜爱。

在众多的民间坐唱班中以龙城的昆腔[③]坐唱班，最有名气，它叫“国乐研究社”。创始于民国初年。时人都称之为“太子班”。确也名副其实，因其成员全是穿长衫的，且有一定文化知识。成员有：杜孝先、唐作沛、叶寿康、叶荫庭、汪振霄、汪寿高、戴佩卿、汪祖纶、余晓牛等。乐器齐全，演奏幽雅动听。除迎神赛会外，能请该班演唱的，均为大户。盛夏他们雇船，由东门下船，直至驿前荡船演唱，自我娱乐。唱的折子戏有：《痴梦》《马前泼水》《思凡》《拷红》《哭像》等，这对陶冶情操，潜移默化改变不良风气，起到良好的效果。继之而起的是杜孝先、汪振霄两老社员，与汪志云、王明治、徐贵松、林开榜等人于民国十年（1921）在龙游城里组成的“咏霓音乐社”，改唱滩簧，剧目有《芦林相会》《醉归》《活捉》《僧尼会》《断桥》《覆钵》等，直到解放后还有过演唱活动。

【作者简介】

方品豪：生平事迹不详。

【注释】

①坐唱班：一种讲唱艺术表演团体，又叫什锦班。所谓“十锦”，是明初出现在江苏一带的民间乐曲《十番锣鼓》的别称，“十样锦”的简称。“坐唱班”既是婚丧礼仪、祀神祭祖等众多民俗活动中的一支不可或缺的演奏队伍，也成了民间一种自娱自乐的形式和艺人们赖以养家糊口的谋生手段。琐谈：内容多系细微琐事的闲聊。

②折子戏：顾名思义，它是针对本戏而言的，它是本戏里的一折，或是一出。

③昆腔：戏曲声腔之一，也叫作昆曲、昆山腔，是中国古老的戏曲声腔、剧种。昆曲的表演，也有它独特的体系、风格，它最大的特点是抒情性强、动作细腻，歌唱与舞蹈的身段结合得巧妙而和谐。

【导读】

京剧、昆曲、黄梅戏，秦腔、粤剧、坠子戏……各种各样丰富多彩的戏曲，作为我们中国历史悠久的舞台艺术形式，在丰富了当时人们的日常生活的同时，又为现当代的人们留下时代的剪影。这些历史大浪淘沙般淘选出来的瑰宝，仍然存在于我们所不熟悉的角落里，希望我们回首给予关注的目光。

俗话常说，“三百六十行，行行出状元”。在我们的生活中有许多我们不熟知的行业，让我们和作者一起来看他所知的十番锣鼓。

【思考探究】

你还知道哪些民间艺术表演形式?

【资料卡片】

十番锣鼓

十番锣鼓又称苏南吹打，流行于江苏无锡、苏州、常熟、宜兴等地城镇范围。历史上曾有“十样景”“鼓吹”“十不闲”等称呼，现亦简称为“十番”或“锣鼓”。主要用于民间婚、丧、喜、庆等活动。

第三单元 江山篇

诗 词

一、江山物语部

山 居

[宋] 柴望

老来无一事，僮与鹤相随。
绕屋疏疏竹，编墙短短篱。
起来花换影，知已睡多时。
莫厌山居寂，山人只自宜。

【作者简介】

柴望（1212—1280），字仲山，号秋堂，南宋江山长台人。宋理宗嘉熙年间为太学上舍。后供职于中书省，以事下狱，不久放归。宋末曾任国史馆编校。宋亡不仕，从弟随亨、元亨、元彪隐居家乡，写下了许多苍凉悲愤的诗作，被誉为“柴氏四隐”，有《秋堂集》传于世。

【导读】

本诗写于诗人隐居家乡之时，描写了诗人山居生活的闲适、自得。

庆云桥①

[宋] 辛弃疾

一

草梢出水已无多，村落弥漫奈雨何。
水底有桥桥有穴，只今平地怕风波。

二

断崖老树互撑拄，白水绿畦相灌输[②]。
焉得溪南一丘壑，放船画作归来图。

【作者简介】

辛弃疾（1140—1207），字幼安，号稼轩，谥号“忠敏”。山东历城人。历任湖北、江西、湖南、福建、浙东安抚使等职，一生主张抗金，为人正直不阿，屡遭当权者之忌，长期落职闲居于江西上饶一带。善填词，与苏轼合称“苏辛”。著有《稼轩长短句》。

【注释】

①庆云桥：诗题一作“航埠山”。庆云桥在江山市长台镇，桥址今已无考。据传此地曾有五彩祥云出现，故名此桥为“庆云”。

②畦：有土埂围着的田亩。

【导读】

辛弃疾笔下无不可描绘之物，无不可表达之意。他善用比兴手法与奇特想象，描摹自然界的山水、风月与草木。“水底有桥桥有穴”一句叙写阵雨过后明月澄映，伴小桥一并倒影水下，这原本是再寻常不过的乡村景象，但结句忽道：“只今平地怕风波”。

“白水绿畦”先刻画山村水田风光，然后承以放舟丘壑优游的悬想，引入陶渊明归去来旧典，从而导引出挂冠赋隐、终老田野的意愿，由此贯通自然景物与人世现象的主客观类比联想，由之将比较复杂的心态意绪体现得明晰简洁又多富韵致。

【资料卡片】

一丘一壑

“渔钓于一壑，则万物不奸其志；栖迟于一丘，则天下不易其乐。”（《汉书·叙传上》）

“端委庙堂，使百僚准则，臣不如亮；一丘一壑，自谓过之。”（南朝宋·刘义庆《世说新语·品藻》）

一丘一壑原指隐者所居之地，后多用以指寄情山水。

江山道中蚕麦大熟

[宋] 杨万里

一

衢信中央两尽头①，蚕麦今岁十分收。
穗稻黄后枝无绿，不但麦秋桑亦秋②。

二

黄云割露几肩归③，紫玉炊香一饭肥④。
却破麦田秧晚稻，未教水牯卧斜晖⑤。

三

新晴户户有欢颜，晒茧摊丝立地干。
却遣缫车声独怨⑥，今年不及去年闲。

【注释】

①衢信：衢州、信州。信州即今江西上饶。江山正处于“两尽头”。

②秋：这里是成熟丰收之意。

③黄云：形容麦子成熟。

④紫玉：一种暗红色的粳米。

⑤水牯：公水牛。

⑥缫车：手摇的纺丝工具。

【导读】

本诗一共三首，写诗人在江山道中遇见蚕麦大丰收之景，透露出诗人的喜悦之情。第一首总写丰收之景：穗稻成熟，由绿转黄，一片金黄，就连桑叶也赶来“凑热闹”，好一派蚕稻双收丰收之景。第二首写稻麦丰收的农忙情景：以“黄云”形容麦子，形象地写出了今年麦子的大丰收，才刚把成熟的麦子收割完成，新米下锅，饭香四溢。可还未及停下脚步慢慢品尝，却又要赶着种晚稻了，于是斜晖日落之时，水牛还在犁田耕作，牛忙，人更忙。最后一首写桑蚕迎来丰收，家家户户开心颜，人人忙着晒茧摊丝，好不忙碌，因此“缫车”也忍不住“抱怨”。作者写“水牛的忙”和缫车的“怨”，以物衬人，十分巧妙，物忙其实就是人忙，形象地写出了今年的丰收之景。

仙霞道中阻雨[1]

[宋]黄公度

薄暮雨霏霏[2]，归心恨不飞。
客程三日阻，家舍半年违。
涧涩水争道，山高云触衣。
凭谁洗光手，取出太阳辉。

【作者简介】

黄公度（1109—1156），字师宪，福建莆田人，宋高宗绍兴八年（1138）状元，除秘书正字。后因写诗触怒秦桧，出判肇庆府。桧死后召回。终考功员外郎。著有《知稼翁集》。

【注释】

①阻雨：被雨所阻。

②薄：迫近。霏霏：雨盛貌。

【导读】

离家半载，诗人归途中在仙霞岭为雨所困，归程受阻，一个“恨”字写出了诗人归家的急迫心情，归心似箭，诗人恨不得能飞越仙霞岭，即刻到家。面对仙霞岭的山高水阻，诗人展开大胆的想象，竟想用手把太阳取出来，以驱散连日的大雨，足见诗人归家心切。

至日题江山驿[1]

[宋]黄公度

客里萍蓬愧此身[2]，天涯风俗对兹辰[3]。
云容山意商量雪[4]，梅蕾葭灰漏泄春[5]。

岁晚旅怀元自恶[6]，夜长梦归为谁频。
遥怜儿女团栾处[7]，应念江山漂泊人[8]。

【注释】

①日：冬至。驿：驿站，古时供传递或传送消息的人中途更换马匹或休息、住宿的地方。

②客：旅居他乡做客。

③兹辰：此晨，指“至日”。

④“云容”句：指浓云密布，山气朦胧，似正商量作雪。

⑤葭灰：芦苇灰，古人将芦苇茎中薄膜烧成灰，放进十二乐律的玉管内，将玉管置于案上，到某一节气，相应管律中的灰就会自行飞出以此来检验节气。此句意谓冬至已到，白天渐长，春天已经不远，试看梅已吐蕾，葭灰将飞，莫不在泄露春光。

⑥元：通“原”。

⑦团栾：团圆、团聚。

⑧漂泊人：作者自指。

【导读】

冬至之日，本应是家人团聚的日子，但诗人此刻却旅居他乡，且此刻浓云密布，风雪欲来，更显环境的凄凉。异乡孤客，怎能不夜夜梦里思家？最后一句十分巧妙和感人：明明是诗人独处驿站思家，但却偏偏不明写自己想念家里的儿女，却想象家里的亲人在想念在外漂泊的自己，与白居易“想得家中夜深坐，还应说着远行人”两句有异曲同工之妙，写出了诗人对亲人的无限思念和羁旅之苦。

【资料卡片】

题江山驿

［宋］黄公度

归来已负百花期，闲拂尘埃看旧时。
极目平芜三十里，乡心惟有杜鹃知。

秋日江山道中

[宋]柴元彪

豆花疏雨浥轻埃[①]，野店新凉入酒杯[②]。
草带淡烟栖古道，树含殊霭翳荒台[③]。
湖光隐见萍分合，山色有无云去来。
满眼秋光无老意，三峰万古碧崔嵬。

【作者简介】

柴元彪（生卒年不详），字炳中，号草亭，江山长台人，为“柴氏四隐”之一。咸淳四年（1268）进士，历任永明尉，湖南茶陵县令，福建建宁府观察推官。宋亡后，随兄柴望归隐家乡，坚不仕元。一生著作甚多，编集自谦为《袜线集》，已佚。

【注释】

①浥：湿润。埃：尘埃。

②野店：茅草盖的小店。

③翳：遮蔽。

【导读】

宋代诗人柴元彪为“柴氏四隐”之一，他在秋天之时行在江山道中，此时微雨初撒，润湿尘埃，茅草盖的小店内美酒已入杯中，古道上草带淡烟，树木葱郁，湖光山色意境无穷。诗人在这满眼的春光中赋诗抒怀。

雨过江郎街[①]

[清]查慎行

一

奇峰登五老[②]，秀岭度双姑[③]。
好笑三郎石[④]，朝来却避吾。

二

雨滴松杉径，烟迷䆉稏乡⑤。

秋山行处好⑥，何必认江郎？

【作者简介】

查慎行（1650—1727），初名嗣琏，字夏重，号查田。后改名慎行，字悔余，号他山，赐号烟波钓徒，晚年居于初白庵，所以又称查初白。浙江海宁人。清代诗人，“清初六家”之一。康熙时举人，赐进士出身，官编修。他早年从军西南，以后曾几次以文学侍从的身份随康熙到塞外，一生足历南北，较多地了解各地的山川名胜，风物人情，写下了不少反映人民生活疾苦的诗篇。著有《敬业堂集》。

【注释】

①江郎街：即江郎山下的江郎村。仙霞古道穿越该村。

②五老：五老峰，江西庐山的一大胜景。

③双姑：诗句原附小字“昨度大小杨姑岭”，杨姑岭，由浙入闽必经之地，接近仙霞岭。

④三郎石：江郎山上有三块巨石拔地而起，俗称“江郎三爿石”。

⑤䆉稏：水稻的一种地方称号。一说稻浪摆动状。

⑥行处：随处。

【导读】

在诗人的眼里，雨中的江郎街别有一番情趣，丝毫不逊色于庐山胜景，尤其是最后一句诗人用拟人的手法写江郎山，雨中的江郎山似乎有意避开我的到来，并为江郎山像个害羞的小姑娘一样要躲着自己而感到好笑。

第二首接着写雨中江郎山之景，铺满松叶的山路被雨滴打湿，而周围的烟气似乎被山下的水稻迷住了，沉醉不忍离去。由此，诗人抒发自己的感慨：既然处处的秋色都如此美好，又何必只迷恋江郎山一处呢？

峡 口[1]

[清] 查慎行

矮屋荒村岸，浮桥乱水湾。
船初通峡口，路已入乡关。
红敛初沉日，青余未了山。
沙田秋熟早，牛更比人闲。

【注释】

①峡口：地名，在江山市南六十里处，旧时为仙霞古道上的重镇。

【导读】

首句中“荒村”“矮屋”“乱”等字词展现出的是荒凉破败之景，诗人乘船刚过峡口，回到乡关，此刻斜阳西沉，暮光渐收，只有高山上还有些许残余的斜晖，给人以一种冷色调的氛围。最后一句运用了对比的手法，沙田的秋稻成熟了，人们正忙农忙，只有不用耕作的牛此刻最为悠闲，人的忙与牛的闲形成了强烈的反差。

将至江山县书所见

[清] 施闰章

滩舟南去晚，转赖北风吹。
双塔夹崖口[1]，丹霞照岭时。
溪藤翻翡翠，渔艇唤鸬鹚[2]。
山色初晴好，行将近武夷[3]。

【作者简介】

施闰章（1618—1683），字尚白，号愚山，安徽宣城人，清初诗人，顺治六年（1649）进士，康熙十八年（1679）举博学宏词，官至翰林侍读。其诗风朴素，间有反映社会之作，与宋琬齐名，时有“南施北宋”之称。著有《学余堂集》等。

【注释】

①双塔：即百祐塔和凝秀塔，位于江山城区东北，隔江相峙。

②鸬鹚：鸟名。喜觅鱼、虾、蟹和昆虫。渔民常养以捕鱼。

③武夷：山名。广义的武夷山在江西、福建两省边界，北接仙霞岭。

【导读】

诗人把沿途所见之景入诗，滩舟南去，幸好有北风可“赖”，诗人便可以饱览沿途的风光：先从远景入手，两岸的双塔隔江对峙，斜阳未尽，山岭上还留有丹霞余晖。然后由远及近，溪边的藤草的绿可比得上翡翠，渔船上的渔翁正在叫唤捕鱼的鸬鹚归来，一切都如此的美好，诗人正沉浸在眼前的山色之时，不知不觉就快到武夷了，表现了诗人的轻松心情。

清湖旅店题壁[1]

[清] 王掞

越溪东去水溶溶[2]，回首乡关隔万重。
明日江郎山下过，碧云深处插芙蓉。

【作者简介】

王掞（1634—1723），字藻儒，一字颛庵，江苏太仓人。清康熙九年（1670）进士，曾任浙江学政，后官至刑部尚书、礼部尚书，兼文渊阁大学士。著有《西田集》。

【注释】

①题壁：即兴作诗，题写在墙壁上。

②越溪：指须江。溶溶：（水）宽广的样子。

【导读】

本诗为诗人旅居异地时即兴遣怀之作，此刻诗人与乡关已有万重山之隔，况明日再过江郎山，离乡更远了，抒发了诗人浓浓的思乡之情。

二、名胜故迹

游江郎山访祝东山先生遗迹

[唐]张九龄

攀跻三峰下[①]，风光一草庐。
今见墨浪壁，昔闻君子居[②]。
君子今何处，徘徊不能去。
不见当年人，但闻声过树。

【作者简介】

张九龄（678—740），字子寿，一名博物，谥文献，韶州曲江（今广东韶关）人，世称“张曲江”“文献公”。唐朝开元年间名相、诗人。中宗景龙初年进士，始调校书郎。玄宗即位，迁右补阙。唐玄宗开元时历官中书侍郎、同中书门下平章事、中书令。母丧夺哀，拜同平章事。其五言古诗，诗风清淡，以素练质朴的语言寄托深远的人生慨望，对扫除唐初所沿袭的六朝绮靡诗风贡献尤大，被誉为“岭南第一人”。著有《曲江集》。

【注释】

①攀跻：攀登。

②君子：道德高尚的人。此指祝东山。

【导读】

此诗是作者张九龄在慕名游览江郎山时所作。作者借“风光一草庐”“昔闻君子居”等句表露出了对于此地知名隐士祝东山祝先生的高风亮节和文学造诣的仰慕，并且怀念之情油然而生，以至于久久徘徊不忍离去。但想起往日的风光，再看今日景况，一切早已随风消逝，风声过树，物是人非，因而也觉着怅惘不已。

【资料卡片】

唐武周时期，江郎山吸引了两位历史名人在此落户。由于年代久远，关于他们的传说也是扑朔迷离。据说，祝东山是应江郎地方江姓的邀请，在江郎山设馆教书。三衢刺史周美闻其有国士之风，所以劝说，举荐祝东山进京做官：想不到劝说不成，反倒自己被江郎风光迷住，结果最后是辞官不做，也在江郎山下的凤林做了一名隐士逸人：周美、祝东山这两个历史人物被《同治江山县志》编入“流寓”，指流落他乡之人。

萃贤亭[①]

[宋]欧阳修

君家富山水[②]，占胜作高亭。
坐听溪流响，能令醉客醒。
阳生群木秀，寒入乱峰青。
吾子东南美，人贤盖地灵。

【作者简介】

欧阳修（1007—1072），字永叔，号醉翁，六一居士，庐陵（今江西吉安）人，“唐宋八大家”之一。宋仁宗天圣八年（1030）进士，曾任枢密副使、参知政事。为官正直敢言，关怀人民，要求改革政治，站在范仲淹政治集团一边，但晚年对王安石新法有所不满。主张文学应切合实用，重视内容，反对浮靡之风，并注意奖励和提拔人才，为北宋古文运动领袖。其诗继承了唐朝诗人韩愈的雄健风格，语言流畅自然，格调较高。著有《欧阳文忠公集》。

【注释】

①萃贤亭：在今江山礼贤，为宋时礼贤人周源、周颖父子所建。

②君：指周颖，字望伯，宋神宗熙宁年间赐进士第，授校书郎。后忤王安石，降乐清守。

【导读】

萃贤亭在江山礼贤乡，为宋时礼贤人周源、周颖父子所建当与自己政见一致的友人在家乡建了这座美丽的亭子时，欧阳修便写了此诗相贺。诗中赞美了亭，更赞美了亭子的主人——“人贤地灵”指的是杰出的人物，出生于灵秀之地，表达了诗人对朋友的一片深情厚谊。

【资料卡片】

周颖其人（题目编者加）

周颖：北宋衢州江山（今属浙江）人，字伯坚，学者称正介先生。从胡瑗学，以行义称。嘉祐六年（1061），转运使言其文行推于乡里，仁宗等赐其粟帛。与赵抃友善。赵抃为谏官，曾写信告诫其“当公心以事君，平心以待物。无以难行事强人主，无以私喜怒坏贤士大夫”。熙宁三年（1070），召试舍人院，赐进士出身，授校书郎。不满王安石新法，出知乐清县。及卒，门人私谥同正介。著有《正介先生集》。

寄题周源家亭①

[宋] 苏舜钦

君家有虚亭，跨涧复面山。
泉声碎环玦②，清绕窗户闲。
潜鳞俯自钓③，嘉树坐可攀。
我思醉其上，与子开尘颜④。
微吟对一杯，放此白日间。

【作者简介】

苏舜钦（1008—1048），字子美，梓州铜山（今四川中江）人，仁宗景祐元年（1034）进士，与宋诗“开山祖师”梅尧臣合称“苏梅”。曾任蒙城、长垣县令和大理评事，集贤校理等职，因参加范仲淹为首的革新集团，果敢有为，为邪恶势力所忌，因故除名，退居苏州沧浪亭。其诗风格雄健，语言畅达，清新可诵，对宋诗革新颇有影响。

【注释】

①周源：宋时江山人，周颖之父。

②环玦：环形有缺口的玉。

③潜鳞：水中游鱼。

④子：指周源。

【导读】

萃贤亭，在礼贤城隍庙南临江山港，为北宋熙宁年间（1068—1077）所建，占地约五十平方米，亭为木结构，二层三重檐的方形亭，为衢州地区的一座历史文化名亭。萃贤亭作为古代文人雅士聚会吟佳处，是中国园林建筑中的一种高雅休闲点缀建筑。周源父子筑亭于礼贤镇中，太平寺北，以其玲珑美观与周边的黛山、绿水、古寺构成一幅江南山水丹青画卷，使做客礼贤的欧阳修、苏舜钦、梅尧臣、曾巩、皇甫澄、王安石等历代名士为衢州江山山水留下不朽的诗篇，美藻佳韶，流馨至今。

【资料卡片】

寄题周源员外衢州萃贤亭

［宋］梅尧臣

昨朝江南客，语子川上亭。
有时飞雨来，不见前山青。
卉萼人未识，鸟响日可听。
既将迟贤者，无使童仆扃。

题真岩寺[①]

［宋］赵抃

一炷清香一解颜[②]，几生修得到林间。
朝无事也夕无事，坐看山兮行看山。
梅玉破香供宴寝[③]，松风奏曲度禅关。
静思四海五湖客，虽有黄金无此闲。

【作者简介】

略，见前文。

【注释】

①真岩寺：在江山市西北登真岩下，初为尼庵，唐末为僧刹。宋元祐中迁建于半山中。

②炷：量词。用于点着的香火。解颜：欢笑。

③宴寝：《文渊阁四库全书·赵清献公文集》卷四，作“宴坐”，指起居休息。

【导读】

此诗作于赵抃晚年致仕之后。诗中“一炷清香一解颜，几生修得到林间”“朝无事也夕无事，坐看山兮行看山”等句无不反映了此时诗人“学道清心”并醉心于自然风光的恬淡心情，行起坐卧间皆是梅香相伴，松间清风颇具禅意，这样闲适的日子如今为作者所独有，是他人坐拥黄金也难以感受的。

望江郎山怀东山读书室

[清] 尤侗

石者白为云，云者青为石。
云石不可知，一片空濛色①。
三峰豁复开，中有君子室②。
奇人与奇文，千古江郎笔③。

【作者简介】

尤侗（1618—1704），字展成，一字同人，长洲（今江苏省苏州市）人，早年自号三中子，又号悔庵，晚号西堂老人，明末清初著名学者、诗人和戏曲家。于康熙十八年（1679）举博学鸿儒，授翰林院检讨，参与纂修《明史》。著有《西堂全集》。

【注释】

①空濛：迷茫。

②君子：指祝东山。

③江郎笔：祝东山《登江郎山》诗有“三峰屹立插云天，笔笔书空年复年”之句。

【导读】

尤侗才情敏捷，文名早著。其诗文多新警之思，杂以谐谑，清新风趣，别具一格。《望江郎山怀东山读书室》一诗，语言无华，意境不凡。前两联一连用了三个“石”字，三个“云”字，突出了三爿石“石呈五色，摩云插天”这一江郎山特有的景色，赞叹江郎山的雄伟、高大和壮丽。

诗的后两联紧扣“怀”字。物换星移，物是人非，东山先生已成故人，而今读书室尚在。“奇人”“奇闻”“千古”等词无不表达诗人对东山先生清高、淡泊之高风亮节的崇敬和仰慕之情。

【资料卡片】

题三爿石

马深培

界断银河一字通，是谁遗此倚天峰。
天成川石列三峰，交给儿孙保稷宗。

（《衢州咏·浙江三衢诗会采风集》）

度仙霞关题天雨庵壁[1]

[清]查慎行

虎啸猿啼万壑哀，北风吹雨过山来。
人从井底盘旋上[2]，天向关门豁达开。
地险昔曾资剧贼[3]，时平谁敢说雄才。
煎茶好领闲僧意，知是芒鞋到几回[4]。

【注释】

①天雨庵：在仙霞岭上，始建于宋代，今已不存。

②人从井底盘旋上：此句作者自注："岭下有龙井（村名）。"

③剧贼：指耿精忠。康熙中"三藩"之一的耿精忠叛乱，占据福建，凭借仙霞岭天险进攻浙江，清浙江总督李之芳领兵阻击攻入仙霞岭，最后耿精忠势穷乞降。

④《同治江山县志》"煎茶"作"一茶"。芒鞋：草鞋。

【导读】

查慎行以"空灵"创新为尚，得力于陆游颇深，受苏轼的影响亦大。其诗工于刻画锻炼，又多采用白描手法。《度仙霞关题天雨庵壁》是一首记游诗，记述自己攀登仙霞岭时的经历与感受。登岭的时间既不是风和日丽之天，亦不是天高云淡之时，而是冒着北风吹雨的恶劣气候攀缘而上，不仅如此，一路上所阅尽是"虎啸猿啼"，似乎连万山群壑也发出哀鸣。

【资料卡片】

仙霞关，位于仙霞岭。仙霞岭乃浙江江山一山名，高360级，28曲，长20里。宋朝时史浩入闽过此，招募人员铺建石路。其山形势险要，向来为闽浙陆路交通要道。

仙霞关位于浙江省江山市保安乡南仙霞岭上，地当福建、浙江、江西三省交界处，古称古泉山、泉岭山、保泉山，与剑门关、函谷关、雁门关，并称中国四大古关口。仙霞关城东西与高山相连，南北有狭路沟通，为古代衢县（现代为浙江衢州）往来建州（现代为福建建瓯）之咽喉要地。仙霞关以雄伟险峻驰名，素称"两浙之锁钥，入闽之咽喉"，历来为兵家必争之地。

登奇气楼故址[①]

［清］毛元坤

万峰秀气到楼奇，奇士居来定与宜。
航海二王无寸土[②]，归田四隐有遗基[③]。
曲江忠愤陈金鉴[④]，屈子悲歌寄楚词[⑤]。

手泽至今同劫烬，独留奇气尚堪追。

【作者简介】

毛元坤（生卒年不详），字亦方，清初江山文人。乾隆五十九年（1794）举人，曾任平湖县学教谕。著有《毛补南稿》。

【注释】

①奇气楼：在江山市长台高斋山下。宋柴望隐居读书处。

②航海二王无寸土：1276年宋亡，小皇帝赵㬎被俘后，赵㬎的两个哥哥，九岁的赵昰和六岁的赵昺，在陆秀夫等人的护送下逃到福州，先后被拥立即位，后在元兵逼迫下，退守广东崖山海面，一在海上受惊得病而死，一在海上遇难，故称。

③归田四隐：宋亡后，柴郡与弟元亨、随亨、元彪四人隐居不仕，人称“柴氏四隐”。

④“曲江”句：唐张九龄为曲江人，后世称其为张曲江。唐玄宗生日，百官皆献珍宝，唯张九龄进《千秋金鉴录》，历陈前代兴废之道。后九龄因反对李林甫为相，被罢免。

⑤屈子：屈原。战国时期伟大爱国诗人。屈原因忠于国事被楚王放逐，愤而赋《离骚》。

【导读】

此诗的作者是清初江山的著名文人。奇气楼在长台高斋山下，为“柴氏四隐”之首的柴望隐居读书处。柴望在南宋朝廷中书省供职期间，曾因上《丙丁龟鉴》十卷，直言政事，而被捕入狱，后幸为友人疏救才得免放归家乡。宋亡后，柴望仍念念不亡故国，与从弟随亨、元亨、元彪隐居深山，坚不仕元，表现出忠贞的爱国气节。作者登上奇气楼故址，睹物思人，感而为诗，诗中抓住一个“奇”字，写“奇楼、奇人、奇气”，论古道今，层层写来，倾吐了对柴望高风亮节的仰慕之情，同时也流露出对这位先贤的深切怀念。

三、秀色山水

轿中望泛仙山[1]

[宋]杨万里

上却篮舆卷却帘[2]，晓寒旋索熟衣添[3]。
孤松已自三千丈，更在仙山第一尖。

【注释】

①泛仙山：又名洗仙山。《大清一统志》卷三百一曰："洗仙山在江山县南四十五里，俗名万青山，有仙人洞。又南五里为龙堂山，顶有龙井。"

②篮舆：竹轿，也作篮举。

③旋：随即；不久。索：寻找。

【导读】

此诗作于宋淳熙六年（1179），杨万里离常州归故里江西吉水，经衢州江山泛仙山时。诗人眺望远山孤松，以"孤松三千丈"感叹世事变化，岁月流逝，又以"更""第一"隐隐道出自我信念。杨万里之诗，拥有丰富奇特的艺术想象，善于打破思维定式，或具体而微，或高屋建瓴，重新定义物我关系，其精巧的艺术构思、新颖活泼的意象，使其自成一家，流传千载。

江郎山和韵[1]

[宋]辛弃疾

三峰一一青如削，卓立千寻不可干[2]。
正直相扶无倚傍，撑持天地与人看。

【注释】

①江郎山：在江山市南50里，高360余米。一名金纯山，又名须朗山。山有三峰，皆耸秀，俗称江郎三爿石。山顶有池，人迹罕至。和韵：即依所和诗的韵作诗，又叫次韵，叠韵，多用于唱和。

②千寻：极言其高。古制八尺为寻。宋叶绍翁《四朝见闻》乙集《万年国清》条曰："三衢毛泽民（滂）以荐者面对徽宗，上问以所居江郎山高可几许，泽民姑大言曰：'五千尺'。上质何以验之也？毛对曰：'臣目斜视景。'上喜其捷。" 干：高攀的意思。

【导读】

全诗，诗人以"青""削""立"三字，点出江郎山峻峭、清秀、高耸的姿态。用字极简，却淋漓尽致展现出了江郎山的独特风姿。尾联，诗人以山言志，山的正直，山的坚韧，是诗人自我为人、处世的另一种隐射。

【资料卡片】

江郎山

［宋］王禹偁

三茅遗躅在金陵，又见江郎好弟兄。

谢朓门前好山色，一时分付与岩扃。

过灵石三峰

［宋］陆游

一

奇峰迎马骇衰翁[2]，蜀岭吴山一洗空[3]。

拔地青苍五千仞[4]，劳渠蟠屈小诗中[5]。

二

晓日曈昽雪未残[6]，三峰杰立插云间[7]。

老夫合是征西将⑧，胸次先收一华山⑨。

【注释】

①灵石三峰：即江郎山三爿石。

②衰翁：诗人自谓。

③蜀岭吴山：巴蜀和江南的山。此句意思是说，巴蜀和江南的山都不如灵石三峰之奇，相形之下，为之减色。这样就好像吴蜀两地简直就没有山似的。

④五千仞：极言其高。仞，古代以七尺或八尺为一仞。

⑤渠：代词，指灵石三峰。这二句是说灵石三峰拔地数千尺，高入云霄，要把这样高俊的山峰写在一首小诗里，真是委屈它了。

⑥曈昽：太阳初升的景象。

⑦杰立：特立。

⑧合：应当。征西将：《后汉书·冯岑贾列传》："（冯）异与赤眉遇于华阴，相拒六十余日，战数十合，降其将刘始、王宣等五千余人。三年春，遣使者即拜异为征西大将军。"

⑨胸次：胸中，心里。华山：在陕西东部，此时已落入金人之手。这里借指北方。

【导读】

其一为诗人于孝宗淳熙五年在赴福建途中，取道衢州，路过江郎山所作。诗人以奇思写奇景。诗人正面以"骇衰翁"直写江郎山的雄伟奇特，又从侧面以吴蜀山水"一洗空"反衬。再进一步以"拔地青苍五千仞"点明山之高俊奇伟。如此着笔，既富有趣味，又表现了诗人的开阔胸襟和不凡气度。

其二，即景抒情。以"插云间"的夸张手法，表现江郎山之奇秀。又以"征西将""收一华山"表现诗人立志报国从戎，虽"衰翁"而壮心不已的豪情。

【资料卡片】

江郎山

[宋] 柴元彪

世事无情几变迁，郎峰万古只依然。

移来渤海三山石，界断银河一字天。

云掩前川龙挂雨，风生阴洞虎跑泉。

群仙缥缈来笙鹤，石顶天香坠玉莲。

舟中望江郎山

[清] 查慎行

碓床石濑响泠泠[1]，爱入归人旧耳听。
岸草绿痕移蟋蟀，水花红影带蜻蜓。
樵争晓市秋初寄，风转荒湾棹一停[2]。
云雾不遮南望眼，三峰回首逼天青[3]。

【注释】

①泠泠：形容声音清越。

②棹：船桨。

③逼：接近。

【导读】

诗人写山而不尽言山，落笔之处有舟有岸，有草有花，以花草之繁盛称出江郎之境的林木叠翠，风光旖旎。同时，尾联“云雾不遮南望眼，三峰回首逼天青”，又直言江郎山的奇峻、雄伟，秀甲东南。

水帘泉僧德殊家水帘求予咏

[宋] 王安石

淙淙万音落石颠，皎皎一派当檐前[1]。
清风高吹鸾鹤泪[2]，白日下临蛟龙涎。
浮云装额自能卷[3]，缺月琢钩相与悬。
朱门欲问幽人价[4]，翡翠鲛绡不直钱[5]。

【作者简介】

略，见前文。

【注释】

①檐：这里指瀑布。

②鸾鹤：古代传说中的神鸟。鸾鹤泪，以及下句的蛟龙涎，均比喻瀑布水。

③ 额：匾。水帘泉俗称“石大门”，因言浮云当匾。

④朱门：富豪之家。古代王侯贵族用大红色涂门户，以示尊贵，故以“朱门”一词代称豪门。幽人：幽居之人，即隐士。

⑤鲛绡：传说中鲛人（美人）所织的丝绢。此借指苍翠的山色和轻柔的瀑布。直钱，同值钱。

【导读】

据考此诗为王安石青年时代在江山仙居寺讲学时所作。诗人以工整的笔法，清丽的语言，引经据典，巧用比喻，向我们描绘了一幅动静相生、声色并茂的水帘图。尾联，诗人以“翡翠鲛绡不直钱”直言对功名利禄的不屑，以及唯愿以高洁之志践行此生的追求。

【资料卡片】

仙居水帘

陆上青

翠湿岚飞护云门，水帘千尺昼长昏。
晴空忽卷珍珠箔，草色青淤石上痕。

水帘泉

[宋] 毛渐

一派寒泉几丈长，终年挂在翠岩旁。
低垂岂逐风摇动，清莹偏宜月透光。
激石散开珠落落①，穿云飞上玉锵锵②。
真仙欲与尘嚣隔，不卷从交映洞房③。

【作者简介】

毛渐（1036—1094），字正仲，北宋中期江山清漾（今属石门乡）人。英宗治平四年（1067）进士，曾任宁乡、安化知县，司农丞，传运判官，转运副使、转运使等职，为官关心民瘼，勇于革新，在治水治旱方面颇有政绩。

【注释】

①落落：犹零落。

②锵锵：象声词。原形容撞击金属器物的声音，此处指流水击石之声。

③洞房：指瀑布后面的岩洞。

【导读】

首联远观，以夸张手法言泉之形态——“几丈长”。颔联、颈联，近观，抓住水帘的清莹玉洁，却有轻盈的特点。诗人实写泉之形态，暗则喻自我遗世独立，洁身自好的情操。

登浮盖山①

[宋]汪藻

策杖扪萝到岭头②，十年曾此一经游。
澄涵泉泻东西涧③，突兀山蟠南北州④。
翠顶冻云寒三月，丹炉留药暖千秋。
腾身已出尘寰外，更欲乘风傍斗牛⑤。

【作者简介】

王藻（1079—1154），字彦章，江西德兴人，宋代文学家。徽宗崇宁年间进士，曾任翰林学士。其诗初学江西诗派，后学苏轼，风格清新，南渡后有些作品忧念国事，情感真挚。有《浮溪集》，已佚。

【注释】

①浮盖山：又名盖仙山，在江山市廿八都乡与福建省交界处，山势险峻，怪石嶙峋，多名洞深罅。有大云寺，龙洞诸景。

②萝：女萝，一种攀缘植物。

③澄涵：清澈。

④突兀：高耸。蟠：盘曲。

⑤斗牛：二十八宿中的两个星名。

【导读】

此为诗人十年后再游浮盖山之作。“策杖扪萝”，一言山高，一言年老。“泉泻东西涧，突兀山蟠南北州。翠顶冻云寒三月，丹炉留药暖千秋”，以工整的对仗之笔绘出了一幅水清、石奇、山峭的风景图，色彩活泼，意境清丽。“出尘寰”“傍斗牛”，更道出诗人摆脱尘世羁绊，无所烦扰的欣然之情。

【资料卡片】

徐霞客游记

[明]徐霞客

浮盖山，跨浙、闽、江西三省，衢、处、信、宁四府之境，危峙仙霞、梨岭间，为诸峰冠。枫岭西垂，毕岭东障，梨岭则其南案也。怪石拿云，飞霞削翠，遥瞻丰采，辄为神往。登绝顶浮盖最高处，踞石而坐，下视金竹里以东，崩坑坠谷，层层如碧，远近万状。惟顶以南，尚郁伏未出。循西而下，乃至此峰为浮盖最东。由此而西，蜿蜒数峰，再伏再起，极于叠石庵，乃为西隅，再下为百花岩矣。浮盖中顶皆盘石，累叠而成，下者为盘，上者为盖，或数石共肩一石，或一石复平列数石，上下俱成层叠双阙。“覆盖仙坛”，洵不诬称矣。

舟过航埠山①

[宋]韩驹

县郭连青野②，人家蔽绿萝。
地偏春事少③，山迥夕阳多④。
暗水披崖出，扁舟掠岸过。
传声细扶柁，吾老怯风波。

【作者简介】

韩驹（约1086—1135），字子苍，号陵阳，仙井监（今四川仁寿）人。少有文称，徽宗政和初赐进士出身，除秘书省正字，累官著作郎、中书舍人，直学士院。南宋初曾知江州。早年学诗于苏轼，后入黄庭坚江西诗派，晚年自成一家。著有《陵阳集》四卷。

【注释】

①航埠山：在江山市城区南面须江之畔，山势逶迤，其下有鹿溪渡，旧为航行码头，故名。

②郭：在城的外围加的一道城墙。

③春事：春天的农事。

④迥：远。

【导读】

诗人以“青野”“绿萝”“夕阳”“扁舟”等意象入诗，渲染出一派闲适恬淡的田园之景。从另一个侧面，我们亦可知当时江山的水系发达，水上运输繁忙。

【资料卡片】

舟过航埠山

[清]方煌

一

空山寂寂响流泉，不见人家见炊烟。
一树暝鸟啼不住，数声欸乃过前川。

二

入夜松风拂水轻，疏星萤火浸溪明。

牧童横笛归偏晚，隔岸犹闻四五声。

大溪滩折舵①

［宋］陆游

一

溪流乱石似牛毛，雨过狂澜势转豪②。

寄语河公莫作戏③，从来忠信任风涛④。

二

暮江初涨浪翻狂，一叶轻舟泛渺茫。

我愧人非跛男子⑤，安能与世作津梁⑥。

【注释】

①大溪滩：距江山市区二十里，江山港经此北流出境。

②豪：大。

③河公：河伯，即河神。戏：嘲弄。

④忠信：忠臣，忠良。

⑤跛男子：传说中八仙之一的铁拐李，相传他的拐棍能重能轻，能变蛟龙翻江倒海，又能当舟船行程万里。这里泛指神仙。

⑥津梁：桥梁。作津梁，指引渡凡人成仙。

【导读】

大溪滩在江山县北二十里，从前曾是江山城北重要的渡口，风景如画。南宋著名爱国诗人陆游，曾在闽赣任职，往返山阴与宦地之间，多次旅经衢州。那时陆游被扣上“擅权”罪名罢官归故山阴。他从弋阳出发，取道衢州船过江山大溪滩，偏遭狂风暴雨，欲乘长风破万里浪，可船舵又撞礁而折断。陆游喟然长叹，急就《大溪滩折舵》两首，抒发敢于顶风击浪奋进却又一时无可奈何的复杂心境。

仙霞岭

[宋]朱熹

道出夷山乡思生[1]，霞峰重叠面前迎。
岭头云散丹梯耸[2]，步到天衢眼更明。

【注释】

①夷山：武夷山。

②丹梯：及下句的“天衢”均指仙霞岭上险峻高阔的驿道。

【导读】

仙霞岭位于浙江省江山市保安乡境内，最高海拔为1413米，是仙霞山脉的主峰。仙霞岭山脉地势高峻，中山广布，平均海拔千米左右，多为中生代侏罗系火山岩复盖，岩性坚硬，节理发育，侵蚀后常成陡崖峭壁。仙霞岭山势险要，自古以来为浙、闽要冲。宋朝诗人朱熹就曾为其即兴赋诗一首。

【资料卡片】

仙霞岭天一亭

柴允元

不数函关百二雄，仙人此地辟蚕丛。
层峦峡里千阶叠，积翠崖边一线通。
殿阁雾栖尘境别，钟鼓风送响音洪。
时看岭半烟云绕，上有高林碍日红。

仙霞岭（四首其一）

［清］周亮工

略尽冬春高下峰，离离霞映玉芙蓉[①]。
竹埋岩下泉归灶[②]，轮舞滩边石自舂[③]。
四面水声闲客袂[④]，无端日色映游踪[⑤]。
自惭袯襫尘沙满，赖有看山致未慵[⑥]。

【作者简介】

周亮工（1612—1672），明末清初文学家、篆刻家、藏书家。字元亮，又有陶庵、减斋、缄斋、适园、栎园等别号，学者称栎园先生、栎下先生。江西省金溪县合市乡人，原籍河南祥符（今开封）人，后移居金陵（今江苏南京）。崇祯十三年（1640）进士，官至浙江道监察御史。入清后历仕盐法道、兵备道、布政使、左副都御史、户部右侍郎等，一生饱经宦海沉浮，曾两次下狱，被劾论死，后遇赦免。生平博览群书，爱好绘画篆刻，工诗文，著有《赖古堂集》《读画录》等。

【注释】

①离离：形容披纷繁盛的样子。芙蓉：莲花 的别称，此指碧绿美丽的山峰。李白《望庐山五老峰》有“青天削出金芙蓉”之句。

②“竹埋”句：指竹筒引泉水到农家厨房。

③“轮舞”句：指山溪旁引水转轮带动石杵舂米的水碓。

④袂：袖子。

⑤无端：没有尽头。

⑥致未慵：兴致高而不倦。

【导读】

仙霞古道不仅仅是一条交通要道、商旅之途，还是一条“宋诗之路”。千百年来，多少骚人墨客在石道上踯躅咏叹，周亮工就用诗歌来表达出他途径此地时的所见所感。岭北有戴笠故居，戴笠亲自设计，建筑结构奇特，机关设置巧妙。

仙霞岭雾雨

[清]施闰章

重雾成微雨，浮云暗远峰。
路危迷一线，岩滑转千重。
荒戍寒无火①，层冰白在松。
欲寻僧舍宿，何处有疏钟。

【作者简介】

施闰章（1618—1683），字尚白，号愚山，安徽宣城人，清初诗人。顺治六年（1649）进士，康熙十八年（1679）举博学宏词，官至翰林院侍读。其诗风格朴素，间有反映社会之作，与宋琬齐名，时有“南施北宋”之称。著有《学余堂集》等。

【注释】

①荒戍：荒废的营垒堡寨。

【导读】

仙霞古道不仅仅是一条交通要道、商旅之途，还是一条“宋诗之路”。千百年来，多少骚人墨客在石道上踯躅咏叹，清代诗人施闰章在微雨浮云中游览仙霞岭，虽是天寒雾大，冰结白松，倒也别具一番景致。

【资料卡片】

雨度仙霞岭（其二）

朱彝尊

一

缥缈江郎石，朝来竟不分。
客愁偏暑雨，祠古但寒云。
小市兵戈尽，飞泉下上闻。
泥涂虽自苦，暂喜远人群。

二

仙霞高不极，半岭一云平。
倚杖惊吾老，攀崖羡客行。

经心苍藓滑，照眼白花明。
回首枫林暮，先秋叶自鸣。

过仙霞岭

[清]袁枚

乱竹扶人上，蒙茸但见烟[①]。
千盘难度鸟，万岭欲藏天。
古树拏云健，重门铸铁坚。
分明两戒外[②]，别自一山川。

【作者简介】

袁枚（1716—1798），字子才，号简斋、随园老人，浙江钱塘（今杭州）人。乾隆进士，曾任江苏江宁等地知县，辞官后侨居江宁小仓山（在今南京市清凉山东），筑“随园”以自适。著有《小仓山房诗文集》《随园诗话》等。

【注释】

①蒙茸：同“蒙戎”。犹言蓬松杂乱的样子。

②戒：通“界”。《新唐书·天文志一》：“而一行以为天下山河之象，存乎两戒。”

【导读】

千百年来，多少骚人墨客在石道上踯躅咏叹，清代诗人袁枚过仙霞岭时曾赋诗一首，抒发所见之奇。

【资料卡片】

过仙霞关

郭赵璧

雄关天险锁峰腰，越水闽山道路遥。
十里重林云漠漠，半楼疏影竹潇潇。

深秋鞍马来孤岭，斜日肩舆过短桥。
却忆去年凭眺处，满天风雪上层霄。

清湖春早①

［宋］方回

楼上春阴覆晓云②，一河天净碧沄沄③。
雨宜不骤风宜细，闲倚阑干看水纹。

【作者简介】

方回（1227—1307），字万里，号虚谷，安徽歙县人。南末理宗景定年间登第，知严州（今浙江建德），后降元，任建德路总管。他致力于诗，崇尚江西诗派。著有《瀛奎律髓》《桐江集》等。

【注释】

①清湖：杭世骏《榕城诗话》卷上："江山县近岭处，地名青湖，土田肥沃，风俗茂美，人家环山带水，豆畦姜棱，幽径演迤。……临江有小江郎祠在石崖上，林木亏蔽，下罩江水，水中有石床石几，清洁无尘埃。过客多染翰墙壁间，迄无佳句。""青湖"即"清湖"。

②春阴；春天的阴云。

③沄沄：形容水流动。

【导读】

清湖位于江山近岭之处，风景十分优美，宋代诗人方回在早春之时游览清湖，水流清澈，风平浪静，抚平了诗人的内心，享受着一份世外的恬淡清幽。

【资料卡片】

清湖春水

袁敬所

巴蜀春风雪早消，汪洋便觉润衢饶。
波分彭蠡湖边绿，浪接钱塘江上潮。
鸥鹭忘机闲白昼，鱼龙得志起中宵。
几时觅得扁舟去，云满蓬窗月满桡。

鹿溪晚泊[1]

[清] 钟定

青山隔岸鹿溪长，嘉树浓阴透晚凉。
滩激声高星影动，夜来犹有蕙风香[2]。

【作者简介】

钟定（生卒年不详），石门（今属浙江桐乡市）人。康熙十九年至二十八年任江山县教谕，后任河南陈留知县，对古地理学有研究。著有《禹贡图注》等。

【注释】

①鹿溪：即江山港。

②蕙：蕙草，多年生草本植物，初夏开花，黄绿色，有香味。

【导读】

清代诗人钟定夜晚停泊于鹿溪，溪岸对面便是青山，林木茂密，晚间凉风吹过，溪水荡漾，阵阵花香飘过，远处星光闪耀，夜景优美，令人沉醉。夜间偶然停泊于鹿溪，于无意时邂逅如此美景，不由令诗人诗兴大发。

过枫岭[1]

［清］陈寿祺

西行出枫关，日脚千嶂午[2]。
绝磴扶笋舆[3]，扪萝才一缕。
峥嵘大竿头[4]，连峰接数武[5]。
岭半露烽墩，斥候静楼橹[6]。
海天横苍苍，万里控一柱[7]。
地险非人功，真宰为之主[8]。
冻云欲酿雪，风力健如弩。
鸟厉愁飞迟[9]，天长觉梦若。
青空撑孤亭，长剑可倒拄。
坠涧隔千寻[10]，沿缘不敢俯[11]。
泉疑涌月流，石与陨星古。
持此谢越人[12]，何必语天姥[13]。

【作者简介】

陈寿祺（1771—1834），字恭甫，号左海，福建闽县（今闽侯）人。嘉庆四年（1799）进士，官翰林院编修，曾充广东、河南乡试副考官。年四十弃官养母。晚年自号隐屏山人。以治经著名，亦能诗。著有《左海全集》。

【注释】

①枫岭：俗称大竿岭，在江山市南一百三十五里与福建浦城县交界处，为浙江与瓯江之分水岭，产枫树。岭上有寨，清时有军队驻防。

②日脚：穿过云隙下射的日光。岑参《送李司谏归京》：“雨过风头黑，云开日脚黄。”

③绝磴：陡峻的石级。

④大竿：即大竿岭。

⑤数武：数步。

⑥斥候：侦察兵。楼橹：瞭望台。

⑦一柱：指撑天的高山。

⑧真宰：指天地造化。

⑨厉：鸟疾飞。

⑩坠涧：深涧。

⑪沿缘：临近边沿。

⑫谢：告诉。

⑬天姥：山名，在浙江新昌县东。李白《梦游天姥吟留别》："越人语天姥，云霞明灭或可睹。"极言天姥山之雄伟险峻。

【导读】

江山的枫岭，以满山的枫树而得名。在浙江江山南一百三十五里，接福建浦城县界，为浙闽分界处，亦为浙江与瓯江之分水岭。清代诗人陈寿祺西行之时路过此处，日光从云彩的间隙射出，眼前巍峨险峻的山峰连绵起伏，乃造物者之神奇手笔。风雪欲来之时，景色更为宏伟壮观。

四、人物春秋

吊徐先生一门殉节[1]

[明]海瑞

三辅烽烟接帝京[2]，背城一战尚纵横[3]。
家酬士死黄金散[4]，身报君恩白骨轻。
北极铜驼春草没[5]，西风画鹢夜潮倾[6]。
阖门就义寻常事[7]，遗恨犹闻鼓角声[8]。

【作者简介】

海瑞（1514—1587），字汝贤，自号刚峰，明广东琼山（今海南海口）人。嘉靖举人，曾任南平教谕、淳安知县、户部主事、应天巡抚、南京吏部右侍郎等职，主张减轻人民负担，提倡节俭，严罚贪污，兴修水利，平反冤狱，在民间曾有“海忠介公居官公案”“大红袍”的传说。著有《海瑞集》。

【注释】

①徐先生：即徐应镳（？—1276），字巨翁，衢州江山人，宋亡殉国。

②三辅：京都及附近地区。

③背城一战：作者自注：“时文天祥拟背城一战，陈宜中不许。”时元军兵临临安城下，文天祥主战，右丞相陈宜中主和。

④此句作者自注：公悉散家财，募死士勤王。

⑤铜驼：《晋书·索靖传》曰：“靖有先识远量，知天下将乱，指洛阳宫门铜驼，叹曰：‘会见汝在荆棘中矣！’”《太平寰宇记》引晋陆机《洛阳记》：“汉铸铜驼二枚，在宫之南四会道，夹道相对。”

⑥画鹢：画有水鸟的船。注“后帝（赵）昺飓风大发，舟覆于海”。

⑦阖门：全家。

⑧“遗恨”句：指徐应镳全家就义后，元兵继续南下，与文天祥等宋军残部作战。鼓角声指战事。

【导读】

本诗为明代诗人海瑞凭吊徐应镳所作。前四句点明元灭宋时背城一战的时代背景，为徐一家殉节做了铺垫。颈联两句借北宋京都宫中的遗物被春草遮没，南宋帝因飓风大发舟覆于海之事，确切地表示出了宋朝的灭亡。最末两句点题，说徐先生一家把为国而死看作了寻常事，不幸的是自己全家就义并未解除国家的危难，那遍地的狼烟仍在燃烧，成为深深的“遗恨”！诗句既赞美徐先生的报国精神，也表达了对徐的仰慕之情。全诗充满着悲壮、苍凉的气氛，具有一定的艺术感染力。

同年哥①

[清]焦循

同年哥，竹皮为笠棕为蓑，上滩不得如滩何②。
同年嫂，人言十五容颜好，容颜今共秋山老。
家住兰溪女铺东③，往来送客江郎道。
江郎山接仙霞关④，行人南去舟空还。
还时经过捉差处，锒铛系颈当差去⑤。
垂头典卖衣与钗，哥问余钱嫂不语。

【作者简介】

焦循（1763—1820），字理堂，江苏甘泉（今扬州）人。嘉庆六年（1801）举人。长于经学及文字、训诂之学，兼治戏曲；诗笔质朴。著有《雕菰集》等。

【注释】

①作者自注：自杭州至衢（今衢州），呼舟子（船工）曰“同年哥”，其妻曰“同年嫂”。

②如滩何：奈滩何。

③女铺：小镇名，今兰溪市女埠镇。

④江郎：江郎山。

⑤锒铛：锁链。当差：官府强征的无偿劳役。

【导读】

本诗为清代学者焦循所作，叙述了一个普通船工的生活经历。语言平实质朴，内容对仗工整。作者通过对船工经历的描写，揭露了当下社会的黑暗现实，抒发了作者怨愤、压抑之情。

文 章

一、江山物语

江山如画话江山

周文钦

江山[①]虽为一山城，唯景色宜人，犹如人间仙境一般，在盆地中嵌有一城市，即为江山，确是依山傍水而居，虽不是高山峻岭，仍可窥视出动人风貌，周围突显出她如花似玉般风姿，尤其在春天花团锦簇，在田野中满山遍野百花怒放，美艳动人，百鸟争鸣，争相嬉戏，那种动人心弦的美妙舞姿，迤逦的风光，在欣赏中别具情趣。

我为农家子弟，乡间山水河流都是童年游憩所在，童年往事历历在目，确是甜美回忆。

六岁启蒙，当时所读都是《三字经》《幼学琼林》《古文观止》一类书籍，每日注重背诵，虽有讲解，并未深切体认，可是仍朗朗上口，不求甚解，家父经常诵读《幼学琼林》《古文观止》等书，得益良多，家父文笔秀丽，才气横溢，清末时参加考试，得中秀才，民国肇造，曾当选县议员，并有马匹侍候，当时是奢侈交通工具也。确是风光一时，因我出世较晚，并未睹此情景，只见有马铃与马鞍挂在壁上，探询研究，始知有此事实。

住乡间较城市为宜，何以见得？因乡间空气新鲜，视野宽广，身心感到舒畅，遗憾者见识较城市为差，两者之间各有利弊得失，年轻时意念较强，对前途有强力倾向，力争上游心理更是年轻在所向往，故不惜一切勇往直前，创造未来远景，都有殊途同归之意念，目的都是一样，所谓贫者因书而富，富者因书而贵之理念，故读书是光明前途之基础，前清时代入仕唯有科举，民国后学子通过特考、高考、普考及格始能在仕途出人头地，不然就足做苦工。

小城四周为城墙所筑，街道狭隘[②]，除行人横冲直撞外，车辆甚为稀少，资讯亦很闭塞，电讯亦不发达，社会风气更为纯朴，邻里间均极和谐相爱，各守本分，更无钩心斗角情事或有刁蛮欺压善良之举止，农村妇女穿着朴素而不浮华，谈吐亦很温雅，更无妖艳花枝招展行为，这是乡城朴实之对照也。

出南门两旁不仅是田野亦为高山，展示在右侧者为一有名之老虎山，虎视眈眈[3]坐卧在山顶之上，确是巍峨而壮观，亦是游憩[4]之处所，再往远处望去，更有突显之景观，名闻遐迩之名胜古迹，三爿石，确是一座高山峻岭，直上云霄，矗立其中，甚为壮丽，神采奕奕，气势雄伟，以奇峰怪石从无人攀登其上，传说中有一仙人搭架而上，是否属实尚难考证，再向南行即为仙霞岭，远看是岭侧成峰，山上布满苍松翠柏，长在其中，弱柳临风，江山如画，令人叹为观止，不仅游憩之所在，且为文人墨客创作之所，真是学力根深方蒂固，功名水到自渠成之名言。

须江，位于城门两侧一河流，古时系交通枢纽，商人系以此为赚钱渠道，往东顺行而下即为衢州、金华、杭州，返回时则需绳索牵引，较费时亦费力，平时平静而无波，一旦雨季降临则灾情惨重，洪水如排山倒海，白浪滔天，浪涛汹涌，房地产毁于一旦，人民苦不堪言，此事情而发生，有时当政者计划修坝筑堤，以防洪水侵袭，避免惨重损失，目前城墙已迁移，街道已拓宽，两旁建筑高楼大厦，交通较往昔发达，有机场（衢州市郊）、汽车站、火车站，交通甚为便捷，确是观光好处所，从杭州搭机到衢州只半小时而已，每周两班（周三、周六），也有从广州到衢州的班次，为探亲者最便捷路径。

【作者简介】

周文钦，祖籍是浙江省江山市吴村乡水晶山底村。1949 年后去了台湾，曾担任真相电视台董事长后，2000 年派出记者到浙江江山采访，拍摄了《江郎山风光》《廿八都有风情》，以及介绍江山养蜂业，养鹅业等高效农业的专题片。

【注释】

①江山：指江山市，是浙江省衢州市代管县级市，位于浙闽赣三省交界处，是浙江省西南部门户和钱塘江源头之一。

②狭隘：指不宽阔，比较窄小。

③虎视眈眈：成语，指像老虎那样凶狠地盯着，出自于《易·颐》：虎视眈眈，其欲逐逐。。

④游憩：游憩，含有“休养”和“娱乐”两层意思。

【导读】

每个人都有自己的故乡情怀，希望自己在年老之时能够落叶归根，周文钦老人虽身在台湾，但心中最美的地方永远是自己的家乡，故乡依旧江山如画。在他的眼里，家乡的田野中百花怒放，满山遍野，美艳动人，百鸟争鸣，争相嬉戏，那种动人心弦的美妙舞姿，迤逦的风光，别具情趣。故乡在他脑海里，在他童年的美梦里，在千里之外的江山市。

【资料卡片】

江山市

江山市，浙江省衢州市代管县级市，位于浙闽赣三省交界处，是浙江省西南部门户和钱塘江源头之一。主要景点有江郎山景区、清漾景区、廿八都古镇、浮盖堆石洞群、和睦彩陶文化村、仙霞岭景区、戴笠秘宅、石鼓峡谷、月亮湖景区、市区景观等。江山先后被命名为“中国猕猴桃之乡”“中国白鹅之乡”“中国白菇之乡”“中国蜜蜂之乡”“中国水泥之乡”“中国木门之都”“江南毛氏发祥地”“毛泽东祖居地”首个“中国村歌之乡”“中国幸福乡村”。

廿八都，遗落在大山里的梦

汪浙成

初到廿八都[①]，那看惯高楼如林的都市的目光，是那样新鲜而惊奇地在一座座古雅的马头墙和精湛的雕花门楼上徜徉着，一时竟以为置身在“不知有汉，无论魏晋”的桃花源了。

越地自古多华构。仅就乡土建筑的根——民居而言，有东阳卢宅，富阳龙门，金华周村，闪烁着华夏建筑的特色。然而像廿八都这样成群成片保存如此完好的古建筑群，在江南实属罕见，被行家们誉为全省排行第一。

廿八都是浙江最西南边上的一个集镇，属江山市，坐落在浙、闽、赣交界的仙霞山脉纵深地带，群峰拱列，关隘[②]林立。被史家称为“一人守险，千人不得上”的雄关仙霞、枫岭、六石和安民，像四位顶天立地的勇士镇守着东南西北四面，然而镇子周围土地平旷，美丽的枫溪从小镇脚下流过，良田美池，屋舍俨然，风吹晴岚。倒映在河中的飞檐脊兽，朱梁画栋，闪闪烁烁，扑朔迷离，宛如神话中的水晶宫！

我喜欢在街上蹀躞[③]。高大的马头墙——当地人称五花山墙——枝丫般从街两厢相对而出，在行人头上交织在一起，把天空挤得只剩下条狭窄的缝隙。纵令阳光灿烂，街上却依旧阴阴漠漠。一串串古色古香的招牌，在出檐很深的铺面上方来回摆荡。上面或是画着酒坛，或是一把热气腾腾的茶炊，或南北果品，或文房四宝，以及当地特有的喜庆寿辰的大红对联。时近年关，围着蓝土布围腰的山里人像欧洲喜欢猫的贵妇一般，人人怀里揣着竹编火笼。大家相见无杂言，但道年货棒。

廿八都的古建筑，不论作为物用的民居，还是象征精神需求的寺庙殿阁，都有浓厚的乡土气息。这里是山区，所有建筑都根据自然地形，依势而筑。在传统群体组合、横向铺排的基础上，突出崇尚阔大雄硕的美学风格。一座两千人不到的小镇的孔庙，大成殿竟是三层歇山顶楼阁；飞檐出挑[④]，从西北坡上气宇轩昂地雄视着全镇。整个建筑由照壁、门庭、正门、前殿、天井、正殿、寝殿和左右厢房组成，实在够宏伟的了。

民居布局也不同于水乡的“四水归堂”，大多采取平面长方形四合院群体组合。青砖砌成的墙体，由于受邻近的江西影响，只是在檐下装饰条宽边粉线，不像绍兴一带的水乡粉墙。门楼也由工艺精细的木雕代替水乡地区的砖雕，形成一种国内罕见的融浙式、徽式、赣式和客家民居风格于一体的独特的建筑文化。

记不得是谁说过，建筑是凝固的音乐。在廿八都，有时，当我伫望那一座座无声的土木之物，耳畔会訇然[5]响起动听的乐曲，领略到一种无法言说的音乐美。步入多重进深的深宅大院，每进一幢，展开一层空间，逐渐地向你打开富有变化的建筑形象。这感觉，一如清音幽婉，缭绕不绝。驻足水边，遥瞻穹然独出、藤萝掩映的枫溪古桥，会感到它仿佛浩歌一曲，声展翠谷，此外像镇南水安古桥，横跨深涧，桥下溪水飞湍，桥上廊亭飞动，宛如整个乐曲中一段感情酣畅的华彩乐章。

小镇有如此众多的古建筑群，是因为它曾拥有一个辉煌的昨天。廿八都的历史,最早可以追溯到唐末黄巢起义[6]。是这位农民领袖率领队伍，“刊山七百趋建州”，开辟出仙霞古道，此后这里便成了京都通往福建沿海唯一的陆上通道，历代都派有驻军。商贾云集，百业兴旺，到明清时已发展为浙、闽、赣三省边界重镇，遍布镇上的那大大小小古建筑，就是那个时代的产物。

除了古建筑，廿八都自然景观也十分秀丽，危石奇峰，竹木清幽，历史上闻名的仙霞古道，吸引了多少文人墨客，写下了一篇篇千古绝唱。还有明代守将郑芝龙、郑成功父子狩猎的“猎岭晴岚”，有怪石拿云、飞霞削翠的浮盖观。著名地理学家徐霞客曾慕名三游于兹。

然而，随着现代交通的发展，铁路、公路已取代了仙霞古道，廿八都的地位就无可挽回地衰落下来。它是历史上一次伟大起义遗落在大山里一个多少带点苦涩的梦！一个迟迟未醒的梦！

【作者简介】

汪浙成（1936— ），笔名齐放。浙江奉化人。中共党员。毕业于北京大学中文系。历任内蒙古作协《草原》杂志编辑、编辑组长、编委，浙江省作协副主席，《江南》杂志社社长兼主编。中国作协第五届全委会委员及第六、七届名誉委员，浙江省第七、八届政协委员。享受政府特殊津贴。1957 年开始发表作品。1981 年加入中国作家协会。文学创作一级。著有中篇小说集《别了，蒺藜》《小太阳的苦恼》等，散文集《人生如瀑》，剧本《大兴安岭人》等十余部。作品曾获第一、二届全国优秀中篇小说奖，多部作品获内蒙古自治区、浙江省等优秀创作奖。

【注释】

①廿八都：衢州廿八都古镇是一个古老小镇，北宋熙宁四年（1071）江山设都四十四，此地排行第廿八，得名廿八都，至今已有 900 余年历史。

②关隘：指险要的关口，在交通要道设立的防务设施，又称关卡。

③蹀躞（dié xiè）：小步行走。

④飞檐出挑：指的是飞檐比较突出。

⑤訇然：形容大声 惊叫声。

⑥黄巢起义：指的是乾符五年（878）至中和四年（884）由黄巢领导的民变，是王仙芝起义的后续。也是唐末民变中，历时最久，遍及最大，影响最深远的一场农民起义。

【导读】

廿八都距离江山市区七十公里，北宋熙宁四年（1071）江山设都四十四，此地排第廿八，得名“廿八都”。该镇地处浙闽赣三省边界，曾是边区的重要集镇，素有“枫溪锁钥”之称。商行店铺、饭馆客栈布满了整条鹅卵石铺就的大街，日行肩夫，夜歇客商，每天南来北往，熙熙攘攘，热闹了数百年之久。进深处、天井上，客家围屋式房檐下落寞的雨滴，再也寻觅不着昔日的闹热，但正因为这份冷清，比起江南的乌镇，它少了一点浮躁，多了一份沉静，少了些浅薄，多了一层厚重。

【资料卡片】

廿八都的文化

廿八都有大小两个文昌阁，大文昌阁在镇北头，小文昌阁在镇南端。两座雄伟、精致的建筑在当地是无可相媲美的。与此同时，300余幅彩绘在大文昌阁的梁、枋、藻井间，用“悬梁刺股”“衣锦还乡”来激励后代。廿八是“方言王国”和名副其实的“百姓古镇”，镇上有9种方言和130余种姓氏。保留至今的主要有浙南、赣西、闽北闽南、徽州的九种不同方言，小区域的方言仅几户人家通用，十分奇特。但现在镇上听到的只有一种方言——廿八都官话。据说是古时的守军在廿八都也强行推行官话，商家为了招呼好这个大客户也主动学讲官话，但都带点南腔北调，时间一长就成了全镇标准方言。廿八都人很为自己的“官话”骄傲，绝不肯被难懂的江山话同化。

三、名胜故迹

重修江郎书院记

[宋]苏辙

祝方叔重葺江郎书院[1]，院在江郎山峡间，山在江邑之南五十里，自山麓至书院里许，负山临壑[2]，塽垲而幽敞[3]。其北数百步曰塔峰，峰顶置塔，高出云外。其南曰虎跑泉，泉自石出，奔赴深壑。壑深千丈，泉上石壁挺立万仞，劈裂如削，即江郎石也。

江郎之名，不知何昉[4]。世传先有江氏者兄弟三人，习修炼之术，登山不返，遂化为石，此江郎所由名。噫！人而石[5]，奇矣！人之躯不过八尺，而三石周环十里，高不可干[6]，抑何巨也？要之[7]，世俗好怪诞之言，多不可据。而奇岩怪石，邃谷深林，烟霞出没之间，每多为逸士高人之所托足[8]，是则江氏昆季或亦隐处于斯焉者[9]，而山以人名，未可知耳。

至江郎之有书院，则自唐祭酒祝钦明月朗公始[10]。月朗公非山林隐逸伦也[11]，曷为而筑书院于此[12]？原其故[13]，则月朗之父东山实隐处兹山。月朗既仕，归省[14]乃造书院焉。是造书院者自朗，而月朗之所以造书院于此者则为东山也。

东山之节甚峻，故乐山；东山之介甚坚，故乐石；东山之操甚清以洁，故乐泉。是其性情所钟，有深契焉。故月朗公就筑书院以娱之[15]。月朗公其亦善养志欤？顾父隐而子仕，其行不同[16]，何也？曰：士君子萧然外物[17]，与世无求，自乐则然矣。而读书穷理，将期致用，则亦岂必曰于斯终老，竟同化石者之无情？故其人而忘世也者，则江郎可也，何必书院？江郎而书院，其固其石隐伦也[18]，何嫌乎月朗之仕哉[19]！

顾东山远矣，而方叔子则其后裔也。方叔之介节法东山，方叔之性情似东山，而方叔读书求志亦祖述夫东山[20]。于何征之？于重葺江郎书院征之。然则方叔子其将为化石者耶？其亦将读书而有待也？因备书之，以俾方叔自考[21]。书院之葺[22]，在熙宁三年。记之者眉山苏辙也。

【作者简介】

略，见前文介绍。

【注释】

①祝方叔：祝方叔生平事迹待考。

②负：背对着。

③塽垲而幽敞：高朗干燥而且宽阔。张衡《南都赋》："体塽以幽敞。"

④不知何昉：不知道起始于何时？昉，《正字通·日部》："昉，日初明也。"引申为起始

⑤石：使变为石头。

⑥干：冒犯，触及。

⑦要之：总之。

⑧托足：立足，安身。

⑨昆季：兄弟。长为昆，幼为季。

⑩唐祭酒祝钦明月朗公：祝钦明，字文思，雍州始平（今陕西兴平）人，唐朝宰相、学者。幼随父在江郎山读书。

⑪伦：同类。

⑫曷为：为什么。

⑬原其故：考察其原因。

⑭归省：回家探望父母。

⑮娱：娱志，寄托高尚的志向。

⑯行：行迹。

⑰萧然物外：义近"超然物外"。形容心志无所沾带。萧，潇洒，悠闲。

⑱隐伦：神人等级之一，泛指神仙。汉桓潭《新论》："天下神人五：一曰神仙，二曰隐伦，三曰使鬼物，四曰先知，五曰铸凝。"

⑲嫌：嫌恶。引申为指责，非议。

⑳祖述：效法前人的行为或学说。夫，助词。起舒缓语气的作用。

㉑考：斟酌，核定。

㉒辑：同"葺"。

【导读】

《重修江郎书院记》载于《须江郎峰祝氏世谱》卷十二，苏辙在熙宁三年（1070）所作或疑伪作。江郎书院历经数百年，先后有十多祝氏族人为之修缮扩建，添造书房20余间。四方负笈求学者"如云如雨"。两宋时期，江郎祝氏学风鼎盛，人才辈出，蔚为望族。先后有祝程、祝应言、祝夔、祝绅、祝宝、祝臣、祝常、祝允闻、祝忠彦、祝柔中、祝允哲、祝梦熊等人，其中祝臣御封上柱国宜国公；其子祝允哲曾与岳飞并肩抗金，曾上《乞保良将疏》为岳飞辩冤。明嘉靖右佥

都御史赵镗撰有《江郎书院赋》明末，书院废圮。1999 年，书院在原址重建，内辟中外名人书法碑廊和祝东山史迹陈列室。

仙岩洞摩崖石刻

金羽

唐宋时期曾盛极一时的仙岩寺，千百年来历尽沧桑，已荡然无存，寺旁的仙岩洞亦久已湮没。1982 年 8 月，衢州市文物普查，发现洞内还有不少珍贵的宋代石刻，字体有篆、草、隶、楷、行，风格各异，书法艺术性很高，有的还有史料价值。

仙岩寺又称寿圣仙岩院，建造年代已不可考。据《康熙西安县志》记载，熙宁元年（1068）皇帝赐过匾额。明太祖朱元璋征讨江西陈友谅凯旋，经仙岩，在洞口悬岩上墨书“仙岩洞天”四大字，至今墨痕犹存。洞内壁上有清代光绪三十一年（1901）著名教育家徐履庄诗作：

奇峰突兀画图开，几许名贤珥笔来。

唐宋尚留鸿来迹，愿题诗句扫苍苔。

由此可知，远在唐代不少名贤就已留下了墨迹，可惜现已无存。诗又云：

天然仙境细评星，峭壁玲珑胜故乡。

讲学偶游曾结侣，笔花璀璨羡江郎。

江郎，指南北朝时的文学家江淹[1]。传说他梦中有神人授他一支五色笔，此梦笔生花，文思涌涌，写了不少好文章。后来又梦见郭璞向他讨还神笔，就写不出什么好文章了。这就是成语“江郎才尽”的典故。这两首诗不仅说明了洞内石刻的时代，而且对石刻的艺术价值做了很高的评价。

仙岩洞在距衢州市区东南十公里的樟潭乡红星村，浙赣铁路、金衢公路在洞北三、四百米处经过。洞内面积约三百平方米，最高处五米，洞门宽大，坐北朝南，现已用石块砌起门窗。洞壁上石刻密集，清晰可辨的尚有三十余块，被凿去的约有十余块。石刻最大的一点五平方米，最大字径一尺。主要有唐“建中”，宋“元丰”“宣和”“绍兴”年间的。

石刻中确有不少是当时名流所书，特别显眼的是“金仙岩”三个大字，字径一尺，署名“无为杨杰题”。用笔遒劲雄浑，气势磅礴。杨杰，据《宋史》记载，“字次公，无为人。少有名于时，举进士。元丰中，官太常者数任”；“元祐中，为礼部员外郎，出知润州，除两浙提点刑狱，卒，年七十。自号无为子”。这一石刻应是他在元祐中（1086—1094）题刻的。北宋诗人张徽[2]也有篆书留记。张徽，竟陵人，与司马光、范纯仁友善，以诗著名，著有《沧浪集》。其篆书笔法圆浑明丽，体势娴雅。南宋名士刘一止也有题名留记。《宋史》记载，刘一止，字行简，湖州归安人，七岁能属文，登宣和进士，为秘书郎，迁监察御史，封驳不避权贵。他对于秦桧弄权甚为不满，曾说："天下之治，众君子成之而不足，一小人败之而有余"；斥责秦桧："宣王内修政事，修其外攘之政而已。今之所修，特薄书狱讼、官吏迁降、土木营建之务，未见所当急也。"终于以反对秦桧而罢官。秦桧死后，召至国门，以老病力辞，进直学士，卒年八十三。史称刘一止博学无所不通，诗文寓意高远，不事纤刻，自成一家。南宋皇族赵伯牛、赵师厚也有题记，字体憨态纯真，笔力绵延深厚，楷中掺以隶法，是洞内众多的楷书石刻中别具一格的一块。

卢宜之、李庄的隶书引人瞩目，保存较为完整。卢宜之是德清人，乾道八年（1172）进士，"官衢州别驾，尝为西安尉，有诗名"。

洞内有块特别引人注目的刻石，字里行间充满杀气，是一本难得的封建统治者镇压方腊起义的反面教材。方腊的事迹在浙江一带广为流传，这块刻石记载了方腊起义失败的具体时间及起义的范围，与史籍上的记载基本相符。碑上写的宣抚公相指的就是奸臣童贯。《宋史》载："政和中，遣内侍童贯为陕西、河东宣抚使，又兼河北。宣和三年（1121），睦寇方腊作乱，移贯宣抚淮、浙，贼平依旧。"

洞内的石刻，确是笔花璀璨，琳琅满目。清代江锡龄有诗赞云：

师弟情相契，登临逸兴道。
圣门衣钵在，吾道重千秋。
胜迹说仙岩，书崖字有颜。
偶留鸿爪印，姓氏寿名山。

仙岩寺和仙岩洞，由于离古代水陆交通要道樟潭很近，东面不远处就是著名的安仁古驿。因此，唐宋以来，就以名刹幽洞，吸引各地名贤、官吏、文人墨客来此游乐欣赏，留下许多题刻。

【作者简介】

金羽（1918—1943），又名张天鹏、张弩，江苏扬州人。抗战爆发后在徐州参加第五战区抗战青年团艺术组歌咏队，后到抗敌演剧二队工作。因在《浙江潮》上发表了一些抨击社会黑暗的文艺作品而受到国民党特务注意，于 1942 年 4 月 15 日被捕入狱。1943 年病逝于狱中。

【注释】

①江淹（444—505），字文通，南朝著名军事家、政治家、文学家，历仕三朝，宋州济阳考城（今河南省商丘市民权县程庄镇江集村）人。江淹少时孤贫好学，六岁能诗。文章华著，十三岁丧父。二十岁左右在新安王刘子鸾幕下任职，开

始其政治生涯，齐高帝闻其才，召授尚书驾部郎，骠骑参军事；明帝时为御史中丞，先后弹劾中书令谢朏等人；武帝时任骠骑将军兼尚书左丞，历仕南朝宋、齐、梁三代。

②张徽：南宋时武功人，生于元世祖中统二年（1261）。官至陕西行中书省左右司郎中，是当时书法大家。张徽篆、隶体最出名，为金朝刘处士书写的墓碣一块，现存西安碑林，列为国家级珍贵文物。张徽的诗也很有名，时论有“诗特崛奇”的赞语。

【导读】

仙岩洞，又名金仙岩，系一天然岩洞，坐落在衢州市衢江区的樟潭街道红星村，距衢江新区仅一公里。洞坐北朝南，门前杂草丛生。甚是荒凉。洞口悬崖上刻有“仙岩洞天”四字，相传为明太祖朱元璋所书。洞内面积300平方米，洞内石刻密集，有自唐至清代名人摩崖石刻40余方，不少是两宋时期的石刻题记，洞内清晰可辨的石刻尚有37块，最大的有1．5平方米。其中关于方腊起义的一块最为珍贵。详细地记载了方腊起义失败的具体时间、起义的范围等，人称方腊碑。石刻所记与正史记载大体相符。唐代刻石已湮灭，现存的大多为宋人所为。字体正、草、篆、隶尽有。作者题名有“无为杨杰”“吴兴刘一止”等。

穿越仙霞古道

许彤

清湖怀古

第一站是清湖。昔时的清湖，是仙霞古道上一个重要的物资转运站，是钱塘江上游进入福建的最后一个可通行大型帆船的码头，也是来自京杭大运河船舶的东南端终点。

在七里桥，一根刻满经文的石经幢冷寂地伫立在桥头。在浮桥头，还有保存完好的老店铺，与默默北流的须江[①]水相对无言。难以想象，这里曾经有过旺盛的香火和如流的香客，到了清顺治年间，更有万商云集、百货星罗、船楫如梭的盛况。请看一组数字：此时此地有造船厂14家，船只一千多条，码头17个，货运竹筏难以计数。附近村民也大多以船为业。连供游乐的花船“江山船”，也盛极一时。

一位在江边垂钓的老人清晰地记得，即使二十世纪三四十年代公路、铁路开通前后，清湖码头每天仍有几百条船停泊，桅杆林立，像箸（方言“筷子”之意）笼里插的箸一般。

如今，徜徉在须江边古码头，抚摸着前人留下的拴船石桩，仰望着“清溪锁钥”古门楼，我在肃然起敬的同时，感怀于无情而有痕的岁月。临江的人家尚有捕鱼网，只是“人声鼎沸，舟楫交错”的景致，不会重来了。

百万挑夫构筑海上丝绸之路

关于仙霞古道的开辟，有着两种不同的说法：一种认为可追溯到公元前138年，据《汉书》载：是年，汉武帝发兵攻闽越，兵分海陆两路，陆路越仙霞岭入闽。另一种认为是公元878年唐末黄巢起义时开辟的，“刊山伐道七百里”，两种说法相差1016年！

无论历史还是现实意义，我宁愿相信前一种说法。汉武帝刘彻的雄才大略有史可考，就在公元前138年，不满20岁的他果断地派遣张骞出使西域，联络大月氏夹击匈奴。张骞千难万险两度出使西域，结束了我国古代对西方神话般的传闻认识，陆上丝绸之路由此诞生。汉武帝还获得了梦寐以求的汗血马。与此同时，他自然有雄心收复秦始皇帝弃而不属的东南百越之地。陆上丝绸之路和海上丝绸之路，冥冥之中东西辉映，神交千年。

就这样，千百年来，无数未知名的人们竟用人力、脚印在崇山峻岭中辟出了一条古道，为我们留下了人类意志力的一份骄傲。

如今，长长的、寂寂的古道上难见行人，有的只是幽长深远的纯静。松石笔立，云遮雾障。那些坚实的路基，那些沧桑的古桥墩，那些光洁的石径，镌刻下了曾经有过的繁盛。无数双远去的脚，如一代代人前行的虔诚，把古道踩踏得如此坚实，又联结得如此通畅。对古道两端的人们来说，仙霞古道是一条福路；而对来回奔波的挑夫来说，其实是一场延绵千年的苦役，一段充满风尘的苦旅。

1933 年，漂泊一生的郁达夫为考察杭江铁路来到江山，他在《仙霞纪险》中这样写道："仙霞岭的面貌，实在是雄奇伟大得很！一面是流泉涡漩的深坑万丈，一面又是鸟飞不到的绝壁千寻……"

在这么一条鸟飞不到的险恶道路上，无数由船筏上卸下的货物，是如何"连延曲折逾岭而南至浦城县城"，然后"舍陆登舟以达闽海"的？原来，千百年来古道上一直活跃着一支庞大的俗称"挑浦城担"的挑夫队伍，人数以"百万"来确定并不夸张。而在浦城担的终点浦城，至今还遗留着一条长达 600 米的江山街，那是当年江山人的一个大本营呢！

挑浦城担的全是强壮汉子。他们头戴竹笠，脚穿布袜、草鞋，小腿上紧紧地打着绑腿，使用着由官方注册的扁担、担拄和箩筐，肩挑七八十公斤丝绸、瓷器、茶叶、苎麻等货物。凌晨，他们几十人一伙从江山县城或清湖出发，歇三夜走四天抵达浦城，然后再挑上福建的土特产和进口货物踏上归途。任风霜雪雨，也要爬山涉溪，越沟攀岩，咬着牙走完坎坷长途。

遥想当年，仙霞古道上，每一步都留下了挑夫们的喘息，都印下了他们的汗滴。一山一石，一树一花，都见证了他们的苦难和艰辛。他们用汗水与青春甚至生命，构筑了浙、闽边界上如此繁盛的物资运输线，从而连接了唐代中后期日渐昌盛的海上丝绸之路，将丰富的物资和灿烂的文化输向遥远的印度洋乃至地中海沿岸。

撒满诗文的文化古道

仙霞古道也在呼唤着诗人们繁密的脚步。一代代才思横溢的诗人带着飞越崇山的渴望踏歌而来，纵情放歌后又满怀着纷繁的心情呼啸而去，进行着跨越千年、文采斐然的游历。这儿曾经留下了他们飘忽但依稀可辨的身影和足迹，这儿曾经验证过山水的灵秀，艺术的弘广，历史的壮美。仙霞古道，因而有幸成为撒满诗文、充满智慧的文化古道。

尽管我们难以理解历代文人骚客何以对远离都城的这条古道如此钟情，但白居易、王安石、海瑞、徐渭等文坛巨擘前呼后拥地向仙霞古道走来。

1192 年冬的一天，仙霞古道上迎来了抗金名将辛弃疾。古道沿途留给他的最鲜明记忆，便是脱俗而独立的江郎山，他的《江郎山和韵》传神地表达了心志："三峰一一青如削，卓立千寻不可干[2]。正直相扶无倚傍，撑持天地与人看。”因为力主抗金，正直不阿的辛弃疾屡遭当权者之忌，只得远离家乡山东，落职闲居于江西上饶11年之久。作诗之时，正值他受宋光宗召见后，由京城赴任福建路刑狱公事之际。看着傲然卓立的江郎山，回首坎坷不平的宦途，辛弃疾可谓百感交集。不知他满腹的忧烦是否随凛冽的山风飘散？只知这首激昂豪迈的诗，已成为流传千年的佳作。

来仙霞古道次数最多的，除了那位不知疲倦的旅行家徐霞客，还有黄公度、陆游、杨万里、朱熹等大家，他们留下了350多篇文采飞扬的诗篇，让人目眩神迷又如获至宝。岩壑窈窕、古木荫翳的仙霞古道，的确是生发思古之幽情的绝佳去处。

面对这一切，我没办法保持心潮的平静。我情愿在这诗的河床，被艺术的滔滔洪流所淹没。

空海之路和名茶故乡

漫漫古道，曾经迎送过圣僧空海、马戛尔尼、中原良辨等外国友人。

公元804年7月的一天，空海法师及第十二回遣唐使贺能一行赴唐都长安求学。因渡海遇台风未能抵达宁波，漂泊至福建霞浦，同年11月3日才获准入京，12月23日到达长安（今西安）。日本高野山大学静慈园等数十位教授、浙江省旅游局何思源先生、日本鸟取观音寺住持中原良辩等研究者，经数年考察确认，当年空海一行是由福建经仙霞古道北上长安的。这就是空海之路。

“这里确实是先祖经过的地方！”严谨的静慈园教授在仙霞古道上流着泪动情地说。2003年11月8日，在空海越过仙霞古道1200年纪念日，日本信徒们捐赠的空海铜像在古道上的枫岭关落成。

我伫立在空海像前，仰望着大师，真想呼唤一声：“大师，我来了！”可我不敢大声说话，唯恐惊扰千余年前在此逗留过的灵魂。他遥远得让我看不清面容，但我分明感受到他的呼吸。空海是日本文字的创造者、日本佛教最大宗派（密宗）的缔造者、日本历史上最伟大的艺术家。他这样一个中日文化友好使者，是该在这个安静的地方好好缅怀的。

公元1793年，英国公使马嘎尔尼一行在两广总督长麟的陪同下，经仙霞古道去广州。长麟允许使团在穿越“中国最好的茶叶种植区”时随意采集植物标本。一批优质茶树苗被马嘎尔尼带到英国殖民地印度，由英国东印度公司在加尔各答植物园中培植后大量传播，并且改变了数千年来茶故乡中国统领的世界茶叶格局。200多年后的今天，印度已成为全球最大的茶叶出口国。

仙霞古道上，古时有高山茶树和野生茶林，明代有贡品仙霞茶，如今又有名茶绿牡丹，青枝绿叶走遍天涯，世界因此充满了茶的馨香……

【作者简介】

许彤（1963— ），江苏南通人，1992 年 3 月加入中国共产党。曾任衢州日报周末部副主任、新闻部副主任、专刊部副主任、专刊部主任、专副刊中心主任，编委委员、专副刊部主任等职。浙江省作协会员。杭州大学中文系毕业（1987），文学学士。浙江大学新闻与传播学院研究生班结业（1999）。作品有《踩三轮车的诗人》《穿越仙霞古道》《都是“弱势群体”？》等。有自选集《世上惟一的花》。2005 年当选浙江省首批宣传文化系统“五个一批”人才，2009 年荣获浙江飘萍奖。2011 年，荣获首届中国报纸副刊“孙犁报纸副刊编辑奖”提名。

【注释】

①须江：钱塘江的一条重要支流，主要水源发源于浙江省江山市的峡口水库附近，其支流有很多条。

②干：求取，这里指接触的意思。

【导读】

作者从清湖怀古、古道历史、古道文化、友谊之路等方面描写仙霞古道的魅力。让读者感受到浓郁的历史文化气息，仙霞古道不仅有美丽的自然风光，更有丰富之历史文化底蕴。文章风格清丽，感情真切，笔触细腻，令人感动。

四、秀色山水

仙霞岭图说

[清] 沈德潜

浙为东南屏蔽，衢又为浙之重镇，而仙霞岭又为衢州一府之扼要地也。岭在江山县[①]南百里，为[②]级三百六十，为曲二十有八，长二十里，重崖峭壁，因势成关，实为南服[③]之险云。连仙霞之岭六，曰窑，曰茶，曰大竿，曰小竿，曰梨，曰枫。过枫岭，分浙、闽两省界。连仙霞之关五，曰安民，曰六石，日黄坞，曰木城，日二渡，为江右广信[④]、永丰[⑤]界。六岭五关，并[⑥]在百里内，而语险绝者，必以仙霞为冠。浙之有仙霞，犹蜀之有剑阁[⑦]也。宋建炎[⑧]、绍兴[⑨]间，诸将多转战于仙霞南北。史浩[⑩]帅[⑪]闽，甃[⑫]以石路。本朝康熙十三年，逆藩[⑬]梗化[⑭]，鸱张[⑮]豕突[⑯]，谋出仙霞，制府[⑰]李文襄公之芳[⑱]，秉受庙谟[⑲]，置兵险隘[⑳]，后设伏捣虚[㉑]，歼厥渠魁[㉒]，由守我之险，遏彼之势，乘其弊而殪[㉓]之也。“坎”之《象辞》[㉔]云：“王公设险，以守其国。”得人以守之，据有形之险，布有孚[㉕]之德，故往而有功。圣人所重，固在地利人和哉！

【作者简介】

沈德潜（1673—1769），字确士，号归愚，长洲（今江苏苏州）人，清代诗人。乾隆元年（1736）荐举博学鸿词科，乾隆四年（1739）成进士，曾任内阁学士兼礼部侍郎。为叶燮门人，论诗主格调，提倡温柔敦厚之诗教。其诗多歌功颂德之作，但少数篇章对民间疾苦亦有所反映。所著有《沈归愚诗文全集》。又选有《古诗源》《唐诗别裁》《明诗别裁》《清诗别裁》等，流传颇广。

【注释】

①江山县：浙江省衢州市代管县级市，位于浙闽赣三省交界处，是浙江省西南部门户和钱塘江源头之一。

②为：陈设；设置。

③南服：古代王畿以外地区分为五服，故称南方为“南服”。

④广信：广信府，清代的行政区划名，治所在今江西上饶市信州区，辖上饶、弋阳、玉山、铅山等，与衢州接壤。

⑤永丰：永丰县隶属于江西省吉安市，位于江西省中部、吉安市东北面，东邻乐安县、宁都县，南接兴国县，西与吉水县、青原区毗连，北和峡江县、

新干县接壤。

⑥并：合并；聚合。

⑦剑阁：剑阁县隶属四川省广元市，地处四川盆地北部边缘，四川、陕西、甘肃三省结合部，位于四川省北部，广元市西南部，守剑门天险，“剑阁峥嵘而崔嵬，一夫当关，万夫莫开”，有“川北金三角”“蜀道明珠”等美誉。

⑧建炎：南宋皇帝宋高宗的第一个年号，起讫时间为1127—1130年，共计4年。

⑨绍兴：宋高宗年号，共32年，1131—1162年。南宋赵构皇帝被金人所逼，到处奔窜于江浙一带。公元1131年逃至绍兴（即越州）心情甚好，谓“绍祚中兴”，并改元为绍兴，而越州也就成了绍兴城。

⑩史浩（1106—1194）：南宋政治家、词人。字直翁。明州鄞县（今浙江宁波）人。南宋绍兴十五年（1145）进士，由温州教授除太学正，升为国子博士。

⑪帅：镇守和掌管一方的军事和民政。

⑫甃：指砖。

⑬逆藩：叛逆的藩邦、藩臣。

⑭梗化：顽固不服从教化。

⑮鸱张：像鸱鸟张翼一样。比喻嚣张，凶暴。

⑯豕突：像野猪一样奔突窜扰。

⑰制府：宋代的安抚使、制置使，明清两代的总督，均尊称为“制府”。

⑱李文襄公之芳：李之芳（1622—1694）字邺园，山东武定人，清朝大臣。明崇祯十五年（1642）中举人，清顺治四年（1647）中进士。曾任浙江金华府推官、刑部主事、湖广道御史、吏部右侍郎、兵部右侍郎兼都察院左副都御史等职。

⑲庙谟：出自《后汉书·光武帝纪赞》，古代最早的战略概念。

⑳险隘：地势险要的关口、通道。

㉑捣虚：攻打敌方空虚之处。刘基《御制平西蜀文》：“乘机破关，捣虚而至伪京师。”

㉒渠魁：大头目；首领。

㉓殪：死亡；绝灭。

㉔《彖辞》：《周易》中的卦辞。

㉕有孚：相应；符合。

【导读】

本文选自沈德潜《浙江通志图说》，介绍了仙霞岭的地理及历史概况，展现了仙霞岭奇峻之风貌，可媲美蜀之剑阁。前人善用其险要之地势守卫其国，从中可以发现仙霞岭的地理之特殊，历史地位之重要。全文语言简洁却将仙霞岭的大致情况做了说明，使读者较为清晰地了解这一衢州要地。

景星山记光绪三十三年[1]

马叙伦

自杭州逆钱江而上七百里至须邑，所过郡县都有危峰奇峦，如西子鬟，如公孙舞，如象王鼻，如狮子吼，如襟如带，如棋如罗，映江而峙[2]者皆山也，都不知其何名。惟富春山尤蜿蜒奇丽，有严光钓台[3]故址，缘趁便舟，不得上抚其迹为怅。

近须江，北而南望，有石山岑[4]巅壁立迎人，而浮屠[5]峙其侧，心窃识之，及抵须邑，询知所谓景星山也。

拂尘[6]数日，乃邀毛子西峰，请为向导，走往访之。拾级至山腰，从樵路行，得一庵，所谓小九华者也。有优婆夷[7]居之，盖须丧礼，不用浮屠，以是[8]无比丘[9]、比丘尼[10]。凡坊观、寺庵间，以优婆夷居之，亦以见须俗纯厚之未杀也。

少憩，排棘而上，近山之巅有洞窅然[11]，仿佛吾州之烟霞洞[12]，而险过之，面江临东，内可通人，所谓宾旸洞[13]者也。入洞，道口只可匍匐一人，望之如漆，乃持火蛇行而进，曲折数四，或高则攀，或下则跃，始信果有所谓羊肠鸟道者也。约百余步，忽逢巨窟，可纳百人，寒阴四通，道分歧路，不知所之，废然而返。

越[14]三旬，复偕毛子西峰、余子樾园、万子铸九、毛子敬居、遇卿并学友二十余人，仍憩于小九华之庵。少顷，披茜[15]而登，久雨泥泞，履革底尤易蹉跌。万子竟不能从，众乃鼓勇奋前，据景星之巅。有水一泓，清莹如吾杭之龙井[16]，争向盥沐。余遂越众扪壁攀石跻其最上，斯真览众山而俱小矣。乃抵掌呼乌乌，继揖毛子、余子而进之，皆仰视无敢上者，余益笑而呼曰；此伯昏瞀人[17]招列御寇之所也。乃缘壁下与众访洞，秉炬匍伏，次第[18]而入。虽余子亦不能从，止前所。忽闻蝙蝠声啾啾，烛之千百如大群，不知其所自来止于此也。

噫，亦奇矣。然吾安知今日所谓人者，五十万年以前，不亦如此类也乎？是为记。

【作者简介】

马叙伦（1885—1970），字彝初，更字夷初，号石翁，寒香，晚号石屋老人。汉族，浙江杭县（今杭州）人。现代学者、书法家，中国民主促进会的主要缔造人和首位中央主席，中国共产党的亲密战友。少年时入杭州养正书塾师从陈介石，读《黄书》《民约论》等。后因主持正义，一次学潮后被校方除名。出校后刻苦自学，致力于六法训诂、经史、韵文兼治新学，曾任商务印书馆《东方杂志》编辑、《新世界学报》主编、《政光通报》主笔，后又执教于广州方言学堂、浙江第一师范、北京大学等。1949 年任政务院文化教育委员会副主任，中央人民政府教育部部长、高等教育部部长等职。

【注释】

①景星山：景星山，又名老虎山、东岳山，位于浙江江山市市区南端，东临须江，为城南屏障。因山形似卧虎而得名。主峰老虎岩，海拔 278 米，是擎天矗立的丹霞奇岩巨石。

②峙：直立，耸立。

③严光钓台：严子陵钓台，位于浙江省桐庐县距城南 15 公里的富春山麓，是富春江上的主要风景区。因东汉严子陵隐居于此得名。严子陵，名光，字子陵，会稽余姚人，东汉初年隐士。

④岑：小而高的山。

⑤浮屠：佛塔。

⑥拂尘：洗尘，谓设宴慰劳远方来人。

⑦优婆夷：梵语音译，指受五戒的在家女性佛教徒。

⑧以是：因此。

⑨比丘：和尚。

⑩比丘尼：指已受具足戒的女性，尼姑。

⑪窅然：指幽深遥远的样子。

⑫烟霞洞：烟霞洞，位于山东烟台牟平昆嵛山西北隅烟霞山际。此洞原为自然造化所成，后人工略加雕凿，洞口向南，上方镌“烟霞”二字。洞室椭圆，高三米，长七米，洞右壁刻“烟霞洞”三大字，洞内供奉着“七真人”雕像。

⑬宾旸洞：景星山主峰东侧，有一石灰岩溶洞，称宾旸洞。洞有外洞和内洞之分，外洞状若石室，宽敞明亮，可容数百人。内洞洞口狭窄，游人匍匐可入，中极宽敞。现经开发，洞长 60 余米，洞内最高处 10 余米。

⑭越：度过，超过。

⑮茜：茜草，草本植物。

⑯龙井：一种产于浙江省杭州市龙井村的茶，驰名中外。

⑰伯昏瞀人：春秋有伯昏瞀人。见《列子·黄帝》《庄子·列御寇》。

⑱次第：依一定顺序，一个挨一个地。

【导读】

作者自杭州逆钱江而上，途中经过景星山，感叹于其蜿蜒秀丽，于是邀友人同游，并作此游记。全文根据作者与友人的游览路线展开，所见之景可谓奇丽。

语言优美凝练，结构清晰。

【资料卡片】

记

这种体裁出现得很早，至唐宋而大盛，它可以记人和事，可以记山川名胜，可以记器物建筑，故又称“杂记”。在写法上大多以记述为主而兼有议论、抒情成分。“记”是一种古代文体，古人往往通过记人、记事、记物、记景，以抒发感情和主张。

“记”的文字含义是识记，在这种含义基础上，“记”逐步获得了它的文体意义，成为经史中一种专事记录的文章体式。作为一种文体，“记”在六朝获得了文体生命，唐代进入文苑，宋代其内容得到拓展，形式更加稳固。明清时主体性色彩更加浓厚，逐渐成熟稳固。根据史志中以记名篇的书目数量和文学总集中记体文内容的变化和类目的增减，可以更客观地了解“记”作为一种文体其内涵的变迁 。

大致可分为以下四类：

①碑记：古代一种刻在石碑上记叙人物生平事迹的文体。

②游记：是一种描写旅行见闻的散文体裁。

③杂记：是古代因事见义，杂写所见所闻不多加议论的散文体裁。

④记……事：是古代记载人物生平事迹的文体，多用于说明、描写情绪。

衢州纪胜·仙霞纪险

郁达夫

从衢州南下，一路上迎送着的有不断的青山，要超过几条水色蓝碧的江身，经一大平原，过双塔地，到一区四山围抱的江城，就是江山县了。

江山是以三片石的江郎山出名的地方，南越仙霞关，直通闽粤，西去玉山，便是江西；所谓七省通衢，江山实在是第一个紧要的边境。世乱年荒，这江山县人民的提心吊胆，打草惊蛇的状况，也可以想见的了；我们南来，也不过想见识见识仙霞关的险峻，至于采风访俗，玩水游山，在这一个年头，却是不许轻易去尝试的雅事，所以到江山的第二日一早，我们就急急地雇了一辆汽车，驰往仙霞关去。

在南门外的汽车站上车，三里就到俗名东岳山、有一块老虎岩并一座明嘉靖年间建置的塔所在的景星山下；南行二十里，远远望得见冲天的三块巨岩江郎山，或合或离，在东面的群山中跳跃；再去是淤头，是峡口，是仙霞岭的区域了，去江山虽有八九十里路程，但汽车走走，也只走了两三个钟头的样子。

仙霞岭的面貌，实在是雄奇伟大得很！老远看来，就是那么高那么大的仙霞山脉，近来一看，更觉得是不见天日了。东西南的三面，弯里有弯，山上有山；奇峰怪石，老树长藤，不计其数；而最曲折不尽、令人方向都分辨不出来的，是新从关外二十八都筑起，沿龙溪、化龙溪两支深山中的大水而行的那条通江山的汽车公路。

五步一转弯，三步一上岭，一面是流泉涡旋的深坑万丈，一面又是鸟飞不到的绝壁千寻。转一个弯，变一番景色，上一条岭，辟一个天地；上上下下，去去回回，我们在仙霞山中，龙溪岸上，自北去南，因为要绕过仙霞关去，汽车足足走了一个多钟头的山路。山的高，水的深，与弯的多，路的险，不折不扣地说将出来，比杭州的九溪十八涧，起码总要超过三百多倍。要看山水的曲折，要试车路的崎岖，要将性命和命运去拼拼，想尝一尝生死关头、千钧一发的冒险异味的人，仙霞岭不可不到，尤其是从仙霞关北麓绕路出关，上关南二十八都去的这一条新辟的汽车公路，不可不去一走。车到关南，行经小竿岭的那个隘口，近瞰二十八都谷底里的人家，远望浦城枫岭诸峰的青影的时候，我真感到了一种一则以喜一则以惧的说不出的心理：喜的是关后许多险隘，已经被我走过了；惧的是直望山脚的目的地二十八都，虽然是只离开了一程抛石[①]的空间，但山坡陡削，直冲下去，总也还有二三千尺的高度。这时候回头来看看仙霞关，一条石级铺得像蛇腹似的，曩时[②]的鸟道，却早已高高隐没在云雾与树木中间了。

从小竿岭的隘口下来，盘旋回绕，再走了三四十分钟，到仙霞关外第一口的二十八都去一看，忽然间大家的身上又起了一层鸡皮的细粒。

太阳分明是高照在那里，天色当然是苍苍的，高大的人家的住屋，也一层一层地排列着，但是人哩，活的生动着的人哩，人都到哪里去了呢？

许许多多的很整齐的人家，窗户都是掩着的，门却是半开半闭，或者竟全无地空空洞洞同死鲈鱼的嘴似的张开在那里。踏进去一看，地下只散乱铺着有许多稻草。脚步声在空屋里反射出来的那一种响声，自己听了也要害怕。忽而索落落屋角的黑暗处稻草一动，偶尔也会立起一个人来，但只光着眼睛，向你上下一打量，他就悄悄地避开了。你若追上去问他一句话呢，他只很勉强地站立下来，对你又是光着眼睛的一番打量，摇摇头，露一脸阴风惨惨的苦笑，就又走了，回话是一句也不说的。

我们照这样地搜寻空屋，搜寻了好几处，才找到了一所基干队驻扎在那里的住所。守卫的兵士，对我们起初当然也是很含有疑惧地一番打量，听了我们的许多说明之后，他才开口说："昨晚上又有谣言。居民是自从去年九月以来，早就搬走了。在这里要吃一顿饭，是很不容易，因为豆腐青菜都没有人做，但今天早晨，队长是已经接到了江山胡站长的信，饭大约总在预备了吧？"说了，就请我们上大厅去歇息。我们看到了这一种情形，听到了那一番话，食欲早就被恐怖打倒了，所以道了一声队长万福，跳上车子，转身就走。

重回到小竿岭的那个隘口的时候，几刻钟前曾经盘问我们过，幸亏有了陈万里先生的那个徽章证明才安然放我们过去的那位捧大刀的守卫兵，却笑着对我们说："你们就回去了么？"回来一过此口，已经入了安全地带，我们的胆子也大起来了，就在龙溪边上，一处叫作大坞的溪桥旁边下了车，打算爬上山去，亲眼去看一看那座也可以说是一夫当关、万夫莫开、宋史浩方把石路铺起来的仙霞关口。一面，叫空车子仍遵原路，绕到仙霞关北相去五里的保安村去等候我们，好让我们由关南上岭，关北下山，一路上看看风景。

据书上的记载，则仙霞岭高360级，凡24曲，有五关，十峰，等等，我们因为是从半腰里上去的，所以所走的只是关门所在的那一段。

仙霞关，前前后后，有四个关门。第二关的边上，将近顶边的地方，有一座新筑的碉楼在那里，据陪我们去游的胡站长说，江山近旁，共有碉楼四十余处，是新近才筑起来的，但汽车路一开，这些碉楼，这座雄关，将来怕都要变成些虚有其名的古迹了。

仙霞关内岭顶，有一座霞岭亭，亭旁住着一家人家，从前大约是守关官吏的住所，现在却只剩了一位老人，在那里卖茶给过路的行人。

北面出关，下岭里许，是一个关帝庙。规模很大，有观音阁、浣霞池亭等建筑，大约从前的闽浙官吏来往，总是在这庙内寄宿的无疑。现在东面浣霞池的亭上，还有许多周亮工的过关诗，以及清初诸名宦的唱和诗碣，嵌在石壁的中间。

在关帝庙里喝了一碗茶，买了些有名的仙霞关的绿茶茶叶，晚霞已经围住了山腰，我们的手上脸上都感觉得有点潮润起来了，大家就不约而同地叫了出来说："啊！原来这些就是仙霞！不到此地，可真不晓得这关名之妙喂！"

下岭过溪，走到溪旁的保安村里，坐上车子，再探头出来看了一眼曾经我们走过的山岭，这座东南的雄镇，却早已羞羞怯怯，躲入到一片白茫茫的仙霞怀里去了。

【作者简介】

略，见前文介绍。

【注释】

①抛石：为防止河岸或构造物受水流冲刷而抛填较大石块的防护措施。用于经常浸水且水深较大的路基边坡或坡脚以及挡土墙、护坡的基础防护。抛石一般多用于抢修工程。

②曩时：往时、以前。

【导读】

这是一篇现代游记散文。作者郁达夫向我们详细描绘了仙霞岭的险峻雄奇。透过文字，他笔下的仙霞岭似乎生动地展现在读者眼前，一草一木，一关一口，一曲一弯，不禁令人想要一探仙霞的妙容。

江郎山

毛东武

江郎山，简称江山，古名金纯山、须郎山，位于江山县城南25公里，海拔824米。三爿石高约260米的巨石矗立山顶，摩天插云，宛若天柱。

江郎山三爿石早见于载记。《方舆胜略》说："江郎山。高六百寻，一名金纯山，又名须郎山。"北齐《文苑御览》及《东阳记》载："金纯山有三峰，悉数百丈，色丹夺目，不可仰视。"

传说古时候，须江南麓，有一座金纯山，山下住着三个姓江的少年，大哥叫江郎，二哥叫江亚，三弟叫江灵。每人都学会了采药治病的本领。

有一年，有个花尼姑占据了金纯山，自称是经过多年修炼的真仙活佛。自此，这一带便发生了瘟病。

江氏三少年采来还魂草，为乡亲们治病。有的人听信花尼姑的花言巧语，把病人送往金纯山治疗，却都有去无回。三兄弟决心弄个水落石出。

一天，大哥和三弟抬着二哥，与乡亲们一道上了金纯山，佯求花尼姑治病。花尼姑一看江亚面目清秀，当即眉飞色舞，乐不可支，当即将其他病人也一应收下。当晚，夜阑人静，花尼姑变成了花狗精，张牙舞爪，咬吃病人。二哥便跳将起来，挥动棍棒大喊："花狗精来了！打呀，打死花狗精！"埋伏在寺外的大哥、三弟和众乡亲，闻声赶来，合力痛打。花狗精逃出寺庙，纵沟跳涧奔上山巅，三兄弟穷追不舍，终于把花狗精消灭了。

天神知道此事，大动肝火，责怪三兄弟打狗欺主，大逆不道，非要把他们点化成石头不可。三兄弟手拉手，肩并肩，挺立山巅，宁死不屈，一会儿，就变成三爿巨石。后人就把靠北的大峰称为郎峰，中间修长的称为亚峰，靠南的称为灵峰。

江郎山自晋代开始建庙，历代有许多名人曾来此游览，或结庐讲学。

江山人祝东山（634—729），名其岱，号台峰，精通经史，无意仕途，避入江郎山设馆讲学。他一面讲学，一面倾心著述。所著《快音集》，李白曾为之作序。他写过多首江郎山诗，其中有两首道：

一自登山洗旧踪，层层尽是白云封。
今来古往谁如此，诸葛南阳有卧龙。
欲将世界隔尘寰，分付白云满谷关。
问我归身何处去，往来不出江郎山。

唐代右相张九龄（678—740），曾游江郎山，写有《游江郎山访祝东山遗迹》诗：

攀跻三峰下，风光一草庐。

今见墨浪壁，昔闻君子居。

君子今何在，徘徊不能去。

不见当年人，但闻声过树。

唐代名相姚崇、裴度都到过江郎山。大诗人白居易也写有江郎山诗：

林虑双童长不食，江郎三子梦还家，

安得此身生羽翼，与君往来醉烟霞。

宋代祝维，系东山后裔，为纪念先祖业绩，在祝东山讲学处建江郎书院。书院南倚郎峰，北峙砖塔，左右深壑千丈。现书院旧址和塔基坪尚存。

宋代游江郎山的名流有吕蒙正、吕公著、文彦博、寇准、范仲淹、赵抃、欧阳修、王禹偁、富弼、陆游、辛弃疾、毛晃等，他们都留下了大量脍炙人口的诗作。

北宋翰林学士王禹偁（954—1001），由金陵入闽经江郎山，见三石如门，奇伟高峻，即写诗赞颂。爱国诗人陆游（1125—1210），54 岁前后，受宋孝宗召，从四川赴福建任职，又返回故里绍兴省亲，其间多次途经江郎山。作有《过灵石三峰》二首。其一曰：

奇峰迎马骇衰翁，蜀岭吴山一洗空。

拔地青苍五千仞，芬渠蟠屈小诗中。

辛弃疾（1140—1207）在《江郎山和韵》中写道：

三岭一一青如削，卓立千寻不可干。

正直相持无倚旁，撑持天地与人看。

江郎山于晋代始建江郎庙，五代后曾设开明寺。北宋天禧二年（1018）建江郎寺，大观四年（1110）在山之阴建有灵石庙，即江郎山庙，赐庙额“灵石”。寺庙翘角翼然，四周绿树环卫。政和四年（1114），朝廷赐三峰为灵泽、灵顺、灵浃侯；南宋建炎二年（1128），改封为广泽、丰润、惠浃侯；乾道四年（1168），又封为博济、周施、普洽侯；庆元三年（1197），加封为孚佑、协佑、广佑侯。

元代写诗赞颂江郎山最著名的要数王逢。王逢，江苏江阴人。元至正中作《清河颂》，举国称颂。一年春天至江山县，望江郎山，赞三爿石为“三神浮瀛海，喷薄东一极”。

明代游览江郎山的名人难以计数。宋濂、刘基、商辂、徐维辑、郑忭、祝銮、毛恺、赵镗、周积、柴天复等皆登过江郎山，并做了大量诗词。

明代浙江提学副使薛应旂，曾著《江郎山志》。书中写道：南方四里曰圣堂山，高八十丈，周十五里，内有龙潭；又六里，曰白水岩，岁雩有云自南出则雨；又南十里，曰风洞，天将雨，则风从中出；又三十里，曰浮盖山，中有仙洞、云坛、石屏、石笋诸胜，又多绯桃，但华而不实；旁有温峰，岩石倒垂，如鸡朱，有泉出焉。西面多危峰峭嶂，三十里外有小江郎山，峭石悬潭，鲦鱼翕聚[①]，宛然濠濮[②]之间。

明代伟大的地理学家徐霞客，曾三临江山。万历四十六年（1618）五月，他从家乡江苏江阴出发，南下考察。听说江郎山危峰高耸，景象奇特，兴致勃勃地来游江郎山。“二十三日，始过江山之青湖。山渐合，东支多危峰峭嶂，西伏不起。悬望东之尽处，其南一峰特耸，摩天插云，势欲飞动，问之，即江郎山也。”

他写道：“望而趋，二十里过石门街，渐趋渐近，忽裂而为二，转而为三。已复半岐[③]其首，根直剖下；迫之则又上锐下敛。若断而复连者，移步换形，与云同幻矣！夫雁宕灵峰，黄山石笋，森立峭拔，已为瑰观，然俱在深谷中，诸峰互相掩映，反失其奇；即缙云鼎湖，穹然独起，势更伟俊，但步虚山即峙于旁，各不相降。远望若与为一，不若此峰特出众山之上，自为变幻，而各尽其奇也！”在徐霞客眼中，江郎山之奇特，实为东南之最。

清道光二年（1822），僧乾裕在江郎山建化石亭。十三年，里人毛华捐募重建江郎庙。雕梁画栋，金碧辉煌。

江郎山西麓有石砌的小道，可以上登。行至山腰，乌鹰石和蛤蟆石对峙而立，一高一低，形态逼真。道旁有两碑，一为江郎石禁碑，系先代所立；一为徐霞客游记，为今人新刻。

小道沿“十八曲”向上升延。道旁树木森郁，藤蔓盘缠。坡度陡峭，叠石为蹬。岭上建有江郎旅馆和园林管理处。

由管理处上行，右侧有风洞，危岩伸突，翠竹掩映，广四十余平方米，时有清风徐徐而至，为避暑胜地。左侧修竹茂林中，有一蛟洞，高两米许，直入山岩之中。由此向上攀登，石级峻陡，转过几道山弯，有一座烟霞亭，重檐翘角，翼然如翔。

过烟霞亭，三座巍巍巨峰，屹立面前。郎峰东北有钟鼓洞，洞口西侧，有明代理学家湛若水的摩崖石刻“壁立万仞”四字。

出钟鼓洞东行，至大弄口，郎峰与亚峰夹峙，岩峰直插云天。大弄成喇叭形，窄处仅有十余米。弄底有咫尺桥。过桥上登，出鸡埘弄，经“十八曲”，便到大弄口顶。

转过亚峰峰脊，向下沿“之”字形小道，到小弄。小弄处亚峰、灵峰之间，两峰直立如壁，长 300 余米，高约 250 米，中间相距两米。小弄北壁有“木鱼”石，以石相击，锵锵作响，似山崩地裂，实为奇观。

出小弄口，即有天宽地广之感。俯视山下，篁竹摇曳，茂林苍苍，遥望西天，阡陌交错，厂房林立，银波绿浪，美不胜收。

【作者简介】

毛东武（生卒年不详），笔名冬舞，授号博善先生。浙江省江山市人，大学中文专业毕业，副研究员、特约研究员。原为江山县志办副主任、衢州市志副主编。1982年7月开始专事地方志工作。主要撰作“九志二学”“三赋两长”。即主编（副主编）《衢州市志》《江山市志》《江山县志简编》《衢州市工商志》《江山市水利志》《清湖镇志》《六家志》《白沙村志》《白沙村续志》，出版学术专著《方志编纂学》《方志语言学》；创作出版散文三部曲《春霁赋》《夏霪赋》《秋霈赋》，长篇历史小说《青天雪》和长篇诗歌《校花月》；还撰著碑记9则、参编志书3部、发现整理民国县志2种，发现整理明代鱼鳞册3种。方志论著获浙江省一等奖，《江山市志》获全国二等奖。现为浙江省作家会员，浙江省图书馆学会会员，浙江省地方志学会学术委员。

【注释】

①翕聚：会聚。

②濠濮（háo pú）：濠水（今安徽凤阳县东北）和濮水（源出河南封丘县）。《庄子》记有庄子与惠子同游濠梁之上和庄子垂钓濮水的事。

③岐：同歧，岔路。

【导读】

本文从自然风光与历史文化两个角度来写江郎山。江郎山的三爿石居然还有一段如此生动的古老传说。古代文人墨客来此游览也留下了许多脍炙人口的作品，且至今还为世人称道。本文将江郎山的无限风光淋漓展现。使虽不曾到过江郎山的读者，却能在文中品读出属于自己的江郎山。

四、人物春秋

指画家郑仁山传略

郑林华

我的祖父郑仁山，字止安，号江郎山人，生于1894年，卒于1984年10月12日，享年九十一岁，是一位著名的指画家[①]。据祖父生前说："他出生在浙江淳安县，当时曾祖父考取举人[②]后在该县为官，因出生在淳安，故取名为郑淳生。"到了祖父十三岁那年，曾祖父告老还乡，祖父也跟着回江山老家丰乐亭定居。

祖父从小就酷爱艺术，经常到民间画师那里去观看作画，向他们求教，然后自己试着绘画。他谦虚好学，进步很快。他早期的作品已荡然无存，可是在丰乐亭故居的壁上尚留有根据他画稿作的木刻画，生动地反映了他画稿构思的巧妙和画技的成熟，这为研究他早期作品提供了不可多得的资料。

祖父为了能在艺术上更高一步，为祖国传统艺术多贡献一分力量，于1925年考入了上海美专，先后做了刘海粟[③]、马公愚[④]、姜丹书[⑤]、丰子恺[⑥]、谢公展[⑦]、方介堪[⑧]等著名艺术家的学生，从此他就更加刻苦地学习祖国传统的绘画和篆刻艺术，尤其擅长指画。他作画非常刻苦，总是一有空就画，并且虚怀若谷，从善如流。一天，刘海粟先生语重心长地对祖父说："郑淳生，你的名字，淳生这个淳字很多人不一定认识，为了今后艺术的道路更开阔些，是否能改名仁山？仁义是我国历代所推崇的，仁山指仁义如山，就更富有深远的含义，且"淳""仁"读音相近，改名不困难。"祖父认为很有道理，从此就改名郑仁山。他在美专攻读了二年，于1928年毕业。毕业后先后在省立杭州一中、联中、联初、联师等校任美术教员。1937年他任上海美术会篆刻教授。1943年他任国立英士大学艺术专科篆刻讲师，和当时也在该校任教的著名国画家潘天寿[⑨]教授、西画家倪贻德[⑩]教授一起经常探讨指画艺术，因此他的指画艺术也就得到很快成熟和提高，几乎达到了炉火纯青的境界。1949年起他先后在江山县中、初师、江山一中任图画教员，直到八十岁时方退休。

祖父指画生涯五十余年，他作的指画气韵生动，独具一格。作画时，意在指先，一气呵成，使观者看后叹为观止。他的指画在国内外有一定的声誉，受到了各界人士的欢迎和赞扬。

1931 年至 1938 年间，他先后在杭州、上海、南京等地举办过郑仁山指画篆刻展览。1937 年 6 月在杭州举办郑仁山指画出国预展，著名国画家潘天寿欣然题诗推崇：“郑虔妙墨本天然，一指能参口乘禅。莫谓且园无继者，披图满纸有云烟。”

1937 年 7 月 3 日祖父出国赴日本举行指画展览，在东京日华学会举行画展的时候，轰动了日本朝野，不少指画爱好者纷纷远道赶来参观。后因卢沟桥事变，祖父停止了画展。

祖父出版过的作品主要有：《郑仁山指画山水册》（封面由著名书法家于右任题，1936 年出版）、《郑仁山指画》一套（封面由刘海粟题，1939 年出版）、《郑仁山篆刻印谱》（封面由著名书法家余绍宋题，1939 年出版）。

1949 年后，祖父创作了许多歌颂社会主义事业欣欣向荣、歌颂祖国雄伟山川的指画作品及篆刻作品，参加全国、省、地区、县的美术展览。在 1964 年祖父七十岁生日时，江山县人民政府为他举办了盛大的画展，表示祝贺。1983 年在祖父九十岁寿诞举办画展之时，著名画家刘海粟先生题了“郑仁山画展”五个字，著名诗人艾青[11]及著名书法家沙孟海[12]等也题词祝贺。1983 年 2 月 13 日至 3 月 12 日在江山为他举办了盛大的画展，4 月书画家们又专程齐集杭州，在杭州书画社为他举办了画展。其后祖父又在温州等地举行画展，得到了一致的好评。

祖父无限热爱新中国，他热爱党，热爱领袖毛主席。从 1957 年至 1967 年他整整花了十年的心血刻就《毛主席诗词印谱》，其中《蝶恋花·答李淑一》[13]这首词的篆刻曾发表在 1961 年 12 月 3 日的《浙江日报》上。《毛主席诗词印谱》有沙孟海、潘天寿和陆维钊[14]等名家题词推介。三十七首诗词印谱共印章二百三十七方，边款一百九十三方。

祖父对人民子弟兵无限热爱，他曾作蘸墨指画《松梅并茂》赠送在危急关头冒死抢救遇险儿童、保卫列车安全的省军区部队战士戴孝天、古承芳。他在画面上题词道：“1982 年 3 月 2 日守卫江山江大桥的人民战士戴孝天、古承芳同志，奋勇救列车，英雄事迹感人至深；特作此画相赠。”此事一时传为佳话（见 1982 年 4 月 8 日《浙江日报》）。

祖父一生治学严谨，刻苦钻研，他经常对他的学生说：“学无止境啊！只有不断地刻苦实践才会有丰硕收获。”他的奋斗经历和杰出成就证明了他说的话是千真万确的。祖父的刻苦实践表现了他的创新精神和顽强的毅力，直到晚年还独具匠心创作了蘸墨指头画，为繁荣指画艺术，培养画坛新人做出了重大贡献。

他在八十九岁高龄时还是坚持早晨三点起床，无论春、夏、秋、冬作画从不间断。1980 年浙江电视台专题拍摄了介绍他指画艺术的《老指画家郑仁山》，赞扬他为我们后辈留下了难得的珍贵艺术品，为精神文明建设做出了贡献。

祖父孜孜不倦地从事指画篆刻艺术与教育工作的实践，六十年如一日。1983年在他九十岁生日时，将一百多幅指画和篆刻《毛主席诗词印谱》及所有印章全部捐献给江山县人民政府，赠给江山县人民，江山县人民政府为他召开了盛大的表彰授奖大会。

祖父为了能多做贡献，除了日常生活起居极有规律之外，数十年来从不间断打太极拳以锻炼身体，就是脚肿不能行走也要“云手”锻炼，所以到了九十岁的高龄，精力仍很充沛，还能作指画刻印章，可以说是难能可贵的。

1984 年 10 月，在他逝世前一个星期，他被光荣地接纳为中国共产党正式党员，实现了他的夙愿。

敬爱的祖父虽然安息了，但他那种刻苦好学，以顽强的毅力坚持创作的精神是值得我们学习的。祖父逝世后江山县人民政府为他举行了隆重的追悼大会。骨灰安葬在赵家乡杨梅溪口山麓，当代著名书法家、省书协主席、西泠印社副社长郭仲选同志为祖父写了碑文。黑色的大理石，嵌着金色的大字，庄严、肃穆，在墓地四周翠绿的松柏将陪伴着祖父万古长青。

【作者简介】

郑林华，生平事迹不详。

【注释】

①指画：指画是中国传统绘画中的一种特殊的画法。即以画家的手指代替传统工具中的毛笔蘸墨作画，别有一种特殊趣味和技巧，故被称为指画。当代指画以周正元先生为代表。

②举人：明、清时，参加科举考试时在乡试中试的人称为举人。

③刘海粟：（1896—1994），名槃，字季芳，号海翁。汉族，江苏常州人。现代杰出画家、美术教育家。早年习油画，苍古沉雄；兼作国画，线条有钢筋铁骨之力。后潜心于泼墨法，笔飞墨舞，气魄过人。晚年运用泼彩法，色彩绚丽，气格雄浑。历任南京艺术学院名誉院长、教授，上海美术家协会名誉主席、中国美术家协会顾问。英国剑桥国际传记中心授予“杰出成就奖”。意大利欧洲学院授予“欧洲棕榈金奖”。

④马公愚：（1890—1969），本名范，初字公驭，后改公禺、公愚，晚号冷翁，因其斋名“畊石簃”，故又署畊石簃主，永嘉城区（今温州鹿城区）百里坊人。

公愚素有“艺苑全才”之誉。其书法，篆、隶、真、草，无一不精，真草取法钟、王，笔力浑厚，气息淳雅；篆隶更具功力，书名遍播大江南北。绘画擅长山水、花卉、鸟鱼等，篆刻取法秦汉，探本求源，无丝毫近人习气。

⑤姜丹书：（1885—1962），字敬庐，号赤石道人，斋名丹枫红叶楼，江苏溧阳人，后迁居杭州。曾当选中国美术家协会浙江分会副主席。传世作品有《黄山图》，图录于《现代书画集》；著有《艺术论文集》《敬庐画集》《美术史》《艺用解剖学》《透视学》等十余种。

⑥丰子恺：（1898—1975），名丰润，更名仁，又名婴行。桐乡石门镇人，早年留学日本。先后在上海、浙江从事美术和音乐教学。任上海中国画院院长，美协上海分会副主席。著有《子恺漫画》《缘缘堂随笔》。

⑦谢公展：（1885—1940），名寿，一作翥，以字行，江苏丹徒（今镇江）人。曾任南京美术专科学校、上海务本中学、上海美术专科学校、新华艺术专科学校、暨南大学国画科学教授。传世作品有《春江水暖图》轴，图录于《中国名画集》。著有《太湖吟啸录》《水彩画》《记忆画》《公展三十年教授文画之心得》等。

⑧方介堪：（1901—1987），原名文渠，字溥如，后改名岩，字介堪，以字行，永嘉城区（今温州鹿城区）人。篆刻家，曾任西泠印社副社长、全国书法家协会名誉理事、中日兰亭书会名誉顾问。

⑨潘天寿：（1897—1971），字大颐，自署阿寿、寿者。现代画家、教育家，浙江宁海人。曾任中国美术家协会副主席、浙江美术学院院长等职。著有《中国绘画史》《听天阁画谈随笔》等。

⑩倪贻德：（1901—1970），笔名尼特，浙江杭州人。历任浙江美术学院教授、第一副院长、全国美协理事、浙江省美协副主席、《美术》杂志主编等职。擅画风景，著作有《画人行脚》《艺术漫谈》《近代艺术》《西洋美术史纲要》《西洋画研究》《西画论丛》。小说集《玄武湖之秋》《东海之滨》《百合集》等。

⑪艾青：（1910—1996），浙江金华人，现代文学家、诗人。1933 年第一次用笔名发表长诗《大堰河——我的保姆》。1932 年在上海加入中国左翼美术家联盟，从事革命文艺活动。1935 年，出版了第一本诗集《大堰河》。曾任中国作家协会副主席、国际笔会中心副会长等职。1985 年获法国文学艺术最高勋章。著有《艾青选集》《北方》等诗集。

⑫沙孟海：（1900—1992），浙江鄞县（今宁波市鄞州区）人。二十世纪书坛泰斗，于语言文字、文史、考古、书法、篆刻等均深有研究。曾任浙江大学中文系教授、浙江美术学院教授、西泠印社社长、西泠书画院院长、浙江省博物馆名誉馆长、中国书法家协会副主席。

⑬《蝶恋花·答李淑一》：毛泽东写于 1957 年 5 月 11 日的一首词。该词不仅是抒发悼念情感之作，寄托了毛泽东对夫人杨开慧烈士和亲密战友柳直荀烈士的无限深情以及对革命先烈的深切悼念和崇高敬意，还歌颂了革命先烈生

死不渝的革命情怀，激励广大人民捍卫革命成果。原文：我失骄杨君失柳，杨柳轻飏直上重霄九。问讯吴刚何所有，吴刚捧出桂花酒。 寂寞嫦娥舒广袖，万里长空且为忠魂舞。忽报人间曾伏虎，泪飞顿作倾盆雨。

⑭陆维钊：（1899—1980），原名子平，字微昭，晚年自署劭翁，浙江平湖人。曾任政协浙江省三、四届委员，中国美术家协会浙江分会理事。精书法，擅山水、花卉、治印。晚年以书法卓绝，驰名于世，融篆、隶、草于一炉，圆熟而精湛，凝练而流动，晚年独创非篆非隶亦篆亦隶之新体——现代“蝶扁”，人称陆维钊体，独步古今书坛。是我国现代高等书法教育的先驱者之一。

【导读】

近代以来，中国长期处于外敌入侵，军阀混战的内忧外患处境，在动荡的社会背景下，指画艺术像微弱的一缕余烬，奄奄一息，濒临失传。幸而有那么一群艺术家自觉继承并光大了这一传统的绘画艺术，本文的主人公郑仁山就是其中一位指画大师。郑老的指画生涯，横跨了近现代重要时期，纵观其成才之路，离不开几个关键词：求学名师、勤学苦练、笔耕不辍和心系社会，名师的指导与自身的好学与勤奋，这些内外因素成就了他辉煌的指画生涯。心系社会，让郑老的形象更加高大，愈加让人敬佩：逝世前，郑老将其一生的作品全部捐献了江山人民，这是何等的慷慨和高尚。走近郑老的生平，去领略指画大师的风采。

【资料卡片】

指画之创始，仅据唐代张彦远所著《历代名画记》有这么一段记载，“盛唐时期，有一位毕宏，是当代擅画古松的名家。一次，毕庶子看到张璪用秃笔，或以手摸素绢。便问所受，璪答道：“外师造化，中得心源。”于是毕宏搁笔。关于张璪手摸素绢，使毕宏甘拜下风的故事流传了下来，人们都以为是张璪开手指画先河。清方熏《山静居论画》记述：“指头画起于张璪，张璪作画或用秃笔，或以后摸绢素。”这证明方熏是根据《历代名画记》的记载而加以肯定的。

但自唐到清这一千多年间书籍找不到关于指画的记载，直到清初康熙年间高其佩大量的指画作品问世，才有了指画的端倪。高其佩一生创作了大量的指画作品而且因受到世人的推崇而风靡全国。高其佩开创了清初画坛中一个独特的新兴画派，其历史功绩，使他成为中国手指画开宗派的宗师。

弘一法师与弟子毛善力[①]

周航

弘一法师是我国近代佛教界的著名人物，同时也是一位艺术大师，他的文章和诗词、音乐、戏剧、油画、书法和篆刻各种艺术门类，无不精通，他在二十岁左右时已文采斐然，对诗文词赋及书画，尤为爱好，造诣极深，年轻时并以扮演《茶花女》[②]在异邦名噪一时，继而创设“春柳剧社”[③]，开我国新剧之先河，是一位新剧的积极提倡者和实践者。

弘一法师的艺术成就，使当时文学艺术界中的许多人为之倾倒。他在浙江众多弟子中，绘画方面的有丰子恺，音乐方面的有刘质平，以及李鸿、黄寄慈、吴梦非等，作家学者则有占伯攸、曹聚仁[④]、博彬然等。但他和另一个得意弟子毛善力的交往，在弘一法师年谱中未曾提到。他们之间的一些师生情谊，就鲜为人知了。

毛善力是江山近代书法篆刻艺术上的名家，原名世根，自号子立，梅泉居士，一九〇二年三月二十七日生于江山城关镇，因家道清寒，只读过高等小学，十四岁就辍学，走上社会谋生，先到清湖镇上的吴顺坤先生开设的“恒聚米行”当学徒，但他是个好学之人，特别是书法，仍坚持勤学苦练，朝暮临池不息。到一九二〇年，他随族叔毛云鹏去衢州第八师范学校担任教务员，业余时间多用于临摹各家碑帖，进步很快。

弘一法师和毛善力的相识，是一种偶然，也可以说是一种机缘。弘一法师，一九二〇年八月适来衢州，住在北门外的莲花寺。法师喜吃甜食糕饼，常托人到大南门的一片糕饼店买糕饼，在食用时，多次发现包饼纸上的书字甚好，至为惊奇，就把这件事记在心上。一次，法师亲往糕饼店询问，始知这些字纸是其侄兜毛善力所写，即托人去找来相见，谈得很投机，旋即收为弟子，亲授书法，篆刻要领，而毛善力则更加勤奋好学，有一次，人托毛善力写一块店招牌，始终写不好，毛善力即去请教法师。法师只是笑笑说，你看我写就知道了。于是研好墨、铺好纸，静坐纸前打腹稿，排章法，然后跃然而起，一挥而就，这对毛善力启发很大，为他一生从事书法艺术事业打下了坚实的基础。从此毛善力和弘一法师长时期保持联系。弘一法师因见毛善力的长相极像出家人，多次劝说他随其出家，毛也心有所动，即回乡禀明母亲，其母年青即守寡，花了一生心血，才把他兄弟二人抚养成人，坚不同意他去皈依佛门，才作罢。弘一法师特为毛善力的原名世根改为慈根，做“慈说”一篇相赠，并将他自己珍藏的二件器物，赠送给了毛善力：一件是在日本上野美术学校毕业时所得到的一件奖品——插花瓷瓶，赠送作为纪念（此瓷瓶原物尚存）。另一件是弘一法师于一九一八年，在杭州虎跑寺出家时所剃下的一包头发和胡须，亲手赠予毛善力，并附有三句话："身体附发，自之父母，不可毁伤。"足见其师生情谊之深厚了。

一九二四年四月，弘一法师从莲花进城时，曾和毛善力及衢州第八师范的语文教师、小说家游默君先生，在祥符寺合影留念。在杭州时又和游默君同邀毛善力合影。一九二六年，李叔同先生从温州回杭州，毛善力亦离开衢州八师，去杭州访师求贤，经李叔同先生的介绍，遍访当时在杭州的一些书画艺术大师黄宾虹、叶为铭、周承德等，并从马一浮先生进修国学。抗日战争爆发后，弘一法师先生多次赴闽南讲佛学，先后历经十载。毛善力也再次随族叔去福建任职，继续得到弘一法师的指导。法师还应毛善力的请求，先后为他书写二块堂匾，一为"有恒堂"，一为"智忍堂"，至今原物仍保存完整，另外赠送给毛善力手书"南无阿弥陀佛"屏条，有十数张之多。

毛善力自幼酷爱书法篆刻艺术，又得到名师的指导，精心研究而获得较高成就，他在总结自己一生经历时说过："半生读得书千卷，全副精神笔一枝。"这期间，毛善力学临弘一法师的书体，已到真伪难辨的程度。一次，福建泉州的性常法师见到毛善力时说：你写给弘一法师的信已经收到。当法师拿到信，误以为是自己写给夏丏尊先生[5]的信被退回来了。这说明法师自己也一时分辨不清楚。

毛善力的书法艺术，可谓"秀逸多姿，格韵高超"。几十年中坚持临摹各家碑帖，早年博学钟张[6]、二王[7]诸家，并亲赴龙门观摩，打下了深厚功底，而后又广览博识，集各家之长，融汇在字里行间，使他的书体多变，行云流水，潇洒自如，能做到随情而生，随势而变。在用笔用墨方面，均有独到之处，方园兼备，尤其善用中锋，挥毫从容，显得浑圆有力。至于他的篆刻，因有深厚的书法根底，能在篆法中通汇古今，平中寓奇，妙然契合，在技艺上有一定成就。弘一法师有次曾嘱毛善力刻印七方，其中"弘一"一方，系一鸡血石，上纽为一条龙，为毛善力所赠，深得法师喜爱，置放案头，常钤[8]于书件。

一九四二年十月，弘一法师在福建泉州逝世。毛善力于是年返回故里，受聘在江山简易师范学校任书法美术教师。以后又在江山中学，志澄中学担任国文和书法美术教师，解放初离职。一九六〇年被聘到县文物管理委员会工作，一九六三年和一九六五年二届当选为县人民代表，一九七七年因患肺癌而谢世。

【作者简介】

周航，浙江江山人，著有《浙江民间故事》《浙江民俗故事》等书籍。

【注释】

①弘一法师：俗名李叔同（1880—1942），又名李息霜、李岸、李良，谱名文涛，幼名成蹊，学名广侯，字息霜，别号漱筒。原籍浙江平湖，从祖辈起移居天津。李叔同是“二十文章惊海内”的大师，集诗、词、书画、篆刻、音乐、戏剧、文学于一身，在多个领域，为中华灿烂文化艺术的弘扬与发展做出了贡献。他是中国新文化运动的前驱，卓越的艺术家、教育家、思想家、革新家，是中国传统文化与佛教文化相结合的优秀代表，是中国近现代佛教史上最杰出的一位高僧之一，又是国际上声誉甚高的知名人士。他从日本留学归国后，担任过教师、编辑之职，后剃度为僧，法名演音，号弘一，晚号晚晴老人，后被人尊称为弘一法师。

②《茶花女》：法国作家亚历山大·小仲马创作的长篇小说，也是其代表作。故事讲述了一个青年人与巴黎上流社会一位交际花曲折凄婉的爱情故事。作品通过一个妓女的爱情悲剧，揭露了法国七月王朝上流社会的糜烂生活。对贵族资产阶级的虚伪道德提出了血泪控诉。在法国文学史上，这是第一次把妓女作为主角的作品。

③春柳剧社：一个以戏剧表演为主的综合性艺术团体。1906 年冬由中国留日学生组建于日本东京。创始人李叔同（息霜）、曾孝谷，先后加入者有欧阳予倩、吴我尊、李涛痕、马绛士、谢抗白、庄云石、陆镜若等人。春柳社的成立标志着中国话剧的奠基。

④曹聚仁：（1900—1972），民国著名记者、作家。浙江浦江墩头镇蒋畈村（今属兰溪梅江镇蒋畈村）人。曾主编《涛声》《芒种》等杂志。抗日战争爆发后，任战地记者，曾报道淞沪战役、台儿庄之捷。1950 年赴香港，任新加坡《南洋商报》驻港特派记者。20 世纪 50 年代后期，主办《循环日报》《正午报》等报纸。后多次回内地，促进祖国统一事业。著有《中国学术思想史随笔》《万里行记》《现代中国通鉴》等。

⑤夏丏尊：（1886—1946），名铸，字勉旃，后改字丏尊，号闷庵。文学家、语文学家、出版家和翻译家。浙江绍兴上虞人。夏丏尊是中国新文学运动的先驱，他的学术著作有《文艺论 ABC》（世界书局）、《生活与文学》（北新书局）、《现代世界文学大纲》（神州国光社）及编著有《芥川龙之介集》《国文百八课》《开明国文讲义》等。

⑥钟张：三国时期魏的锺繇、东汉张芝的并称。二人皆以善书名。

⑦二王：后人将东晋大书法家王羲之和王献之父子，并称为“二王”。

⑧钤：盖章、盖印。

【导读】

毛善力先生作为弘一法师的得意弟子，追随弘一法师19年，可谓师徒情深。师徒二人在一次偶然中相识，从此开启了师徒二人几十年的相交，无论是在书法上还是生活上，弘一法师都给予了毛善力精心的指导和关爱，这对毛善力的日后书法和篆刻均产生了巨大的启发和影响。本文详细记述了师徒二人鲜为人知的交往过程，从字里行间的叙述中可见弘一法师对毛善力的厚爱，从中也窥见毛善力先生作为法师得意弟子所取得的艺术成就。

【资料卡片】

毛善力论书法（节选）

1. 书法要义莫过于用笔。用笔之法，犹将军练兵，令立则立，令卧则卧，令驰则驰，令止则止。一管在握，使转自如，墨不碍情，可谓得之。

2. 初学临帖，有他无我；及有进焉，他中有我；其后，则我中有他。创作则不同，有我无他。然亦有存家法者，而大家则蜕尽家法，唯有我矣。

3. 学书当从唐楷入，魏碑出。唐楷法度严谨，须防刻板；魏碑格调高古，拙而不俗。

五、流风遗俗

江山傀儡戏[1]

薛培泽

江山地处浙西边陲，傩戏[2]、傀儡戏等古老戏剧流传较广，傩戏在三十年代逐渐消失，唯傀儡戏尚保存至今。

傀儡戏即木偶戏。有提线木偶与手擎木偶之分。据《旧唐书·音乐志二》载“窟儡子，亦名魁儡子，作偶人以戏，善歌舞”。江山仙霞山麓古镇之廿八都[3]地方，群众至今仍称木偶戏为“窟儡子”，其他乡村上年纪的人也称身材瘦小的女孩为“吊丝戏子”，可见其源远流长。廿八都镇灰山村民间老艺人黄金松，解放前是个有名的提线木偶艺人。从他为首组织的木偶戏班，活动在江山各大山区及浦城、广丰等县，人称该戏班为“戏祖”。戏祖进村能消灾迎福。故在丰收时节或迎神赛会，多请其戏班进村上演。对藏木偶的戏箱，群众颇为尊崇，不能淋雨，也不能打坐。全班戏具、乐器一担就能挑走。演出场所只需一道布幕，中间开个纱窗，操木偶的艺人，居高临下提木偶于纱幕前，扮演各种角色，乐队在纱幕后透过纱幕配以曲调及唱腔，一般五、六人即能演出。全班人员手、脚、口、眼、耳都不能停，个个都是多面手。故人员少、戏具小，演出场地可大可小，不需要布景，照明设备也简单，适宜走乡串村演出，很受山区群众喜爱。所演剧目、曲调与赣剧[4]、婺剧传统节目相同。1956 年曾参加地、县会演。1957 年 11 月，按照浙江省民间职业傀儡戏、杂技等团体登记管理暂行办法，履行登记，定名为“江山县提线木偶剧团（半职业）”。1966 年“文化大革命”开始时被迫停演。1979 年曾要求恢复演出，重行登记。后因人员涉及江山、浦城、广丰三县，又因设备陈旧，形式泥古[5]，主要艺人黄金松已故等原因，未予登记。

江山不仅山区有木偶戏班，距城不足十里路的丰足乡郑村，还有个余姓木偶戏老艺人，于民国初创办了一个木偶戏班，俗称“布袋戏”。与提线木偶比较，规模更小，其特点是由下向上擎在手上表演，一般戏中角色只露出上半身，而把下半身遮去。四人即可演出。人人都能演（操木偶）、唱、奏（操乐器），街头也能演出，活动更加方便。演出剧目、曲和与婺剧相同。但也能演唱《小放牛》《卖布》《卖花线》等小剧目。经常到平原小集镇与常山、开化等地演出。1956 年曾参加地、县会演。翌年与黄金松木偶剧团同时登记，定名为“江山县手擎木偶剧团（半职业）”。后因班主病故停演。

【作者简介】

薛培泽（1929？— ），江山人，为日本军为侵略中国浙江省（位于华东中心区域）所展开细菌战中的受害者和幸存者。

【注释】

①傀儡戏：一般指木偶戏，是用木偶来表演故事的戏剧，中国传统艺术之一。表演时，演员在幕后一边操纵木偶，一边演唱，并配以音乐。

②傩戏：中国戏曲剧种之一，是在民间祭祀仪式基础上吸取民间歌舞、戏剧而形成的一种戏曲形式。

③廿八都：历史文化名镇，位于浙江江山境内。地处浙闽赣三省交界，历史上是边区的重要集镇，素有“枫溪锁钥”之称。

④赣剧：是一个兼唱高腔、乱弹、昆腔及其他曲调的多声腔的传统戏曲剧种，所用方言为赣语。其起源和前身为弋阳腔，为著名的古代四大声腔之一。

⑤泥古：拘泥古代的成规或说法，不知变通。

【导读】

傀儡戏，作为中国的传统艺术之一，有人曾这样说道：“范形为傀儡，手足赖丝牵。幕后从人语，台前俨自便。”诗中所说是我们所熟悉的提线傀儡。其实除了提线傀儡之外，江山的傀儡戏还有其他的讲究。

画月饼

王宗业

“画月饼”不是画饼充饥，乃是家乡江山县中秋节特有的一种习俗艺术，其他的城市是没有的。

绘制月饼须在中秋节前十天，准备一切材料，而且要特约江山城内的书画家前来绘制，江山艺术月饼，分五斤、十斤、二十斤等几种。

记得我幼年时，邻居为一裱褙①店，老板乃是位名书画家，对面则为糕饼店，两店老板乃是好友，逢中秋节将届时，两店开始合作，制作艺高物美的月饼，其他饼店有望尘莫及之感！幼时放学经过店前，驻足而观，几乎着了迷，连返家的时间都忘了，因此我在幼时便喜欢涂鸦。邻居也时常请我绘点小月饼，饼店老板看我如此幼小的年纪便能绘图，由是便请我在放学放假的日子里，帮忙绘制月饼。

绘制月饼的过程，先将白芝麻染成五色（黑色原用黑芝麻），用麦芽糖水作胶合之用，以笔拈水作图，绘于未烤熟的月饼正面。如嫦娥奔月、麒麟送子，大一点到绘天官赐福、八仙过海、人物花鸟动物均可绘上。

其着色方法，即以黑芝麻，粘在糖水上，倒去未粘上之余粒，再用糖水涂上图案上应有的各种彩色芝麻。然后交制饼师傅，饰上白色芝麻做底，即成美丽的月饼，经过烤炉烤熟即为成品。

大月饼客人买去，供过月亮娘娘之后，切成小块，再烘烤一次，便可存放数月，或给小孩作零食，或给亲友作茶点，香甜可口，别有一方家乡风味。

我十八九岁，即投笔从戎②，数十年来，走尽大江南北各大城市，未曾见到像家乡一样的月饼。

古人说：“每逢佳节倍思亲。”远居海外的游子，何止思亲，对于家乡的风土人情，同样是萦怀③梦寐。因时忆旧，聊记幼年趣事，以作乡友的清谈④吧！

【作者简介】

王宗业，江山人。生卒事迹不详。

【注释】

①裱褙：贴在衬垫物上借以加固或供陈列，特指粘贴（如一张纸）在结实的材料上作为装订。

②投笔从戎：汉代班超因家贫而常为官佣书以供养，后辍业而叹：“大丈

夫无它志略，犹当效傅介子、张骞立功异域。”后指弃文从军以卫国建功。

③萦怀：牵挂于心。

④清谈：闲谈、闲聊。

【导读】

贺知章在《回乡偶书》里这样写道：“儿童相见不相识，笑问客从何处来。”多年的离别，再回到家乡时已是物是人非，但每每回忆起家乡除了在外漂泊的孤寂外，一定还会有一点儿小小的甜蜜，因为家乡是承载着我们回忆的地方。

【思考探究】

你的家乡有不同于其他地方的风俗吗？是什么？

第四单元　常山篇

诗 词

一、常山史话

书草萍驿二首

王守仁

九月，献俘[①]北上，驻草萍，时已暮，忽传王师已及徐淮，遂乘夜速发，次壁间韵，纪之二首。

一

一战功成未足奇，亲征消息尚堪危。
边锋西北方传警，民力东南已尽疲。
万里秋风嘶甲马，千山斜日度旌旗。
小臣何尔驱驰急[②]，欲请回銮罢六师[③]。

二

千里风尘一剑当，万山秋色送归航。
堂垂双白虚频疏[④]，门已三过有底忙[⑤]。
羽檄西来秋黯黯[⑥]，关河北望夜苍苍。
自嗟力尽螳螂臂[⑦]，此日回天在庙堂。

【注释】

①献俘：明武宗正德十四年（1519）明武帝朱厚照西巡归来后，又欲下江南，并周游天下，为了谏阻南巡，朝臣进行了大请愿。宁王朱宸濠借此在南昌发动的叛乱为所王守仁平定。八月，王守仁捷报尚未送达北京，明武宗自称“奉天征讨威武大将军镇国公”，于八月二十二日率万余官兵南下“亲征”。后到达涿州时，王守仁捷报传至，但明武宗仍一意南征。明武宗身边的嬖幸甚至建议将朱宸濠放回，让武宗生擒，以展示皇帝威信。同年八月，王守仁不得已将朱宸濠押至南京，献给武宗，名曰“献俘”。

②驱驰：策马快奔。

③回銮：旧俗指婚后三日女偕婿归省父母，此处指皇帝乘銮回宫。

④垂双白：指“双垂白玉箸”，白玉箸：释家得道，临终有白玉气出鼻孔，双垂如双玉箸。

⑤门已三过：大禹治水时曾三过家门而不敢入。

⑥羽檄：古代军中紧急的文书。古时征兵、征召的文书，上插鸟羽以示紧急，必须迅速传达。

⑦螳螂臂：指螳臂挡车。《庄子·人间世》："汝不知夫螳螂乎，怒其臂以当车辙，不知其不胜任也。"后以"螳臂挡车"比喻自不量力，招致失败。

【导读】

此诗写于明武宗正德十四年（1519）九月，"宸濠之乱"平定之后，因皇帝乃至朝廷的荒唐，王守仁不得不违背心意，荒唐地"献俘"。从刚开始"小臣何尔驱驰急"对皇帝还抱有一定的期望到后来"自嗟力尽螳螂臂"。朝政的灰暗让王守仁觉得无力回天，心灰意冷。

二、常山物语部

常山县

[明]陈谟

城小因山秀，丹霞近可餐。
峰高迎月早，松老入云寒。
樵径通烟市，泉源护药栏。
幽栖农圃乐，奚必羡弹冠[①]。

【作者简介】

陈谟（1305—1400），字一德，泰和（今属江西）人。隐居不仕，明太祖洪武初年征至京师议礼，旋引疾归，家居教授，学士靡然从之，称海桑先生。著有《海桑集》。

【注释】

①奚必：何必。弹冠：喻出仕。

【导读】

本诗语言简朴，开头写了常山虽小，但也风光无限，其乐无穷：近处的丹霞景色秀色可餐，因山高而可以先人一步欣赏到月光之美，山里的樵径可直通市集，连泉源似乎都在呵护着花栏，俨然一派安乐之景，既然有农圃之乐，又何必羡慕为官之人呢？表达了诗人淡泊名利，隐居山林的志向。

【资料卡片】

弹 冠

1. 东汉班固《汉书·王吉传》：吉与贡禹为友，世称“王阳在位，贡公弹冠”，言其取舍也。

汉宣帝时，琅琊人王吉和贡禹是很好的朋友，贡禹多次被免职，王吉在官场也很不得志。汉元帝时，王吉被召去当谏议大夫，贡禹听到这个消息很高兴，就把自己的官帽取出，弹去多年布满的灰尘，准备戴用。果然没多久贡禹也被任命为谏议大夫。

2. 宋苏洵《管仲论》：“一日无仲，则三子者可以弹冠而相庆矣。”

春秋齐桓公有三个近臣，均是用卑鄙的手段讨悦取宠的，一是竖刁，自宫入内；二是易牙，烹子媚君；三是卫开方，弃亲求荣。他们相互勾结祸乱齐国，后来齐桓公重用管仲为相，这三子无以施其伎俩。管仲一死，这三子高兴得不可耐，马上各自回家取出旧宠帽来，弹灰跳跃，相互庆贺，准备卷土重来。后来三人得势入宫廷，终将齐桓公筑高墙围之，将其饿死。此成语指一人当了官或升了官，他的同伴也互相庆贺将有官可做，多指坏人得势，互相庆祝。贬义词。

木棉岭值雪①

[明] 方豪

木棉岭上雪霏霏②，缀树牵枝照客衣。
安得木棉花似雪，尽充贫女木棉机。

【作者简介】

方豪（1482—1530），字思道，号棠陵，开化人。明正德年间进士，初任江苏昆山知县，后任刑部主事，湖广副使等职。著有《棠陵集》等。

【注释】

①木棉岭：《大清一统志》载："木棉岭，在常山县南十里，往江（山）之要路，山峻石险，后铲去巉石，岭道始通。"

②霏霏：雪很盛的样子。

【导读】

"值雪"即遇雪，本诗写作者在木棉岭上遇雪。岭上大雪纷飞，雪满枝头，白茫茫的雪似乎能把诗人的衣服照亮，是描写"雪霏霏"。但诗人接下去并没有继续写雪景，而是展开想象，希望岭上的大雪可以变成"贫女木棉机上的棉花"，以使贫苦人家不至于受冻，与杜甫的"安得广厦千万间，大庇天下寒士俱欢颜"有异曲同工之妙，表现了诗人对贫苦百姓的关怀。

【资料卡片】

明正德皇帝与木棉岭逸事

据民间传说，明朝正德皇帝曾到过常山，并在木棉岭上一小庙求了一签。

正德皇帝微服私访南巡到常山期间，一日坐轿离开常山，一行人经长圩、七里弄，然后到了木棉岭山冈，见有凉亭、寺庙，便在凉亭歇息，旁边寺庙里喃喃的念经声和袅袅的香火气息吸引着众人。正德帝对跟随太监说："你去代朕抽一签，看此小庙能说出何缘何故。"太监前往寺庙，报说代老板抽一签。解签僧接过卦签一看，顿时惊得蹙额皱眉，因为这支签很少有人抽得："人中之龙，金口玉尊。风光有限，小心水边。"但他不敢与太监直言，只得淡淡地说："你老板是万人中难挑一的贵人，只是要远离水，防风寒。"太监向皇上禀报，正德帝也没当一回事，因为他不相信小小的山野寺庙能有何谶语，只是糊弄一般信佛之人，岂可当真。

然后他们离开木棉岭寺庙，沿古道往江山而去。第二年，南巡途中的正德皇帝于清江浦（今江苏淮安市）垂钓，不慎落入水中，虽被左右救起，但已寒气入髓，身体每况愈下。次年，病死于豹房，终年三十一岁。后来太监与人说起在常山木棉岭寺庙抽签一事，直赞木棉岭的卦签实乃灵验之谶语也。

题南溪卷赠詹德本[1]

[明] 文徵明

卜筑南溪上[2]，分明似玉川。
有时还引钓，乘兴好移船。
夜色留明月，春寒锁碧烟。
何曾慕城市，鱼鸟自随缘。

【作者简介】

文徵明（1470—1559），明代画家、书法家、文学家。初名壁，字徵明，后以字行，更字徵仲，号衡山居士，长洲（今江苏苏州）人。五十四岁以后贡生荐试吏部，任翰林院待诏，不久辞职归家。诗文书画皆工，尤以画著称，在画史上与沈周、唐寅、仇英合称"吴门四大家"；在诗文上与祝允明、唐寅、徐祯卿并称"吴中四才子"。著有《莆田集》。

【注释】

①南溪：即南门溪，在常山县城南门外。詹德本，不详。

②卜筑：择地筑室。

【导读】

本诗为赠别诗，前两联写主人（詹德本）住处的幽雅：把南门溪清澈的水流比喻为玉川；兴趣来时可垂钓溪上，也可泛舟溪游。颈联写月下的南门溪，“留”和“锁”两字的使用很生动，溪水似乎要把倒影水面上的月光留住；寒意仍在，似把缭绕的炊烟锁住了。以上三句可以看出诗人对于此地的向往之情，因此尾联作者说不必羡慕城市的喧闹，不如同鱼鸟为伴，自由自在地享受这大自然的美好景色。

【资料卡片】

吴中四才子

吴中四才子，即江南四大才子，是指明代时生活在江苏苏州的四位才华横溢且性情洒脱的文化人。一般认为是指唐寅（唐伯虎）、祝允明（祝枝山）、文徵明、徐祯卿。据《明史》卷二八六记载：“徐祯卿与祝允明、唐寅、文徵明齐名，号吴中四才子。”

香港电视广播有限公司的电视剧《金装四大才子》的“吴中四大才子”，讲的是唐伯虎、祝枝山、文徵明、周文宾四位苏州文人的故事。而周文宾是文人后来虚构的，因为徐祯卿英年早逝，科举之后留在京城，不在吴中等缘故，后来文人又杜撰了一位相貌秀美的周文宾来凑数。

自常山抵开化道中即事四首

[清] 李渔

一

山路崎岖屐齿平①，能高能下一兜轻②。
多情忽觏云头雨③，催得诗成却又晴。

二

痏后虽无济世材[④]，扶筇偏喜陟崔嵬[⑤]。
寻诗莫避山溪险，好句多从险中来。

三

山雨初收野色凝，菜花麦浪压芳塍。
征人为得行吟趣，闲却肩舆不肯乘。

四

云雾山中虎豹眼，千年松子大于拳。
自从柯烂无人伐，万丈奇杉欲上天。

【作者简介】

李渔（1611—1679），字笠鸿、谪凡，号笠翁，浙江兰溪人。戏曲理论家、剧作家。李渔自幼聪颖，素有才子之誉，世称“李十郎”，曾家设戏班，至各地演出，从而积累了丰富的戏曲创作、演出经验，提出了较为完善的戏剧理论体系，被后世誉为“中国戏剧理论始祖”“世界喜剧大师”“东方莎士比亚”，是休闲文化的倡导者、文化产业的先行者，被列入世界文化名人录。词曲浅显通俗，颇有喜剧之风。著有《闲情偶寄》《笠翁十种曲》等。

【注释】

①屐齿：木屐的齿。
②兜：便轿。
③觏：遇见。
④痏（wěi）：疮痕。
⑤筇（qióng）：手杖。

【导读】

第一首诗写的山路崎岖，又遇落雨，但是诗人的心情非但没有受到影响，还自得其乐，作诗一首。第二首写好诗都是从险境中来，道出作诗的真谛。第三首写山村野趣，山雨野色、菜花麦浪虽朴实，却别有一番乐趣，惹得征人下轿欣赏。最后一首诗则是写山中奇景，有山雾里若隐若现的虎豹，有比拳头还大的千年松球，还有万丈之高耸入天际的杉树，实在新奇有趣。四首诗从不同的角度和景致来描写常山到开化道中的所见所感，颇有清新雅趣。

紫港野渡[1]

[清] 德源

野渡江波阔，轻桡早晚风。
人家深树里，城郭淡烟中。
白草迷秦月，青山绕汉宫。
前途知几许，回首夕阳红。

【作者简介】

德源（生卒年不详），僧人，生平不详。著有《北山草》。

【注释】

①紫港：在常山县城东门外。

【导读】

本诗写在紫港渡口的所见所感：前两句写景，开阔的江面、深林中的人家和若隐若现的城郭皆为眼前之景；后两句由景及情，诗人由白草和青山皆迷恋秦月汉宫有感而发，追问思考自身的前途，夕阳处便是自己的归宿，表达了作者的隐逸情怀。

早发常山大雾

[清] 查慎行

苦雾忽吞天，去城不数武[1]。
如行襄城野[2]，七圣迷所处[3]。
初旭渐渐高，寒光翳复吐。
窅然坠醉梦[4]，既觉乃停午。
前瞻怀玉峰[5]，峰峰垂白缕。
西江行在望，未济恐多阻。

【注释】

①武：古代以六尺为步，半步为武。

②襄城：县名，河南境内。

③七圣：黄帝及方明等六人。

④窅（yǎo）然：冥冥然，不知不觉间。

⑤怀玉：山名，在浙赣交界处。

【导读】

此诗写从常山出发却遭遇大雾天气一事。诗人将雾来时，雾散后的情景生动再现。诗歌描写细致，善于用典。写出了自然变化之奇妙。而第一句中的"苦"字与最后一句的"未济恐多阻"呼应，亦写出了行路之艰难险阻，诗人的内心较为复杂。

【资料卡片】

发常山早雨晚晴（二首）

［清］查慎行

一

七日江程上水难，肩舆差比布帆安。
朝来便觉山行好，小雨才过路便干。

二

菜畦麦陇黄兼绿，李径桃蹊白间红。
着色春光谁画得，常山西畔玉山东。

招贤晚眺二首[1]

［清］袁士灏

一

澄澈空江万里天，渔翁打桨入秋烟。
捕鱼初罢腥风散，几个鸬鹚上钓船[2]。

二

渡头杨柳碧如梳，叱犊人归尚荷锄。
隔岸阿谁呼正急[3]，满江渔火上灯初。

【作者简介】

袁士灏（生卒年不详），常山人，光绪时贡士。

【注释】

①招贤：招贤渡。
②鸬鹚：亦称“鱼鹰”。已驯化的可使捕鱼。
③阿谁：谁、何人。

【导读】

第一首诗写招贤渡之景色与捕鱼之场景。从视觉与嗅觉的双重感受出发，刻画了捕鱼之趣。“腥风散”与“鸬鹚上钓船”相呼应，写出捕鱼后恢复平静的状态。第二首诗也写招贤渡的景色，运用比喻的手法写杨柳之碧，而叱犊人和岸上的急呼使画面变得充满生气，最后渔火初上又把景色归于平静。诗人善于运用写作技巧，细腻地刻画了招贤渡的景色，艺术造诣很高。

三、名胜故迹

昭庆寺[1]

[明]詹莱

二十年来早挂冠[2]，世身相弃水云宽。
典坟丘索吾家事[3]，耕牧渔樵物外观。
古殿屯云钟磬湿[4]，空山过雨斗牛寒。
卧龙跃马今何在，高枕蒲团梦亦安。

【作者简介】

詹莱（生卒年不详），号范川，浙江常山人。博学能文，尤精于诗歌。明嘉靖二十六年（1547）进士，任长乐县令。任上执法严明，处事果决。余暇则登眺赋诗。当时浙东倭寇猖獗，巡抚御史下令长乐筑城防备，詹莱多方筹划，民乐于出力。工竣，倭寇亦袭至。后数年间，长乐县民赖有坚城，不受倭寇侵扰，此詹莱之功也，官至湖广佥事。

【注释】

①昭庆寺：在常山西门外二里西高峰下，唐垂拱二年（686）建，旧名惠安寺，今已毁。

②挂冠：谓辞官。

③典坟丘索：即“三典五坟”“九丘八索”，都是传说中的远古书名。

④屯：聚集。

【导读】

见首句“二十年来早挂冠”，可知此诗作于诗人詹莱辞官归隐，游览本县佛门圣地昭庆寺之后。因此对人生之苦有所顿悟，于是写下这首心迹可寻的七言律诗。“古殿屯云钟磬湿，空山过雨斗牛寒。”一句写诗人看到昭庆寺大殿四周聚集着浓浓的云雾，殿内的编钟与古磬都潮湿了。雨后的西峰寺如天上的斗宿、牛宿一样感受寒冷，揭示了昭庆寺由兴盛滑向衰落、清冷的境地，由此触景生情，不免感慨万千。回想往事，心潮起伏，不如遁入空门，高枕无忧做一个平安梦吧！

【资料卡片】

昭庆寺小记

[明]袁宏道

从武林门而西，望保叔塔突兀层崖中，则已心飞湖上也。午刻入昭庆，茶毕，即棹小舟入湖。山色如娥，花光如颊，温风如酒，波纹如绫，才一举头，已不觉目酣神醉。此时欲下一语描写不得，大约如东阿王梦中初遇洛神时也。余游西湖始此，时万历丁酉二月十四日也。晚同子公渡净寺，觅阿宾旧住僧房。取道由六桥、岳坟、石径塘归。草草领略，未极遍赏。

次早得陶石篑帖子，至十九日，石篑兄弟同学佛人王静虚至，湖山好友，一时湊集矣。

招贤古渡[①]

[清]徐烈

不见征书下锦川[②]，偏闻古渡号招贤。
放翁憔悴题诗处[③]，古县苍茫落照边。
野店花开人卖酒，长堤烟锁客呼船。
天涯只此滩流急，倘有伊人自在眠[④]。

【作者简介】

徐烈（生卒年不详）：浙江常山人，雍正时贡生。博学多识。

【注释】

①招贤古渡：在常山城东三十里。

②征书：征召的文书。

③放翁：宋代诗人陆游，号放翁。陆游曾有《城南渡》诗咏招贤。

④伊人：犹言此人，意中有所指的那个人。

【导读】

常山招贤古渡自南宋以来就有，原为官渡，是衢州至江西、徽州的必经之地，更是商船贸易的一个集中地。古渡往来船筏，以常山、开化马金、衢州三地为主，数量以千数，因此诗人说道“长堤烟锁客呼船”。因为官渡原因，来往的达官贵人多，宋代陆游、杨万里等著名诗人曾在此留有吟咏。

【资料卡片】

晚过招贤渡

［宋］陆游

老马骨巉然，虺隤不受鞭。
行人争晚渡，归鸟破秋烟。
湖海凄凉地，风霜摇落天。
吾生半行路，搔首送流年。

四、秀色山水

菱 湖[1]

[明] 郑瑄

一水平如镜，菱湖打桨游[2]。
夜凉何处笛[3]，明月照高楼。

【作者简介】

郑瑄（生卒年不详），字邦用，号竹轩。景泰七年（1456）举人，知福建宁化、将乐二县，有治绩，孚众望。

【注释】

①菱湖，在常山县北，临近开化县。

②打桨：划船

③笛：吹笛声。

【导读】

本诗为作者划船夜游菱湖所作。夜里的菱湖水平如镜，夜已深了，不知从何处飘来悠悠笛声，月光柔和地照在高楼之上。

屏 山[1]

[明] 孙宏轼

雨霁上层峦，风光画里看。
双流青镜合[2]，一抹紫烟攒[3]。
野润花光艳，天空鹭影干[4]。
四围苍翠霭，对此已忘餐。

【作者简介】

孙宏轼（生卒年不详），字以瞻，四川资中人。明嘉靖进士，历浙江海道副使。

【注释】

①屏山：在常山县城内。

②双流：指常山城外二条溪流会合。

③攒：聚在一起。

④干：冲。

【导读】

本诗描写了雨后屏山之景：雨后诗人登上屏山，只觉所见风光如画里一般，城外的两条溪流汇合后如青镜般，天上的一抹紫色烟霞聚在一起，在雨的滋润下野花也更加鲜艳了，天空上有鹭鸟疾驰而过，留下影踪。四周的山林苍翠，似乎连雾霭也被染上了翠绿色。如此美景让人陶醉，诗人只顾饱餐雨后屏山美景，哪还记得要吃饭呢。

登常山城楼观涨

[清] 陆棻

列缺耀中宵①，屏翳倾巨壑②。
洪波溢金川，奔流绕东郭。
日出霁烟浮，绕山苍霭薄。
惜哉春江水，清流忽焉浊。
渔网集城隈，鸡声远篱落。
此地多龟龙，旱魃庶无虐③。

【作者简介】

陆棻（生卒年不详），原名世枋，字次友，一字义山，号雅坪，平湖（今属浙江）人。康熙年间举博学鸿词科，授编修。历官内阁学士。著有《雅坪文集》等。

【注释】

①列缺：闪电。

②屏翳：雨神。

③旱魃：古代传说中能造成旱灾的怪物。

【导读】

前两句诗人用夸张的手法写了大雨的来势汹汹和潮水的凶猛：天空电闪雷鸣，闪电的光能把天际照耀，而雨神似乎把巨壑中的水全部倒下来一般，汹涌的洪水溢满金川，奔涌的洪水绕着城郭而去。接下来写雨后之景，日出后水汽上浮，水汽朦胧，远山上雾气环绕，与前面汹汹大雨之景截然不同。下面两句中的“清流”变“浊流”等词从侧面写雨之大，洪水之凶猛肆虐。在观涨之后，诗人在尾联表达了对常山城风调雨顺的美好祝愿和愿望。

龙山纪游①（十首其一）

［清］孔毓玑

石磴凌危常过鹿，
溪流成坎细生鱼。
珍珠帘卷当晴昼，
寒雨垂垂下碧虚②。

【作者简介】

孔毓玑（生卒年不详），江阴人，康熙五十五年至雍正二年任常山知县。

【注释】

①龙山：在常山县北三十五里，旧时山上有妙善禅院。

②碧虚：青天。

【导读】

本诗为诗人游龙山所作。描绘了鹿从岩上过，鱼在水中游的和谐之景。同时，诗人以“珍珠”形容瀑布落水，更称出其晶莹剔透，光洁照人。山间的一派悠然之景便跃然纸上。

武当别峰①

[清]邵志谦

城南卓立一峰开，绝肖名山拱秀来。
掩映双尖朝雾合，参差万井暮云堆。
丛祠蒿目飘黄叶，书阁伤心长绿苔。
一往情深随俯仰，半闲亭畔独徘徊。

【作者简介】

邵志谦（生卒年不详），常山人坑头人，乾隆时贡士，任汤溪县教谕，曾被聘为常山县幕僚。

【注释】

①武当别峰：即文笔峰，在常山境内。

【导读】

诗的前两联由远景写文笔峰，“卓立”一词写出了文笔峰的气势不凡。后两联写近处的所见之景，蒿叶飘零、绿苔满地，诗人的情感陡然发生了变化，诗人为何在亭畔独自徘徊，给读者留下了想象的空间。

五、人物春秋

蔡天逸以诗寄梅，诗至梅不至

[宋]毛滂

应念萧寒槁木身[①]，殷勤分寄岭头春。
冰肌玉骨终安在[②]，赖有清诗为写真。

【作者简介】

毛滂（1060—1124？），字泽民，衢州江山人。自幼酷爱诗文辞赋。元祐初任杭州法曹，因文辞出众，受知府苏轼赏识，后历任饶州司法参军，武康知县、秀州知府等。诗、词、文均知名于世。著有《东堂集》等。

【注释】

①槁木：即“槁木死灰”的省称，喻毫无生气或心情极端消沉。《庄子·齐物论》：“形容固可使如槁木，而心固可使如草灰乎？”此为作者自况。

②冰肌玉骨：比喻人的操守清白。

【导读】

此诗应作于毛滂罢官之后。作者首句自况心如“槁木”，又道“殷勤分寄岭头春”颇有些“江南无所有，聊赠一枝春”的妙处，后两句怕友人郑叔祥为自己担心，又表明自己坚贞的操守，先抑后扬，且内容丰富、情韵特胜，有潇洒俊逸之风。毛滂诗词被时人评为“豪放恣肆”“自成一家”。其词受苏轼、柳永影响，清圆明润，别树一帜，无浓艳词语，自然深挚、秀雅飘逸，对陈与义、朱敦儒乃至姜白石、张炎等人的创作都有影响。

常山怀罗念庵①

[明] 唐顺之

本为穷幽赏，非缘避世氛②。
乡心吴水尽，客路越山分。
名姓休相问，渔樵久作群。
忽思鸾掖侣③，日暮倚停云。

【作者简介】

唐顺之（1507—1560），字应德，号荆川，武进（今属江苏）人。儒学大师、军事家、散文家。明嘉靖八年（1529）中进士，礼部会试第一，入翰林院任编修。一年后即告病归里，闭门读书二十年，学无所不精。嘉靖初年与王慎中同为当代古文运动的代表，世称“王唐”。后又与归有光、王慎中三人合称为“嘉靖三大家”。后人把王、唐、归三人与宋濂、王守仁、方孝孺合称为“明六大家”。著有《荆川集》。

【注释】

①罗念庵：即罗洪先，字达夫，号念庵，江西吉水人。嘉靖年间状元，授修撰，旋辞归。明穆宗隆庆初年卒，谥文庄。著有《念庵集》。

②缘：因为。避世氛：逃避世俗之事。指罗念庵辞官家居。

③鸾掖：指皇宫旁门下省。因唐顺之与罗念庵曾同在朝廷任职，故云“鸾掖侣”。

【导读】

此诗为诗人怀人之作，见常山之景忽然想起已辞官家居的友人罗念庵，“乡心”随吴水荡尽，前路越山而分，忽生孤寂之感。唐顺之文笔清新流畅，间用口语，不受形式束缚，有叙有议，并于叙中择其一点，引申开来，情思遐飞而哲理蕴其中，自然浑厚而畅达豁然。

【资料卡片】

唐宋派

明代中叶文学流派，代表人物有嘉靖年间的王慎中、唐顺之、茅坤和归有光等人。该派反对前后七子的拟古主义，因为拟古主义“文必秦汉，诗必盛唐”的主张，使当时的文学作品渐渐流于仿古、抄袭。

唐宋派主张的“胸臆”“心源”，即指的是道学家的内心世界。他们把道看成是文的源泉，道盛则文盛。这种观点束缚了创作，同时也削弱着他们文学主张的影响力，站在道学立场是不能动摇复古派的根基的。前后七子跨越弘治、正德、嘉靖三朝，取代台阁体主持文坛风气凡百年之久，唐宋派基于自身弱点，虽也指出了复古派的毛病，却始终未能根本改变文坛局面。唯其散文创作对后世较有影响，如清代“桐城派”即继承了它的传统。

文章

一、常山史话

沉籍记

[元] 张枢

江君名景房[1]，字汉臣，衢州常山人。世事吴越王，为镇海、镇东两镇节度使官属。吴越，唐季建国，有浙江东西十三州地，境狭而民庶，国俗奢靡僭逾[2]。自武肃王[3]时，好宫室、苑囿、池籞[4]盛丽之观，珠玉、锦绣、雕刻之饰，内以奉贡贽[5]中国，外聘问四邻，修邦交之好。崇浮图老子之宫。用既无艺[6]，不足则取益于民。故其田赋、市租、山林、川泽、陂障[7]之税，视[8]他国为尤重。吴越之民皆困苦，不理其生。宋太平兴国初，王俶朝京师，吴越国除。景房以镇海军节度判官奉其国图籍[9]以归于有司[10]。

初，太祖既平诸国，皆因故籍以赋于民，而当时在事群臣，无能建请宽减者，由是定为令。景房素[11]闻其事，欲去其籍以利其民，慨然叹曰："吴越民困久矣，使有司视其籍以悉[12]其赋，是吴越之民重困无有已时也。吾宁以身任[13]之。"遂沉其图籍于河，诣银台[14]自劾[15]所以失亡状。太宗大怒，将置之辟[16]，而近臣多怜之为言者。帝意亦解[17]，景房得不死。时吴越国官暨两浙官属皆得以名次铨序[18]，独景房屏[19]归田里以卒，坐失[20]亡国籍故也。

朝廷既亡其籍，乃命王方贽永为两浙转运使，使差定其赋。钱氏时，田赋亩三斗[21]，方贽至，更定赋法，亩一斗，其余杂赋苛敛[22]，一切以便宜[23]罢之。有吴越国计院吏诣方贽，自言十三州图籍虽亡，其赋税杂科之目历历可考而言也，请传至京师言状。方贽心患之，然未有以制[24]之也。居数日，吏无病，一夕死。方贽毕使还朝，奏计[25]登对[26]。帝以擅减赋税责诮[27]之。方贽顿首[28]言曰："臣闻税亩一斗者，天下之通制也。其苛赋横敛[29]，五代僭伪[30]之乱制也。两浙之地，今既为王土矣，岂得复循钱氏之乱制哉！昔周世宗[31]既平淮南，欲劳徕[32]安辑[33]其民，遣使行均田赋，税亩不过四升，淮南之民得免重征就宽政，莫不歌舞，周德至今人能言之。今两浙甫[34]归版图，未洽[35]德化，宜布[36]昭[37]惠利[38]，使元元[39]知德。"帝悦其言，著[40]为令。两浙田亩一斗者本方贽所建，然去其籍则自景房始。其后方贽五子皆为显官，孙珪遂为宰相。人以为王氏阴德[41]之报。

景房既以罪废[42]，其子孙继起进士为大家[43]，在宋时擢[44]正科者七十八人，其由他科进与贡而不第[45]者，不在此数。自出身得官至纡金紫曳银者[46]八十七人，其杂流者不在是数。而六世孙侍御跻、七世孙侍御溥尤显达。十世孙丞相万里及弟万顷，宋亡皆死节[47]。然则天于江氏阴德之报也。

宋自高宗以后，依吴越人以国者七世，方贽一言而国家省赋，宋氏得民，而子孙赖[48]之。信夫，仁人之言，其利溥[49]哉！方贽事具著《宋史会要》，其高显于后，而景房独以微不传，盖二人之事实相为始终，法[50]当牵联[51]得书。延祐[52]中，予尝至其家，江氏裔孙焴以其家牒[53]示予，知其世系繁衍盛大，实由镇海军判官始。比岁[54]，予友太史黄君溍向予言所传闻景房事，与江氏《家谱》无异辞，益信。君方执笔东观，他日书宋事，愿以一二存之，使后世君臣知与之为取，惠利及民者，天之所祐也。

【作者简介】

张枢（1292—1348），字子长，元末金华（今属浙江）人。自幼喜爱读书，博闻强记，挥笔成章，又工书擅词，成为当时著名学者。张枢耻仕元朝，两次坚拒朝廷的任命。为文长于纪事，尝取三国时事撰写汉本纪、列传，附以魏、吴载记，成《续后汉书》73卷。另著有《春秋三传归一义》30卷、《宋季轶事》等，词作辑入《全宋词》。

【注释】

①江景房：字汉臣，桂岩渥溪人。太平兴国三年（978）五月，其奉文书图籍赴汴梁，因感人民负担过重，途经扬子江，沉籍江中。

②僭逾（jiàn yú）：僭越。超越本分行事。

③武肃王：即钱镠（liú）（852—932），字具美，杭州临安人，五代十国时期吴越国创建者。

④池籞（chí yù）：帝王的园林。

⑤贽：执物以求见；赠送。

⑥无艺：没有定法；没有常道。

⑦陂障：阻遏，防护。

⑧视：比照，比拟。

⑨图籍：地图和户籍，指疆土人民。

⑩有司：官吏。古代设官分职，各有专司，故称。

⑪素：平素；向来；旧时。

⑫悉：知道，了解。

⑬任：承当；禁受；担当。

⑭银台：宋时有银台司，掌管天下奏状案牍，因司署设在银台门内，故名。

⑮自劾：检举自己的过失。

⑯辟：刑罚；处死刑。

⑰解：消除。

⑱铨序：按照官吏的才能功绩，确定官位的等级升降。

⑲屏：退避；隐退。

⑳坐失：白白地失掉。

㉑斗：量词。用于量粮食。指十升的容量。

㉒苛敛：滥征赋税。

㉓便宜：斟酌事宜，不拘陈规，自行决断处理。

㉔制：制裁；制服。

㉕奏计：向朝廷报送计簿。

㉖登对：称量。

㉗责诮：责备，出自《南史·荀伯玉传》。

㉘顿首：磕头。

㉙横敛：滥征捐税。

㉚僭伪：越礼不轨之事。

㉛周世宗：柴荣（921—959），五代时期后周皇帝，在位六年。邢州尧山（今河北省邢台市隆尧县）人。在位期间，整军练卒、裁汰冗弱、招抚流亡、减少赋税，使后周政治清明、百姓富庶，中原开始复苏。南征北战，西败后蜀，夺取秦、凤、成、阶4州；南摧南唐，尽得江北、淮南14州；北破契丹，连克二州三关。在商议取幽州时病倒，不久去世，年仅39岁，庙号世宗，谥号睿武孝文皇帝，葬庆陵。

㉜劳徕：以恩德招之使来。

㉝安辑：安定；使安定。

㉞甫：刚刚，才。

㉟洽：浸润；沾湿。《书·大禹谟》：“好生之德，洽于民心。”

㊱布：施予；布施。

㊲昭：光明；明亮。

㊳惠利：恩惠利益。

㊴元元：平民；老百姓。

㊵著：登记，记载。

㊶阴德：暗中做的有德于人的事。

㊷废：贬职。

㊸大家：巨室，世家望族；卿大夫之家。

㊹擢：举拔；提升。

㊺不第：落第；科举考试不中。

㊻纡金紫曳银青者：高官厚爵的人。

㊼死节：为保全节操而死。

㊽赖：依靠；凭借。

㊾溥：广大；大。

㊿法：常规，常理。

51牵联：系联；连带。

52延祐：1314—1320年，是元朝元仁宗的年号，共计7年。

53家牒：家族世系的谱牒。是一种以表谱形式，记载一个家族的世系繁衍及重要人物事迹的书。

54比岁：连年，近年。

【导读】

此文记叙了景房公沉籍一事，以此纪念江氏为百姓所做的贡献。作者将江景房与王方贽二人的际遇进行对比，对景房公最终归于田里的结局表示深深的惋惜。同时也大力赞扬江王二人的贡献阴德。

【思考探究】

1. 你是怎样看待江景房与王方贽的不同结局的？
2. 江景房“沉籍”这一事件对于那个时代的意义何在？

【资料卡片】

沉籍后记

[明]王直

予读元翰林修撰张子长所书江君景房事，又识景房之裔孙秉心，而信仁人流泽之远也。盖仁者，天之道也。君子以仁存心，斯无愧于天，则天之佑之，宁有穷哉！当钱氏纳土时，为其臣者孰无去就利害之思？得早入朝以自托幸矣。况奉图籍纳土，其阶于显荣可必也。景房独存爱人之心，不忍其复困于重赋，遂去其籍，宁自弃于贫贱，而使十三州之人得轻税之利。其心之笃于仁如此，岂非天之所佑哉！宜子孙之久而盛也。古者什一而税，军国之用量入为出，而上下皆足。后世费用无经，故往往加税。加税不足，则暴征横敛以继之，民困无聊，至于乱亡而莫救。《书》曰："民为邦本，本固邦宁。"钱氏赋重民困，虽不纳土，势亦不长。其自归于宋也，乃天哀其人不使重困于兵革，而钱氏因以成归德之名，盖其幸也。浙之轻税虽成于王方贽，然使其故籍尚存，方贽亦莫如之何。自是以来，民享其乐利百三四十年。高宗立国于此，民心戴之，又百五十年而后亡，盖由祖宗德泽在人，而此乃其大者也。推本而论之，景房之功岂其微哉！子孙之久而盛宜也。呜呼，后之仕者有欲为宇文融、皇甫镈之徒，其尚监兹哉！

二、秀色山水

母亲山 三衢山

桑柔

衢州因境内有三衢山而得名。宋人曾幾有一首《三衢道上》古往今来脍炙人口："梅子黄时日日晴，小溪泛尽却山行。绿阴不减来时路，添得黄鹂四五声。"正因如此，三衢山便被誉为"衢州的母亲山"。

三衢山在衢州西部常山县宋畈乡，近年来因三衢石林景区和常山国家地质公园而声名远播。而谁能想到三衢石林在几年前还如腼腆的山姑，养在深闺无人识呢？

由县城一路北行，沿途满眼是丘陵和田园。车行一刻钟功夫，便可望见三衢山。远远望去，它就像一具巧夺天工的巨型盆景，履盖其上的石灰岩，如皑皑白雪，又如神秘的面纱，牵引着我们的视线，让我们身不由己地向它靠近，再靠近。

投身三衢山的怀抱，举目四顾，但见满目灰石海海漫漫，如同朵朵白云，竟倏然想起顾磷的诗："谁骑苍鸾来，啄破苔花碧。经年不归去，化作山头石。"这漫山遍野的灰石，哪里是兴安"飞来石"可比的。莫不是哪位仙人，驾龙生云，布下这人间景致，让那些飞来的闲云从此生了根，才有了"浮云散白石，天宇开清池"的美景。

慨叹间，拾级而上，虽说脚下生风，却一路风光接目，只得不断地驻足流连。石牙、石峰、峡谷、盆地和天桥，接连映入眼帘，令人应接不暇。这里简直就像一个巨大的石头动物园，各种象形石似从山上长出来的，骤然间被哪位仙人的神指点化，从此便永久地留下来与人间相伴了。

一座名山，石头是它的风骨，树木是它的灵气，两者缺一不可。无石则失却一分雄伟，少木则缺少一分秀气。三衢石林正是由于石与木的美妙结合，才造就了它独特的韵致，奇岩似天造地设，千奇百怪，变幻无穷；怪石似鬼斧神工，精雕细琢惟妙惟肖。而那些多情的常青藤与奇异的石林相生相伴，营造出了一个神奇的梦幻世界。奇花异果四季斗艳，它们为景区增添了无限的灵气。

这是一条天然的石林长廊，长约百米，前后宽狭不一，宽处 5 米，狭处 1 米有余，是三衢石林景区一道独特的风景线，堪称世上最大的石林长廊。要是在炎炎夏日来此，总感觉有一股清凉之气扑面而来，使人顿觉清新凉爽。岩壁上残留着根须化石，纹迹依稀可见，如梦似画，轻抚细看，似在与远古对话，自有一番感慨。

上刀山临深渊，手足并用，这个石林属于勇敢者。一次次的惊心动魄，一次次的屏声静气，终于找到了理想的安全地。此时感觉身轻如燕，仿佛不在石林丛中端坐，而是在云海深处悠闲地散步。层层叠叠的石峰，悠然飘动，如片片飞来的闲云，落于山冈壑谷，依恋着人间，造就着人间美景，永世不归。恍惚间，已分不清是云还是石，是人间还是仙境了。心绪悠然净化，像是濯过一般清澈。流动的石林，流动的云石，思绪会与千姿百态的云石一起，升腾，飘逸，挥洒……

一个景区，令人心怡神往的，不仅仅在于它的自然景观之美。那些美丽动人的人文景观或文化内涵，才是景区的精髓。赵公岩，就是给三衢石林酿下无限意蕴、插上灵动翅膀的一处景点。这个面积不大的石室，是北宋清官赵抃年轻时期避难读书场所。这位与包公齐名的、有“铁面御史”之称的名臣，一生高风亮节，为官清正廉洁。他死后，被追封谥为“清献公”，赵公岩又被称为“清献书岩”。古往今来，为官者、读书人和平民百姓，把赵抃作为“世人标表”来敬仰，把赵公岩当作神灵来供奉。石壁平整处有三四方摩崖石刻，其中一联为“江山留胜迹，琴鹤仰清风”，乃表彰赵抃清正廉洁的“官品”，出自他一琴一鹤入蜀的典故。相传当时赵公岩中有三件宝：永不枯竭的泉水，取用不尽的盐棒，舀不完米的石臼。如今，这些已荡然无存，但游人仍旧纷至沓来。这是世人对一种风范一种精神的追念与企盼。站在赵公岩前，感受着三衢石林给予的这份精神馈赠，我们感到无比充实。

于是，静静的石林，静成了一座喧哗的世界。

在这里，我们感受到，比时间更顽强的，是石头；在这里，我们感悟出，比生命更永恒的，也是石头。

大地崛起的，是千百双罗丹的刚劲手臂；岁月展露的，是千万个生命的峥嵘姿态。

世世代代，年年岁岁，岁月如缱绻的古藤依旧青青葱葱、生生不息，一如你——三衢山，静寂，神秘，姿态如故！

【作者简介】

桑柔（1950— ），本名徐美丽，另有笔名桑寄生。桑柔创作文类包括散文、诗、小说和传记。早期写诗，后来以诗法写散文，使她的散文更具弹性与密度，读来有如读节奏绵密的长诗，在她的笔下人间的温凉冷暖，都有了具体而动人的形象；晚期则转向小说创作，以叙说故事的方式，探讨女性问题，着重关于人物的情感表现，充满着超现实的趣味。

【导读】

三衢山位于浙江衢州常山县城北约10公里的宋畈乡及辉埠镇，是浙江省衢州市的母亲山，面积为11．8平方公里。景区为灰岩岩溶地貌，与云南石林的壮年期岩溶地貌不同的是，三衢山岩溶属幼年期，主要由峰丛构成，微地貌为石芽和溶沟。三衢山同时又是奥陶纪晚期（4．4亿年前）的一个巨大的古生物礁，是研究华南古生代地史的重要地区。三衢山因生物礁和优美岩溶地貌的结合而珍贵。

第五单元　开化篇

诗 词

二、开化物语

梅 花（二十首其九）

[宋] 张道洽

行尽荒林一径苔[①]，竹梢深处数枝开。
绝知南雪羞相并，欲嫁东风耻自媒。
无主野桥随月管，有根寒谷报春回。
醉余不睡庭前地，只恐忽吹花落来。

【作者简介】

张道洽（1205—1268），字泽民，号实斋，衢州开化（今属浙江）人。理宗端平二年（1235）进士。曾从真德秀学。历广州司理参军，景定间为池州佥判，改襄阳府推官。五年卒，年六十四。生平作咏梅诗三百余首。著有《实斋诗集》。

【注释】

①径：小路。

【导读】

本诗为宋代诗人张道洽所作。张道洽自称“癖爱梅花不可医”，生平曾作咏梅诗三百余首。他的诗大多以咏物的体制，刻画摹状梅花的“疏影”“孤芳”“骨清”“恬淡”，赞美其傲霜斗雪、冰清玉洁的风姿和品格，倾吐诗人自己对梅花不可遏抑的欣喜之情。

桃溪晚步[①]

［明］宋鸿

步步青鞋送夕阳，不因寡与负流光[②]。
砧敲渔浦风间月，缨濯桃溪树半霜[③]。
功业百年三釜冷[④]，声名千古一瓢香。
我来何用悲今昔，遥羡松林白鹤翔。

【作者简介】

宋鸿（生卒年不详），字用仪，号西渚，开化人。明正德年间，曾贡入南宫，分训宜兴，卒于官。著有《白室稿》《燕石稿》等。

【注释】

①桃溪：即桃坑溪，在开化县城西，汇入芹江。
②与：通“于”。
③缨濯：即濯缨，洗帽带，表示避世隐居或清高自守之意。
④三釜冷：指俸禄微薄。古代一釜为六斗四升。

【导读】

本诗为明代诗人宋鸿所作。诗中选用了多个意象，“白鹤”“松林”“渔浦”、“桃溪”集中表现了诗人对于归隐生活的向往之情，体现了作者高洁之志趣。“功业百年三釜冷，声名千古一瓢香。”两句对仗工整，对比鲜明，情感充沛，表现了作者对官场的失望之情。

题吟包山冷古樟[①]

叶渭清

豫樟树自宋仁皇，善守风流百代长。
树木树人同一意，包山黉舍又重光[②]。

【作者简介】

叶渭清（1886—1946），祖籍兰溪，出生于衢州开化县。年十七浙江乡试中举。师事名儒陈介石，并与马叙伦、马一浮辈学人结为挚友。毕生致力校勘宋史，1929 年在国立北平图书馆编纂部任职，校勘《宋会要》并写《校勘记》，晚年任浙江文史研究馆馆员。

【注释】

①包山：在开化县马金镇西面，乡村依山而居，故名“包山”。古包山书院建在山麓，朱熹在离别包山书院时，曾赋诗云：“松楸郁郁包山外，第宅巍巍西市偎。”

②黉（hóng）：古代称学校。

【导读】

本诗为民国时期文人叶渭清所作。本诗借由对樟树“善守风流百代长”的感叹，提出了“树木树人同一意”的主张。表现了作者对于教育事业的热忱与深重的责任感。诗句语言质朴清丽，结构完整。

二、名胜故迹

题听雨轩①

[宋]朱熹

试问池塘春草梦②，何如风雨对床诗③？
三薰三沐事斯语④，难弟难兄此一时⑤。
为母静弹琴几曲，遣怀同举酒千卮⑥。
苏公感遇多游宦⑦，岂不临风尚尔思⑧。

【注释】

①本诗见《乾隆开化县志》。听雨轩：开化古书院名。宋淳熙年间开化人汪观国建，朱熹及吕祖谦曾应邀在此讲学。景炎年间，宋端宗赵昰赐名“包山书院”。

②池塘春草梦：《谢氏家录》载：谢灵运每对惠连辄得佳语。后在永嘉西堂，思诗竟日不就，寤寐间忽见惠连，即成“池塘生春草”。《冷斋夜语》载：谢灵运“平生喜见惠连，梦中得之”。

③风雨对床：据传，嘉祐六年（1061），苏轼和苏辙在汴京寓居怀远驿时，读到唐韦应物《示全真元常》诗：“宁知风雨夜，复此对床眠？”恻然有感，曾相商偕隐，共践夜语联床之约。苏轼也自述道，与苏辙尝有夜语对床之言。

④三薰三沐：再三薰香沐浴，表示以礼待人，十分尊敬。春秋时，鲁庄公想要杀管仲，但最终没有杀。管仲自鲁归来，齐桓公亲自到郊外迎接。据《国语·齐语》说，“比至，三衅三浴之。”

⑤难弟难兄：谓兄弟皆佳，难分高下。《世说新语·德行》曰：“陈元方（纪）子长文（群）有英才，与季方（谌）子孝先（忠）各论其父功德，争之不能决。咨于太丘（寔），太丘曰：‘元方难为兄，季方难为弟’。”此指汪观国二子汪湜、汪浤。二人受业于吕祖谦，后皆中进士。

⑥卮：古代酒器。

⑦苏公：指苏轼。游宦：在外做官。

⑧尚尔思：推崇赞赏你的隐逸想法。

【导读】

南宋淳熙元年（1174），曾任朝廷讲义校尉检法官的“包山故里”人士汪观国（字廷光），“既仁而归”，在其居之左建“逍遥堂”义塾，与其赋性颖悟、博学广闻的国学进士弟弟汪杞（号端斋，时已年老解组），为论道游燕、课读子弟之所。是年，金华人东莱吕祖谦应好友汪杞之邀来此讲学，并聘吕祖谦主教席，汪观国两子汪湜、汪泓从其学。朱熹曾途经吕祖谦讲学之地包山，为学馆题名“听雨轩”。朱熹、陆九渊等人均来过包山，论道讲学，一时名闻遐迩。

题包山书院①

[宋]张道洽

衔命龙荒万里余②，归寻水竹与同居。
早从洙泗传心学③，晚辟包山教子书④。
细草幽花香笔砚，清风明月满庭除⑤。
一生宇宙皆春意，此乐颜曾亦自如⑥。

【注释】

①包山书院：在今开化马金西村包山东麓，由汪观国始建于宋淳熙年间，初名听雨轩。吕祖谦、朱熹曾先后来此讲学。

②衔命：奉命。龙：龙城，为匈奴祭天处。按汪观国早年戍守北边，立有功勋。孝宗乾道年间退仕归里，故云：“衔命龙荒万里余”。

③从：继承。洙泗：洙泗二水，流入曲阜为孔子讲学处。传心学：传授“四书五经”。此句意谓汪观国早年传习儒学经典。

④教子书：汪观国儿子汪湜、汪浤均受业于吕祖谦，后均登进士第。

⑤除：台阶。

⑥颜曾：颜回、曾参。孔子的高徒，以好学甘贫名世。

【导读】

张道洽此首七言诗恰和宋人诗词用典的风格，八句五典。前两联盛赞包山书院的建立者，介绍包山书院的由来，汪观国退仕归里，故云“衔命龙荒”，而又建立了包山书院，教书育人因此又云“教子书”。后两联借“细草幽花”“清风明月”等言环境之美，颜回、曾参言读书之乐。正是暗合书院创立之目的。

【资料卡片】

包山书院

在浙江省开化县北二十五里。宋乾道末，汪观国退仕居里，于马金村西包山之麓建学馆课读子弟。有屋数间，中为堂，翼为轩。名“道遥宫”。吕祖谦被聘为教席，汪观国之二子汪湜、汪浤从其学。淳熙二年（1175），朱熹赴“鹅湖之会”途经包山会吕祖谦，为学馆题名“听雨轩”。“鹅湖之会”后，朱熹、陆九渊等人均转道包山，论道讲学，一时名闻遐迩。数年后汪湜、汪浤赴外供职相继离去，学馆随之衰败。绍定六年（1233）前后，汪湜、汪浤退仕归乡，重振学馆，并祀朱熹、吕祖谦。景炎元年（1276）汪浤之孙汪继荣以进士任职朝中，经奏请，宋端宗赵昰亲题“包山书院”四字，至此，书院正式定名。延山长主讲席，各方来学者数百人，文风大振。元代几经修葺，弦歌不绝，明天启间废。清康熙十七年（1678），汪氏后裔汪公毅、汪元秋重建。前厅门楼上有“包山书院”四字并圣旨一方，中为“明伦堂”，左右两院名“景贤香秀”“绳武育材”。后为“先贤名院”祀朱熹、吕祖谦及各先贤。最后为“听雨轩”，作休息宴饮之所。咸丰十一年（1816）毁于兵火。

天圣堂[1]

[明] 方豪

步入禅关气象明[2]，漫看猿鹤自相迎。
檐前日影移花影，洞底泉声和磬声。
眼界从兹千顷阔，功名到此一半轻。
相逢却讶羽纶客[3]，倾盖浑如有旧情[4]。

【作者简介】

方豪（1482–1530），字思道，号棠陵，正德戊辰（1508）进士，浙江开化县金村乡金路人。官至湖广佥事晋福建副使。著《法理集解》《养余录》《老农编》

《见树窗集》《堂陵集》。

【注释】

①天圣堂：在开化县十五都（今中村乡）境内，始建于宋代。

②禅关：佛门。

③羽纶："羽扇纶巾"省语。羽纶客，指文人士子。

④倾盖：谓停车交盖，两盖稍有倾斜，借喻偶然相遇的新朋友。盖，车盖，形如伞。

【导读】

此诗写于方豪被罢归故里之后。诗人回到故乡开化金村，隐居于毛坞，饮酒、赋诗、会友，以山水渔钓为乐，见故乡山水间气象，由此更感宦海的风险，庆幸劫后余生，更珍惜友人的情谊。

福寿院[1]

[明]吾谨

萧然野竹径，烟蕊乱林垌[2]。
残雪渐消白，寒山犹带青。
夕阳今日意，孤寺暮钟声。
几个僧闲语，知渠说了生[3]。

【作者简介】

吾谨（生卒年不详），字惟可，号了虚，开化汶山村人。明正德十二年（1517）中进士后，即归隐少华山，终生不仕。与何景明、孙一元，李梦阳齐名，称"四才子"。其诗文意境空旷，格调清新，言辞隽永，自成一格。

【注释】

①福寿院：在开化县三十一都（今星口），始建于宋开宝三年（970）。

②林垧（jiōng）：郊野。

③渠：他。

【导读】

吾谨此诗写家乡开化县城中名为福寿院的山上的小寺院。诗歌前两联写郊外山野间残雪初消之景，借“野竹”“烟蕊”“林垧”“残雪”“寒山”等意象营造空旷、清新的意境。后两联转向山上孤寺，以“夕阳”“孤寺”“钟声”“闲僧”等意象延续郊野雪初消的清新格调。

三、秀色山水

题芹遁二岭[①]

［宋］黄裳

芹遁二岭相对生，巍峨险峻不多争[②]。
任尔更高千万丈，也须还我上头行。

【作者简介】

黄裳（生卒年不详），字冕仲，福建南平人。宋神宗元丰五年（1082）状元。少时曾就读于严州禅定寺，后居开化招福寺（为当时信安五邑寺观之最，今废）。金庸武侠小说武功秘籍《九阴真经》即托名黄裳所作。

【注释】

①芹遁二岭：芹岭、遁岭。位于开化县西南三十五里。二岭连峙，皆险峻。

②不多争：言能与二岭比高之山不多。

【导读】

诗人以虚实相生的笔法写芹遁二岭，“巍峨险峻”“千万丈”，其字直言山势的峻峭、高耸，在感叹造物主之神奇的同时，道出了诗人对大自然奇峻风光的无限热爱。颈联、尾联中，“任”“也须”副词的使用，淋漓尽致挥洒出诗人的磅礴气势、坚定意志。使人读之不免生出“会当凌绝顶，一览众山小”的慷慨气概。毕竟诗人是状元，甚有“山高人为峰”的气象。

题塔山[①]

［元］鲁贞

天低云有影，日午塔无阴。
极目三秋望，登高万里心。

【作者简介】

鲁贞（生卒年不详），字起元，号桐山老农，开化人。元顺帝元统二年（1334）中举，后隐居不仕。一生潜心专研理学，并注意身体力行。著有《春秋按断》《中庸解》《易注》《桐山老农文集》等。

【注释】

①塔山：即今开化县城南一里，名文笔峰。即凤凰山山嘴，元进士方森建塔于山，故名。

【导读】

此诗乃诗人于生活细微之处言自我高远志向之作。首、颔联写天地之物理现象，“天低”“日午”相对，即阴、晴之对，代指世间阴阳两极之理。颈联，“极目三秋望”，实写登高远眺，世间之景尽收眼底；暗指，诗人穿越时间、空间，对人生的参悟：心之所在即心之所在。

天童山①

[明]徐銮

春风乘兴到仙坛②，羽客相迎出远关③。
磴道险临苍树杪④，楼台高起彩云间。
天童灵迹今犹在，海岛仙人去不还⑤。
我欲借骑松下鹤，凌风飞珮上三山⑥。

【作者简介】

徐銮（生卒年不详），自用和，号柏崖，开化人。明代宗景泰间进士，任监察御史。奉命刷江西三司文卷，廉正严明，不避权贵。卒于官，年三十四。

【注释】

①天童山：在开化县马金镇境内。据传唐邦去奢曾修炼于此，感天童八仙下临，因名。旧有天童山寺院。

②仙坛：指仙童八仙下凡之传说。

③羽客：道士，犹言羽人。

④蹬道：登山石径。杪（miǎo）：树梢。

⑤海岛仙人：泛指仙人。秦汉方士称东海中有仙人所居的三岛：蓬莱、方丈、瀛洲。这里特指天童八仙。

⑥凌：升高，登。三山：古代神话中的神山。晋王嘉《拾遗记·高辛》："三壶，则海中三山也：一曰方壶，则方丈也；二曰蓬壶，则蓬莱也；三曰瀛壶，则瀛洲也。"

【导读】

全诗用典。诗人以仙童八仙下凡之传说贯穿全诗。首、颔联写仙山之奇峻、缥缈、引人入胜。一方面反映了诗人对现世生活的不满，另一方面也隐射诗人所追寻的无苦悲烦恼、长乐美好的生活状态。再者，我们也可以从中窥见明代社会的落败之音。

【资料卡片】

玉霄宫

[明]宋玘

一带斜晖度晚林，闲中步出正阴阴。
隔村烟火分南北，对处溪山共古今。
好鸟枝头应有意，浮云天外本无心。
归来多少伤心事，懒向汾亭敲素琴。

翼然亭

[明]陆若川

山南山北倚栏杆，面面芙蓉眼界宽。
吹彻玉箫惊去凤[①]，修成宝扇忆乘鸾[②]。
放开月角层冰见，敛却烟光列翠寒。
路转风回泉石上，人人便作醉翁看[③]。

【作者简介】

陆若川（1436—1497），字文量，号式斋，江苏太仓人。明成化进士，官兵部职方郎中，累迁浙江右参政。所至有绩，悟权贵罢归卒。性至孝，嗜书籍。有《式斋集》等。

【注释】

①“吹彻”句：传说秦穆公之女弄玉与吹箫之箫史相爱，数十年后，两人跨凤仙去。因玉屏山状如凤鸟开屏，故用此典。

②宝扇：指山形如屏张开似扇。鸾：凤凰一类的神鸟。

③醉翁句：北宋欧阳修游滁州琅琊山，以醉翁自号，作《醉翁亭记》，描述了琅琊山峰回路转，泉石清幽及游宴之乐。

【导读】

“眼界宽”道出山势的高俊、开阔，“路转峰回”又直言山路的曲折变化。诗人游走于山间，为“月色”“烟光”所迷，随性豁达之意跃然而出。

四、人物春秋

挽江淑人张氏[①]

［宋］朱熹

深阃优游着令仪[②]，西池一去杳无期[③]。
罗帏冷落悬蛛网[④]，镜匣纵横画鲜衣[⑤]。
花谢庭前春寂寂，月明堂北夜凄凄。
可怜苦向熊丸尽[⑥]，不见贤郎佩紫鱼[⑦]。

【注释】

①江淑人张氏：宋主战派魏国公张浚丞相之女张氏嫁开化江某（其人生平事迹不详）。淑人：封建王朝命妇的封号。

②深阃（kǔn）：幽深的内室，犹言张氏闺房。优游：悠闲，闲暇自得貌。令仪：美好的仪容。

③西池：指西方瑶池。古人常以赴瑶池西王母之宴作为死亡的美称。

④罗帏：丝织的帐帏。

⑤画：截此，中止。鲜衣：华美的服饰。

⑥熊丸：药名，用熊胆和药为丸。唐柳仲郢少时好学，其母韩氏常和熊胆丸，使夜咀咽以助勤。后因以熊丸作为贤母教子的典故。

⑦佩紫鱼：佩紫佩鱼的合成。佩紫，腰边挂着紫色的印绥，指身为贵官；佩鱼，唐代五品以上的章服，按品级之异，分别佩戴金、银、铜制成的鱼，作为饰物。

【导读】

此诗为哀悼之文。诗人以“西池一去杳无期”暗指张氏之死。述其生前对子女的谆谆教导，对家事的操持有度以示缅怀。同时，引入“蛛网”“春寂寂”“夜凄凄”的镜象的描写，更添伊人已去的悲寂之感。

【资料卡片】

朱熹热恋三衢地（节选）

半壁

朱熹自绍兴十五年（1145）至宁宗庆元三年（1197），五十年间来衢数十次，曾专程造访开化江氏七贤堂。当时，魏国公张浚丞相之女嫁于开化江氏，其兄——著名道学家张栻也为避秦桧到七贤堂讲学。而朱熹推崇张栻，誉“于大本卓然有先见者”，自然彼此情深意笃，会晤交谈。朱熹还留下了深切哀悼张栻胞妹的《挽江淑人张氏》。

寄张道洽[1]

[宋]蒋芸

衰柳疏松对夕阳，老来秋思倍堪伤。
已无上苑千葩秀[2]，仅有东篱一捻黄[3]。
细诵佳章排宿恨，旋呼村酒纵诗狂。
西风策马能过我，老圃余蔬尚未荒[4]。

【作者简介】

蒋芸，字仁辅，号芹涧，开化人。南宋咸淳三年（1267）中解元，上疏论贾似道奸，奏疏被扣押，他拒绝南宫考试，愤然而归，隐居开化潭源。宋亡后，元朝多次请他出仕，坚辞不就。

【注释】

①张道洽，字泽民，号实斋，开化人。理宗端平年间进士，曾任池州佥判、襄阳府推官。

②上苑：即上林苑，皇帝游猎的场所，在长安西，周围三百里，多树木。此句言南宋半壁江山已无昔日繁华景象。

③仅有东篱一捻黄：暗用陶渊明“采菊东篱下，悠然见南山”之诗句，喻己之归隐。

④老圃：古旧的菜园。

【导读】

此诗可谓诗人隐居生活的侧写，诗中化用陶渊明“采菊东篱下，悠然见南山”以明志。“宿恨”与“诗狂”相对，对宋廷腐败的愤然，壮志未酬的失意，都在这悠然山水间化作风云，飘逝而去，是一种对人生的彻然顿悟和通透理解。

【资料卡片】

咏梅

[宋]张道洽

村野苔为径，茅檐竹作篱。
神清和月写，香远隔烟知。
老树有余韵，别花无此枝。
诗人风味似，梦寐也应思。

寄张霖溪①

[宋]蒋芸

漫向潭源晦此身②，自嗟无地可投明③。
栽培劲草依岩翠，采撷香芹绕涧清④。
避乱遣怀聊圃治⑤，论交且喜傍山行。
何时并辔临溪上⑥，静听飞泉万壑声。

【注释】

①张霖溪，字汝勤，开化人，甘贫不仕。
②潭源，在今开化城东乡。晦：隐蔽，藏。
③投明：投向光明，喻有所作为。
④香芹：俗称水芹菜。
⑤聊圃治：姑且料理菜园。
⑥辔：马缰。

【导读】

此诗通过对话口吻揭示出诗人与友人淡泊名利、志存高远的品质。“栽培劲草”“采撷香芹”“聊圃治”“并辔临溪”“静听飞泉”……如此生活岂不乐哉。其宁静无争的心性，令人蓦然忆起“采菊东篱下，悠然见南山”的怡然而自得。

文　章

一、开化物语

开化龙顶

王建华

开化“龙顶”，是全国十一大名茶之一，产于钱塘江源头的大龙山，故名“龙顶”。由于其外形呈白茸茸状，故俗名“白毛尖”。大龙山常年云雾缭绕，土壤肥沃，气候湿润，为茶叶生长创造了得天独厚的自然环境。《雍正开化县志》[①]就有“土贡芽茶四斤”的记载，是当时开化的唯一贡品。历经沧桑，几经起落，近年又恢复了生产。1984年初夏，在南京举办的全国茶叶评比会上，开化“龙顶”以其外形细紧多毫，色泽绿翠，香气清高持久，滋味浓醇鲜爽等特点，进入我国名茶行列。日本青年名茶考察团在杭州品尝龙顶茶后，称赞它香气、滋味均超过日本高级绿茶“玉露”[②]。

龙顶茶有其悠久的历史。《雍正开化县志》记载：“四乡多产之，西北乡产者最佳，其在谷雨前采摘曰雨前。”西北乡所产的茶叶，以大龙山顶黄泥义的白毛尖为最，清代及民国初年盛行一时，据《雍正开化县志》记载：“其行销于外者，分箱茶，篓茶二种，箱茶由本县茶号复制，行销外洋；篓茶则运销杭州。均为绿茶。最旺之年，可出口至六、七十万斤。”春茶开摘季节，旧时徽州[③]茶客都要专程赶往大龙山收购，作为茶样招徕生意。抗战爆发后，茶叶销路阻塞，茶园荒废，大多散布在树林丛中。20世纪50年代初，重新恢复园艺种植。1959年4月初，杭州茶厂的姚在藩等技术人员来开化创制新名茶，在大龙山顶黄泥义采摘鲜叶6市斤，制成干茶一斤三两，首次定名为“龙顶”茶。4月25日，将创制的“龙顶”参加金华地区商业局审评会，参加评比的有六只茶样，龙顶被评为“龙顶”一级，名列第一；4月27日，参加省商业厅的审评会，参评的九只茶样中，龙顶以香幽味鲜再次定为“龙顶”一级，名列第一。至文化大革命期间，由于种种原因，茶园缺乏管理，又基本荒芜了。党的十一届三中全会之后，又开始了龙顶茶的研制工作，经过反复实践，不断探索，终于掌握了一套最佳制作工艺流程，茶叶质量逐年提高。1980年，龙顶在四十二个参加全省名茶评比的茶样中名列一类茶第三名；

1981 年在全省参加评比的七十三个茶样中，名列第一；1982 年，在第四次全省名茶品比会上，与“西湖龙井[4]”等七个名茶被授予“名茶证书”。

“龙顶”的特异品质，与其所处的优越自然环境是分不开的。大龙山的茶树大都分布在海拔八百至一千米的山坡上，其土壤属典型的沙质土壤（亦称香灰土），土层深厚、肥沃、疏松，含有机质丰富；气候湿润，四季分明，雨量充沛，终年云雾相交。这样的自然条件，完全适宜茶树的生长。因此，大龙山名茶的生产，正充满着青春的活力，日益繁荣，呈现出勃勃生机。

龙顶茶树健壮，芽大叶厚，含水量特高，鲜叶素质极佳。采摘时有软绵绵感觉，采下两小时后可显露兰花香。采摘标准为一芽一叶到一芽二叶初展。鲜叶质量要求芽肥大，叶厚软，芽叶靠拢，大小匀齐；不带余叶，不带老片，不带杂质，不采无芽叶，不采病虫叶，不采紫芽叶。

鲜叶采摘后，采用传统工艺加工精制。其工艺流程是先杀青[5]，后揉捻、初烘、锅炒理条和烘干，共五道工序。杀青掌握在叶色转暗绿、青草气散发、清香显露、手捏稍沾手，放开能慢慢弹散为度；经过摊凉的杀青叶即可揉捻，其方法，有机揉和手揉二种；初烘宜用烘笼高温快烘，切忌产生烟气或焦条；锅炒理条即初烘叶经摊凉还原，投入锅内手工理条定形，待条索紧直约八折干时起锅，摊凉后再用不很旺的炭火烘至足干即可。

精制成的龙顶茶，其品质特征是外形细紧，条索如眉，紧结苗秀，白毫显露，色泽绿润带翠，香气鲜嫩清幽，滋味醇鲜甘爽，经久耐泡，茶色杏绿清澈，叶底成朵明亮，绿中呈黄，饮后回味甘甜，使人醒目清心。第一道茶淡清而幽香，第二道茶则味浓，有甜悠悠的味道，第四、五道茶仍后味无穷。茶叶泡出后，若有一片茶叶贴于杯边沿，杯内的茶水还能沿茶片外渗，直至杯内茶水干竭。

开化是个山区县，有 274 万亩山场林地，海拔千米以上的山峰就有 45 座，四季分明，土地肥沃，气候温暖湿润，适宜茶树生长。古人云：靠山吃山，开化的名茶生产必将以其优越的自然生长条件，逐步更新的制作工艺而走向世界名茶之林，造福于人类，为开化增光！

【作者简介】

王建华，浙江衢州人。

【注释】

①《雍正开化县志》：共 10 卷，孙锦等修，徐心启等纂。

②玉露：玉露茶是日本茶中的最高级茶品。形似松针，墨绿油润，汤色绿而澄清，滋味极鲜无苦涩感回味甘甜。

③徽州：简称“徽”，古称歙州、新安，包括今安徽黄山市全境，江西婺源，宣城绩溪。

④西湖龙井：属绿茶，中国十大名茶之一。产于浙江省杭州市西湖龙井村周围群山，并因此得名，具有1200多年历史。

⑤杀青：是绿茶、黄茶、黑茶、乌龙茶、普洱茶、部分红茶等的初制工序之一。主要目的是通过高温破坏和钝化鲜叶中的氧化酶活性，抑制鲜叶中的茶多酚等的酶促氧化，蒸发鲜叶部分水分，使茶叶变软，便于揉捻成形，同时散发青臭味，促进良好香气的形成。

【导读】

本文主要是对开化龙顶进行了一个大致的介绍，包括龙顶茶的历史、生长环境、制作工艺、品质特征等。作者通过对龙顶茶的讲述也表现了开化人民的智慧勤劳，对故乡的热爱。语言凝练优美，思路清晰。

二、名胜故迹

开化县包山书院

汪午

开化包山书院，前身为“听雨轩”，位于开化城北马金西村包山东麓。

汪观国，字廷光，高宗绍兴年间，戍边勋业彪炳，丞相曾恬奏补为进义校尉，历官检法。孝宗乾道年间，退仕归里。淳熙元年建“逍遥堂”于居左，翼之以轩，匾曰“听雨”，取东坡兄弟“联床听雨吟诗”相勉之意。风晨月夕，与弟端斋（汪杞）论道讲书，游歌燕息，颐养天年。

孝宗淳熙二年（1175），朱熹从建安[①]去信州鹅湖寺[②]研讨理学，史称“鹅湖之会”[③]。与会之金华吕祖谦[④]、四明陆象山[⑤]以及名儒张栻[⑥]等，均应观国之请，转道包山，寓轩讲学，论道吟诗，盛况空前。“听雨轩”一时成为传道之薮，风雅之归。观国二子湜、浤均受学吕氏门墙。

“鹅湖之会”旨在研讨理学之治学方法。朱熹主张“道问学”“物而穷其理”；陆象山则主张“尊德性”“先发明本心”。

宋庆元间，汪湜举国学进士，汪浤登武举进士，历官武翼大夫，任职于外，家塾遂废。理宗淳祐五年（1245），解组归里，浤复听雨轩义塾，以续端斋之志，奉祀朱、吕二贤于堂，且于轩旁广立学舍，以供四方负笈[⑦]从游者宅。

1279年元灭南宋。元至元二十六年（1289）汪浤子然、孙继荣请于省，立教官以塾为书院。元统元年，括苍[⑧]王有恒奉省檄[⑨]视学事，病[⑩]书院之偏远，思易其地。乃迁造于马金畈包山之阳，汪山之下。诸儒分任厥[⑪]役，度才计工，至正十六年告竣。礼殿揭揭[⑫]，仪门祟祟[⑬]，堂曰“明伦”，阁曰“尊贤”，置经籍，补祭器，凿池井，缭垣墉[⑭]，凡学之具，莫不咸备。

元代注重文教，奖励增设学校、书院，召令“先儒过化之地，名贤经行之所，以好事之家出钱粟赡学者，并立为书院。”顺帝至正十六年（1356）三月十六日，观国裔孙继荣复请于朝，赐额“包山书院”，任汪庆为山长[⑮]，以董[⑯]其事，慕名采地求学者络绎不绝。

明朝天启五年，权臣魏忠贤禁毁东林书院，政治迫害蔓延全国，开化县波及，书院讲学之事日渐衰息，包山书院亦已年久失修而破败废圮。

清初书院沉寂无闻，康熙以后日渐发展，圣祖康熙十七年（1678），观国后裔汪公敬、汪元秋等集资重建包山书院，历时十载，规制宏丽，可与当时广信之鹅湖书院、南康之鹿洞书院、遂安之瀛山书院媲美。门楼耸立，高悬“圣旨”“包山书院”大匾；中为“明伦堂”，上置“万世师表”“学达性天”匾额二方；柱联为“集大成启后承先；著博议羽经翼传”。左右偏院，分挂“景贤香秀”“绳武育才”两额。后为“先贤名院”，内立朱、吕先贤祠位，上挂“高山景仰”大匾，柱刻“理学旧名家，世济衣冠承俎豆；圣朝修阙典，重辉祠宇焕人文”一联。最后为“听雨轩”，一如旧章，籍资纪念。

重建之书院，历雍正、乾隆、嘉庆、道光约一百七十年长盛不衰，英才辈出。

咸丰辛酉年（1861）毁于兵火，遗迹无存，堪为惋叹。

【作者简介】

汪午：生平事迹不详。

【注释】

①建安：古郡名，即今福建省建瓯市。

②信州：古地名，即今江西省上饶市。鹅湖寺：位于江西省上饶市铅山县鹅湖镇。

③鹅湖之会：南宋淳熙二年（1175）在信州（今江西上饶市铅山县鹅湖镇）鹅湖寺举行的一次著名的辩论会。由吕祖谦邀集，意图调和朱熹和陆九渊两派争执。实质上是朱熹的客观唯心主义和陆九渊的主观唯心主义的一场争论。“鹅湖之会”是中国哲学史上一次堪称典范的学术讨论会，首开书院会讲之先河。

④吕祖谦（1137—1181）：字伯恭，世称“东莱先生”婺州（今浙江金华）人，南宋著名理学家、文学家。吕祖谦博学多识，反对空谈心性，开浙东学派之先声。他所创立的“婺学”也是当时最具影响的学派，在理学发展史上占有重要地位。著有《东莱集》《历代制度详说》《东莱博议》等，并与朱熹合著《近思录》。

⑤陆象山：即陆九渊（1139—1193），字子静，抚州金溪（今江西省金溪县）人，南宋哲学家、官员，陆王心学的代表人物。因书斋名“存”，世称存斋先生。又因讲学于象山书院，被称为“象山先生”，学者常称其为“陆象山”。

⑥张栻：（1133—1180），字敬夫，后避讳改字钦夫，又字乐斋，号南轩，学者称南轩先生，谥曰宣，后世又称张宣公。南宋汉州绵竹（今四川绵竹市）人。南宋初期学者、教育家，与朱熹、吕祖谦齐名，并称“东南三贤”。

⑦笈：盛器，多用竹、藤编织，常用以放置书籍、衣巾、药物等。也引申指书籍；经典。

⑧括苍：古县名，治所在今浙江丽水东南。

⑨檄：文体名。古代官府用以征召、晓喻、声讨的文书。

⑩病：不满。

⑪厥：代词，其。表示领属关系。

⑫揭揭：长貌；高貌。这里是指礼殿很高的样子。

⑬崇崇：高大貌。这里指仪门很高的样子。

⑭垣墉：墙壁。

⑮山长：是历代对书院院长的称谓。五代蒋维东隐居衡山讲学时，授业者称之为山长。废除科举之后，书院改称学校，山长的称呼废止。

⑯董：统率、管理。

【导读】

书院作为古代培养知识分子的主要场所，承担着教化民众、传播思想学术的重要使命。在开化也有一间书院，它与宋代著名的理学家朱熹、吕祖谦等人结缘，在历史上曾极盛一时，成为理学传扬之地，风雅之归。世事变迁，虽往昔盛况不再，但包山书院的历史文化仍在，走进包山书院，穿过历史的长河，探寻书院的前世今生与古今盛衰，感受书院厚重的文化底蕴。

【资料卡片】

古代江西四大书院

九江庐山的白鹿洞书院、吉安白鹭洲书院、上饶铅山的鹅湖书院、南昌的豫章书院合称为古代江西四大书院。

白鹿洞书院：白鹿洞原是唐代洛阳人李渤年轻时隐居求学之地。李渤养有一头白鹿，白鹿十分驯服，常随主人外出走访游玩，还能帮主人传递信件和物品，因此以鹿名人，称李渤为白鹿先生；以鹿名地，称此处为白鹿洞。南唐在此处“建学置田”，正式称之为“庐山国学”，任命国子监九经李善道为白鹿洞洞主，掌管教育和学习，这就是白鹿洞开办学校之始，北宋初年，各地设置书院，庐山国学乃改称为白鹿洞书院。白鹿洞书院虽为宋初所建，但不久即废。直到著名理学家朱熹重修书院之后，白鹿洞书院才扬名国内。南宋淳熙六年（1179），朱熹知南康军时上书请求重修了白鹿洞书院，还建立了严格的书院规章制度。自朱熹之后，白鹿洞书院一时文风士习之盛济济焉，它与岳麓书院一样，成为宋代传习理学的重要基地。

白鹭洲书院：创建于南宋淳祐元年（1241），宋理宗御赐“白鹭洲书院”五字。位于江西古郡吉安市区东部，于赣江中双水夹流之处，有一座如中流砥石的绿洲，这就是著名的鹭洲。

鹅湖书院：位于上饶市铅山县鹅湖山北麓，原鹅湖寺西侧。南宋淳熙二年（1175），朱熹、吕祖谦、陆九龄、陆九渊在此聚会讲学。四子殁，信州刺史杨汝砺筑“四贤祠”以资纪念。淳佑十年（1250），朝廷命名为“文宗书院”。

明景泰四年（1453）重建时，称“鹅湖书院”。八百余年来，递废兴，建筑规模几经变动。

豫章书院：位于南昌府进贤门内（今南昌第十八中学），先后以理学祠、孝廉堂、书院等形式出现，为古代江西学术思想的传播、人才培养的著名官学机构。书院创建于南宋，为当时理学家们传播程朱之学的基地。

三、秀色山水

不恨相识迟

叶文玲

“花开堪折直须折，莫待无花空折枝。”[①]说的是无花“空折枝”的怅惘。

“恨不相逢未嫁时”[②]，也是我们所熟知的古句。对于一个相识已迟的“红颜知己”，一个“恨”字，道尽了无可改变的人生格局所带来的心理伤痛。

人生在世，总有许多遗憾。认识一个地方和认识人一样，迟识和错失的遗憾，常常发生。

可是，对于开化，对于这个名声鹊起的浙西山城，我虽然刚刚识得，却没有“恨迟”的惶愧。

难道是开化这个地方“不怎么样”？难道是我不喜欢开化？非也！

没有得识之前的开化和而今初识的开化，在我心中都是很“怎么样”的——换句话说，是很了不得的。

我什么时候始知开化？

十数年前，老同学从美国女儿处探亲归来，阔别重逢的见面礼，即是一小纸筒茶，绛紫的筒面，龙飞凤舞四个字：开化龙顶。

我十分惊愕，笑着婉谢她的这份心意。可她一味固执：我知道你在杭州，当然有好茶，不过，这是学生刚给我先生送来的新茶，见面分一半！你一定要尝尝！

她怕我不收，找出晶莹莹的玻璃杯，马上拆了另一筒冲泡。碧清清一杯水中，嫩生生的茶芽，立时像一队含娇带羞的绿衣仙子，展臂舒袖地舞起了“水上芭蕾”。

这样的如诗形貌！这等清芬之气！我捧着杯子，以从未有过的虔诚，一小口一小口地品着这佳茗……哦，真是少有的沁心爽人！

喝了这茶，我方知它的品味的确不让龙井，作为“贡茶”更是名不虚传。于是，我对开化的想象也开始出神入化了——能出如此好茶的地方，该有着怎样美妙的田园和山庄？

我什么时候又知开化？杭州河坊街[③]重新开张那年，向来不舍功夫凑闹市的我，与老伴兴兴头头挤一身大汗去逛街，最终以在一间小店买得一只树瘤刻挖成的大果篮而归。

我忘了这果篮的价钱，只记得先后来问价的顾客没有一个像我这样爽快掏钱。我兴兴头头提着这大树瘤果篮一路开心，只因记住了店主的悄悄话：物以稀为贵，这东西，你上哪里找去？只有开化，只有开化的深山老岭千年古树才结得出这么大的瘤子！

店家“百货中百客”的生意经，我不懂，我只为自己得获了中意的工艺品而欢喜。每当端详这只果篮时，我便如幻如梦地想象着这个尚未谋面的古老神秘之地开化！开化，这样可意的东西只来自你，你该有怎样清幽的山林？你该有怎样的几人合抱不过来的大树？

我什么时候更知道开化？作协工会搞活动，大家计议去看这个“山”那个“泉”，有人出主意：要看，就去看看我们的母亲河钱江源！

主意是好却遭否定：要到开化去？太远了！

开化，开化，却原来，对你的拜识，并非说走就走想去就去的简便，却原来，要真正探知开化的奥秘，没有那颗寻旧友觅知己的虔诚之心，纵是去了也枉然。

好时节，晴和日，终于了却多年相思，我去了。

节令有“殷勤昨夜三更雨”的春气，天色是“照水红蕖细细香”④的清明。就像殷勤探看的青鸟，更像回归阔别经年的故里家园，一颗心是那样的跃跃不已，一颗急切的心只载着一个字：快！快！

开化是那样从容，就像神态持重的长者，虽知我的急切，却将所有的表露，都隐含在慈眉善目的微笑和止于言表的凝视中……原来，我来探看开化的丰富，她也在考量我的虔诚！

我从这时才知道，历史的年轮写在开化的脸颊，古老而幽深的丰茂却藏在她身后的大山里。我从这时才知道，当我试着学说着概括开化特点的龙顶名茶、金针菇、黑木耳、根雕艺术的四个“之乡”和“一片青山绿水，一茶飘香四海，一刀雕出乾坤，一硅飞向蓝天，一举享誉世界”的“五个一”时，我才发觉，在她的丰饶和生动面前，我不光笨嘴拙舌，连想象也因她的丰富多彩而显得迟钝和僵硬！

我学说的四个“之乡”和“五个一”，当然是拾人牙慧的鹦鹉学舌。当我渐渐进入开化的怀抱，当开化以淡淡妆天然样的本色姿容，亭亭玉立在我面前时，我发现，开化果真是碧色无双的大自然，开化是一位肌肤白皙体态丰润玉立于泱泱莲荷中的少妇；开化她双髻如螺高，青丝如瀑长；开化她青衫青袄莲叶裙；开化她头上的簪子脚上的鞋子整个儿都是浅浅深深淡淡浓浓碧碧绿一色！

在人人向往与自然森林相亲的当今，在城里人变着法儿要去“氧吧”享受好空气的眼下，这派浓得化不开的绿色，就是上苍对开化的最佳赐予，这样的福地就是当今人类最艳羡的所在。开化，开化，怪不得你有如此这般好名字，原来你是山大开水长流，自然最大化，你能让天下人尽情享受天然氧吧的浸浴，你能让所有的来客都能在碧天绿帐的大天池中，尽情酩酊最美丽的大自然哪!

我走进了开化，开化首先教我一饱眼福的，是以“醉根”冠名的根雕[5]艺术馆。

自以为在海内外看过太多根雕，自以为这这那那的根雕都不会让我过于惊奇。但是，当“醉根”的主人哗地敞开馆门时，我还是不由地赞声连连了：你看这神态各异的五百罗汉；你看这“巨型”得可躺上两三人的大茶台——或许该叫个“大茶床”？还有那无数千奇百怪的精品绝品，当然，最迷人的就是那些没有冠名而让你想象无限的根桩。看着它们，你真相信是“醉根”的主人徐谷青得了神助，不然的话，缘何成千上万座奇根崛石大树桩，就像得了缪斯命令似的从四面八方集合到他门下来?

根雕是化腐朽为神奇的艺术，根雕的“根”来自山林大自然。黄金有价自然无价，收藏了无价自然的徐谷青，当然是比上榜福布斯还牛气的富翁。徐谷青的“原先”，是地道的山民，醉心根雕的历史整整二十年，现在，蓬勃于事业中的他，随意的穿着和不善应酬的秉性，依然脱不开山民的那股粗犷和纯朴。当他在正大兴土木的上接山泉下辟茶园的大艺术馆的卵石道上，倒背双手眯缝着双眼徐徐走着时，我忽然发现：这个肌肤糙黑身躯精瘦有着乱蓬蓬须发的徐谷青，好像就是天公地母和开化山神造就的一座大根雕!

我仿佛在这时才识得了开化，原来，开化就是慈心无边的大自然，开化对于全心全意热爱她呵护她弘扬她的儿女，会以大刀阔斧的雕琢和馈赠，还她钟爱的儿女以最大的慷慨。

我走进了开化，来到一个叫何田的乡村。

初听这村子的芳名，我马上来了心劲：江南可采莲，莲叶何田田[6]。何田，何田，将有何等美丽的情境？主人紧接着就告诉我：这何田，不仅仅是名字好听，到那里，你还将吃到最可口的鱼。原来，何田是此间最有名的清水鱼之乡！主人说这儿的鱼味美，在于它毫无泥腥气，在于它是源头活水养育的。

来自海边小镇的我，是属猫的，对于鱼的爱好完全可以舍熊掌之惑。于是，当我在细雨的伴奏和清幽的暮色中走进福岭山麓、走进这个叫何田的村子时，我自己就像一条鱼儿般欢活起来。

顾不得细看“清水鱼生态园”漂漂亮亮的别墅型房子；顾不得细看生态园那大棋盘似的鱼池分养的各色观赏鱼和食用鱼，当天上的密密雨滴与塘中的鱼儿水泡，已经织成涟涟的珍珠，当福岭山——金佛山深浓的丛林黛色，为它怀抱中的这座乳白墙垣绿纱窗的“生态园”，越发勾勒出“疑是天上宫阙”⑦的模样时，我与同行要来了主人的钓竿。此时此刻的垂钓，早已不仅是钓运和口福的期盼，而是地地道道的“人疑天上坐，鱼似镜中悬”⑧的幽赏之乐。

到底是何田“清水鱼”——抛一根细线，夹一片青草，不消片刻，那三四斤重的大草鱼就泼剌剌地上了钩！一条一条又一条，欢声四起时，大家笑说何田“清水鱼”真乖，真为它的主人为自己的名声壮脸，何田“清水鱼”的别名应该是何田“好客鱼”！何田“懂事鱼”！

我在大家的说笑中再次感悟了开化——开化原来就是既慷慨大度也美味无穷的大自然，山林在地，就教它幽密如帐绿得淌汁；鱼儿在水，就教它清澈见底而又鲜嫩无比。

煎鱼、烧鱼、烤鱼、清炖鱼，记不清上了几碗几盘几盆，也形容不了它的美味，眼饱肚饱时，只一句馋鬼的俚语潜上心头：何田清水鱼，真叫人连舌头都会一块吞的！

我走进开化，最大也最终的诱惑，是旅游广告词“食何田清水鱼”的上一句：“游开化钱江源”——不去探看钱江源，等于没到开化。

与水有着不解之缘的我，从来不厌于对江河湖泊的探寻和赞赏，小溪九道弯是我故乡的景致，也是我曾经为之精心经营的中篇小说，而梦里流水声更是我生活和写作的灵感源泉。

就这样默忆着旧时梦，就这样谛听着流水声，走山道，踏小径，行过农舍行过丛林，一路上，高峰低谷，但见云烟袅袅，一路上，近处远处，随处可听山泉潺潺……毋庸主人细指点，我已会意：寻访钱江源，就是一路诗梦，探过钱江源，诗梦更酣甜！

哦，这就是钱江源，这深深的峡谷间，这浓浓的林帐中，一条细细的水瀑从天飞泻、一条清清的山溪接着就宽宽窄窄九曲回肠地跳过岩头，越过涧石，跌跌宕宕地汇聚到一个清澈见底的水潭，竟有九十九道弯！

说“九十九”，那当然是我的臆测，忘情而痴迷在源头的我，只记起了九是我们对数字的最高颂扬，一条被冠以我们浙江母亲河的钱江之源，最合适的数字当然可以是九十九！

还用比较这钱江源与天下的名流大川哪条更壮美吗？还用形容这钱江源是如何奇诡怎样多姿吗？人对自己母亲有着怎样的崇敬，人对母亲河的源头就有出自心裁的赞美。

最高的赞美常常无言，人在这时常常只用惊叹来替代。

于是，我也把最大的惊叹再次赋予了开化，开化原来就是不须遮掩不须妆饰清流不断的大自然！

我走进了开化……哦，我其实只是走近了开化的一扇窗一只角，竟就这样忘乎所以地大叫大喊。我知道，我的老毛病又“发作”了。

我的老毛病就是：总是自认山水知音，见了好山水就害单相思。

疗法只一个：铺开稿纸，泡上一杯龙顶，将对开化的全部怀恋，都溶缩在这杯清清的茶水中。

【作者简介】

叶文玲（1942— ），当代小说家，浙江作协名誉主席，中国作协主席团委员，第十届全国政协委员。于1942年出生在浙江玉环，1957年考入黄岩县立高中（今黄岩中学）后因家庭原因而辍学，回乡在镇文工团、业余宣传队做宣传员，次年参加农业生产劳动，正式发表第一篇短篇小说《我和雪梅》。工作期间坚持业余创作。代表作有短篇小说《心香》《屏幕》《此间风水》等；中篇小说《青灯》《浪漫的黄昏》《湍溪夜话》等；长篇小说有《无梦谷》《父母官》《太阳的骄子》《秋瑾》等。另出版散文随笔集十多部，著有八卷本《叶文玲文集》。其小说和散文作品曾获全国以及海内外数十种奖项。

【注释】

①花开堪折直须折，莫待无花空折枝：出自杜秋娘《金缕衣》。

②恨不相逢未嫁时：出自唐代张籍《节妇吟》。

③河坊街：河坊街位于吴山脚下，是清河坊的一部分，属于杭州老城区，旧时，与中山中路相交得“清河坊四拐角”，自民国以来，分别为孔凤春香粉店、宓大昌旱烟、万隆火腿店、张允升帽庄四家各踞一角，成为当时远近闻名得区片。

④殷勤昨夜三更雨、照水红蕖细细香：皆出自宋代苏轼《鹧鸪天·林断山明竹隐墙》。

⑤根雕：是一种雕刻方法，是中国传统雕刻艺术之一，是以树根（包括树身、树瘤、竹根等）的自生形态及畸变形态为艺术创作对象，通过构思立意、艺术加工及工艺处理，创作出人物、动物、器物等艺术形象作品。

⑥江南可采莲，莲叶何田田：出自《江南》。

⑦疑是天上宫阙：出自宋代苏轼《水调歌头·明月几时有》。

⑧人疑天上坐，鱼似镜中悬：出自唐代沈佺期《钓竿篇》。

【导读】

本文是作者对开化的真挚表白。开篇之处就引用名诗句点出题意，“不恨”

相识迟，之所以“不恨”，是因为作者心中的开化不论何时都是极其美好的。作者用尽美好之词描绘自己眼中的开化，字里行间溢满虔诚的爱意。

四、人物春秋

徽班“蔡庆福”及其演员[1]

舒剑秋　洪根达

民国初年，开化县有个徽戏班社，班名“蔡庆福”。能演徽戏全本七十二本，折子戏一百多个。在本县城乡及金华、衢州、严州一带和江西的弋阳、上饶、德兴等地流动演出。1915年该班由华埠商人蔡步元接办。蔡系山货店主，资本雄厚，当即派人前往苏州，采办苏绣行头和其他戏具。并不惜重金，邀聘名角。还聘了汪元贵为安排戏路的经理人[2]。汪是马金人，绰号大胖子元贵，能说会道，武术上也有两手，人称他“文武双全”。从此，“蔡庆福”班由于行头[3]新，角色好，不仅戏路亨通，还常常发生“抢箱”的“闹剧”。蔡庆福名声大噪，当时群众中曾流传：“徽商最多衢州府，戏文最多蔡庆福”。确实红了若干年。后因蔡步元店事渐趋冷落，又中年丧偶，无力支撑戏班，就于1936年转租给汪元贵经营，领袖为吕汝华，班名改为“大庆福”。不久汪元贵病死，1938年又恢复原班名，这时正值抗日时期，演出困难，由一个以赌博为业的名叫王朗彪接手。但不久，日本侵略军侵犯金华、衢州，演员因惦记家乡老小而自动解散。“蔡庆福”就此散班，历时二十六年。

“蔡庆福”班是衢州徽班中时间最长、名声较大的一个班子，名角颇多，主要演员有老外[4]徐金华、周金洪、四花徐三汉、刘明德、二花徐小汉、老生吕汝华、小花徐东福等。尤以大梁旦梁姜荣唱功最佳，被誉为金嗓。他在《三堂会审》中饰苏三的大段唱腔，委婉动听。他演得最杰出的折子戏[5]是《大破洪州》（又名阵中产子）。他扮演大腹便便的穆桂英头戴金冠，上插雉尾，身穿大蟒，内衬盔甲，下拖战裙，足登一双红缎绣花鞋（踩跷）。在上场门的九龙口一站，然后轻移莲步，走向前台，俨然大将风度，继以袍袖遮颜，后台乐队用唢呐秦曲牌“点绛唇”，引曰：

杨家女将，挥刀上阵，怎怕你？

洪州贼，十万貔貅[6]。

继则拂袖亮相。这时台下观众，人头攒动，（当年是站着看的，如遇烈日和下雨，都得打伞。）齐声称赞：“蔡老板打哪处请来这位俊俏的大梁旦哟！？”有的观众叹惜他身段长了一些！也有内行人说：“他是‘踩跷工’（扮小脚）上场的，脚尖落在三寸长短的木制绣鞋上，脚跟藏在裤管里，因而就显得身段长了么。”

穆桂英与洪州守将厮杀，旋转如飞，谁也看不出这天然盈尺的大脚，却假借道具，装成三寸金莲，而没半点方凿圆枘[7]的痕迹。神乎其技，叹为观止。

当穆桂英被敌将暗器击中腹部后，再次上场时，卸去金冠大蟒，头扎黑纱布，以示产后。由侍女搀扶着，扮演杨宗保的抱着阵中产下的儿子杨文广跟在后头。敌将又来搦战，桂英把娇儿扎缚在怀中，毅然应战，备勇刀劈敌将于马下，夺得一柄大砍刀，不停地挥舞着。左插花，右插花，浑似流星赶月，观众只见两团闪烁的刀光和那双人造金莲。临下场时，背向观众，凌空一跃，三起三落，双脚几触及臂部，落地时稳稳站住，纹丝不动，观众无不称绝。据梁姜棠说："练成这'硗功'，不知挨了多少拳脚，磨破了多少次皮肉，经历了多少九夏三冬哩！古人说，'宝剑锋从磨砺出，梅花香自苦寒来。'我的师傅的跷功，可称独步，能在一条长凳头上，装小脚踢一百对毽子。"

文武小生范寿棋，小名康崽，能戏特多，凡是小生戏，无论是冠带、儒巾、雉尾等，他都出当行，又加扮相英俊，武功招人，着实颠倒了一些小姐和姨太。

他的拿手好戏为"擒史文恭"，即"曾头市"中的一个折子戏，京剧称"一箭仇"。他在史剧中扮"史文恭"，被擒后，应由小李广花荣执行箭杀。舞台正中，叠两张方桌，桌上加一靠背椅，人立椅上，两手象征地缚在椅背的十字架上，袒胸露腹，花荣一箭，文恭应弦落地，倒下时腰不弯，膝不曲，水平而下，胆怯的观众，每每掩住双目，不敢正视。表演这种"飞僵尸"难度极大，而康崽却若无其事，这正是他的绝招。

三花（即小丑）徐东福，祖籍龙游，表演诙谐冷峻。他的拿手好戏是演《活捉三郎》，他演三郎，梁姜棠饰阎惜姣，两人配合默契，极珠联璧合之妙！当演到阎惜姣用绳索从桌子后面拉出三郎张文远时，他借着桌子前面的桌围作掩护，把双手缩进内边，让两袖子空垂着，坐一个桩马，蹲着身子，两手拖住长袍，成为坐的姿势。只见阎惜姣高扎双袖，手提套在张文远脖子上的绳索，就像提着一个傀儡那样轻飘飘地，左右摇荡，渐荡渐高，荡到令人惊讶的极限。他们不是搞魔术，而是真正的特技，所以演员的双脚必须踮着，最后恰像抽陀螺让它左转右转。将及下场前，只见张文远两行鼻涕渐渐向下流出，几乎流到胸前，蓦地如银蛇入洞那样迅速回到鼻腔，如此三次，才逐渐向下场门移入后台。另外他演"走广东""叶包写状"等，刻划人物，入木三分。现在浙江婺剧团的名丑吴光煜即受业其门下。此外二花徐小汉和四花徐三汉，对花脸谱的勾画，尤为考究，至今流存的婺剧脸谱，多出自徐氏兄弟之手。

【作者简介】

舒剑秋、洪根达：两位作者生平事迹不详。

【注释】

①徽班：徽人之戏班。有四百年的历史并有着辉煌的艺术创造与贡献。

②经理人：对其他人的工作负有责任的人。

③行头：古代对戏曲服装的称谓，沿用至今。也可用以泛称一切戏曲演出用具。

④老外：指外，为传统戏曲中的角色行当。

⑤折子戏：针对本戏而言的，它是本戏里的一折，或是一出。

⑥貔貅（pí xiū）：别称“辟邪、天禄”，是中国古书记载和民间神话传说的一种凶猛的瑞兽。

⑦方凿圆枘：凿：榫眼；枘：榫头。方枘装不进圆凿。比喻格格不入，不能相合。

【导读】

在本文中，作者对徽班“蔡庆福”的历史变迁及其演员情况进行了大致的介绍。行文流畅，思路清晰，将“蔡庆福”班的盛衰史交代得十分清楚。人物描写生动形象，侧重动作描写与外貌描写，一个个鲜活的名角形象跃然纸上。

阁楼“痴人”——汪子豆

姜德明

汪子豆君，“痴人”也。

今年年初到上海，我终于爬上了他那五米阁楼。真的是直上直下，战战兢兢，险得很哩。

这三楼上的一间斗室[①]，恰如电影《聂耳》[②]主人公住的一样，屋顶是斜的，有个不大的“老虎窗”[③]通到房顶外面。汪君没有什么小提琴可以冲破窗外去一放情怀，满屋堆满的却是旧肥皂纸箱，可他又不是个体小商贩。那里面装的是汪君数十年来呕心沥血搜集来的中外古今的艺苑资料，不少是绝版了的，甚至有名人的真迹。他搜寻绘画资料，如痴如醉，四马路的旧书店还未开门，他一早就蹲在那儿了。前几年来北京，在王府井新华书店非要看人家堆在一边的、过时了的年画。人家缠不过他，破例让他一张一张地翻。他终于发现几张未入著录的齐白石的画，不禁欢天喜地。我在他的旧肥皂箱里翻出一本齐璜[④]老人的画录，厚厚的一本，远非市面上常见的。毫不含糊地说，他还藏有白石老人的真迹。他穷得够呛，“文革”当中被诬为“逃亡地主”，在街道上拉砖运土，每月只得十余元的生活费。当时有人以三千元买他的一幅画，他硬是不肯。

汪君来自浙江偏僻的开化县，自幼喜画，青年时代崇拜毕加索，后来爱上了丰子恺。细心的读者可以发现，丰先生的名字“恺”（同愷）不是有“豆”吗，足见他的痴心了。他师从丰先生原因有三：一是丰先生的画风是民族的；二是看似简单易学；三是初见丰先生的画是在民族抗战爆发之际，画家的笔是抗日的。那时国土失落，山河饮泣，汪君一介书生，不能打仗，只想以漫画报国。丰先生辞别缘缘堂后远走西南，汪君亦追随其后，到了桂林、重庆。可是汪君既未投书入室，亦未置酒拜门，仅仅默默地心仪而已。一直到1944年，一次丰先生在重庆开画展时，汪君天天观摩，一天快要关门的时候，汪君才冒昧上前向丰先生鞠了一躬腼腆地道出自己多年来的仰慕之情。从此他们奠定忘年之交，数十年来友谊如笃。我同汪君谈丰先生的画集，他能倒背如流，举出我不知道的许多绝版书名。他是研究丰子恺的专家，至今仍是丰家后人的知友。他还跟我说，初见丰先生时，老人便对这个痴心青年说：“你可以学音乐，学散文，不必学我，尤其是字，应该学章草[⑤]。”

抗战胜利后，汪君留在上海美专学画，仍在丰先生身边求教。解放后阴错阳差，竟致一度失业，独居阁楼，守着一堆艺术资料清苦自许。

后来才在上海工艺美校图书馆求得一职，当了采购员。内行人说，这个学校所藏近现代美术资料之丰富，堪称前茅，实出汪君之力。人们都知道，鲁迅先生的朋友陶元庆的画久已失传，汪君独得复印件一百一十余幅，可惜“文革”中也有失散。汪君最主要的成绩却在研究“八大山人”方面。卒于清康熙年间、富有创造精神的大画家朱耷，明亡后初为僧，画格极高，诗书画中都反映了他的反清情绪，发泄了他郁结之痛。在艺术上，三百年来，从“扬州八怪”[⑥]，到大写意家吴昌硕、齐白石、潘天寿、张大千、李苦禅等人，无不受到他的深刻影响。可惜关于这位画家的身世及文章均无完整记载。正因为如此，汪君决意苦心经营，到处找线装书，翻清代诗文集，觅县志、家谱，查阅古今画册，探访各地博物馆的藏画，拜访如启功等名家，积数十年之辛苦，终于在 1981 年印成一册《八大山人诗钞》，由上海人民美术出版社出版。书内收有“八大山人”诗作一百八十七首。这样一本薄薄的线装书，放在书店里是不显眼的，但却震惊了中外研究中国美术史的有识之士。日本和美国的专家也有信来同汪君交流。近年来北京人民美术出版社又为汪君出版了系列的八大山人诗文画集，共四册，已见一、二两册。

说起“八大山人”[⑦]，我还听到汪君的一段趣闻。原来 20 世纪 70 年代正当汪君坎坷之际，南昌准备恢复八大山人纪念馆。当时馆长是省军区一位司令员的夫人。她慕名来访汪君并上了他的阁楼，不禁为汪君的处境和工作精神所感动，竟把自己的千金许配汪君之子。这当然带一点传奇性，我半信半疑。今年夏天，我来到南昌青云谱[⑧]，特地看了八大山人纪念馆，就便向馆内一位女同志打听。她笑了笑说，是真的。那位前馆长已离休，女婿早由浙江调来南昌。现在汪君已经得了孙子，妻子也由浙江乡下来照顾儿孙。那位女馆员又说，我们真期望汪君能调到南昌来，他一个人在外边独居了几十年，也该团圆了，何况我们也便于向他请教。而我脑际却想着，因见汪君于陋室而重其才，进而想到这样人教育的子女必定优秀，这位司令员夫人有眼光；然而更可贵的是打破了高干之女不嫁平民的俗例，这司令员夫妇可钦可佩。听到这消息，我在青云谱酷热的展览室里如同得来一股清凉的风。

听说今年上海奇热，我又想起汪君的五米阁楼。那里去过如关良这样的大画家。关老师看到汪君的清苦，常以挂面和红薯度日，故意说肚子饿了，好请汪君到外边什么酒家吃一顿美餐。有时阁楼里的温度高达四十度，有个好学的青年竟昏倒在这里。汪君自命这小屋为“荚居”，取意豆在其中，居室狭如荚也。画家钱君匋却另送他一个雅号“大涛堂”，居斗室而能见江河之巨浪，自然寓有深意焉！在这苦热[⑨]的夜晚，我想也许汪君正迈出了他的“老虎窗”，赤着膊，在屋顶上乘凉。待到夜深时，他还会埋首那张破木桌前，翻检古籍。人们都已沉沉入睡了，只有汪君的阁楼里还亮着一盏微弱的灯光。

【作者简介】

姜德明(1929—)，笔名余时，天津人，1951年毕业于北京新闻学校。历任《人民日报》读者来信、文艺部编辑，人民日报出版社社长，高级编辑。鲁迅研究会理事，中国散文学会副会长。1948年开始发表作品。1979年加入中国作家协会。著有散文集《南亚风情》《绿窗集》《清泉集》《寻找樱花》《雨声集》《流水集》《与巴金闲谈》，随笔集《书叶集》《书边草》《书梦录》《活的鲁迅》《余时书话》等。《相思一片》获1989年全国新时期优秀散文集奖。

【注释】

①斗室：指小得像斗一样的房子，形容屋子极小。

②《聂耳》：郑君里执导，赵丹主演的剧情片。影片讲述了音乐天才聂耳的故事。

③老虎窗：又称为老虎天窗，是指一种开在屋顶上的天窗。也就是在斜屋面上凸出的窗，用作房屋顶部的采光和通风。

④齐璜：即齐白石。

⑤章草：是由隶书的简捷写法发展演变而成的，是隶书草化或兼隶、草于一体的一种书体，也可以说章草是草书中带有隶书笔意的一种书体。

⑥扬州八怪：是清康熙中期至乾隆末年活跃于扬州地区的一批风格相近的书画家总称，美术史上也常称其为“扬州画派”。在中国画史上说法不一，较为公认指：金农、郑燮、黄慎、李鳝、李方膺、汪士慎、罗聘、高翔。

⑦八大山人：朱耷，明末清初画家，中国画一代宗师。本名朱统銮，一作朱由桵，字雪个，号八大山人、个山、人屋、道朗等。

⑧青云谱：位于江西省省会——南昌市区的南部，因境内的“青云谱道院”而得名，有“英雄城南大门”之称。

⑨苦热：苦于炎热；酷热。唐杜甫《舟中苦热遣怀》诗：“入舟虽苦热，垢腻可溉灌。”宋苏轼《泛舟城南，会者五人，分韵赋诗，得“人皆苦炎”字四首》之二：“苦热诚知处处皆，何当危坐学心斋。”

【导读】

作者从切身的感受出发，通过对汪子豆先生生活环境和收藏的详细描绘，引出一系列有趣的关于汪子豆先生对画作痴迷和珍惜的故事，使一个阁楼“痴人”

跃然纸上。作者本人也是一位著名藏书家，本文也表达了作者对汪子豆先生的另一番理解和尊重。

先大父陈鼎丞[1]行略

陈友纪

先大父陈鼎丞夫子，原名宝銮，字行四，自号感贞道人。以君子省三乐，遂取小名鹿鹿。清同治十二年癸酉（1873）八月生于开化南乡之龙山里杉川。

先大父幼时，先高祖华治于耕牧之暇，授以四书，始习举业。然仕途多舛[2]，虽受浙江学使张文贞公青睐，连膺[3]鹗荐者五，皆遭黜[4]于有司。及庚辰，幸[5]邀恩贡，均郁郁不得志。清末民初曾供职政务、史馆，未尝施展抱负。中年刻意授徒，并游艺于书画，行有余力，绘事篆刻，冶性豁胸，兼研岐黄[6]，治病救人。尝慕椒山先生劲节，书“铁肩担道义，辣手著文章”句，镌为竹筒，置案边以作砥砺；复刻少陵“丹青不知老将至，富贵于我如浮云”句，以见胸襟。有暇即磨砺仓公、扁鹊《内》《难》《伤寒》等篇，以长医道。其一生可谓：愤时世以兴悲，骚客情怀； 挽病危于俄顷[7]，折肱妙手。一九五三年二月二十七日因病逝世，享年八秩[8]有一。易箦前犹伏枕奋笔疾书小启，口占七绝三章，嘱摹刻寄海内知己。奈因人事变迁，留存者十不及一。

一九〇九年清己酉科出贡（拔贡），先大父时年三十有五。廷试，出相国（常熟翁同龢）暨侯官张少宗伯门下；殿试，出光禄大夫太子太傅毓庆宫授读陈宝琛弢庵、光禄大夫头品顶戴毓庆宫授读海州（即今连云港）朱益藩、礼部尚书郭曾炘门下。遂签分邮传部主事七品小京官。是科人才辈出，诸如庄思缄（首任故宫博物院院长）、何其巩（北京大学校长、北平市市长）、王汉澄，吴健陶、孙巩圻（民初天津高等法院院长）、陈书焜，衢州戈巨源、嘉善项乃登、陈听雨，均同年拔贡，有文献己酉科同年录（见北京档案）可资考证。民国初年，先大父佐陈宝琛襄理逊清皇室内务。曾协助办理宣统大婚事务，宣统曾御赐春条“葳蕤[9]繁祉[10]”御笔。其后曾任国务院秘书、审计院协审官及清史馆校勘等职。其时陈宝琛、赵尔巽、孙宝琦、梁士诒、庄思缄、郭则沄、爱新觉罗溥心畬及溥叔明兄弟等，为先大父代订诗文、书画、篆刻润例，并由陈宝琛题书“陈鼎丞医画室”，名于社会。慷慨弥补宦囊[11]之不足，亦含大力誉扬之意。

在京期间，陈宝琛、郭曾炘、徐花农、赵尔巽诸亲友及社会名流庄思缄、林琴南、梁士诒、孙宝琦、马叙伦、张伯伦、张伯驹、溥儒等人均与先大父往来无间，梅兰芳亦与先大父常砌磋墨兰绘事。梅氏习绘兰花，又名畹华，梅氏老母寿辰，先大父亦有楹联、墨兰应景之作，惜文稿毁于“文革”，苦忆不全，仅记上联有“小启广征文”，下联有“最好是麻姑献寿天女散花”等句（是夕登台戏采即此二剧句），虽俚俗，但工整巧妙，当时誉为美谈。梅氏亲悬于显目之处，可谓先大父平生一轶事。此时除行医外从其问业者亦复不少。

一九二七年先大父任山东省银行文书股长，时日本皇后太傅入江为守、平沼骐一郎、犬养毅、大仓喜八郎、官岛大八来华敦请[12]名流学者赴日讲学，由陈宝琛及清史馆长赵尔巽推荐，先大父偕逊清皇室爱新觉罗溥畬儒、溥叔明兄弟东渡扶桑，先父以随员身份参加。计三阅月，游历日本全国。中日文化源出一辙，交流之余，唱和吟咏，遍及朝野，先大父与该国名士田边碧堂、胜岛仙洲诗词书画往来无间。每临一处，均有摄影，上缀诗文；汇得三巨册。先大父因著有《瀛痕草》一卷，计180余首。其时正值大仓喜八郎八秩双庆，全世界有影响人物均有馈赠，诗词文物皆具，先大父亦即兴墨兰一幅，皆汇成上下二巨册。

一九二八年自山东省银行离职南归，卜[13]寓杭垣。一九三一年佐同年吴健陶（江西财政厅厅长）任机要秘书。不久离任复寓杭城，一九三四年成立湖海书画社，参与者除先大父外有越园、汤拙存、寿秋雪、玉潜廔等。

抗战时杭州沦陷初期，原浙江省立图书馆被日寇据作军营，存书毁于一旦，皮藏善本之孤山图书馆也面临浩劫。无知宵小[14]大肆偷窃能事，除《文澜阁四库全书》被国民党当事者运走外，有部分善本及印板尚留馆内，竟被偷作柴薪者。留杭有识之士，咸感岌岌可危，群情奋起，呼吁伪政当局维护国本，由伪维新政府（汪伪前期）浙伪省长汪瑞闿挽杭州市伪社会局长邓孝可出面，敦请先大父勉为其难，保全中华历代文化。其时马老一浮，转至后方广西桂林，亦来雁敦嘱，先大父遂允以浙江孤山图书馆管理员身份至馆，守缺抱残，苦心孤诣维护国宝。后改馆长，图书版片赖以保存。后汪伪接管维新政权。馆事由湖州莫叔未及宛平傅学铭先后任馆长，管理渐臻[15]正规，乃全身勇退，挂名为馆辅导股长，了却心愿。此时曾受杭州净慈寺主持邀请在佛教大学讲授古文数月。日本平沼骐一郎担任首相期间，曾由青岛华乐渔与日本西谷城一千田代子前来杭州，邀先大父再赴扶桑。先大父坚持不果，挥毫诗赠纸扇 ·柄而已。

一九四六年先大父回故乡颐养，自匾其寓日“蜷[16]巢”，屋有余地，编以“麂眼篱”，莳[17]花植树，名之为“意园”，曾自撰门联曰：“万事不关心，世阅沧桑，风追怀葛；三余聊寄兴，胸罗丘壑，笔染烟霞。”可见其卓荦[18]性格。

一九五一年浙江文史馆馆长马一浮暨开化叶渭清函邀先大父参加，

以年迈身衰未应诺。先大父平生作画，推崇南田老人，喜作墨兰墨竹，晚年恒喜画山水、巨松、苍鹤，盖以晚清浙江学台张文贞公曾书赠先曾祖楹联“沧海六鳌观气象，青天一鹤见精神”，故借此明志。平生所作书画，印章皆手自篆刻，各家法则具备，酷肖林雨苍，而秀劲过之。自镌印章陆拾余方，铁线双钩，尽备金石，竹木、瓜蒂皆罗致之。有《蕉绿山窗印谱》三卷，《铁研斋印谱》一卷，花卉册页二卷，皆有马一浮题字“能品”二字以概。其余山水画册一卷。先父于书法，骨颜而面赵，用笔极隽永劲遒[19]，绝无老人枯窘态。行、草、隶、篆，各具章法。积六十载，诗画楮墨流播人间，几如汗牛充栋[20]，晚年尤善擘窠（即大字），所出匾额，散见于沪杭商店寺院。一九四二年杭州净慈寺重建。开光之日，大雄宝殿及院墙佛号皆出先大父手笔。先大父另有《蕉禄出窗杂文稿》二册，《瀛痕草》一卷，《云栖梅家坞避难诗抄》一卷（ 杭城被日寇占领时作），《蜨册信稿》五册，连其他书画册页均毁于动乱中，断简残篇，万不及一。家藏古迹，前贤字画、文物拓片等亦同时荡然无存。

1987 年 10 月 16 日于杉坑

【作者简介】

陈友纪，生平事迹不详。

【注释】

①陈鼎丞：宣统元年（1909）拔贡硃卷履历为：陈宝銮，谱名传銮，字鼎臣，一字正笏，号乐三，行四。原籍福建永春州。光绪乙亥年八月二十五日吉时生浙江衢州府开化县。学优廪生，民籍，居城南二十七都杉川庄，现充本县官立镡峰高等小学堂经史国文教习，著有《中史述略》《尚书一贯》《雕虫斋印稿》《来因院兰谱待正》。

②舛：错误，错乱。

③膺：接受，承当。

④黜：降职或罢免。

⑤幸：希望。

⑥岐黄：岐伯和黄帝的合称。相传黄帝曾使岐伯尝百草，行医治病，今传之内经即托名黄帝和岐伯问答论医。故以岐黄为医家之宗祖。后亦用以比喻医道。

⑦俄顷：极言时间之短。

⑧秩：十年。

⑨葳蕤：本意草木繁盛，枝叶下垂的样子，引申为家庭人丁兴旺。

⑩繁祉：繁荣幸福的样子。

⑪宦囊：因做官而得到的财物。

⑫敦请：恳切地邀请。

⑬卜：选择。

⑭宵小：坏人，伪君子。

⑮臻：达到。

⑯蟭：蟭螟同“焦螟”，古代传说中的一种极小的虫子，如“～～屯蚊眉之中，而笑弥天之大鹏。”

⑰莳：栽种。

⑱卓荦：卓越突出。

⑲遒：雄健有力。

⑳汗牛充栋：栋宇，房屋。本义是指用牛运书，牛要累得出汗。用屋子放书，要放满整个屋子。形容藏书很多。

【导读】

本文乃是作者回忆先祖父生平事迹之作，文中列举了先祖父在世的诸多事例，情深意切，感人至深。作者笔下的先祖父，虽仕途多舛，但不懈怠消极。通过诸多事迹的描写，祖父志向高洁、热爱祖国、意志坚定的形象跃然纸上。

五、流风遗俗

山乡风俗片段

吴福瑞

板 灯

板灯之木板采伐于深山高峰处，质坚，不裂，不折，每节板灯，长约6尺，宽约8寸，厚约一寸半，板上装有三个铁蜡烛笺，两端各有一个圆孔，与友灯之孔重叠连接之用，另有小型把柄一支，上端用与友灯连接并用铁质横杆锁住，右手握紧那节短，左手向左后再向背右抵住那节半月形的把柄，右肩背负板灯一端与友灯连接之处，一节板灯重约20斤，非常笨重，而且具有危险性，体力不支或技术欠佳易为两节板交可能会剪伤人，因此背驮板灯者必以青壮者为之。板灯上面三个灯，灯笼，用红绿黄三色油质坚纸制成，黄红色蜡烛直径二寸，尺许长，所谓灯日，家乡农村农历过年时各村日期不一，自正月初八到正月廿五日天天都有各村灯日，板灯活动要大的村子才有，小的村子，手提灯笼到庙里转一下就算了事。大的村子连年如要举行板灯活动那真是热闹非凡！如大溪旁村、村头村，两村各有一二千百户人家，带亲沾故及二三四等亲属那天均会不请自己上门，因为灯日那块粉蒸腊肉每块有十二两重，似乎没有鸡鸭鱼及青菜。有豆腐萝卜，说不定有海带及笋干泡水煮汤好吃，尤其粉蒸腊肉对一年难得吃到肉类的家乡贫穷的老人是多么诱惑？灯日财主人家客人多，菜亦多，据说如果县长光临，菜肴多到一百多碗。当然是轮替式上菜，天才黑要举行板灯活动，冲天钢炮三响后，家家户户年轻人把板灯驮出来在大路上接板灯，大村子如大溪旁村有一千多板，一节灯两米一千多板合计为两千多米长，红黄绿灯笼照明点上声势浩大爆竹之声响彻云霄，红男绿女如过江之鲫，每个人酒醉饭饱之余大多不知道自己是谁。板灯活动走走退退，背板灯者，须运用全身力量，尤其是板灯倒退时要特别用力，防止两个板灯扭曲时伤人。会灯场地需要一千多亩田的大大田畈。这一天的食客大约要多过主人家三倍，再加上白吃白喝不请自来的赌徒，这一天以大溪旁村而言约有一两万人吃掉五六百头猪，比起台湾三重市大拜拜为食客所费可能还差得很远。夜深人静时，板灯解散了，大家手提灯笼回家里睡觉。灯手太辛苦了，吃宵夜喝酒吃饭再吃块十二两重的粉蒸腊肉。

祷 雨

家乡位于浙赣皖三省边区，地势较高，易为旱灾。乡人以农为业，看天吃饭，四五十天如果不下雨便闹水荒，附近村庄农人就要商议祷雨行动，先在干涸的河滩上搭建一座祷雨台，禁食肉类，不准宰杀，一清早附近村庄男人青壮老少约三五百人没有妇孺参加，每人手拿杠棒土制木枪……浩浩荡荡向目的地马金镇天童山寺庙出发，当时没有公路只有一条小径，祷雨队伍拖拉成阵型沿七里陇到达马金镇约10华里长，由主祭者三五人及道士一人上山，其余待命回程，长者说山上有神龙能使老天爷及时降下雨量。在天童山后面泉水处由道士念经然后找寻生物，结果捉到泥鳅一条置于有净水之容器内，把鳅鱼权充神龙供奉于祷雨台，点香烧纸放鞭炮，道士继续念经祷雨，大众必须露宿于河滩上一天一夜。类似的祷雨活动我幼少年时间曾亲身参加多次，未见有及时降雨情形，反而继续艳阳高照。田里无水泥土龟裂，稻苗萎缩，枯干甚至死掉没有收成。巧妇难为无米之炊，唯一赖以为生的稻谷没有了，当然没有米煮饭，饥荒之年眼见母亲是一把鼻水一把眼泪，到处寻觅一些野菜地瓜叶，烧上一锅汤水当饭吃！荒年没有饭吃，我是过来人。

猎人猎狗鸟兽大山

家乡开化是个一望无际的山坞，万山重叠，森林苍劲密布，岩石缝隙洞穴纵横，北连黄山、九华山，南接庐山、三清山皆是野兽鸟类栖息衍生繁殖的温床，跳跃兽类奔如飞的天堂，昼隐夜行，觅食于南北深山高峰，称心如意。到了秋冬严寒大地冰冻之际，乃兽类要下山觅食为食而亡的时候到了，家乡农村青年人打猎之风很盛，农村大多有猎枪猎狗，深山打猎一如远洋捕鱼，要看天候季节。时机到了，联络多数猎人猎狗，四面八方来个大包围，放出成群结队的猎狗狂吠叫声，惊天动地把兽类从洞穴中引诱出来，盲目的到处乱跑乱穿。人则守住主要兽类出没处，俟兽类到射程以内，瞄准兽类要害部位一枪射去，百发百中，有时竟猎获虎、豹、野猪、山羊等大形兽类，猎人雀跃如获至宝，通常猎获的是山猪、野兔、野鸡等。打猎为农村青年人最乐意之休闲活动，有时动员附近村子全体青年。幼少年时期的我，通常是此一打猎行动中跟班者，似乎非常过瘾。回忆起来，真是有情有趣。

【作者简介】

吴福瑞：生平事迹不详。

【导读】

俗话说“十里不同风，百里不同俗”，一方水土养育一方人，不同的地理环境形成了各地独特的风俗习惯。开化的特殊区位，养育了开化人。

【思考探究】

你的家乡是否也像作者笔下的开化县一样有着有趣的风俗习惯呢？如果有的话，请跟大家分享自己家乡的风俗。有条件的可以把大家分享的内容集合成册，编成一本小小的《民俗志》。

参考文献

［1］傅春龄. 衢州历代诗选 [M]. 上海：复旦大学出版社，1990.

［2］衢州市文化广电新闻出版局. 三衢道中：衢州历代诗文选 [M]. 商务印书馆，2016.

［3］黄韬. 巍巍千年·衢州城墙 [M]. 北京：商务印书馆，2016.

［4］衢州市编委会办公室编. 衢州史话 [M]. 杭州：浙江人民出版社. 1987.

［5］许彤主编. 作家笔下的衢州 [M]. 福州：海峡文艺出版社，2010.

［6］衢州市政协学习和文史资料委员会. 衢州文史资料：第十九辑 [M]. 北京：中国戏剧出版社，1999.

［7］浙江省衢州市文史资料研究委员会. 衢州文史资料：第一辑 [M]. 杭州：浙江人民出版社，1986.

［8］浙江省衢州市文史资料研究委员会. 衢州文史资料：第三辑 [M]. 杭州：浙江人民出版社，1987.

［9］浙江省衢州市文史资料研究委员会. 衢州文史资料：第六辑 [M]. 杭州：浙江人民出版社，1987.

［10］浙江省衢州市文史资料研究委员会. 衢州文史资料：第九辑 [M]. 杭州：浙江人民出版社，1991.

［11］浙江省衢州市文史资料研究委员会. 衢州文史资料：第十五辑 [M]. 杭州：浙江人民出版社，1997.

［12］衢州市政协文史资料委员会．衢州文史资料：第 28 辑 [M]．杭州：浙江人民出版社，2003.

［13］程相．衢州历史文献集成 · 文献专辑 1[M]．北京：中华书局，2013.

后 记

本书的编选是一次利用衢州乡土文化资源的尝试，也是一次把乡土文化资源与衢州本土教育结合以提升读者素质的尝试。《衢州乡土语文读本》，既供全市学生作为课外补充读本，也可作为衢州市民与其他读者了解衢州的参考读物。

本读本主要选用衢州籍作者作品，也酌选外地名家摹写衢州的诗文佳作，并按市境地域范围分为五个篇章——衢城篇、龙游篇、江山篇、常山篇、开化篇。

历代有关衢州的诗文浩瀚如烟，根据本书的指导思想和选编意图，又限于篇幅的限制，我们只能通过甄别、比较、选择，尽可能地选取有代表性和典型性的优秀作品。作者皆为有定评的古今作家，作品内容涵盖衢州的史话、物语、故迹、山水、人物和遗俗六个部分。但是限于种种因素，未有篇目的部分只能空缺，尽管我们付出了最大的努力，受编者视野、学识和能力所限，难免有遗珠乃至误选之憾，敬请读者见谅。

在编选过程中，我们参考了已有的衢州诗文选本著作，傅春龄《衢州历代诗选》、衢州市文化广电新闻出版局《三衢道中：衢州历代诗文选》、黄韬《巍巍千年·衢州城墙》、浙江省衢州市文史资料研究委员会《衢州文史资料》等，均在作品选用及资料借鉴方面给了我们莫大助益，特表谢忱。

鉴于大部分诗文作者离世久远，其时代背景与人生经历为读者所陌生，为帮助大家理解课文，每篇课文均加上了作者简介、注释和导读。一方面，便于读者阅读；一方面，也为教师指导学生阅读，预留了较大的空间，旨在取得最大的阅读效果。

参与本书编写工作的各位同仁，大家对衢州历史文化，或有着生于斯长于斯的赤子情结，或有着浓厚热忱和深入研究。大家精诚协作，力成本著。能为衢州文化之传扬尽绵薄之力，信可乐哉！

本书各篇章的分工如下：

衢城篇：由陈文玲、孙凯灵、姜越编写。

龙游篇：由廖玺玺、黄雪纯编写。

江山篇：由王维丽、王萌萌编写。

常山篇：由谢佳维、戴泳洪编写。

开化篇：由谢佳维、戴泳洪编写。

致著作权人：

因条件所限，我们未能与部分作品的相关著作权人取得联系。为了充分尊重、保护著作权人的利益，上海社科院长三角城市历史文化研究中心真诚敬启：请相关著作权人与研究中心联系，我们将依照国家有关规定及时付酬。感谢您的理解与支持。

联系地址：上海市中山西路1610号

邮政编码：200235

联系电话：021-64275847

图书在版编目（CIP）数据

衢州乡土语文读本／童志斌主编．—镇江：江苏大学出版社，2020．4
（长三角城市乡土语文丛书）
ISBN 978-7-5684-1252-0

Ⅰ．①衢… Ⅱ．①童… Ⅲ．①诗集—中国②散文集—中国 Ⅳ．①I211

中国版本图书馆 CIP 数据核字（2019）第 276241 号

衢州乡土语文读本

Quzhou Xiangtu Yuwen Duben

主　　编／童志斌
责任编辑／任　辉　顾正彤
出版发行／江苏大学出版社
地　　址／江苏省镇江市梦溪园巷30号（邮编：212003）
电　　话／0511-84446464（传真）
网　　址／http://press.ujs.edu.cn
排　　版／湖州文华制版设计有限公司
印　　刷／湖州日报印务有限责任公司
开　　本／710mm×1000mm 1/16
印　　张／27.25
字　　数／510 千字
版　　次／2020 年 4 月第 1 版　2020 年 4 月第 1 次印刷
书　　号／ISBN 978-7-5684-1252-0
定　　价／48.00 元

如有印装质量问题请与本社营销部联系（电话：0511-84440882）